INNOCENTES

ANDREA BARTZ

INNOCENTES

Traduit de l'anglais (États-Unis) par Éric Betsch

Michel LAFON

Titre original :
We Were Never Here

Cette édition est publiée en accord avec Ballantine Books,
une filiale de Random House,
un département de Penguin Random House LLC.

118, avenue Achille-Peretti CS 70024
92521 Neuilly-sur-Seine Cedex
www.michel-lafon.com

Pour Jen Weber, ma copine de voyage,
à la vie, à la mort.

– 1 –

Kristen trottina jusqu'au bord de la terrasse, où elle s'accroupit et tendit un de ses interminables bras. Du bout des doigts, elle attrapa un pied de vigne et en souleva quelques feuilles, dévoilant des tiges souples. De façon incompréhensible, je l'imaginai basculant et chutant dans le vide, disparue en un instant, l'image rémanente de sa silhouette persistant dans ma tête. L'espace d'une fraction de seconde de folie, je m'étais visualisée la poussant.

Dans les faits, je me contentai de me dresser, les mains sur la table :

– Ne fais pas ça, Kristen.

Perchée sur des pilotis, la terrasse en bois surplombait les vignes. Nous étions seules, comme nous l'avions été en la quasi-totalité des endroits où nous avions fait escale cette semaine-là. Restaurants sans clients, marchés déserts, offices de tourisme vides. Nous n'avions croisé que de façon occasionnelle quelques groupes de visiteurs qui s'installaient près de nous, bien que disposant de toute la place possible pour ne pas se coller à nous.

Un craquement se fit entendre, puis Kristen se redressa, une grappe de raisins verts dans la main. Elle en glissa un grain dans sa bouche et le mâcha avec un air concentré.

– Pas mauvais. Tiens, attrape !

Je ne fus pas assez habile pour saisir au vol la grappe qui rebondit sur la table en verre. Non sans avoir jeté un regard autour de nous, je pris un grain qui éclata dans ma bouche, son acidité s'étalant sur ma langue.

– Ils ont dit que la récolte était mauvaise, cette année. Tu n'étais pas obligée d'arracher toute une grappe.

Kristen se laissa tomber sur sa chaise et se saisit de son *pisco sour*, cocktail mousseux au jus de citron vert.

– J'avais un petit creux, je leur laisserai quelques pesos supplémentaires en partant, se justifia-t-elle avant de faire tinter son verre contre le mien. Quelques raisins chipés n'ont pas une grande importance, si ça m'évite une hypoglycémie.

– Tu n'as pas tort.

Quand elle était ainsi affamenragée, Kristen avait le chic pour mettre le doigt sur l'essentiel.

Un type avec un bandana sur le crâne nous observait depuis un champ lointain, presque au point où les vignes se heurtaient à une rangée d'arbres touffus. Au-delà, on distinguait l'horizon déchiré par des collines enchevêtrées. Kristen salua d'un signe de la main l'ouvrier, qui hocha la tête.

Gardant sur la langue les dernières gouttes de ma boisson – nous sirotions quotidiennement ce cocktail composé de jus de citron vert, de sucre en poudre et de l'eau-de-vie jaunâtre que les Chiliens assuraient plus ancienne que le *pisco* péruvien –, je connus un de ces instants de béatitude, merveilleusement dépourvu de la peur qui me rongeait le cerveau depuis treize mois. Je profitais du trip d'une vie : sept jours en Amérique du Sud, explorant les montagnes inhospitalières et les vallées fertiles nichées entre deux pics, en compagnie de celle qui était ma meilleure amie depuis plus de dix ans. Cet état de grâce aussi apaisant que vivifiant me donnait la sensation de marcher sur une plage, les pieds dans les vaguelettes. Il nous restait encore deux jours à jouir de ce décor.

Kristen facilitait tous les aspects de notre séjour, son assurance pareille à une cloche nous protégeant de cet étrange monde couvert d'une végétation noueuse. En la retrouvant à l'aéroport, près d'une semaine auparavant, j'avais versé des larmes de soulagement en l'étreignant. Je ne l'avais pas vue depuis un an – une année ponctuée de crises de panique, de cauchemars et de hurlements dans mon oreiller ou sous la douche, occasionnellement le poing dans la bouche. Dans notre voiture louée à Santiago, nous avions filé vers le nord, sur des autoroutes désertes, Kristen fidèle à elle-même, pleine d'entrain. Elle avait poussé un grand cri de joie lorsque l'océan Pacifique nous apparut pour la première fois, klaxonné pour saluer un troupeau d'alpagas duveteux sur le bord de la route, désigné bouche bée une multitude d'étals de fruits sur le bas-côté, des champs de maïs ondulants dont les plants semblaient alignés au laser, d'autres dans lesquels des légumes poussaient de façon désordonnée sous le soleil. Et le ciel, ce ciel ! Ce ciel bleu infini, d'une pureté telle qu'il en paraissait craquant, mordant sur l'océan d'un côté et sur les pics froissés de l'autre. La présence de Kristen me faisait l'effet d'un parfum apaisant, d'un Xanax en aérosol, à tel point que je m'autorisais à me détendre.

La Serena nous accueillit pour notre première nuit. Après avoir dégusté des glaces dégoulinantes sur une place arborée de la ville, nous retrouvâmes notre chambre d'hôtel aux murs colorés, et notre sommeil fut veillé par des icônes religieuses. Jugeant l'endroit trop touristique, nous partîmes dès le lendemain matin nous plonger dans l'arrière-pays. À Pisco Elqui, une femme aux jambes arquées et aux cheveux longs jusqu'aux hanches nous donna un cours de yoga.

– Votre sourire renforce votre *corazón* – votre cœur, nous expliqua-t-elle, alors que nous étions en pleine posture de la Montagne, le torse bombé.

Le deuxième soir, la panique se réveilla en moi, rugissant telle une panthère jusque-là tapie dans les ombres, lorsque trois étudiants allemands nous abordèrent sans finesse aucune dans un bar. Kristen, qui savait se montrer charmante et bavarder avec n'importe qui, prit les choses en main ; dès qu'elle décela de l'effroi dans mon regard, elle nous libéra poliment des trois dragueurs et m'entraîna à l'extérieur, dans la nuit.

– Tout va bien, je suis là, Kristen est là... me chuchota-t-elle à plusieurs reprises, tandis que nous marchions dans les rues sombres, en direction de l'hôtel.

Sa voix était comme un baume, ses mots pareils à une épaisse couverture.

Nous sommes parties dès le lendemain.

Nous étions arrivées le matin même à Quiteria, bourgade si déserte que, dans un premier temps, je m'en étais effrayée. Après nous être garées dans un parking, nous avions arpenté les rues, traînant nos bagages comme si c'étaient de sales gosses boudeurs pendant ce qui m'avait paru des heures avant de dénicher un hôtel ouvert. J'avais alors récupéré les clés d'une modeste chambre avec salle de bains, où le linge de lit s'était révélé humide malgré la sécheresse de l'air des montagnes. Alors que le soleil plongeait vers l'horizon, je m'étais rendu compte que le peu de fréquentation de l'endroit serait en réalité un point positif pour nous : il y aurait ainsi moins d'hommes susceptibles de nous importuner en nous voyant déambuler après la tombée de la nuit. Les gens disent tant de choses à propos des femmes qui voyagent seules.

– Tu sais ce qu'on devrait faire ? me lança Kristen après avoir avalé l'ultime goutte de son *pisco sour*. Nos vœux d'anniversaire !

– Mon anniversaire ne tombe que dans deux semaines.

– Je sais, mais je voudrais le faire en ta présence, pour une fois. Et ce n'est pas n'importe quel anniversaire !

Nous avions en effet pour tradition de nous décrire les événements que nous souhaitions que l'autre vive au cours de l'année à venir. J'avais eu cette idée après la lecture d'un article évoquant deux meilleures amies/collègues qui s'écrivaient à chaque Nouvel An leurs bonnes résolutions.

– Je commence, décréta Kristen, se tournant vers les vignes. Pour toi, mon Emily que j'adore, je souhaite… que ta boîte se sorte les doigts du cul et te donne enfin la promotion que tu mérites.

– Ce serait top.

Je m'étais portée candidate à un poste de chef de service plusieurs mois auparavant, malheureusement mes supérieurs chez Kibble, mon employeur, aussi crétins que mal organisés, n'étaient guère emballés par cette idée. Mon boulot me plaisait, cela dit, promotion ou pas ; j'étais chef de projet au sein d'une start-up spécialisée dans la nourriture pour chats crue et bio qu'elle expédiait à des clients ayant de l'argent à gaspiller. Mes collègues étaient jeunes et branchés, notamment Priya, avec qui je m'entendais merveilleusement bien, et je travaillais entourée de photos de chats.

Quoi qu'il en soit, je n'avais jamais avoué à Kristen que mon vœu secret, celui qui me venait spontanément à l'esprit chaque fois que j'apercevais une étoile filante, que j'attrapais au vol une graine de pissenlit ou que mon regard se posait sur une horloge à 11 h 11, était tout simplement de trouver un mec génial et de fonder une famille. Ce rêve me semblait trop antiféministe et trahir le fait que j'étais en manque d'affection pour oser l'exprimer. Kristen vivant à l'autre bout de la planète et mes autres amies étant toutes mariées ou sur le point de l'être (certaines étaient même déjà mères de famille !), ma patience était mise à rude épreuve. D'autre part, ma situation personnelle avait récemment évolué ; peut-être étais-je enfin sur le bon chemin…

– Mon patron m'a dit que les entretiens débuteraient ce mois-ci, repris-je. C'est drôle, il se comporte comme s'il n'avait même pas le temps de penser à pourvoir ce poste. Comme s'il était trop occupé à sauver le monde, passant d'un appareil digestif félin à un autre.

– Les fans de chats sont les pires personnes au monde, et je dis ça en tant qu'amoureuse de ces bestioles uniquement freinée par ses allergies.

– Son dévouement le rend plutôt attachant, je trouve.

– Tu parles ! ricana Kristen. Son affaire n'est qu'un business qui se nourrit des gens obsédés par un animal qui se fiche éperdument d'eux.

– Le chat de Russell n'est pas du tout désintéressé, et Mochi lui rend bien son amour. J'ai visionné des vidéos qui le prouvent. (Mon amie leva les yeux au ciel, ce qui m'incita à me pencher vers elle.) Franchement, j'adore mon job, je t'assure.

– Pardon, pardon, pardon… lâcha-t-elle en agitant la main. Bon, allez, à ton tour.

– D'accord. En guise de vœu d'anniversaire, avec quatre bons mois d'avance, je te souhaite… hmm…

Tandis que je tapotais du bout des doigts le pied de mon verre, une évidence s'imposa dans mes pensées : *Je souhaite que tu te rendes compte que tu détestes l'Australie, que tu reviennes à Milwaukee, que nous retrouvions notre vie d'avant, ensemble.* Ma raison prit le dessus :

– Je souhaite que ton abruti de patron soit viré et que ça rende ton job un million de fois plus intéressant. Ou alors que tu en trouves un autre qui te rende heureuse.

– Tu n'as pas le droit ! Tu n'as fait que copier mon vœu pour toi !

– Nous sommes censées nous concentrer sur notre carrière à partir de trente ans, non ? Enfin, on a du boulot, c'est déjà ça.

– C'est vrai. Et par bonheur on dépense judicieusement le fric qu'on gagne.

D'un geste ample, elle désigna les vignes, dont les rangées parfaites se rétrécissaient avec la distance. Plus loin, les montagnes froissées rougissaient sous l'effet du soleil couchant. Un oiseau se posa sur le bord de la terrasse de la distillerie, où il émit quelques gazouillis suraigus. C'était un phrygile de Patagonie, aussi jaune que du jaune d'œuf – je sus le nommer, car j'avais farfouillé sur Internet à mes heures perdues, au bureau, m'intéressant notamment à la faune sud-américaine.

Non loin de là, un léger martèlement se fit entendre, probablement dû à une sorte de pivert local. Avant que je n'associe ce bruit à cet oiseau, le souvenir maudit surgit du tréfonds de ma mémoire. *Arrête ! Arrête ! Arrête !* Je revis les yeux écarquillés de Kristen reculant, ses chaussures mouchetées de sang, en cet instant où tout avait basculé, où la vie s'était déchirée, où un gouffre s'était formé entre l'Avant et l'Après.

Kristen remonta ses lunettes de soleil sur son nez et me gratifia d'un sourire indulgent, que je lui rendis.

J'avais eu tort de m'inquiéter. L'incident avec les trois Allemands ne nous avait causé aucun mal. Aucun type louche ne s'était tapi dans un recoin pour nous reluquer avec avidité, et aucun mec bourré ne s'était approché de nous ni ne nous avait suivies de trop près dans une ruelle sombre. Pas une fois nous n'avions redouté quoi que ce soit.

Considérant toujours Kristen, je me sentis submergée par une bouffée de bonheur.

Tout s'était déroulé à la perfection jusque-là.

Une énorme abeille s'agitait autour de nos verres ; Kristen la chassa de la main, sans crainte.

– Nous sommes les seules étrangères à des kilomètres à la ronde, apparemment, fis-je remarquer, à la fois excitée et troublée par cet isolement.

– Ça ne durera pas. D'après mon guide touristique, les cars de visiteurs arrivent le samedi.

Kristen étira ses bras et croisa de nouveau ses jambes musclées. Elle suivait un programme CrossFit à Sydney, et ses membres bronzés et fermes me semblaient parfois bizarres, comme s'ils appartenaient à une autre personne.

Elle était partie vivre en Australie dix-huit mois auparavant, quand sa boîte d'études de marché avait ouvert une agence là-bas ; sa patronne l'avait encouragée à se porter candidate à ce poste. Ce qu'elle avait fait, pour ma plus grande consternation. Elle m'avait confié dans un murmure qu'elle n'en pouvait plus de Milwaukee, sa ville natale minuscule et ses communautés divisées.

Kristen en Australie : cela avait tout d'un caprice aussi fugace qu'excentrique. Elle faisait partie de ma vie depuis que j'avais atteint l'âge adulte, depuis que nous étions devenues amies en fac d'économie à l'université Northwestern, en banlieue de Chicago. Nous avions par la suite toutes les deux décroché un job à Milwaukee, où nous avions partagé un appartement délabré sur Brady Street. Ensemble, nous avions vécu avec plus ou moins de bonheur nos premières années de vie active, au fil des rencards foireux, des bonnes nouvelles côté boulot, des soirées éprouvantes et des réveils encore plus rudes. Nous avions tout de même émergé de cette période en pleine forme, triomphantes ; à l'approche de la trentaine, j'avais un appartement dans le quartier du Fifth Ward, et Kristen le sien à Riverwest, à seulement quelques kilomètres de chez moi. Nous évoquions souvent avec désinvolture le jour où chacune de nous serait demoiselle d'honneur au mariage de l'autre, et où mes enfants l'appelleraient « Tatie ». J'étais entre-temps tombée amoureuse de Milwaukee, l'immense berge de son lac, ses innombrables festivals et manifestations artistiques et musicales bon enfant dans lesquels les talents pullulaient sans aucune trace de la prétention typique des grandes villes. Quand elle m'annonça la nouvelle, je dus fournir un réel effort pour ne pas prendre personnellement ses critiques à l'encontre de la ville.

J'étais heureuse pour elle, bien entendu, mais je fus incapable de ne pas me lamenter sur mon propre sort. J'avais le sentiment d'être oubliée, abandonnée, laissée sur le bas-côté. Son départ me plongea dans une profonde dépression ; je me forçais à vivre avec la sensation qu'une couche de poussière alourdissait chaque instant. Malgré cela, il ne fut pas question de renoncer à une tradition initiée à Milwaukee, à savoir notre voyage annuel en quelque endroit lointain et exotique ignoré de la plupart des touristes.

N'ayant jusque-là connu que des destinations populaires (Londres, Cancún, Paris...), j'avais la sensation, chaque fois que je partais en vacances avec Kristen, de me glisser dans un trou de ver spatial et d'émerger dans une autre dimension, étourdie de sons, d'odeurs et de visions. Notre première destination fut le Vietnam ; à Hội An et Hanoï, notre exploration nous fit découvrir les maisons-tubes, les marchés nocturnes et les temples à l'architecture complexe plus colorés qu'un champ de coquelicots. Puis ce fut l'Ouganda, où nous sacrifiâmes toutes nos économies à vivre de multiples expériences chaque fois uniques, s'empilant comme de la neige, tenant toutes du miracle dans un premier temps, puis nous paraissant étrangement normales par la suite : fixer les yeux des gorilles, pareils à des billes, dans la forêt de Bwindi ; frôler en bateau des crocodiles du Nil et d'énormes hippopotames ; nous agripper l'une à l'autre à l'arrière d'une Jeep, sous le regard d'un lion, pendant un safari dans la vallée de Kidepo.

C'est lors de notre troisième voyage – au Cambodge – que les choses se gâtèrent. C'était la première fois que Kristen et moi nous retrouvions venant chacune d'un côté de la planète, et j'avais hâte de reprendre notre vie quasi commune, celle qui nous semblait aller de soi à l'époque où nous vivions toutes les deux à Milwaukee. Pas un instant je n'avais imaginé que je connaîtrais mes pires terreurs, que je vivrais mon film d'horreur personnel. Comme toujours, Kristen m'avait aidée, m'avait secourue, s'était occupée de moi. Nous étions à présent dans la vallée de l'Elqui, au Chili, les dernières heures de notre séjour se consumant comme la flamme d'une vieille bougie, et tout allait bien entre nous.

Kristen arracha un grain de raisin et l'envoya d'un jet parfait dans sa bouche, puis elle me sourit tout en mâchant, brandissant un autre raisin telle une fléchette :

– Ouvre la bouche, Em !

– Non !

– Laisse-moi au moins tenter ma chance ! Je vise très bien, tu sais.

– Je ne te fais pas confiance.

– Hé ! Je te signale que tu t'adresses à une fille qui a été élue trois fois meilleure joueuse de basket de l'école primaire religieuse du Roi des Rois ! Vas-y, toi, essaie !

Elle ouvrit la bouche à s'en décrocher la mâchoire.

– Cette histoire va mal finir ! l'avertis-je en gloussant avant de lancer un raisin vers ma cible.

Mon projectile rebondit sur le menton de mon amie et, de façon assez miraculeuse, retomba dans son verre vide, ce qui nous réduisit toutes deux au silence, émerveillées.

Il ne nous avait fallu que quelques heures pour trouver notre rythme de croisière au Chili. Durant le long trajet en voiture depuis l'aéroport de Santiago, j'avais remercié le ciel de me retrouver baignant dans l'aura de Kristen, de profiter de son assurance tranquille et de son esprit vif. Ma nervosité me revint au cours d'une pause ; Kristen avait garé notre véhicule de location dans la poussière, à hauteur d'un étal proposant des empanadas, et nous déjeunions calées contre le capot brûlant, sous le regard de la marchande, une femme assez forte à la peau parcheminée. Elle était seule dans ce coin perdu, sans rien d'autre que des arbres trapus et de la poussière étouffante à des kilomètres à la ronde. Je fis l'effort de lui adresser un sourire bienveillant.

Constatant que chacun de nos triangles de pâte était fourré d'un œuf dur entier et de viande hachée épicée, je sortis par réflexe mon téléphone afin de prendre en photo cette spécialité locale.

– Qu'est-ce que tu fais ? me lança Kristen, haussant les sourcils après avoir avalé sa bouchée. Tu as oublié ?

– Je ne comptais pas la poster sur les réseaux sociaux, bafouillai-je en rougissant.

– Donne-moi ça.

La main ouverte de Kristen s'offrait aux rayons d'un soleil agressif, les UV s'en prenant à chaque ligne de sa paume, à chaque rainure de ses doigts.

– Tu connais les règles, insista-t-elle, voyant que je ne réagissais pas.

Une rafale de vent fit siffler les buissons et arbustes qui nous cernaient. La vendeuse, occupée à aplatir de la pâte, leva les yeux vers nous.

Je laissai tomber mon mobile dans la main de Kristen et lui souris :

– Top départ pour la désintoxication.

Cette situation ne s'était pas reproduite depuis. Nos téléphones étaient fourrés dans nos sacs, à portée de main en cas d'urgence, mais éteints, réduits à des blocs inertes de métal et de composants. Notre voyage au Cambodge avait commencé par une retraite-yoga de deux jours au cours de laquelle les téléphones étaient interdits, et nous avions décidé de conserver cette tradition. Ce qui, par la suite, nous avait rendu un immense service ; nous devions à une chance inouïe et à une multitude de détails anodins en apparence d'être aujourd'hui vivantes, en sécurité et libres.

– Quelle sera notre destination, l'année prochaine ?

Kristen fit rouler un grain de raisin entre ses doigts avant de me répondre :

– La Turquie est toujours dans les premières places sur ma liste. Mais tu as entendu dire beaucoup de bien de la Géorgie, je crois ?

– Non, je ne connais rien de ce pays.

– Je suis prête à jurer que tu m'en as parlé, persista Kristen, les yeux plissés.

– La Turquie, ça peut être cool. Il paraît qu'Istanbul est une ville très animée.

– Je pensais aussi au Maroc. On pourrait marchander dans les souks, parcourir le désert à dos de dromadaire, ce genre de trucs.

Une pensée me vint, mais je l'étouffai et tins ma langue. *Aaron s'est rendu à Marrakech, il y a quelques années*. Nous avions enchaîné quatre rendez-vous après des mois de bavardage décontracté au café dans lequel il travaillait. Ces quatre soirées lui avaient visiblement suffi pour faire main basse sur mon esprit, mes rêves éveillés flottant telles des bulles vers une vie de couple potentielle.

Je n'avais pas encore parlé d'Aaron à Kristen, quelque peu refroidie par sa réaction quand, le soir de nos retrouvailles, je lui avais demandé si elle avait récemment rencontré des mecs cool ; elle m'avait répondu par la négative, avec un certain dédain. Depuis que je la connaissais, elle n'avait jamais eu de copain sérieux. Elle avait en outre désinstallé toutes ses applis de rencontres six mois après son arrivée à Sydney, déçue que la recherche de l'âme sœur se révèle aussi frustrante en Australie qu'aux États-Unis. Ce n'est pas que je ne voulais pas lui parler d'Aaron, mais je voulais éviter que notre semaine ne soit noyée sous des conversations à propos de mecs, au détriment de nos rêves, projets et pensées intimes… De plus, je préférais encore mourir que de risquer de tout gâcher en en parlant à Kristen. Cela faisait des années qu'un garçon ne m'avait pas fait craquer à ce point, et je ne voulais pas me porter la poisse. J'avais même décrété un test secret et stupide : j'allumerais mon mobile un de ces jours, et si j'y trouvais un texto d'Aaron exprimant clairement son intérêt pour moi, alors je dirais tout à Kristen.

Soudain, je sursautai ; surgi de nulle part, le propriétaire de la distillerie s'était penché par-dessus mon épaule pour récupérer nos verres vides. Mes doigts étaient parcourus de fourmillements sous l'effet de l'afflux de cortisol dans mon corps, réaction quelque peu démesurée.

– Souhaitez-vous autre chose ? nous demanda l'homme. Nous fermons bientôt.

En sortant de l'établissement, Kristen lui tendit la main et lui redemanda son prénom.

– Merci beaucoup, Pedro, dit-elle quand il lui eut répondu.

Suivant mon amie, je lâchai quant à moi quelques « *Gracias* ».

Nous avions plaisanté à propos de la langue locale, sur la route, en venant de Santiago. Kristen lisait tous les panneaux à l'américaine, ce que je rectifiais systématiquement en prenant mon meilleur accent espagnol, faisant voleter ma langue dans ma bouche comme je l'avais appris à l'école :

– On prononce « Chigualoco », et je suis ravie de te remercier de tes services de chauffeur avec mon talent approximatif d'interprète.

Rayonnante, Kristen s'était tournée vers moi, ses cheveux couleur miel soufflés par le vent qui s'engouffrait dans l'habitacle :

– Tu sais bien que tu n'auras jamais à me remercier de quoi que ce soit.

– 2 –

Notre retour à pied à l'hôtel, en remontant une route de montagne sinueuse flanquée d'un versant abrupt, se fit dans un silence uniquement troublé par quelques aboiements occasionnels. La région constituant un site d'observation des étoiles mondialement réputé, on ne trouvait ici aucun éclairage urbain, et les luminaires extérieurs des habitations n'émettaient qu'une lueur d'un orange vaporeux.

– Tu as une idée, pour le dîner ? me demanda Kristen, juste avant de se pencher sur un fuchsia en fleur. Ça ne sent rien…

– Je retournerais bien dans le boui-boui où on a déjeuné.

J'extirpai mon inhalateur de mon sac, mon physique mis à rude épreuve par notre marche sur de forts dénivelés dans un air raréfié. J'étais loin d'être en aussi bonne forme que Kristen, que ces conditions ne gênaient aucunement.

– Ton bol de quinoa m'a donné envie, ajoutai-je. Sans compter que je commence à en avoir assez des empanadas – même si jamais je n'aurais cru dire ça un jour.

– Mon Dieu, moi aussi ! s'exclama-t-elle, marquant un temps d'arrêt dans l'allée de l'hôtel. J'espérais que tu dirais ça. Bon, je vais me doucher avant le dîner.

– Prends tout ton temps.

Je sortis les clés de mon sac à main et dus tâtonner pour ouvrir la porte. Dans cette quasi-obscurité, il fallait plisser les yeux pour distinguer l'allée de briques. L'hôtel était curieusement agencé : les chambres se trouvaient dans quatre bâtiments, chaque porte donnant directement sur l'extérieur, à l'instar des motels américains. Cet établissement était plus chic et plus cher que ceux dans lesquels nous avions l'habitude de descendre, mais Kristen avait insisté pour se charger de la note, ignorant mes objections en sortant une liasse de billets.

À la fac, l'aisance financière de Kristen avait toujours intrigué mon esprit façonné par une adolescence au sein de la classe moyenne. Elle n'en faisait jamais état, mais il ne m'avait pas fallu longtemps pour me rendre à l'évidence : tandis que je dormais sous une banale couette rayée achetée dans un grand magasin Target, celle de Kristen était couleur crème et saignée de traînées turquoise et cobalt qui la faisaient ressembler à un pliage géant. Mon lampadaire était une chose en plastique bon marché dont les pieds se déployaient tels les serpents de Méduse, bien loin d'égaler en élégance celui disposé près du lit de Kristen. Elle me parlait parfois de ses voyages en des lieux exotiques dont les appellations me semblaient tirées de romans de science-fiction (Ljubljana, Brno, Zagreb, Bakou...), mais jamais elle ne me disait connaître telle ou telle célébrité, pas plus qu'elle ne faisait allusion au milieu dont elle était issue avec une fierté ostentatoire, et encore moins avec une fausse modestie qui l'aurait été plus encore.

Ma clé ayant trouvé le trou de la serrure en produisant un bruit sourd, nous nous engouffrâmes précipitamment dans la chambre avec une sensation de libération d'avoir survécu à notre escapade dans le monde extérieur. Je posai mon sac sur une chaise, et Kristen s'enferma dans la salle de bains. Pour je ne sais quelle raison, nous étions surclassées dans cette petite suite – ma médiocre compréhension de l'espagnol ne m'avait pas permis de saisir si nous le devions au fait d'être les seules clientes de l'hôtel ou si, au contraire, c'était la dernière chambre disponible. Si je parvenais généralement à former des phrases pour exprimer ce que nous avions à dire, j'étais larguée quand un local me répondait, marmonnant à la vitesse d'un rocher dévalant une colline. J'avais beau lui répéter de ralentir le rythme (« *Lentamente, por favor, palabra por palabra* »), il se répétait sans rien changer, pour ensuite m'offrir un sourire plein d'espoir. Kristen se tournait également vers moi dans ces situations, tout le monde attendant que mon cerveau veuille bien s'activer alors que je m'exaspérais moi-même de plus en plus.

Dans la chambre, nous pouvions nous contenter de l'anglais. Je me laissai tomber sur le canapé, une horreur vert pâle, et tournai la tête vers la fenêtre. En journée, la vue était superbe, les montagnes brunes parsemées à leur pied de quelques maisons colorées, mais de nuit on ne voyait rien d'autre que le ciel constellé d'étoiles, la terre, plus bas, réduite à un espace vide aux contours déchiquetés. Après être restée un moment bercée par le bruit de l'eau ruisselant sur le carrelage de la salle de bains, je sortis mon téléphone et me connectai au réseau wifi. Je découvris un interminable chapelet de textos de Priya me décrivant les moments désopilants survenus lors d'une réunion générale. Trois autres messages m'avaient été envoyés par Aaron, qui me faisait part des infos les plus délirantes qu'il avait dénichées concernant Milwaukee.

Un sourire se dessina sur mon visage : il avait passé avec succès le test que je lui avais imposé ; je parlerais donc de lui à Kristen le soir même, quand je jugerais le bon moment venu. Elle comprendrait que je n'en aie rien fait jusque-là ; mieux, elle apprécierait que j'aie préféré ne pas polluer notre semaine par des discussions sur les mecs. Bien entendu, je ne lui soufflerais pas un mot de la raison qui m'avait incitée à rester discrète sur ce point : estimant que je méritais en matière amoureuse des standards à mon sens inatteignables, Kristen avait tendance à critiquer les garçons qui me plaisaient. Elle ne cessait de souligner les signaux d'alerte qui m'échappaient ou que je refusais de voir. Aaron avait passé haut la main ma petite épreuve, et je m'en réjouissais, mais triompher de l'examen de Kristen serait une autre paire de manches.

Aussi surprenant que cela puisse paraître, Aaron semblait pourtant vraiment faire partie des perles rares. Notre première rencontre tenait du cliché digne d'un film romantique ; nous avions pris l'habitude de bavarder pendant qu'il préparait mon café crème au lait d'avoine quotidien au Café Mona, établissement situé dans la même rue que mon bureau.

Avec le temps, j'avais appris qu'il se remettait d'une rupture. Le mois précédent, j'étais restée bouche bée lorsqu'il m'avait demandé mon numéro de téléphone.

Même si j'appréciais les rendez-vous romantiques, ils ne débouchaient quasiment jamais sur quoi que ce soit d'intéressant avec les hommes que je rencontrais via des applications ou par l'entremise de copines. Puis, un an auparavant, j'avais complètement renoncé à cela, chaque nouveau mec me rappelant systématiquement celui qui m'avait menacée de mort et couverte d'hématomes en ce funeste soir, au Cambodge. Je m'étais donc moi-même étonnée en acceptant de voir Aaron en dehors de son boulot. Nous avions applaudi ensemble des airs de polka dans un bar simple, mais confortable. Ayant entamé la soirée avec des émotions amicales, je l'avais conclue amoureuse. Aaron était patient, et pas une fois il ne me reprocha de ne pas être prête à aller plus loin que des sorties ensemble (car c'était à ce stade que la panique surgissait en moi : *Arrête ! Arrête ! Arrête !*). Il était un peu bizarre, avec ses lunettes écaille de tortue, ses cheveux noirs tombants et son énergie délirante de poète de la Beat Generation. Pas mon genre, donc, et pourtant…

Aaron ne ressemblait en rien à Ben, mon ex de l'époque de la fac, et c'est peut-être précisément ce qui me plaisait chez lui. Je retrouvais toujours des facettes de Ben lors de mes rencontres avec des inconnus : une supériorité lassante, d'obscures références à la pop culture, avec des allusions du genre « Je vaux mieux que ça ». À l'inverse, Aaron était doté d'une ouverture d'esprit rafraîchissante. Il travaillait sur des projets graphiques colorés en pleine nuit ; ayant grandi dans la région, il aimait flâner dans les musées à l'ancienne pendant ses jours de congé, comme la Pabst Mansion ou encore dans l'exposition quelque peu flippante sur les « Rues du Milwaukee d'autrefois », au musée public. Il s'intéressait à tout, et particulièrement à moi.

Kristen émergea de la douche enveloppée d'un nuage de vapeur d'eau. Elle sortit une robe de la penderie et s'installa face au miroir, où elle se tartina avec application de fond de teint, avant d'ajouter quelques touches de mascara. Cette routine me surprenait, puisque nous ne postions aucune photo de nous et qu'elle ne se souciait aucunement d'impressionner les inconnus. Elle avait simplement pour habitude de se faire belle en toutes circonstances, j'imagine, avec ses boucles couleur caramel et ses grands yeux noisette.

– Je n'arrive pas à croire que cette soirée soit déjà l'avant-dernière de notre séjour, dit Kristen alors que nous déambulions dans la ville.

– Eh oui, je sais bien. Nous serons bientôt de retour dans nos box, au bureau. Quelle horreur !

Je l'observai un instant.

– Il faut mettre au point un plan d'action, à propos de Lucas.

Elle haïssait son patron, un imposant Suisse expatrié en Australie qui, d'après elle, l'avait détestée dès lors que la boîte avait claqué plus de mille cinq cents dollars pour le visa de Kristen.

– Comment faire pour que votre relation évolue de façon positive ? ajoutai-je.

Elle haussa les épaules :

– C'est peine perdue pour un bouc émissaire comme moi. Notre service n'atteint pas ses objectifs trimestriels, et je suis le seul cadre à ne pas faire partie de leur petit groupe de mecs « chefs de service ». Je crois qu'ils ont peur de moi.

– Sérieux ?

– Oui, mais c'est banal ; tous les hommes ont peur des femmes. Cette terreur est ancrée dans leurs tripes.

Elle fit courir ses doigts dans une plante grimpante qui retombait sur la rue.

– Tu penses que les mecs ont peur de nous ? Moi, je crois que c'est l'inverse.

Était-ce donc ainsi que Kristen percevait la vie ? De mon côté, j'enviais aux hommes le peu de cas qu'ils faisaient de leur sécurité, l'aisance avec laquelle ils étaient capables de s'engager sans réfléchir dans une ruelle sombre.

– Bien sûr qu'ils ont peur de nous, insista mon amie. C'est pour ça qu'ils sont si cruels, avec leurs grands mots et leur facilité à brandir un fusil d'assaut.

– Mais pourquoi ?

– Parce que nous savons des choses. Nous voyons – nous percevons – des détails qui leur échappent.

Elle évita un crottin de cheval.

– C'est nous qui avons croqué le fruit défendu de l'arbre de la connaissance, après tout.

– Une référence biblique à l'ancienne…

Les femmes étaient-elles toutes maîtresses dans l'art de la perception des choses ? Kristen était très observatrice, voyait parfaitement clair dans les insinuations, les gens et les lieux, avec une approche plutôt cérébrale. J'étais plus sensible qu'elle, plus délicate, plus poreuse. La vue d'un oiseau agonisant sur le bas-côté pouvait me submerger de tristesse. Toutefois, ce trait comportait également des avantages : une joie pure et sans mélange m'inondait quand un papillon me frôlait, me donnant l'impression que nous partagions un secret.

Délaissant la voie étroite, nous retrouvâmes la rue pavée qui menait au charmant restaurant végétarien que nous avions déjà expérimenté. Une fougère aussi haute qu'un arbre était plantée au cœur du patio, lequel était orné d'attrape-rêves colorés et d'un drapeau de prière tibétain usé suspendus entre les arbres environnants. L'enthousiasme que Kristen et moi partagions en découvrant de nouvelles villes frôlait parfois un plaisir comparable à l'orgasme. En tombant par hasard sur cet endroit, quelques jours plus tôt, nous avions toutes deux été si charmées que nous nous étions spontanément prises dans les bras en gloussant.

Kristen adorait raconter aux gens la façon dont nous avions fait connaissance, comme si nous formions un vieux couple encore stupéfait de jouir d'un tel bonheur. En deuxième année de fac, nous avions été les seules filles à nous inscrire à des travaux dirigés de méthodes statistiques en économie. Lors du premier cours, quelques mecs, pour la plupart en quatrième année, nous avaient exclues des discussions, levant les yeux au ciel chaque fois que nous posions une question, reprenant nos remarques sans se gêner, avec une suffisance qui frisait le comique. De retour dans le couloir, j'avais adressé un sourire timide à Kristen :

– C'était… intéressant.

– On devrait travailler ensemble et ridiculiser ces connards en les surpassant. Je m'appelle Kristen.

Mes manuels calés sous le bras gauche, j'avais serré la main que me tendait Kristen. J'eus alors la sensation d'être déséquilibrée, comme quand on retrouve la terre ferme en débarquant d'un bateau : une part de moi-même comprit instantanément que je vivais un moment essentiel, que désormais les choses seraient changées à jamais.

Je n'avais pas éprouvé de sensation comparable depuis le jour où j'avais fait la connaissance de Ben lors d'une soirée, en première. Scolarisé dans un lycée privé pour garçons, il s'était approché de moi et m'avait saluée, son regard bleu métallique plongé dans le mien. Il nous avait fallu moins d'un mois pour officiellement « sortir ensemble ». Ce jour-là, en deuxième année de fac, quand je serrai pour la première fois la main de Kristen, Ben et moi n'étions plus vraiment amoureux, c'était une évidence, mais j'éprouvais encore de l'affection pour lui, après ces années passées ensemble. J'en avais une approche économique : nous avions investi beaucoup de temps, d'espace, de connaissances et de sentiments dans cette relation, et l'avenir que nous avions imaginé à Minneapolis, d'où nous étions tous deux originaires, avait à nos yeux valeur d'accord conclu, inévitable. Coûts irrécupérables et espoirs perdus.

Je saisissais très mal la situation, à l'époque, incapable d'avoir le recul nécessaire pour clairement voir les choses. *Il prend soin de toi*, me répétais-je quand il laissait entendre sans équivoque qu'il était plus intelligent que moi. *Il ne souhaite que le meilleur pour toi*, me rassurais-je quand il me disait peu apprécier mes amis de fac chahuteurs ou avoir horreur que je boive – il avait piqué une grosse colère le jour où j'avais fumé de l'herbe. *Il veut que tu deviennes la meilleure personne possible*, me récitais-je, telle une poupée mécanique, quand il insistait pour que je m'initie à la littérature russe ésotérique, au cinéma d'art et d'essai ou à la musique approuvée par les cercles les plus snobs qui soient. De surcroît, la dynamique de notre relation était assez confortable, puisque je savais comment il préférait son café ou dans quel restaurant nous irions dîner avant d'aller au cinéma. Quelle que soit la situation, aucune surprise n'était à redouter. C'était rassurant, comme jeter un coup d'œil à la dernière page d'un thriller avant que le récit ne devienne trop flippant.

Puis j'avais fait la connaissance de Kristen. Nous étions presque instantanément devenues inséparables, partageant entre autres choses un amour immodéré pour les jeux de mots débiles et les casse-tête idiots, au point de façonner une communication secrète entre nous, comme si nous évoluions dans un univers qui nous était propre. Nous nous retrouvions un peu partout sur le campus pour étudier ensemble, l'endroit du jour étant inévitablement suggéré sous la forme d'une énigme envoyée par texto, ce qui nous lançait dans une chasse au trésor dont nos retrouvailles étaient la récompense. Dans les dortoirs, nous laissions des messages codés sur les tableaux blancs fixés aux portes de nos chambres, nous plaignant d'être « encore sexilées » ou nous invitant à « dîner chez Hinman ». Ce mode furtif, cette façon de dissimuler des secrets au vu de tous, donnait à nos échanges un caractère survolté. Qui ne rêve pas d'agir en douce en toute impunité ?

Quelle ironie dans ces pensées, méditais-je aujourd'hui, songeant à ce qui m'était arrivé au Cambodge, à cette mare de sang grandissante sur le sol.

À la fac, le bonheur de côtoyer Kristen ne fit que souligner, par contraste, combien ma relation avec Ben était tendue et réduite à peau de chagrin. Kristen fut la première à émettre des doutes à ce sujet, à poser les questions pertinentes, jusqu'à ce que, peu à peu, j'en arrive à prendre conscience que Ben me manipulait, me critiquait, m'enfumait de façon subtile. Dès lors, j'appris à lui résister, à remettre en question ce qu'il affirmait, à lui demander pourquoi nos projets d'après fac étaient essentiellement les siens, avec pour moi un rôle d'accessoire dans le décor. C'est chez Kristen que je me suis réfugiée quand, à 2 heures du matin, au cours de notre quatrième année d'études, l'engueulade du siècle a éclaté entre Ben et moi, avec force hurlements et gesticulations.

Nous ne nous étions jamais disputés jusque-là, et notre rancœur n'avait fait que croître. Ce soir-là, j'eus la sensation de me scinder en deux, une part de moi-même assistant à la scène depuis les hauteurs, tel un drone. *Regarde ça ! Tu y crois, sérieux ?* Alors qu'il se détournait de moi, je l'agrippai par l'épaule :

– Regarde-moi quand je te parle !

Il se retourna si brusquement qu'il me repoussa ; je me cognai la tête sur le mur.

– Je ne voulais pas te frapper, lâcha-t-il, le regard noir, en guise d'excuse.

Sur ce, je l'écartai et sortis de la pièce en courant. La situation resta bloquée plusieurs jours durant, puis Kristen se rendit chez nous et fourra mes affaires dans une valise sous le regard d'un Ben à la mâchoire crispée. Nous n'avons jamais officiellement rompu.

De façon ô combien pathétique, je voulus le revoir, crier et pleurer dans ses bras, qui m'étaient presque aussi familiers que les miens, mais Kristen savait quelle était la meilleure réaction à adopter.

– On s'en fout, de la rupture officielle ! me dit-elle. Il est hors de question que tu gâches une seconde de plus avec ce naze. Laisse-le chercher une autre nana à enfermer dans une boîte étouffante, et sois la fille qui déchire comme tu sais l'être.

Dans le restaurant chilien, Kristen se dirigea vers un serveur, deux doigts brandis :

– *Una mesa para dos*.

Elle avait toujours été rapide à assimiler les choses. L'employé la laissa choisir une table, et elle me céda la meilleure place, face à la salle, se contentant quant à elle de ne voir que ma personne et le mur dans mon dos.

– Qu'est-ce qu'on s'est amusées cette semaine, se réjouit-elle, une main sur mon avant-bras. C'était à la fois cool et magique.

– Exactement ce dont j'avais besoin, convins-je en dépliant ma serviette.

– Ça faisait très longtemps que je n'avais pas été si détendue.

Arrête ! Arrête ! Arrête ! Le sang dégoulinant comme de la peinture sur le pied de lit métallique. Les yeux écarquillés de Kristen, sidérée. Ses mains, ses poignets et ses chaussures tachés de sang.

– Difficile de croire qu'une année est passée, dit-elle en ouvrant un menu. Quand on se retrouve, c'est comme si on s'était quittées la veille, comme si rien n'avait changé. C'est à ça qu'on voit que nous sommes de vraies amies.

– 3 –

Les faits étaient les suivants : un homme m'avait agressée à Phnom Penh, au Cambodge, et Kristen et moi l'avions tué, en état de légitime défense.

C'était un routard, un Sud-Africain pourvu d'une énorme barbe blonde et d'impressionnants bras poilus et bronzés, parsemés de taches de rousseur. Il nous avait abordées dans un bar froid et humide – il avait surtout été attiré par Kristen, comme toujours splendide en pantalon pattes d'éléphant et les seins libres sous un débardeur – et nous avait demandé si le Cambodge nous plaisait. C'était un lourdingue, comme nous avions l'habitude de qualifier les mecs dans son genre, c'est-à-dire qu'il avait le contact facile et parlait trop fort, mais il était plutôt mignon. Après quelques minutes de bavardage, il tendit la main :

– Je m'appelle Sebastian, au fait.

Kristen se présenta en tant que Nicole, fidèle en cela à une facétie dont nous étions coutumières à la fac, à savoir donner de faux noms, comme pour signifier combien cette rencontre nous importait peu et à quel point nous étions certaines de ne jamais revoir tel ou tel type. Après mon histoire avec Ben, cela m'avait aidée à ne pas me jeter trop vite sur un autre garçon – ce que Kristen m'avait vivement déconseillé. Durant nos voyages, ces faux noms donnaient à nos soirées un côté excitant, comme si nous étions plongées dans la folie de Las Vegas. Jouant le jeu, je me présentai en tant que Joan.

Or Sebastian se révéla très amusant. Comme cela m'arrive parfois lorsque j'ai le sentiment d'être la fille la moins désirable d'un groupe, mon esprit s'éveilla aussi sûrement qu'une lumière allumée, multipliant les reparties brillantes avec une synchronisation parfaite. Cela ne parut pas gêner Kristen – il faut dire que Sebastian était davantage mon type que le sien ; elle se comporta donc en copine de drague idéale en allant voir ailleurs, discutant avec d'autres inconnus.

Les heures passèrent, et l'air se fit plus frais. Le bar se vida, puis ce fut au tour des rues. Le rugissement des motos se réduisit en un ronronnement occasionnellement ponctué de cris poussés par des touristes ivres. Riant à une réplique de Sebastian, j'effleurai son épais biceps, puis il posa la main sur ma taille lorsqu'il nous fallut nous écarter pour laisser passer un serveur. « Nicole » nous offrit une nouvelle tournée de bière Angkor. Tandis que nous trinquions, elle me lança un sourire entendu.

Inévitablement, il fut question « d'aller ailleurs ». Il logeait dans une auberge de jeunesse encore plus miteuse que la nôtre, ne louant qu'un couchage dans une pièce emplie de lits de camp ; Kristen, en véritable sainte, jura vouloir rester encore un peu dans le bar désert, pour une dernière bière en solo.

– Je serai sûrement de retour dans la chambre vers… minuit ? proposa-t-elle, ce à quoi nous hochâmes la tête, Sebastian et moi, reconnaissants.

La situation était limpide pour tout le monde.

Alors que je m'apprêtais à m'en aller, Kristen m'agrippa par le coude et me demanda une dernière fois :

– C'est O.K., tu es sûre ?

J'eus un instant d'hésitation. Je ne connaissais pas du tout ce mec, après tout. Chez moi, dans le Midwest, mes coups d'un soir après deux ou trois rendez-vous maximum (qui s'étalaient sur une gamme allant de « chouette » à « regrettable », en passant par « pas vraiment ce à quoi je m'attendais, mais bon, allons-y, maintenant que j'ai fait l'erreur de me retrouver au lit avec lui ») cochaient tous deux cases impératives : un quartier qui m'était familier et avoir mon portable sur moi, afin de pouvoir à tout moment appeler police secours. Or la situation était tout autre au Cambodge. Ni Kristen ni moi n'avions eu d'amourette au cours de ces vacances. Quoi qu'il en soit, je chassai mon malaise, cette sensation si fréquente chez une femme évoluant sous les regards d'autrui, car le mec était marrant et canon. Et il avait envie de moi.

Aujourd'hui encore, je repense souvent à cet instant, au moment où j'ai tapoté le bras de Kristen avant de m'éloigner d'elle, à la façon dont il a modifié le cours de notre vie. Notre chemin a brusquement changé de direction ; nous avons laissé derrière nous une infinité de voies potentielles se dispersant tels les fils de dentelle d'un napperon. Dans un de ces avenirs, je change d'avis, cédant à la prudence, et Sebastian disparaît dans la nuit, vexé. Autre possibilité, nous faisons notre affaire dans le bar ou dans un buisson, au détour d'une rue.

Sur le fil que je suivis ce soir-là, Sebastian et moi sortîmes du bar. C'est alors qu'un flash d'appareil photo nous aveugla. Plusieurs secondes nous furent nécessaires pour y voir de nouveau, si bien qu'il nous fut impossible de déterminer qui avait pris le cliché sans se rendre compte que nous figurions en arrière-plan. Par la suite, je repenserais parfois à cette image, l'imaginant enregistrée sur le cloud par un touriste loin de se douter qu'on y voyait un individu porté disparu lors de son ultime moment en public. De très graves conséquences pourraient advenir si la bonne personne tombait par hasard sur cette photo ; elle ferait aussitôt le lien et contacterait les autorités sud-africaines. Qui sait quels autres éléments cruciaux sont involontairement stockés dans les téléphones, les disques durs et les albums poussiéreux, détails d'un décor qui auraient une portée toute différente pour d'autres personnes ?

Tandis que nous marchions main dans la main, fendant l'air infesté de moustiques, Sebastian fit glisser son bras et me pelota les fesses, puis nous parvînmes à l'hôtel. L'employé de service de nuit était endormi sur un canapé du hall d'entrée. En attendant qu'il nous ouvre, Sebastian me caressa le pouce du sien. Aussitôt enfermés dans la chambre, nous avons échangé un baiser fougueux, tandis que je sentais mon excitation grimper à vive allure.

Nos premiers ébats furent torrides ; je découvris qu'il aimait mêler au plaisir une petite dose de douleur, par exemple en me mordillant la lèvre inférieure ou en m'empoignant les cheveux pour tirer ma tête en arrière. Ce n'était pas trop mon truc, mais je dois avouer m'être sentie assez excitée à l'idée d'être sa proie, si désirable qu'il pouvait à peine contenir son désir bestial. D'autre part, j'avais, au fil des années, accumulé suffisamment de connaissances en matière d'éducation sexuelle, que ce soit grâce à des tests dans des magazines ou lors de discussions alcoolisées avec des copines, pour savoir que la meilleure façon de le rendre dingue de vous, d'être son meilleur coup, consistait à lui faire comprendre que j'étais à fond dans son jeu et que je déchiffrais clairement ses signaux non verbaux. Ces conseils à l'esprit, je tirai à mon tour sur sa tignasse blonde, puis déposai dans son cou un baiser que j'eus tôt fait de transformer en morsure. Faisant courir mes doigts sur son dos nu, je les contractai soudain, produisant dix fines griffures. Mes lèvres plaquées sur les siennes, je souris lorsque je l'entendis gémir de plaisir.

C'est alors que quelque chose bascula.

C'est à cet instant de mon souvenir que mon cerveau ne veut plus rien voir, exige de changer de chaîne. *Arrête ! Arrête ! Arrête !*

La sensation de sa bouche sur mon mamelon soudain douloureuse, je poussai un petit cri et le repoussai, une main sur sa joue. Il tenta de m'embrasser de nouveau, puis son poing se referma sur mes cheveux et il tira si violemment que j'en eus les larmes aux yeux.

– Hé ! Pas si fort ! m'exclamai-je, désagréablement surprise et l'esprit quelque peu embrouillé.

Il me répondit par un sourire, sans cesser ses caresses :

– On s'amuse, c'est tout.

Ses dents trouvèrent le lobe de mon oreille, qu'il mordit jusqu'à me faire crier.

– Tu me fais mal ! glapis-je en me redressant, calée contre la tête de lit.

– Tu es super sexy, tu sais…

– Je ne plaisante pas ! insistai-je, écartant brusquement sa main de mes seins.

Aussi vif qu'une dionée attrape-mouche, il emprisonna mon poignet dans sa main :

– Tu comptes me faire ramer pour t'avoir, on dirait…

– Non, on arrête là, décidai-je en descendant du lit. Tu ferais mieux de t'en aller.

– Tu as passé la soirée à m'allumer, protesta-t-il, le regard soudain plus dur.

Une larme m'échappa, mais je fis de mon mieux pour afficher un air furieux et paraître sûre de moi :

– Il faut que tu partes, maintenant.

Il se cabra et me gifla violemment.

– Tu préfères peut-être ça ?

Sous le choc, j'eus la joue si douloureuse que je crus entendre un carillon sonnant à toute volée. Mon excitation chassée par la terreur, je crus être plongée dans de l'eau glacée, passée en un instant en mode survie, consciente de l'alternative s'offrant à moi : me battre ou m'enfuir. Cherchant à le repousser, je réagis avec l'énergie du désespoir sans vraiment voir ce que je faisais, si bien que je le frappais involontairement sur la mâchoire. Fulminant, il me saisit par la gorge et me plaqua contre le mur que mon crâne heurta sèchement. Du bout des doigts, je tentai de desserrer son emprise. De son autre main, il baissa mon string sur mes cuisses, ce qui me valut un étrange sentiment de honte comparable à celui qu'on ressent quand, dans un rêve, on se rend compte qu'on est nu.

Emprisonnant mes deux poignets d'une seule de ses énormes mains, il les plaqua contre le mur, au-dessus de ma tête, ce qui me donna l'impression d'être une sorcière ligotée sur un bûcher. Je garde de ces instants des souvenirs essentiellement tactiles, comme la pression de ses hanches contre les miennes ou le contact de son pénis déformant son short. Je revois encore le sourire qui fendait son visage en sueur, ainsi que la cruauté dans ses yeux lorsque je me mis à hurler, puis sa main libre s'élevant au ralenti avant de s'abattre sur ma bouche. L'arrière de mon crâne heurta de nouveau le mur, plus violemment que la première fois – je ressentis le même craquement que huit ans plus tôt, avec Ben –, et ma vision se troubla sous l'effet d'un flash blanc.

Il cessa de s'agiter, et moi de me débattre, mon esprit passé en mode plongée sous-marine. Kristen avait voulu s'y essayer au Vietnam, quelques années auparavant, mais je m'y étais opposée, car j'avais lu quelque part que les plongeurs meurent parfois non par manque d'oxygène, mais parce qu'ils perdent le sens de l'orientation, alors ils paniquent et arrachent leur équipement. C'est cette situation qui me vint à l'esprit tandis que Sebastian accentuait sa pression sur ma mâchoire ; j'avais quelque chose sur la bouche, que je voulais à tout prix arracher, bien que sachant que j'étais foutue quoi qu'il advienne.

Il va me tuer !

– Emily !

Cette voix nous figea tous deux. Sebastian se retourna vers la porte de la chambre ; j'étais quant à moi incapable de tourner la tête, mais je sentis la pression qui me clouait s'atténuer. Sous l'effet d'un afflux de colère, je mordis la chair calleuse de sa main, jusqu'à sentir un fort goût métallique sur ma langue.

– Salope ! brailla-t-il.

Il lâcha mes poignets et s'écarta, la paume en sang. La dentelle de mon string me cisailla la cuisse lorsque j'enchaînai avec un coup de genou vers le haut. Le gémissement qu'il poussa me fit comprendre que j'avais touché ma cible. Il porta la main à son entrejambe, puis s'effondra sur moi.

Un son sec se fit entendre, et Sebastian fut saisi d'un soubresaut. Sans perdre une seconde, je me dégageai de mon agresseur. Kristen était dressée au-dessus de nous, haletante, le visage déformé par un rictus de haine. On aurait cru voir Buffy contre les vampires surgie dans la vraie vie. Elle brandissait un lampadaire à deux mains, pareille à un joueur de base-ball prêt à frapper. Alors que je reculais sur les fesses, elle abattit de nouveau son arme de fortune sur le dos de Sebastian, produisant un craquement écœurant. Ce dernier s'effondra, et sa tête percuta le sol à quelques centimètres d'un pied du sommier.

L'espace d'une fraction de seconde, mon regard croisa celui de Kristen, dans lequel je vis un écho de ma fureur. Puis je devinai son geste avant même de l'interpréter.

– Arrête ! Arrête ! Arrête !

Je revois la scène par flashes, comme éclairée par un stroboscope : la tête de Sebastian contre le pied du lit ; trois coups de pied, quatre, du sang maculant le bas du sommier et s'insinuant dans les rainures du linoléum. J'agrippai Kristen et la serrai de toutes mes forces dans mes bras. Plaquées l'une contre l'autre, nous tremblions comme des feuilles.

Nous sommes restées ainsi un certain temps. Quelques secondes, plusieurs minutes, peut-être des heures. À travers les rideaux tirés, on voyait des motos passer dans la rue, le flash de leurs feux précédant le rugissement du moteur. Sebastian ne bougeait plus. Kristen fut la première à rompre notre étreinte. Le regard redevenu lucide et les yeux plissés, elle s'adressa à moi d'une voix ferme :

– Il faut filer d'ici.

Réfléchissant à haute voix, elle passa en revue les options qui s'offraient à nous. Elle envisagea de prévenir les flics, soulignant que nous avions réagi en état de légitime défense, puis rappela que notre guide touristique signalait que les contacts avec la police locale étaient tout sauf aisés. D'autre part, mon expérience avec Ben m'avait appris que porter plainte pour agression – ce que j'avais été tentée de faire à plusieurs reprises sur le moment, puis au cours des mois suivants – est beaucoup plus compliqué qu'on ne l'imagine. Nous n'avions surtout pas envie d'échouer dans une cellule de prison cambodgienne, accusées de meurtre et nos passeports confisqués. Nous avions toutes deux vu *Bangkok, aller simple*[1] et lu de nombreux articles à propos d'Amanda Knox[2].

Alors que je frissonnais de peur, l'esprit totalement confus, Kristen fit preuve d'une réactivité extraordinaire. Elle prit le pouls de Sebastian et ne perçut pas le moindre signe de vie. Coup de chance frôlant l'absurde en cette soirée de déveine, à l'arrivée à la réception de l'hôtel, personne ne nous avait réclamé nos passeports et nous avions réglé nos chambres d'avance et en liquide. Le barman nous avait entendues nous présenter en tant que Nicole et Joan. Quant à Sebastian, il écumait les routes depuis neuf mois, lancé dans un voyage sans fin, et comme nous, il déclarait avec fierté fuir les réseaux sociaux et ne donnait que rarement des nouvelles à ses proches.

Kristen décréta la marche à suivre : lester le cadavre, puis le jeter du haut d'une falaise voisine dans la rivière tourmentée qui coulait en contrebas, effacer toutes les traces de ce qui s'était passé, et enfin quitter Phnom Penh avant que quiconque ne devine qu'un événement grave s'était produit. J'étais quant à moi engourdie et saisie de fourmillements, comme sous perfusion de novocaïne en intraveineuse. Jamais Kristen et Emily n'auraient le cran de se débarrasser d'un cadavre, mais Nicole et Joan sauraient s'y prendre. Et c'est ce qu'elles firent. Je ne garde des heures qui suivirent que des bribes de souvenirs, pareilles à des rushes cinématographiques dont j'espérais vivement que mon cerveau n'effectuerait jamais le montage. Cette épreuve aussi cruelle qu'éreintante me laissa endolorie une semaine durant, contrairement à Kristen, inépuisable, la mâchoire ferme et animée d'une détermination sans faille. Je lui obéis au doigt et à l'œil et, par je ne sais quel miracle, cela fonctionna.

---

1. *Bangkok, aller simple*, film sorti en 1999, raconte l'histoire de deux jeunes Américaines arrêtées pour possession de drogue et emprisonnées en Thaïlande. (*Toutes les notes sont du traducteur.*)
2. Amanda Knox a passé quatre années en prison, jugée coupable du meurtre de sa colocataire, avant d'être acquittée en 2015.

Un car nous conduisit ensuite au Laos, trajet d'une dizaine d'heures qui se déroula en silence, ponctué de siestes, puis nous fîmes profil bas quelques jours dans un hôtel deux étoiles. Je ne me souviens ni du vol de retour, ni du trajet en taxi jusque chez moi, ni de ma nuit d'insomnie avant de reprendre le boulot. Je ne cessais de revoir en pensée le crâne de Sebastian entaillé contre le pied du lit, ainsi que son sang rubis formant une mare ovale aux allures de phylactère de bande dessinée.

J'étais dans un état lamentable et j'avais l'esprit flouté, comme voilé de moisissure noire. Bien que se prolongeant une dizaine d'heures, mes nuits étaient épouvantablement agitées, tandis qu'en journée je pouvais fondre en larmes à tout moment. Il m'arrivait de ne pas entendre mon réveil et de ne me présenter au boulot qu'à midi, les yeux bouffis et le regard dans le vide. Des journées entières passaient sans que j'avale quoi que ce soit, si bien que je m'éveillais ensuite en pleine nuit, l'estomac vide et perclus de crampes. Quand mon chef m'avertit que si je ne me reprenais pas, il serait contraint de se séparer de moi, je lui répondis par un regard ahuri, trop brisée pour me soucier de ce détail.

La mort de Sebastian ne me satisfaisait pas. J'étais contre la peine de mort, et je ne nous imaginais certainement pas en miliciennes rendant nous-mêmes la justice. Ce qui s'était produit n'était qu'un accident, une réaction en état de légitime défense qui était allée trop loin. Cependant, je ne regrettais pas que nous ayons jeté le cadavre, plutôt que de prévenir la police ; j'en étais même arrivée à me convaincre que nous n'avions pas eu le choix. M'étant longuement documentée sur des Américains arrêtés à l'étranger, j'avais constaté que leur vie avait chaque fois été ruinée à tous les niveaux. Une femme originaire de l'Oregon avait passé des années à attendre son procès en Argentine, après avoir repoussé un pickpocket qui lui faisait les poches – le voyou avait chuté sur la chaussée et été mortellement fauché par un véhicule. Par ailleurs, un étudiant de Virginie en vacances à Acapulco avait échoué en prison, bien que jurant n'être aucunement lié à l'agression d'une serveuse de restaurant. Quantité de voyageurs devaient se battre pour pouvoir rentrer chez eux, quand ils ne perdaient pas leur jeunesse dans une cellule miteuse. Je me gorgeais de ces épouvantables récits, songeant avec un frisson que « ça aurait pu être moi ». Si ces articles atténuaient mon sentiment de culpabilité, ils ne soulageaient en rien mon traumatisme et ma conviction que toute cette histoire n'était rien d'autre qu'une injustice. Pourquoi donc l'univers nous avait-il projetées dans une telle barbarie, piégées entre Charybde et Scylla ?

Peu après notre retour, je fis savoir à Kristen que je souhaitais consulter un psy, soulignant que, tenu par le secret professionnel, il ne confierait jamais à quiconque ce que je lui révélerais. Je savais qu'elle avait elle-même suivi une thérapie étant enfant, après la mort de ses parents, ce qui faisait d'elle mon unique connaissance ayant côtoyé un psy. La perspective d'une oreille impartiale et compatissante – et qu'il fallait payer – m'attirait. J'étais victime de cauchemars et de crises de panique, et souffrais de douloureux échos de mon impuissance et d'une terreur dévorante.

– Je suis navrée de te dire ça, mais je pense qu'il vaut mieux que personne ne soit au courant de notre lien avec ce type, me répondit Kristen d'une voix rendue métallique par les quinze mille kilomètres qu'elle parcourait pour me parvenir.

– Même si je mens concernant le lieu et la date… et évidemment sur la façon dont ça s'est terminé ?

S'ensuivit un silence interminable.

– Ce n'est pas vraiment comme ça que fonctionne une thérapie, me répondit enfin Kristen.

– Mais toi, ça t'a aidée, non ? Quand tu as subi un… traumatisme ?

– J'étais gamine. J'avais perdu mes parents, et mes grands-parents ne savaient pas comment s'y prendre avec moi. Le Dr Brightside m'a aidée, elle m'a enseigné quelques mécanismes pour surmonter le choc. Mais toi, tu es forte, Emily, je te connais.

Un nouveau silence se prolongea.

– Elle s'appelait vraiment Brightside[3] ?

– Difficile de trouver un nom plus pertinent pour une psy, pas vrai ? ricana Kristen. Avec le recul, je me dis que c'était peut-être un pseudonyme.

Sa voix se fit ensuite plus douce.

– Je n'ai qu'une envie, c'est que tu sois heureuse. Et en bonne santé. Fais ce qui te semble nécessaire pour ça.

Malgré ces mots, j'avais saisi son point de vue.

– Tu as raison, je le reconnais, dis-je. Je ne suis même plus capable de réfléchir correctement, j'en suis encore à essayer de digérer toute cette histoire.

– Ça ira de mieux en mieux avec le temps, je te le promets. En attendant, tu peux m'appeler quand tu veux pour en parler, de jour comme de nuit. Je n'ai jamais abordé le sujet, car je n'étais pas certaine que tu en aies envie, mais je serai toujours là pour toi.

Elle reprit un ton plus léger.

– Je serai ton Dr Brightside personnel.

– Comment fais-tu pour résister à tout ?

Alors que j'avais voulu donner une touche humoristique à ma phrase, je n'avais réussi qu'à exprimer ma souffrance et ma jalousie.

– Je ne veux surtout pas que tu croies que je ne t'écoute pas. Je te jure que j'entends ce que tu me dis.

Percevant son insistance, je me surpris à hocher la tête.

– Moi aussi je lutte pour me remettre de ce que nous avons vécu, évidemment, mais je tiens bon, car je sais que tu me soutiendras toujours, quoi qu'il advienne, de même que je te soutiendrai. Nous serons toujours là l'une pour l'autre.

Sur le moment, je n'imaginais pas à quel point elle pensait ce qu'elle disait, ni qu'elle m'appellerait tous les soirs au cours des semaines et mois suivants – le matin, pour elle, avant de filer au boulot. Elle prit ainsi quotidiennement de

---

3. Que l'on pourrait traduire par « bon côté des choses ».

mes nouvelles, me demandant comment je me sentais, me dissuadant de parler de notre expérience à quiconque, me remontant le moral ou me surprenant en disant quelque chose de si drôle que je ne pouvais qu'avoir la sensation d'être redevenue moi-même. Le week-end, nous communiquions longuement en visio – en une occasion, une discussion de ce genre se prolongea dix heures, toute la nuit pour elle – et regardions des films simultanément, elle faisait livrer des plats chez moi, faisait appel à des services de blanchisserie et de ménage pour nettoyer mon linge et ma cuisine triste et collante ; en somme, elle faisait faire tout ce qu'elle aurait fait en personne si elle avait été présente à mes côtés. Si tel avait été le cas, elle m'aurait donné la becquée, faisant glisser des nouilles japonaises dans ma gorge. Elle m'aurait lavé les cheveux et coupé les ongles.

Lorsqu'elle me promit d'être mon Dr Brightside personnel, j'étais encore loin de deviner qu'elle me sauverait, qu'elle me réparerait, mais je saisis qu'elle était sincère, qu'elle serait toujours là pour moi, contre vents et marées. Au bord des larmes, je dus me racler la gorge.

– Je ne sais pas ce que je deviendrais sans toi… pleurnichai-je, en quasi-catatonie dans mon salon plongé dans la pénombre.

– J'espère qu'on n'aura jamais la réponse à cette question ! glousa-t-elle.

– 4 –

Kristen reposa sa fourchette et se pencha en avant, les coudes sur la table :

– Au fait, je voulais te parler d'un truc.

– Ah oui ?

Je m'offris une gorgée de carménère. Délicieux comme toujours, ce vin chilien sombre dégageait un parfum d'herbe fraîchement coupée. Que Kristen ait une confidence à me faire était une amusante coïncidence, puisque je m'apprêtais à lui parler d'Aaron.

– Je n'ai pas voulu aborder le sujet trop vite, poursuivit-elle. J'ai préféré… attendre un peu pour voir où tu en étais, j'imagine. Mais bon, allez, je me lance.

Elle écarta les mains. Je suivis du regard le bout de ses doigts qui se déployaient, comme au ralenti, et je sentis mes tripes se nouer. *Elle va me parler du Cambodge !*

Puis elle mit un terme à cette pause théâtrale :

– Partons en périple à travers le monde pendant six mois, toutes les deux, dès l'été prochain – l'été dans ton hémisphère, j'entends.

J'eus besoin d'un moment pour assimiler les paroles de Kristen, comme si elle s'était exprimée en espagnol à toute allure. Elle me dévisageait, pleine d'espoir.

– Un périple à travers le monde ?

– Tu as mis une tonne de fric de côté grâce à ton job pépère dans la nourriture pour chats, et moi j'envisage de prendre une année sabbatique. Ma sous-location arrive à échéance en juin. Je suis on ne peut plus sérieuse, Emily. On peut le faire.

Je secouai la tête. C'était déjà assez bizarre d'imaginer Kristen à l'autre bout du monde, avec son accent australien de plus en plus marqué, mais c'était une fille qui savait aller de l'avant, une aventurière. La fiable et stable Emily se limitait à d'occasionnelles incursions dans l'univers excitant de son amie. Aurais-je la force de mettre ma vie sur pause à l'approche de la trentaine, alors qu'enfin je fréquentais un mec qui me plaisait vraiment ? Kristen insista :

– Ne le prends pas mal…

Cette phrase est la garantie que l'on va faire l'objet d'un commentaire déplaisant ; cela se vérifia une fois de plus :

– … mais qu'est-ce qui te retient, exactement ? Tu n'es pas pieds et poings liés dans une baraque, avec des gosses la morve au nez et un mari gonflant, ni attachée à une carrière qui serait une passion ou à une famille, pas vrai ?

Je me mordis la lèvre. Elle n'avait pas tort, dans les grandes lignes : je n'avais ni frère ni sœur, ma mère et mon beau-père vivaient à Saint Paul, et mon père et ma belle-mère dans le nord de l'Iowa ; il était fréquent que des mois s'écoulent sans que nous nous donnions de nos nouvelles.

Cet état de fait avait renforcé le lien qui nous unissait déjà à la fac, Kristen et moi ; alors que nos camarades appelaient leur mère au moins une fois par jour, nous ne parlions que rarement à notre famille. Je compris rapidement pourquoi : mes parents faisaient parfois preuve d'une cruauté naturelle, dédaigneux et égocentriques. Les grands-parents de Kristen, Nana et Bill, l'avaient élevée à partir de douze ans, après la mort de ses parents, et même s'ils me paraissaient plutôt aimables quand je les voyais, Kristen m'affirmait que Bill était un tyran et Nana une angoissée.

Kristen considéra le restaurant, puis me gratifia d'un grand sourire, les yeux pétillants. La télépathie-entre-meilleures-copines qui nous unissait me permit d'en saisir instantanément la signification : *Ceci pourrait être notre vie pendant six mois.* Explorer le monde ensemble. Découvrir des civilisations méconnues, nous baigner dans des décors si irréels qu'ils paraîtraient tout droit sortis de l'imagination de créateurs de *space operas*.

Mais… il y avait Aaron. Je ne comptais pas axer ma vie entière en fonction d'un mec avec qui je n'avais dîné que quatre fois, mais bon…

Kristen se pencha vers moi.

– Je me rappelle quand tu as rompu avec Ben ; tu m'as dit quelque chose comme : « Ça suffit ; à partir de maintenant, je mènerai une vie grandiose, aussi variée que j'en ai envie. »

Elle écarta les mains.

– Sauf qu'en réalité… La situation n'est pas la même pour moi, je sais bien, parce que Milwaukee est ma ville natale, mais es-tu certaine de vouloir y passer ta vie ?

– J'adore Milwaukee. Contrairement à toi, je m'y plais beaucoup.

– C'est pourtant toi qui as dit qu'il fallait quitter le Midwest pour mener une vie variée.

– Hmm…

Le serveur fit sa réapparition. Tandis que Kristen lui demandait quelles bières il proposait, je tirai sur un fil de mon set de table.

La rupture avec Ben avait été un coup de poignard dans la chair tendre de ma psyché. Bannie dans l'appartement de Kristen, chamboulée et morose, j'avais sombré. À l'époque, mon amie Angie, une rouquine pleine de courage, étudiante en langues, que j'avais connue au club d'échecs, avait aidé Kristen à assumer le fardeau consistant à soigner mon cœur brisé, m'offrant de la glace et sa compassion quand j'avais besoin d'oublier un peu le mode « Qu'il aille se faire foutre » prôné par Kristen. Quand, quelques semaines après la séparation, Angie me suggéra de rentrer chez moi à Noël pour être « dorlotée » par ma mère, je ne pus m'empêcher d'éclater de rire.

– Lorsque je lui ai annoncé que j'avais rompu avec Ben, ma mère m'a simplement dit : « Je commençais tout juste à l'apprécier. »

– Elle ne t'a pas demandé ce qui s'était passé ? s'étonna Angie, sidérée.

– Pourquoi elle l'aurait fait ?

Mes parents, qui avaient divorcé alors que j'entrais à peine dans l'adolescence, avaient rempli leurs obligations éducatives d'un point de vue purement physique, pas davantage. Dès mon départ pour la fac, ils avaient paru soulagés de ne plus avoir à surveiller mes allées et venues.

Angie médita un moment avant de réagir :

– Je me demande pourquoi elle a dit ça ; nous, on le détestait tous.

Je la dévisageai de longues secondes. Son verdict – dont j'avais connaissance depuis quelques semaines – m'était encore douloureux ; à la fac et pratiquement depuis la prérentrée de la première année, tout le monde s'était bien gardé de me faire cet aveu. Enfin, tout le monde sauf Kristen.

Rentrée chez moi la semaine suivante, je m'étonnai, légèrement agacée, que ni ma mère ni mon beau-père n'évoquent un instant Ben pendant les trois jours que dura mon séjour. La question de mon petit ami de longue date sombra dans l'oubli, clairement chassée de mon esprit, aussi discrète qu'un cimetière désert. Je passai les deux Noëls suivants en compagnie de Kristen, dans des endroits chauds : Fort Lauderdale, en Floride, la première année, puis Puerto Rico la suivante. C'était Kristen qui avait eu l'idée brillante de voyager ensemble, de s'offrir des virées au soleil qui ne firent que consolider sa place dans mon arbre généalogique personnel, le seul qui compte, c'est-à-dire celui de la Famille que l'On a Choisie. « Tes parents se foutent de ce que tu ressens, m'avait-elle fait remarquer. Pourquoi tu leur consacres du temps ? »

Kristen opta pour une bière blonde chilienne, et le serveur s'éloigna.

– Réfléchis-y, Emily, reprit-elle, les mains jointes. Tu as toi-même dit que toutes tes amies étaient mariées et mères de famille.

Mais c'est ce dont j'ai envie, justement ! Les yeux piquants, je sentis des larmes poindre, diverses sources de frustration s'entremêlant : je m'agaçais moi-même de tenir de façon si pathétique à être en couple ; j'avais honte de ne pas être aussi insouciante que Kristen, de ne pas être capable de tout lâcher pendant six mois, le temps de satisfaire mon envie de voyages.

– Oh non, ne pleure pas, dit Kristen, qui tendit la main et glissa ses doigts dans les miens. Je suis désolée, je me suis mal exprimée. Je veux simplement dire que… plein de gens seraient prêts à tuer pour avoir une liberté comme la tienne. Nos copines de fac croulent toutes sous les couches pour bébé et les torchons pour essuyer les renvois.

Cette vision nous fit glousser.

– Je me suis juste dit que… Hé, on va avoir trente ans ! C'est le moment idéal pour tenter quelque chose de nouveau, et j'avoue être emballée rien qu'en imaginant notre vie sur les routes. Ce sera comme ce qu'on a déjà vécu ensemble, mais en mieux, car nous sommes de vraies femmes, maintenant.

Elle se redressa, sans lâcher ma main.

– J'adore les voyages qu'on fait ensemble, tu le sais bien, mais ça ne me suffit pas de te voir une ou deux fois par an. Tu me manques terriblement.

Elle baissa les yeux sur son set de table.

– L'année dernière, quand tu as traversé cette période difficile, je me suis sentie super mal de ne pas être physiquement avec toi. Tu es la personne la plus importante au monde pour moi.

L'année dernière, à la même époque… Mon estomac se crispa, tandis que me revenaient des visions du printemps précédent, après notre retour du Cambodge. J'avais repris le boulot totalement hébétée… du moins quand je trouvais la force de m'y rendre. J'alternais alors entre sanglots débiles et crises de panique débridées, avec en sous-titre une unique pensée : *Je vais mourir.*

– Mais ce n'est pas tout, poursuivit Kristen. Regarder une série sur Netflix quand on a la flemme de sortir me manque tout autant, comme ne parler que de la même chose pendant des jours ou des semaines, sans devoir mentalement organiser un récapitulatif des derniers événements survenus dans ma vie, avec une fiche pour ne rien oublier pendant un de nos appels de trois heures. Enfin, je ne sais pas, mais bon… Pas toi ?

Je hochai la tête en riant :

– Si, évidemment. Moi aussi, tout ça me manque. C'est juste que… ça ne m'a jamais traversé l'esprit. Je n'ai jamais pensé à faire un truc pareil.

Je me calai dans mon siège et but une gorgée de vin.

– Kristen Czarnecki, tu es une nana complètement timbrée.

Elle s'esclaffa. Son rire était une merveille, sonore et musical.

– On peut carrément le faire. Qu'est-ce qui nous en empêche ? Certains passent leur vie sur les routes ! Chaque fois qu'on croise un de ces types, je les envie. On pourrait être les filles que les autres envient !

Elle se tut un moment, avec son grand sourire, son regard implorant et cet air qu'elle prenait chaque fois qu'elle tentait de me convaincre de l'accompagner dans une nouvelle aventure. « Allez, viens avec moi dans cette grotte abandonnée. » « Suivons ces inconnus dans ce bar clandestin, à l'autre bout de la ville. » Sa façon de m'amadouer était toujours payante et nous offrait systématiquement les épisodes les plus magiques et les plus mémorables de nos voyages. Jamais je n'avais regretté d'emboîter le pas de mon amie qui n'avait peur de rien.

D'autre part, je n'avais pas oublié comment les choses avaient tourné en la seule et unique occasion où j'avais moi-même agi de façon spontanée.

Arrête ! Arrête ! Arrête !

Déterminée à ne pas penser à cet épisode en cet instant, je soutins le regard de Kristen par-dessus nos assiettes vides constellées de miettes d'avocat et de quinoa. Ce funeste épisode appartenait désormais au passé, comme le prouvait la semaine écoulée, ainsi que la proposition de Kristen, qui avait fait naître des papillons dans mon ventre.

– Dis-moi au moins que tu vas y réfléchir, me supplia-t-elle.
– Je vais y réfléchir…

Elle poussa un cri de joie et frappa dans ses mains, ce qui me fit rougir. Voilà qui repoussait de nouveau le moment de lui parler d'Aaron. Je ne tenais pas à ruiner le bonheur de l'instant ; j'aviserais le lendemain.

De retour à l'hôtel, nos pas nous portèrent à la piscine ovale juchée sur un plateau accessible par une volée de marches sinueuse. Tandis que nous nous prélassions sur les chaises longues dont le rembourrage fuyait par endroits, j'aperçus cinq étoiles filantes, Kristen six.

L'ambiance fut prématurément nostalgique et douce-amère le dernier jour, tandis que nous dévorions du regard la moindre curiosité et profitions à fond de chaque activité, espérant que tout cela dure jusqu'à la dernière seconde. Je m'étais levée tôt afin de visiter l'église de la ville, charmante avec son plafond bleu céruléen, ses vitraux assez simples et sa façade extérieure d'un blanc rassurant évoquant un mug ébréché. Ancienne protestante pratiquante devenue vigoureusement opposée à toutes les formes de religion organisée, Kristen n'avait pas voulu entendre parler de cet édifice ; elle me retrouva dans le hall de l'hôtel avec un café parfaitement dosé en lait et me proposa un programme pour la journée.

Ayant loué des vélos, nous suivîmes la route tortueuse, marquant des pauses ici ou là pour contempler les montagnes en silence, comme pour leur faire nos adieux. De retour à l'hôtel, nous enfilâmes nos maillots de bain et plongeâmes les orteils dans la piscine glaciale, pour ensuite profiter des chaises longues sous le soleil automnal, partageant une bouteille de chardonnay en lisant dans un silence plaisant. Le concierge de l'hôtel grimpa en sifflotant jusqu'à un abri de jardin, nous saluant d'un geste de la main au passage, et extirpa un râteau des outils enchevêtrés dans le cabanon. Kristen se leva d'un bond et lui demanda de nous prendre en photo avec mon appareil. Je nous offris ensuite un massage dans un minuscule spa aux murs verts, où deux femmes aux membres massifs nous rabotèrent le dos avec davantage d'intensité que de subtilité. C'était une dernière journée parfaite. Kristen n'évoqua plus son projet de périple sur les routes du monde entier, mais il restait présent entre nous, cet avenir potentiel en suspension dans l'air tel un souvenir partagé.

Je me sentais dévastée. Même si elle était encore juste à côté de moi, Kristen me manquait déjà. Durant cette semaine, j'avais profité de son sens de l'humour je-m'en-foutiste comme d'un baume apaisant, sans oublier sa capacité à m'encourager en permanence – j'étais à ses yeux une fille forte, intelligente et compétente, et elle trouvait toujours les mots pour me stimuler. Alors que mes autres amies, à Milwaukee, désormais en couple et avec enfants, s'éloignaient peu à peu de moi, à l'image d'ondes dans une mare, Kristen demeurait plus fidèle qu'une sœur, plus aimante qu'une mère poule.

Toutefois... si nos périples étaient si particuliers, c'était en partie parce qu'ils ne s'éternisaient pas. Par ailleurs, ma vie allait peut-être enfin évoluer à Milwaukee, avec Aaron, dont la seule pensée suffisait à déclencher un feu d'artifice dans ma poitrine. Qui plus est, une promotion restait possible au boulot, lequel me plaisait vraiment.

J'abordai la question lors d'une pause café, au cours de l'après-midi. J'adorais ce moment de la journée, durant nos voyages, ces quelques heures de détente avant le dîner. Nous étions installées sur un banc, face à un container métamorphosé en buvette qui proposait du café et des sodas chiliens (Bilz, Pap et autres boissons aux appellations tout aussi réussies) par une ouverture aux contours en dents de scie.

– J'ai réfléchi à ta proposition de voyager ensemble pendant les six derniers mois de cette année.

– Ah oui ? réagit Kristen, qui remonta ses lunettes de soleil et me regarda droit dans les yeux, rayonnante.

Elle avait commandé un *café sobre hielo*, un café avec de la glace, ce qui avait dérouté le serveur. Il avait tout de même glissé quelques glaçons dans son breuvage fumant.

– Je suis très flattée que tu aies pensé à moi pour t'accompagner dans cette aventure…

J'eus la sensation que ma cage thoracique se comprimait ; j'avais horreur des conflits, de décevoir.

– Tu es ma copine de voyage, à la vie à la mort, tu le sais bien, poursuivis-je.

– Mais… ?

– Ce n'est pas le moment idéal pour tout plaquer pendant six mois, soupirai-je. Ça bouge enfin, au boulot, et j'ai rencontré un mec sympa, je t'en parlerai tout à l'heure…

Je ne pus m'empêcher de glousser en voyant l'air ahuri de mon amie.

– J'ai envie de donner une chance à cette relation, tu comprends ? Cela dit, ton idée me plaît énormément, et il n'y a qu'avec toi que je me lancerais dans un truc pareil. L'année prochaine, peut-être ?

Elle resta muette un moment, les yeux baissés sur son café.

– Kristen ?

Elle se pourlécha les lèvres avant de me répondre :

– Je prends le temps de digérer ta décision ; une part de moi-même a vraiment envie de te faire changer d'avis.

– Je suis désolée.

– Non, pas de souci, c'est juste que… J'étais certaine que tu accepterais.

Elle hocha la tête, lentement dans un premier temps, puis plus énergiquement.

– Je suis déçue, évidemment, mais je m'en remettrai. Bon, c'est qui, ce mec ? Parce qu'il y a un mec, maintenant !

Son grand sourire ne fit que trahir son courage et ses efforts pour encaisser mon refus, et fut pour moi comme un coup reçu en plein cœur. Malgré cela, j'en fis autant, devinant que je rougissais.

– Il s'appelle Aaron, mais on n'est sortis ensemble que quelques fois pour l'instant.

– Et tu ne m'en as pas parlé de la semaine ? Il y a quelque chose qui cloche chez lui ? plaisanta-t-elle en me donnant une petite tape amicale.

– Je ne sais pas si ça donnera quelque chose. Et franchement, on a mille sujets de conversation plus intéressants que les rencards, toi et moi. Je ne voulais pas être la fille qui passe son temps à parler d'un gars qu'elle connaît à peine.

– Ne t'en fais pas, je sais que tu as toujours eu des problèmes de confiance en toi avec les mecs.

Elle écarquilla les yeux, comme si ces mots étaient sortis d'une autre bouche que la sienne.

– Mon Dieu ! Je n'aurais pas dû dire ça comme ça !

Bien que blessée, je secouai la tête :

– Non, tu as raison. C'est très difficile pour moi d'abaisser mes défenses en présence de quelqu'un qui me plaît – c'est déjà rare que je rencontre quelqu'un qui me plaise.

– Oui, j'en suis parfaitement consciente. Il faut dire que tu as cette sale habitude de viser des mecs un million de fois moins géniaux que toi et incapables de te traiter comme la reine que tu es.

Son visage se fendit d'un grand sourire.

– Bon, parle-moi de lui ! Est-ce qu'il dépose des baisers sur le sol là où tu as posé les pieds, comme il devrait le faire ?

Je ris aux éclats, ce qui décrispa mes épaules.

– Non, pas encore, mais je pense que ça peut être un mec bien.

Je décrivis un peu plus en détail Aaron, détournant le regard quand mon sourire s'étirait au point de ne plus avoir assez de place sur mon visage. Quel soulagement de sentir ce secret que je gardais en moi s'alléger, se dissoudre. Kristen m'écouta attentivement, les yeux pétillants, les mains jointes, ponctuant occasionnellement mon discours de petits applaudissements. Elle se montra si enthousiaste, si encourageante, que j'oubliai de lui préciser un point que je m'étais juré de lui exprimer de façon limpide : *Ce n'est pas parce que je me rapproche de lui que je m'éloigne de toi.*

En ce samedi soir, les restaurants restés dans l'obscurité la veille étaient à présent illuminés jusque sur leurs terrasses.

Nous avions jeté notre dévolu sur un café à l'ambiance feutrée qui proposait de la soupe de haricots et de généreuses portions de maïs. Le guide touristique de Kristen ne mentait pas : notre serveur nous confirma que des cars aux tarifs très abordables desservaient une fois par semaine notre coin perdu en provenance de Santiago, de Valparaíso et du désert d'Atacama. De nouveaux visiteurs avaient d'ailleurs débarqué. Deux maigrichonnes aux cheveux brillants s'installèrent dans un coin de la salle, leurs énormes sacs à dos à leur côté, tels deux chaperons de tissu. Le café grouillait de monde, à présent, l'agitation était à son comble et l'air chargé d'une énergie comparable à celle qui nous animait, Kristen et moi. Toujours aussi pleine d'entrain et exubérante, mon amie restait fidèle à elle-même, ce qui me procurait un soulagement presque étourdissant, tant la crainte de la décevoir par mon refus m'avait submergée d'angoisse et de culpabilité.

De retour dans la rue, elle m'agrippa le bras et désigna le ciel. Les innombrables étoiles étaient aussi scintillantes que des feux d'artifice, comme si quelqu'un avait nettoyé la vitre nous séparant de la voûte céleste. Je poussai un petit cri, émerveillée, et pris Kristen par la taille.

– C'est nous, dit-elle, l'index tendu vers un point situé juste au-dessus de l'horizon. Tu vois ces deux petites étoiles, là-bas ? C'est évident.

L'image était un peu bébête, mais parfaite ; les deux astres étaient de la même taille, rapprochés et très légèrement au-dessus du sommet d'une montagne.

– Tu es laquelle ?

Un silence s'imposa, tandis que nous plissions les yeux, puis je repris la parole :

– Toi, tu es celle de gauche, qui est légèrement rose.

– J'allais le dire ! Toi, tu es celle qui tire sur le vert, ça ne fait aucun doute !

– Sur le bleu, plutôt, non ?

– Tu chipotes.

Nous sommes restées un moment dans cette heureuse insouciance, contemplant ces deux têtes d'épingle scintillantes, ces deux pois dans leur cosse distants de plusieurs années-lumière, se tenant chaud l'un contre l'autre. Comme nous.

– Allons prendre un verre, proposa Kristen.

De nombreux établissements étaient ouverts ce soir-là ; des lieux d'ordinaire plongés dans les ténèbres s'étaient métamorphosés en patios arborés éclairés par des guirlandes lumineuses accrochées aux treillages et aux plantes grimpantes. Les bouteilles se succédèrent à notre table : vin chilien bon marché, syrah, cabernet sauvignon et chardonnay. Des tubes pop américains et locaux nous firent danser, entre deux bols de maïs grillé épicé nous obligeant à nous lécher les doigts chaque fois que nous les y plongions.

Je me rendis aux toilettes, expédition qui se révéla ponctuée de contretemps ; je dus d'abord réclamer du papier à un serveur à l'air stressé, puis trouver quelqu'un pour maintenir la porte de la cabine fermée le temps que je fasse mon affaire. S'ensuivit une conversation enthousiaste avec cette inconnue providentielle, que j'avais en réalité vue peu auparavant, puisque c'était une des deux petites routardes brunes aperçues au café. Elle venait de Londres, et le contact fut excellent entre nous.

De retour dans le patio, je fus quelque peu déroutée en découvrant quelqu'un à ma place : m'étais-je dirigée vers une autre table que la nôtre ? Non, car face à ce type se trouvait Kristen, qui hochait la tête, le menton calé dans la main. Il avait une barbe d'un jour et des cheveux noirs noués en queue-de-cheval, et il était si bronzé que sa peau semblait orangée sous le faible éclairage des lieux, pareille à des braises dans un feu de camp.

Je traversai le patio et m'approchai d'eux. Et là, en une seconde, tout dérapa. Je le sentis instantanément au visage de Kristen, à sa posture, à son dos raidi. J'eus quant à moi la sensation d'avoir la poitrine emplie de glace.

– Oh ! Je te présente Paolo, me dit-elle, coupant son vis-à-vis au milieu d'une phrase. Il est espagnol. Il parcourt l'Amérique du Sud pendant un an.

Paolo afficha un petit sourire narquois et tourna la tête vers moi :

– Je me demandais si ta copine Nicole voyageait seule, comme moi, mais bon…

Il haussa les épaules.

– Pour des femmes, il est beaucoup plus prudent d'être deux.

La sensation glacée qui m'avait happée se mua en une douleur plus vive qui se propagea dans tout mon corps.

– Et voici Joan, dit Kristen, me désignant de la main, la paume tournée vers le ciel, sans me quitter des yeux. La meilleure copine qu'une fille puisse avoir.

– 5 –

Inspirant à pleins poumons, je me reprochai ma réaction excessive ; Kristen avait bien le droit de flirter avec un routard. Plus encore, je lui devais bien de la laisser se détendre un peu, après ce qu'elle avait fait pour moi au Cambodge, sans compter que je venais tout juste de lâcher une bombe nommée Aaron. Il était naturel qu'elle soit en quête d'un peu de drague pour se rassurer. Tant qu'elle ne me plantait pas là pour filer avec lui, cela ne me gênait pas. C'était égoïste de ma part, mais j'espérais qu'elle n'irait pas plus loin ; je ne tenais guère à me retrouver seule dans une ville inconnue après…

Tandis qu'ils reprenaient leur badinage, je pris un air souriant, attentive et prête à patienter un moment. Il finirait bien par se lever pour aller chercher d'autres boissons, ou elle irait faire un tour aux toilettes. J'aurais alors tout loisir de clairement signifier à Kristen que sa compagnie m'était indispensable.

Une heure s'écoula, puis une autre. Depuis une dizaine d'années, Kristen et moi avions entre autres codes secrets mis au point celui consistant à désigner tel mec de l'index en disant : « Il ressemble à [un ami réel ou fictif], tu ne trouves pas ? » Inévitablement, l'intéressé répliquait qu'on lui faisait souvent ce type de remarque. En réalité, cette réflexion se traduisait par : « J'en ai marre de parler à ce mec, aide-moi à filer d'ici, je t'en prie ! »

Or Kristen ne semblait pas décidée à jouer sa carte « Sortie de prison ». Aussi, au bout d'un moment, je pris l'initiative et les interrompis :

– Tu ne trouves pas que Paolo ressemble à mon copain Dennis ?

Kristen fronça les sourcils, l'air aussi aimable que possible, mais déroutée :

– Ah bon, tu trouves ? Non, je ne vois aucune ressemblance.

Elle revint à Paolo et lui lança un sourire complice.

– Tu es nettement plus mignon que Dennis.

C'était on ne peut plus clair. Encaissant de mon mieux le choc, je les laissai et fis quelques pas dans le patio, puis je papotai un temps avec les Anglaises, m'efforçant d'apaiser mon cœur qui battait à tout rompre. *Ça ne prendra qu'une heure,* me sermonnai-je. *Elle a enchaîné les relations pourries ces derniers temps. Ne fais pas ta poule mouillée, ne l'empêche pas de s'éclater un peu.*

Quand « Nicole » déclara qu'elle voulait montrer à Paolo les cristaux qu'elle avait achetés au marché, je lui tendis une ultime perche :

– Tu en es sûre ? N'oublie pas qu'on a un avion à prendre demain.

Elle balaya ce détail d'un revers de la main, si bien que je n'eus plus qu'à sortir mon texte habituel, à savoir qu'ils pouvaient tous deux partir sans moi, car je voulais finir mon verre, mais qu'étant épuisée (je ponctuai ces mots d'un bâillement et m'étirai ostensiblement), je les rejoindrais probablement d'ici trois quarts d'heure dans notre chambre. Paolo se saisit de son énorme sac à dos, et Kristen me caressa discrètement la joue en se levant à son tour, en guise de remerciement.

Je gagnai le bar et me juchai sur un tabouret, puis sortis un bouquin de mon sac à main, que je suspendis au dossier. Je fis de mon mieux pour lire, m'efforçant de ne pas penser à ce qui se passait dans notre chambre, à seulement quelques rues de là. *J'aimerais bien être à sa place*, me dis-je soudain, frappée par cette prise de conscience. Faire l'amour était une chose que j'avais retirée de ma liste d'activités acceptables depuis une année complète, désormais, si bien que ma nouvelle patience en matière romantique était mise à rude épreuve. Or Kristen s'envoyait en l'air avec un mec tout juste rencontré, comme si rien de grave ne s'était produit la dernière fois qu'une de nous s'était livrée à ce genre de fantaisie.

Mais ce n'était pas tout, comme je m'en rendis compte, postée sur mon perchoir, attendant patiemment que mes pensées s'ordonnent. En réalité, j'aurais également aimé être à la place de Paolo. Cette semaine en compagnie de Kristen m'avait rappelé combien je me sentais plus forte à ses côtés, plus capable, plus ingénieuse, plus insouciante, plus amusante. Comme si j'étais l'élue de son cœur. Kristen avait le chic pour me rendre meilleure, son attention était aussi puissante qu'un rayon tracteur de science-fiction – mais pour l'heure elle était hélas focalisée sur Paolo. Pendant notre dernière soirée, qui plus est.

Enfin, ma réaction n'était que le reflet de mon sentiment d'insécurité ; en vérité, j'étais heureuse pour elle et pour ce charmant Espagnol. J'avais en outre Aaron qui m'attendait à Milwaukee, sans oublier les futurs voyages avec Kristen. Cette idée de périple de six mois serait peut-être envisageable l'année suivante, quand les choses seraient stabilisées du côté d'Aaron, de Kibble et de ma vie à Milwaukee de façon générale. Revigorée par cette perspective, je commandai une bière.

Une demi-heure plus tard, j'en avalai la dernière goutte et demandai une bouteille d'eau. Durant ces trente minutes, j'avais baigné dans une insouciance béate, loin d'imaginer la panique sur le point d'éclater en moi comme une grenade. Seule dans ce bar cerné d'arbres et noyé sous la fumée de cigarettes, tandis que des chiens désespérés aboyaient de temps à autre en passant à hauteur du patio, je n'avais rien remarqué de louche autour de moi. Au moment de me saisir de mon sac à main, je me rendis à peine compte qu'il était ouvert. J'y plongeai la main et y farfouillai, lentement dans un premier temps, puis plus frénétiquement, aux prises avec une inquiétude grandissante. Je descendis du tabouret et regardais un peu partout sur le sol, me tapotant les hanches comme si des poches étaient apparues par magie sur ma robe d'été, avant de fouiller mon sac une nouvelle fois.

– Quelqu'un m'a volé mon portefeuille ! m'écriai-je à l'attention du barman, ayant soudain oublié la totalité de mon vocabulaire espagnol.

– *Mil*, répéta-t-il, désignant la bouteille d'eau. Mille pesos.

Je secouai la tête et ouvris grand mon sac à main, comme pour lui prouver mes dires.

– Je n'ai pas d'argent, me lamentai-je d'une voix qui se fissurait. Quelqu'un m'a tout pris !

Le barman prit un air compatissant, mais récupéra la bouteille et la remisa derrière le bar. Mon sac à main plaqué sur la poitrine, je ne savais que faire.

Quand le voleur avait-il agi ? Visualisant en pensée ces quelques dizaines de minutes au cours desquelles j'étais restée seule au bar, comme si j'avais affaire à une énigme susceptible d'être résolue, je cherchai à mettre le doigt sur l'instant où mon subconscient avait forcément noté un détail anormal, comme lorsqu'un recoin du cerveau tilte quand on oublie son écharpe dans le bus, envoyant un bref message signifiant que quelque chose ne va pas.

Les nerfs à fleur de peau, je songeai que quelqu'un avait dû m'observer et voir mon sac à main négligemment suspendu au dossier de mon tabouret tandis que j'étais plongée dans mon livre. Il n'avait eu qu'à glisser les doigts à seulement quelques centimètres de ma hanche pour ensuite filer avec cinquante dollars en monnaie locale, mon permis de conduire et quelques cartes de crédit. J'étais très attachée à ce portefeuille vert en cuir, vestige d'un rencard au marché aux puces avec Colin, un ex. *Quelle idiote !* J'avais baissé la garde en pleine vadrouille à l'étranger, et un inconnu en avait profité pour s'immiscer dans mon intimité.

Je me dirigeai vers la sortie, certaine que Kristen saurait gérer cet incident. Les trois quarts d'heure n'étaient pas encore écoulés, mais je n'aurais qu'à frapper à la porte pour leur permettre de se couvrir. Elle me prendrait dans ses bras et trouverait une solution. Comme toujours.

Après seulement quelques pas, je me laissai tomber sur un siège, estimant qu'il valait mieux que j'attende. Débarquer dans la chambre plus tôt que convenu aurait été égoïste de ma part.

Ce fut là encore une décision qui changea radicalement le cours des choses. Que se serait-il passé si j'avais couru à toutes jambes jusqu'à la chambre ? Si j'avais frappé à la porte ? Si je les avais interrompus quelques minutes plus tôt ?

Le moment venu, je quittai le bar et remontai dans l'obscurité la rue menant à l'hôtel. Une fois sur place, je tapotai sur la porte vitrée de notre petite suite. Dans la seconde qui suivit, je compris que quelque chose clochait : un petit cri me parvint, suivi d'un choc et d'un gémissement étouffé.

– Kristen ?

Terrifiée, j'avais totalement oublié mon portefeuille volé. Je tentai d'actionner la poignée, en vain, puis cherchai ma clé dans mon sac.

– Qu'est-ce qui se passe ?

Enfin, j'ouvris la porte et plaquai la main sur l'interrupteur. La pièce soudain inondée d'une lumière bleutée agressive, je me figeai sur place.

Kristen sanglotait assise à même le sol, recroquevillée sur elle-même. Ses larmes se mêlaient aux éclaboussures de sang qui maculaient sa mâchoire, et sa main et son avant-bras étaient également tachés d'écarlate.

– Qu'est-ce qui s'est passé ? repris-je dans un souffle.

Elle leva enfin les yeux vers moi. C'est alors que je remarquai autre chose, un peu plus loin : deux jambes dépassant de l'autre côté du canapé vert pâle.

– Emily… murmura Kristen, levant le bras comme un bébé réclamant sa mère.

Mon pouls s'était emballé, aussi assourdissant dans mon crâne que des vagues se fracassant sur des rochers.

Comme une somnambule, j'avançai d'un pas, puis d'un autre, au-delà de mon amie qui baissa de nouveau les yeux sur ses mains rougies.

– Il m'a agressée…

Encore un pas, puis un autre. Et soudain, la scène m'apparut avec la violence d'un bang supersonique, faisant trembler chacune de mes cellules : la bouteille de vin marbrée de rouge, le sang sur le carrelage, formant une mare évoquant étrangement une amibe. Les yeux vides de Paolo, et juste à côté, le trou dans son crâne.

Je poussai un hurlement et tombai à genoux.

– Il m'a agressée, répéta Kristen, qui se releva au prix d'un immense effort.

Nos regards se croisèrent.

– Il faut que tu m'aides.

Sanglotant, je me retournai vers Paolo.

– Emily…

Je l'entendis s'approcher de moi, de nous, d'une personne vivante et d'un cadavre. Elle marqua un temps d'arrêt, puis sa main se posa sur mon épaule.

– Nous n'avons pas le choix, ajouta-t-elle.

– 6 –

La chambre disparut de ma vue, emportée par la panique qui déferla en moi comme un violent courant. Les yeux fermés, j'eus la sensation que la gravité se modifiait autour de moi. Je me surpris à supplier de toutes mes forces que ces tourbillons m'entraînent vers un trou de ver qui me projetterait hors de ce cauchemar.

Ces vertiges s'étant enfin apaisés, je rouvris les yeux et la scène m'apparut de façon progressive, comme un cliché Polaroid, des rouges, jaunes, orange et verts vifs s'entrecroisant sur fond plus sombre. L'endroit – un marché nocturne – grouillait de monde, la foule s'écartant de moi comme si j'étais un rocher émergeant au milieu d'une rivière. Je me trouvais au marché de Phnom Penh, avec de tous côtés des lanternes suspendues, des colporteurs vendant de la soupe aux nouilles, des magnets cambodgiens de pacotille et des bijoux ornés de pierres scintillantes, le tout baigné de la lueur orangée de l'éclairage artificiel.

Mais où était Kristen ? Je parcourus du regard les divers étals noyés dans la fumée des cuissons, ainsi que la foule bruyante qui se déployait jusqu'à l'infini. Soudain, quelqu'un m'agrippa par-derrière, me tira le bras gauche avec insistance. Je fis volte-face sans voir quiconque.

– Emily !

C'était la voix de Kristen, chargée d'inquiétude, mais où était-elle ? La poitrine martelée par mon cœur battant, je fis un tour complet sur moi-même, bousculée par les passants ; les marchands braillaient en khmer, des adolescents chahutaient et deux routards se disputaient en français. De nouveau, je sentis qu'on m'empoignait le bras. Je me retournai vivement, déterminée à me défendre, et…

– Emily !

Agenouillée auprès de moi, la tête exactement au-dessus de mon visage, Kristen secouait mon bras comme un tambourin. Je restais bouche bée de stupéfaction.

– Ça va ? s'enquit-elle en m'effleurant la joue. Mon Dieu, tu m'as fait peur ! Tu es tombée dans les pommes. Non, ne te lève pas. Tu as la tête qui tourne ?

Je la dévisageai un bon moment, le temps de reprendre mes esprits ; nous étions… au Chili, dans notre chambre d'hôtel. Et donc… Oh non…

– Tes yeux se sont révulsés et tu t'es effondrée sur le flanc, c'était terrifiant, enchaîna Kristen. Ne bouge pas, je vais te chercher un peu d'eau.

Elle disparut, ce qui me laissa tout le temps de redécouvrir la scène qui avait eu raison de moi : Paolo avec ses yeux aussi fixes que ceux d'une poupée, le crâne sanguinolent et défoncé. Je me redressai vivement et m'éloignai à reculons du cadavre.

– Tiens, bois ça, m'intima Kristen, de retour, en me tendant une tasse d'une main si tremblante qu'une bonne quantité d'eau en déborda.

Plusieurs pensées s'entrechoquèrent dans mon esprit tandis que j'avalais une gorgée : *Il faudrait tout de même prévenir la police. Comment est-ce arrivé ? Ne sommes-nous pas plus ou moins en cause, si nous sommes pour la deuxième fois victimes de la même agression ? Jamais nous ne nous en tirerons sans rien dire à nouveau. Comment a-t-elle prévu de réagir ?*

– Kristen… murmurai-je. Qu'est-ce qu'on fait ?

Ses traits s'affaissèrent soudain, comme de la cire fondante, et elle se traîna par-dessus mes genoux pour se ruer à quatre pattes vers la salle de bains, où elle se mit à vomir. Ses haut-le-cœur furent si sonores que j'eus la crainte délirante qu'ils ne réveillent nos voisins, oubliant un instant le vacarme qu'avait certainement produit l'affrontement mortel survenu en ces lieux peu auparavant.

Je trouvai la force de me relever et, encore chancelante, rejoignis Kristen, dont je frottai le dos tout en fournissant un violent effort pour contenir ma propre nausée.

– Oh ! Emily… J'étais terrifiée, gémit-elle, la tête dans la cuvette des toilettes. C'est arrivé d'un coup ; subitement, il est devenu violent et… Si tu avais vu son regard…

Elle renonça à parler davantage. J'essuyai mes larmes brûlantes et m'agenouillai pour la prendre dans mes bras, sanglotant en rythme avec elle.

La prise de conscience de la situation me fit l'effet d'une voiture me fonçant droit dessus sur la route. *Relève-toi ! Ressaisis-toi ! Nous n'avons pas beaucoup de temps devant nous !*

– Bon, il faut qu'on réfléchisse une seconde, décrétai-je en effaçant du pouce une larme sur la joue de Kristen.

Je baissai la tête et calai mon front contre le sien, exactement comme elle l'avait fait l'année précédente, au Cambodge.

– On pourrait… avertir la police ?

Le regard de mon amie s'anima d'une vive inquiétude :

– Par quel miracle la police serait-elle plus fiable ici qu'au Cambodge ? Je n'ai aucune envie d'être emprisonnée au Chili.

– On leur expliquera ce qui s'est passé.

Elle jeta un regard en direction du salon – que de sang… – et secoua la tête :

– Ils ne nous croiront pas.

– Tu n'en sais rien.

– Tu as eu toutes les peines du monde à te faire comprendre quand on s'est installées ici, rappela-t-elle, les yeux luisants. Les flics nous balanceront dans une cellule jusqu'à ce qu'ils aient compris ce qui s'est passé… et alors…

Un haut-le-cœur, mélange d'un cri de terreur, d'un sanglot et d'une remontée de bile, me saisit soudain :

– Kristen, c'est de la folie !

Mon rythme cardiaque s'emballa, et ma respiration plus encore, saccadée et coincée trop haut dans ma cage thoracique. J'avais les poumons en feu, comprimés comme deux poings.

– Inspire, Emily, m'encouragea Kristen, soudain inquiète.

Mon inhalateur… articulai-je, incapable d'émettre le moindre murmure. Elle fila dans le salon et fut aussitôt de retour avec mon sac ; j'y plongeai frénétiquement la main et enfin mes doigts se refermèrent sur le petit objet en plastique bleu pervenche. Je le portai à mes lèvres et inhalai une minuscule quantité d'aérosol.

Dix secondes. Neuf. Huit. Quel merveilleux soulagement quand le produit se fraya un chemin jusque dans mes alvéoles. Sept. Six. Une libération interne se fit en moi, comme un garrot qui se desserre. Mon compte à rebours achevé, j'offris une nouvelle dose à mes poumons, gonflant la poitrine, non sans remarquer l'air soucieux de Kristen dont la main était restée posée sur mon bras. Sa peau était constellée de petites taches couleur rouille. Nos regards ne se quittèrent pas un instant durant le deuxième compte à rebours, le temps suspendu pendant dix interminables secondes, puis j'expirai bruyamment.

– Ça va aller, assurai-je en m'écartant de Kristen. Je ne comprends pas qu'on se retrouve de nouveau dans cette galère. Une fois n'a pas suffi ?

– Je ne sais pas, Emily. Je n'y comprends rien.

Elle secoua la tête.

– Tu penses que… que l'agression a été provoquée par quelque chose que j'ai fait ? Que je l'aurais plus ou moins déclenchée malgré moi ?

– Non ! Non, pas du tout, me récriai-je.

Mes pensées se heurtaient dans la plus grande incohérence, et l'une d'elles ne cessait de me titiller : notre comportement n'était-il pas la cause de ces horreurs ? N'avions-nous pas tendance à attirer les individus violents et dangereux ? Pas un instant je ne jugeai Kristen responsable de cette catastrophe, loin de là, mais on ne pouvait ignorer la coïncidence.

– Tu es certaine qu'il ne vaut pas mieux prévenir la police ? Je peux… me rendre à la réception, déjà. Il y a sûrement encore quelqu'un là-bas.

– Personne ne parle anglais dans cet hôtel, rappela Kristen, se tapotant le menton, qu'elle tacha de sang au passage. Comment expliquerions-nous ce qui s'est passé ?

J'eus beau chercher les mots, mon esprit resta vide. *Tuer, mourir, agression, viol*... J'étais incapable de traduire ces termes en espagnol. Seul *sangre*, le sang, m'apparut.

– Il suffira de mimer la scène et de leur montrer tes blessures, proposai-je.

Par réflexe, ma main se porta sur mon cou, où des hématomes couleur aubergine s'étaient éternisés des semaines sur ma peau enflée, après Phnom Penh. Considérant la gorge de Kristen, je ne vis rien d'autre que le sang de Paolo sur sa peau d'albâtre.

– Que s'est-il passé, exactement ?

– Il m'a agressée, répéta-t-elle en se recroquevillant sur elle-même, ses gracieuses épaules tombantes. Il... Je lui ai demandé de se calmer, quand il m'a pelotée un peu trop brusquement, mais il m'a plaquée contre le mur. J'ai protesté, mais il m'a lancé « *Cállate, puta* » et...

Une larme coula sur sa joue.

– Il m'a repoussée si violemment que ma tête s'est fracassée contre le mur. Je me suis débattue, mais il a tenté de m'étrangler. J'étais terrifiée, évidemment, je me voyais mourir. J'ai attrapé ce que j'avais sous la main, c'est-à-dire une bouteille de vin, et je l'ai frappé de toutes mes forces pour qu'il se dégage. J'ai frappé sans regarder, je n'ai pas visé sa tête.

– Ma pauvre... compatis-je, après un temps de silence. C'est... C'est de la légitime défense.

– Comme l'année dernière, rappela Kristen, les yeux fermés. Personne ne me croira. Personne ne croit les victimes. Nous ne sommes que deux stupides Américaines, je porte un short qui me moule les fesses et un débardeur sans soutien-gorge en dessous. On s'est soûlées de notre plein gré et j'ai pris l'initiative de ramener ce mec à notre hôtel. C'est *moi* qui l'ai invité à entrer dans *ma* chambre. On a déjà réfléchi à tout ça au Cambodge, Emily. Tu crois que les gens réagiraient autrement ici ?

M'essuyant la bouche du dos de la main, je dus reconnaître qu'elle n'avait pas tort. Dans combien d'articles expliquant comment rester en sécurité au cours d'un voyage avions-nous lu qu'il était vivement déconseillé de porter des tenues provocantes, de bavarder avec des inconnus, de laisser une amie seule, de faire entrer dans sa chambre un gars dont on ignorait tout ? Bien qu'ayant moi-même été harcelée par ce doute au Cambodge – *Est-ce moi qui ai provoqué cette agression ?* –, je ne tenais pas à ce que Kristen subisse une épreuve similaire.

Comment était-il possible qu'une telle horreur soit survenue à deux reprises ?

Kristen rouvrit les yeux :

– Tu te rappelles ce que je t'ai dit à propos d'Amanda Knox, l'année dernière ? Tout le monde s'en est pris à elle, notamment les médias et cette saleté de police italienne, parce qu'elle aimait faire l'amour et ne se comportait pas exactement comme ce qu'ils attendaient d'elle après une telle tragédie. Aujourd'hui, elle est devenue une paria, son nom est synonyme de scandale. Si on en parlait à la police, cette histoire ferait la une des journaux pendant des mois. Nos vies seraient ruinées.

Kristen avait raison. Comme toujours. Les terribles histoires de l'étudiant emprisonné à Acapulco et de la femme détenue en Argentine résonnaient encore dans ma mémoire. S'offrait alors à moi l'occasion de protéger Kristen à mon tour, comme elle m'avait protégée au Cambodge, de lui renvoyer l'ascenseur, enfin. J'étais épuisée, désorientée, alors qu'elle semblait si sûre d'elle.

Au Vietnam, nous nous étions fait tatouer une minuscule fleur de lotus à l'intérieur de la cheville ; c'était son troisième tatouage, le premier pour moi. Juste avant de plonger son aiguille dans ma chair, le tatoueur m'avait regardée : « Prête ? »

J'éprouvais de nouveau cette sensation de me jeter à l'eau de façon irrévocable, avec sur les épaules le poids du caractère définitif de cet instant.

– Je… Je crois qu'on ferait bien de se débarrasser du corps, alors… dis-je. Et de faire un grand ménage.

Kristen hocha lentement la tête et s'écarta légèrement de moi :

– Exact. Bon, réfléchissons.

– Il fait nuit, fis-je remarquer, me calant contre la baignoire. Ça peut nous aider.

– Tu as raison, c'est un bon point pour nous. Dans l'obscurité, personne ne nous verra.

– Surtout si on s'habille en noir.

– Bonne idée, convint Kristen, qui inclina la tête en arrière et ferma les yeux. Mais comment procéder ?

La cuvette des toilettes étant encore pleine de ce qu'avait vomi mon amie, je tendis le bras et tirai la chasse d'eau. Nous restâmes muettes, écoutant les gargouillis du mécanisme.

– On pourrait balancer ça du haut d'une falaise ? suggéra-t-elle.

Ça. Ce passage du « il » au « ça » ne nous échappa pas.

– Tu sais où il y en a ?

– La route principale est bordée d'un à-pic vertigineux.

– C'est le versant de la montagne, pas vraiment une falaise verticale, nuançai-je. Les gens le verront dès le lever du soleil.

– Oui, tu as raison.

Dans mon esprit défila un montage de toutes les scènes que j'avais visionnées et dans lesquelles on se débarrassait d'un cadavre, que ce soit dans un film policier, une reconstitution de faits réels ou encore un thriller glauque.

– Il y a un barrage dans les environs, je crois, non ?

– Un barrage ?

– Oui, quelqu'un en a parlé à Vicuña ; il y en a un sur l'Elqui.

– Oui, c'est vrai ! s'exclama Kristen, se mordillant la lèvre. On pourrait lester le paquet, comme au Cambodge. Tu sais où se trouve ce barrage, précisément ?

– Non, aucune idée, mais je peux me renseigner sur Internet.

– Il est hors de question qu'on allume nos mobiles.

– Pourquoi ?

– Il faut limiter au maximum les traces nous reliant à cet hôtel.

Nous étions donc piégées dans un bled paumé sans pouvoir recourir à Internet, pour ainsi dire exilées sur un autre plan que celui de notre vie normale. Une alarme retentit soudain en moi : *Et merde ! Elle ignore que je me suis connectée au wifi pour consulter mes messages.*

Kristen se redressa :

– La distillerie ! Tu as vu tous ces gens qui bêchaient ? La terre a été retournée un peu partout ; personne ne se rendra compte de quoi que ce soit si on…

Je fronçai les sourcils :

– Tu crois qu'il vaut mieux qu'on l'enterre ?

– Tu viens de dire qu'il ne faut pas qu'on le laisse à découvert. Ce n'est pas pour rien qu'on enterre les morts.

La chambre me parut de nouveau vaciller, comme si j'avais pris place à bord d'une grande roue de fête foraine.

– D'accord, mais pas à la distillerie. On nous a vues là-bas, et les gens qui retournent la terre risqueraient à tout instant de tomber dessus.

Je remontai les genoux contre ma poitrine et passai mes bras autour.

– Non, trouvons un endroit très loin d'ici. On prend la voiture et on file dans un trou perdu, à l'écart de toute agglomération, un coin où l'obscurité est totale.

– Tu as raison, faisons comme ça.

Kristen resta silencieuse quelques instants, puis elle se releva au prix d'un certain effort.

Quant à moi, je considérai Paolo, dont le regard vide était braqué sur le plafond, puis, après un long moment, me levai à mon tour.

– 7 –

Comment transporter le cadavre ? Tel fut le premier défi à relever, le premier d'une série de problèmes qui devaient se multiplier comme des cellules cancéreuses.

En voiture, évidemment, mais comment éviter de tacher le coffre avec le sang de Paolo ? Kristen proposa dans un premier temps de voler un drap en laissant un billet de vingt dollars et un message priant de nous excuser d'avoir sali le linge de lit avec *la sangre de la menstruación*. Je lui fis remarquer que cela ne ferait qu'attirer l'attention sur nous.

J'eus ensuite l'idée de passer le sac à dos de Paolo sur sa tête, après l'avoir vidé ; la toile étanche empêcherait le sang de couler. C'était déjà mieux. Nous sortîmes donc tout ce que contenait ce sac volumineux, que nous disposâmes près du sommet du crâne du cadavre. Retenant notre souffle, chacune de nous l'empoigna par une épaule. Après un compte à rebours, nous soulevâmes le torse et fîmes glisser le sac en dessous et au-dessus de la tête fracassée. *Mon Dieu, mon Dieu, mon Dieu*… Le sac était à présent enfilé sur le corps jusqu'aux épaules ; impossible d'espérer mieux. Puis nous mîmes le cadavre sur le flanc, pour éviter qu'il se vautre dans la flaque de sang gluant. Je dus me couvrir la bouche pour contenir un haut-le-cœur, et Kristen lâcha un étrange rire étouffé. Sur le carrelage, Paolo évoquait un tableau surréaliste qu'on aurait pu intituler *La Tête dans le sac*.

L'heure tournait et la nuit avançait ; l'aube finirait inéluctablement par poindre sur l'Amérique du Sud. J'entrepris de trier les affaires de Paolo.

– Qu'est-ce que tu fais ?

– Je récupère tout ce qui peut permettre de l'identifier facilement, expliquai-je. Il faudra brûler tout ça.

Je me sentais étonnamment concentrée, vigilante. Kristen s'était portée à mon secours au Cambodge, alors que j'étais en miettes ; c'était à mon tour de prendre les devants pour la sauver. Nous ne pouvions nous permettre de craquer qu'à tour de rôle.

Kristen me regardait faire, les mains jointes sur la poitrine.

Retenant ma respiration, je plongeai les doigts dans une poche avant du short de Paolo. Je retins tout juste un cri de terreur lorsque je sentis sa hanche à travers le tissu. N'ayant rien trouvé, je passai à la poche suivante, puis à celles de derrière. Luttant contre le poids de ses fesses, j'extirpai un portefeuille et un téléphone – et merde, ce n'était pas bon signe, ça. Je réduisis le mobile en morceaux en quelques coups violents (*Arrête ! Arrête ! Arrête !*), puis ajoutai ces débris au tas d'objets à brûler, avec le passeport et le carnet de voyage que nous avions sortis du sac à dos. La vision de ce journal personnel m'avait horrifiée ; incapable de lire les textes, j'avais simplement posé les yeux sur cette écriture en pattes de mouche qui rendait Paolo plus réel dans mon imagination.

C'est alors que je me rendis compte que Kristen entassait méthodiquement ses vêtements dans sa valise.

– Qu'est-ce que tu fabriques ?

Elle se redressa, les yeux écarquillés :

– Je fais mes bagages.

– Pourquoi ?

Elle secoua la tête, toujours aussi perplexe :

– On va filer d'ici, non ?

– Non, en tout cas pas tout de suite.

S'ensuivit une discussion très agitée ; Kristen estimait que nous avions tout intérêt à décamper – fourrer Paolo dans le coffre de la voiture, faire nos valises et nous en aller quelques heures plus tôt que prévu, puis enterrer le corps dans le coin le plus désert que nous trouverions en route. Ce à quoi je répliquai que disparaître en pleine nuit alors que nous avions demandé à libérer la chambre un peu plus tard que convenu ne manquerait pas de susciter une certaine curiosité, peut-être même une inspection minutieuse de la chambre et quelques commérages en ville : « *¿Qué pasó con las dos gringas?* » Il était capital de n'éveiller qu'un minimum de soupçons sur nos personnes.

– On l'enterre cette nuit et on libère la chambre demain matin comme prévu, insistai-je. Comme s'il ne s'était rien passé de particulier. Réfléchis une seconde, c'est notre meilleure option.

Voyant qu'elle me dévisageait sans mot dire, je m'approchai d'elle.

– Ça va aller, Kristen, on va s'en sortir. Tu n'as plus rien à craindre. Je suis…

J'eus un instant d'hésitation, avec le sentiment de réciter le texte qu'elle m'avait sorti l'année précédente.

– Je suis là.

Elle déglutit péniblement avant de réagir :

– Comment faire pour le porter dans la voiture ?

Au Cambodge, nous nous étions contentées de traîner Sebastian, mais nous nous trouvions sur une colline déserte. Je considérai de nouveau les draps :

– Improvisons une sorte d'écharpe de portage.

Soudain, le regard de Kristen s'illumina ; elle disparut dans la salle de bains. Je la suivis et la vis décrocher le rideau de la douche de ses crochets.

– Et en plus, ça fera une couche protectrice supplémentaire dans le coffre, dit-elle.

J'acquiesçai, aussi sérieuse qu'un général, et décrochai le côté opposé du rideau.

Peu après, j'ouvris la porte de la chambre et sortis à pas vifs afin de procéder à une reconnaissance, l'oreille tendue. La fraîche obscurité était troublée par les insectes, cigales et sauterelles stridulant en chœur et offrant une symphonie parfaitement synchronisée. Une légère brise agitait les vignes et les arbres, produisant un sifflement qui semblait provenir de partout à la fois. Punaisées sur la voûte céleste, les étoiles contemplaient stoïquement la scène, lointains projecteurs éclairant ce tableau de cauchemar. Personne – pas le moindre témoin – n'était en vue.

Deux bips stridents, et le coffre de la voiture s'ouvrit.

– Vite ! chuchotai-je en regagnant notre chambre, écartant Kristen du seuil.

Nous avions étalé le rideau de douche à côté de Paolo ; il ne nous restait plus qu'à y faire basculer le corps coiffé du sac à dos, non sans avoir pris soin d'en caler les coins avec les pieds. Quand ce fut fait, nous empoignâmes chacune deux coins du rideau, telles deux lavandières pliant du linge, et comptâmes jusqu'à trois.

Bon sang, qu'il était lourd ! On aurait cru soulever une bâche remplie de cailloux. Je sentis qu'il m'échappait, qu'il voulait retrouver la terre ferme, et songeai que je conserverais cette sensation de traction jusqu'à la fin de mes jours. Nos mains mises au supplice, nous restâmes un moment dans cette position, le temps de nous assurer que le rideau ne céderait pas, que le corps de Paolo ne retomberait pas, répandant davantage de sang sur le sol.

– Allez, on y va, murmurai-je après ce temps de pétrification.

Notre encombrant fardeau se balançait et percutait nos genoux tandis que nous progressions tant bien que mal. *Oh non ! C'est la tête de Paolo, là, calée contre mon tibia, collée par le sang séché sur l'intérieur du sac à dos ?* Mes doigts serrés sur le plastique rendu glissant par la sueur étaient à présent saisis de crampes, douleur qui remontait dans mes poignets et mes avant-bras et se propageait dans tout le haut de mon corps crispé par l'effort.

Je fus à deux doigts de pousser un cri de soulagement quand nous parvînmes enfin à la voiture. Après un nouveau compte à rebours, nous soulevâmes le corps à hauteur du coffre. Le geste de Kristen fut trop précipité, ses bras musclés agissant comme un levier, si bien que, l'espace d'une terrifiante seconde, je craignis de voir le cadavre basculer à la renverse dans le coffre. Mon cœur s'emballa tandis que nous empêchions la chute, mais notre réaction fut si vive qu'il s'en fallut de peu que Paolo ne tombe de l'autre côté, vers l'extérieur. Par bonheur, nous retrouvâmes notre équilibre et pûmes le déposer en douceur dans le coffre. Sans perdre un instant, je regagnai la chambre en courant et rassemblai les affaires de Paolo. Les bras chargés, je tournai vivement la tête afin de m'assurer que je n'oubliais rien, geste qui me déclencha une violente migraine à hauteur des yeux. Cela ne m'empêcha pas de courir jusqu'à la voiture et de couvrir Paolo de ses vêtements.

Le coffre couina quand il fallut le refermer, ce qui nous incita à jeter un regard à la ronde. Il n'y avait pas un mouvement dans la rue, pas plus que du côté des fenêtres obscures des chambres voisines. Bien entendu, nous aurions été incapables de distinguer un éventuel curieux nous épiant depuis l'une d'elles. Nous nous en remettions à la chance d'une façon délirante, espérant que j'avais bien compris le réceptionniste quand il nous avait expliqué qu'il n'y avait que très peu de clients à l'hôtel ces temps-ci.

– Des pelles ! soufflai-je, avant de me diriger vers les marches de pierre.

Autre raison pour laquelle il nous était impossible de filer en douce, il n'était pas question de creuser la terre à mains nues ; nous n'avions donc d'autre choix que d'emprunter des pelles à l'hôtel et les remettre à leur place avant l'aube. C'était là une composante supplémentaire du pari insensé que nous tentions pour rester sous les radars, effort qui nous semblait déjà trop complexe, presque aussi impossible que monter une maquette de navire et la glisser dans une bouteille.

Kristen me suivit sur les marches et à l'autre bout de la piscine. En cet endroit surélevé, l'air avait un parfum frais et métallique ; il faisait étrangement clair, comme si l'eau de la piscine amplifiait l'éclat des étoiles plutôt que de se contenter de le refléter. Je fus saisie d'un frisson, submergée par un sentiment de culpabilité qui soudain s'abattit sur moi en revoyant Paolo dans le patio du bar, un être humain fait de chair et de sang, avec ses secrets, ses rêves, ses proches…

Non. C'était un sale type.

Il avait agressé Kristen.

Elle s'est défendue pour ne pas mourir !

Kristen fit courir sa main sur la porte en aggloméré du cabanon et trouva le cadenas, dont les deux tiges métalliques étaient passées dans la porte et son montant.

– Merde ! pesta-t-elle en tirant dessus. C'est fermé !

Rassemblant mes esprits, comme pour une mise à jour, j'écartai Kristen d'un coup de coude et allumai le briquet que j'avais pris au passage dans notre chambre. Mon talent pour résoudre des problèmes se mit en action, ce don qui me rendait si forte en jeux d'évasion et casse-tête divers, sans parler de mon boulot de chef de projet. Me focaliser sur ce problème simple – la porte est fermée, mais nous avons besoin de ce qu'il y a de l'autre côté – m'aiderait peut-être à ne pas trop penser au souci autrement plus terrifiant que nous avions sur les bras, à savoir un cadavre ensanglanté coiffé d'un sac à dos dans le coffre de notre voiture.

– Tiens-moi ça.

Le briquet dans les mains de Kristen, je farfouillai dans mes poches et en sortis la plus petite pièce de monnaie dont je disposais – une pièce octogonale d'un peso. Je la glissai dans la vis de la patte métallique fixée sur le montant de la porte et à laquelle le cadenas était accroché, puis la tournai.

– Ça marche ? s'exclama Kristen, qui gardait le poing contre sa bouche tandis que je continuais de faire tourner la pièce.

Mon esprit se projetait déjà vers l'avenir :

– Il faudra tout laisser exactement comme c'était avant notre passage. Il faudra même effacer nos traces de pas.

Il était essentiel qu'aucune trace d'effraction ne soit visible dans le cabanon, que rien n'éveille les soupçons – à jamais, avec un peu de chance ; en tout cas au moins suffisamment longtemps pour que les souvenirs de notre séjour en ces lieux sombrent dans l'inconscient collectif, pour que la chambre et les allées environnantes retrouvent leur banalité. Comme si nous n'y avions jamais mis les pieds.

Je retirai la vis avec une minutie de chirurgien, puis tirai sur le cadenas toujours fermé. La porte pivota vers moi, le cadenas toujours accroché au battant.

– Tu es un vrai génie ! me félicita Kristen, qui me devança pour se glisser dans le cabanon. Prenons ces pelles.

J'eus presque du mal à croire qu'elles étaient là, calées contre le mur du fond, maculées de terre et enchevêtrées à des râteaux et des binettes. Chaque outil me faisait l'effet d'une arme mortelle uniquement conçue pour pénétrer la chair humaine. Durant une épouvantable fraction de seconde, je visualisai Kristen au Cambodge, brandissant le lampadaire métallique et l'abattant frénétiquement sur sa victime, le regard foudroyant, puis je l'imaginai dans la même position, ici, cette fois armée d'une bouteille de vin. Saisie d'un bref accès de terreur, je chassai sans plus attendre ces visions.

Je m'emparai de la pelle que me tendait Kristen, qui retourna dans le cabanon, cherchant quelque chose.

– Parfait ! siffla-t-elle avant de brandir deux lampes torches. Allons-y.

Elle fila vers les marches, sa pelle sur l'épaule, tel un des sept nains de Blanche-Neige.

Heigh-ho, heigh-ho, on part enterrer Paolo…

– 8 –

Les épaules crispées sous l'effet de la concentration, Kristen gardait les yeux rivés droit devant elle. Après avoir manœuvré dans l'allée de l'hôtel, elle s'engagea sur la route qui filait vers la montagne.

– Tu y vois quelque chose ? soufflai-je.

Sa vision nocturne était meilleure que la mienne, comme nous l'avions constaté quelques jours plus tôt lors d'une soirée d'observation des étoiles. Elle avait même dû me prendre par la main pour m'aider à m'approcher de l'énorme télescope installé par le guide. Du fait de mon astigmatisme, la nuit n'était pour moi qu'un champ de ténèbres ternes ponctué de parasites blanchâtres. Astigmatisme et asthme étaient deux tares auxquelles il était facile de remédier dans le monde moderne, contrairement aux soucis autrement plus redoutables capables d'ôter la vie, comme une bouteille de vin, un lampadaire ou une chute du haut d'une falaise.

– Oui, ça va, j'y vois à peu près, me répondit Kristen. J'allumerai les phares après le virage.

– Ce n'est pas le moment d'aller dans le fossé…

Je fus saisie d'un rire hystérique, que je transformai en vague toux. Kristen ne fut pas dupe et me lança un regard acéré.

– Ça va aller, lui assurai-je.

Le moteur de la voiture me paraissait aussi bruyant qu'un char d'assaut troublant le silence de la nuit ; il est vrai qu'il était rudement sollicité, avec un cadavre de quatre-vingts kilos dans le coffre, sans oublier la vingtaine de kilos des effets et du sac à dos de Paolo. Nous pouvions nous estimer heureuses qu'il ait eu son sac avec lui, qu'il ne se soit pas encore installé dans un hôtel des environs. S'il avait laissé ses affaires dans sa chambre, alors…

Kristen alluma les phares… et pila net. Une bestiole était plantée au milieu de la route. Mesurant une trentaine de centimètres, elle était couverte d'une fourrure grise ondulante et affublée de gros yeux. Un lapin… Non, un chinchilla. Après avoir posé sur nous un regard accusateur, il quitta la route à petits pas. Kristen relâcha enfin sa respiration et retira son pied du frein. Je suivis la petite bête par la vitre jusqu'à ce que sa silhouette se fonde dans la nuit charbonneuse.

Je sentais encore son regard noir obsidienne braqué sur moi, qui me jugeait, qui me voyait. L'incident survenu au Cambodge avait été si improbable que j'avais eu la sensation d'assister à une scène qui ne me concernait pas, comme si je visionnais un film ou un podcast reconstituant un crime authentique. Et voilà que j'étais pour la seconde fois victime d'un même coup du sort.

À Phnom Penh, j'avais été totalement inutile, tremblant, pleurant et claquant tant des dents que Kristen m'avait traînée dans la salle de bains. Après avoir fermé la porte, elle avait ouvert en grand le robinet d'eau chaude de la douche. La vapeur d'eau qui s'était rapidement formée avait rosi mes joues et fait revenir le sang dans mes mains et mes pieds, comme si j'avais souffert d'hypothermie. Elle avait gardé la tête froide parce que c'était indispensable, ce qui lui avait permis de penser aux eaux tumultueuses du Tonle Kak et aux histoires flippantes de femmes se jetant du haut d'une falaise les poches remplies de pierres, en espérant que leur corps soit emporté par le courant. Avec un peu de chance, le cadavre de Sebastian disparaîtrait. S'il était retrouvé, la police conclurait probablement à un suicide. Bien que conçu dans l'urgence et au petit bonheur, notre plan devait à tout prix fonctionner. Et tel avait été le cas.

Agrippée au volant et le menton tendu vers l'avant, Kristen adoptait la même posture que quand elle conduisait dans le blizzard. De nouveau, d'atroces récits de malheureux Américains emprisonnés à l'étranger me revinrent en tête, ce qui ranima ma terreur. Si quelqu'un reliait cette disparition à celle de Sebastian, nous serions définitivement fichues. Il nous était impossible de ramener Paolo à la vie ; comme précédemment au Cambodge, notre priorité était de rentrer chez nous sans laisser de traces dans notre sillage.

Soudain, Kristen pila en plein milieu de la route. Je tournai la tête, cherchant du regard un panneau STOP qui m'aurait échappé, sans rien remarquer. Quand je me retournai vers mon amie, elle était couchée sur le volant.

– Ça ne marchera pas… se lamenta-t-elle d'une voix étouffée.

– Qu'est-ce que tu racontes ? m'écriai-je, en panique.

Elle releva la tête vers moi :

– Il n'y a pas d'arbres, par ici, pas même de petits arbustes. Où qu'on aille, on reste exposées aux regards ; il n'y a que de la terre rouge à perte de vue.

Elle baissa de nouveau la tête, et une goutte se forma au bout de son nez.

Je crus être assourdie par un bruit de cascade, soudain frigorifiée, les épaules et la mâchoire tendues. *Elle a raison.* J'ignorais tout de l'art d'esquiver les autorités et d'enterrer un corps. Notre situation était désespérée : nous étions foutues.

Malgré cela, en considérant Kristen affalée dans son siège, je sentis une immense tendresse pour elle gonfler dans ma poitrine. Je savais ce qu'elle ressentait ; mon amie, aussi belle que courageuse, avait été agressée.

Je clignai vivement des yeux pour me ressaisir ; elle avait été présente pour moi au Cambodge, je pouvais bien ranimer sa confiance en elle, être là pour elle, comme elle avait été là pour moi.

– C'est précisément parce qu'il n'y a rien par ici que nous ne risquons rien, lui assurai-je. Ce coin est désertique, personne ne tombera sur nous pendant qu'on creusera. Il n'y a aucun risque qu'on soit dérangées par un routard, un campeur avec son chien, un fermier ou un berger menant son troupeau d'alpagas.

Elle essuya ses larmes argentées et acquiesça. La voiture se remit en mouvement, lentement dans un premier temps, puis avec une assurance grandissante, comme si elle aussi retrouvait confiance en elle.

Comme tous les autres patelins de la région, Quiteria était traversé par une unique route, une voie double tortueuse progressant dans la vallée comme un lézard dans l'ombre. Je repensai au moment où nous nous y étions engagées, après quelques détours involontaires autour de Santiago ; nous avions découvert une route plate et infinie sous le soleil éclatant, aussi accueillant et chaleureux que la station pop latino que Kristen avait dénichée à la radio. Tout semblait poussé à son maximum, ce jour-là : les basses dans les enceintes, le soleil par les vitres et notre voiture lancée à toute allure sur cette interminable route.

Nous ne nous rappelions pas avoir vu la moindre route secondaire s'attaquer aux montagnes – seuls des quadrillages de rues apparaissaient subitement chaque fois que nous abordions des villages ou des villes. Nous étions pour l'heure sur une zone déserte, avec de temps à autre des panneaux indicateurs précisant que quatre-vingts kilomètres nous séparaient encore de la prochaine agglomération. Kristen m'avait chargée de repérer une portion montagneuse sur laquelle il nous serait possible de nous engager, de préférence isolée, sans signe distinctif dans le décor et loin des terres cultivées. Cela n'avait rien d'évident, entre autres parce que je gardais un œil sur ma montre ; nous roulions depuis une demi-heure ; il nous faudrait donc un temps non négligeable pour effectuer le trajet inverse et remiser les pelles à leur place avant le lever du soleil. Il était déjà plus de 1 heure du matin, le jour pointant vers 7 heures. Même si jamais de ma vie je n'avais creusé la moindre tombe, j'imaginais sans mal que cela nous prendrait plusieurs heures.

– Ici, ça me paraît bien, dis-je d'une voix si ténue que je dus me racler la gorge et me répéter.

Kristen immobilisa la voiture et baissa sa vitre. L'air frais, avide et sans considération pour nous, s'engouffra dans l'habitacle. De chaque côté de la route se dressaient des contreforts montagneux aux contours déchiquetés occultant les étoiles. Quelques buissons poussaient non loin du bitume, ainsi qu'une poignée de pins maigrichons, et pas un son ne résonnait à des kilomètres à la ronde.

– Oui, ça ira peut-être, convint Kristen. Je vais rouler encore un peu pour vérifier qu'il n'y a pas une grande courbe un peu plus loin et qu'aucune voiture ne risque de surgir de nulle part.

Même si nous n'avions pas vu âme qui vive depuis notre départ de l'hôtel, c'était une bonne précaution à prendre.

– D'accord, vas-y, dis-je après être restée un moment quelque peu confuse.

– Tu devrais descendre.

Une douche glacée se déversa en moi :

– Quoi ? Mais pourquoi ?

– Allez, descends. Pendant que je roule encore un peu, détermine quelle colline nous convient le mieux et assure-toi qu'il n'y a aucun signe de vie aux alentours, comme des clôtures, des cabanons ou je ne sais quoi d'autre.

– Tu me laisses toute seule ici ?

– Juste une minute. Si on continue ensemble, on va perdre la tête en voulant chercher un meilleur endroit.

Je restai muette, le cœur déchaîné en la dévisageant.

– On n'a pas toute la nuit, Emily, insista-t-elle. Descends, s'il te plaît…

Le vent sifflait dans les broussailles et par la vitre de Kristen, se mêlant à la chaleur de la voiture. Ma poitrine était secouée par ma respiration saccadée, comme si j'avais couru un marathon.

D'accord, pensai-je, avant de me rendre compte que je parlais à haute voix :

– D'accord. D'accord. D'accord.

Je posai la main sur la poignée de la portière, que j'actionnai en retenant mon souffle. Le plafonnier s'alluma, ce qui nous fit toutes deux sursauter. Sous cet éclairage jaunâtre, Kristen était très pâle. On aurait dit une gamine.

– Je reviens tout de suite, murmura-t-elle. Braque ta lampe torche sur la route quand tu me vois approcher.

Je hochai la tête et sortis dans la fraîcheur nocturne, puis refermai la portière. Kristen fila dans la nuit.

J'étais seule. Autour de moi, le paysage me paraissait monstrueux, comme si l'air froid, les bruits de la nuit et le cosmos cherchaient à m'écraser, vibrant sur mes lèvres, sur mon crâne et sur mes tympans. J'eus envie de crever cette chape en hurlant, mais je me contentai de serrer les poings en regardant les feux arrière de la voiture se réduire dans le lointain. Peu après, ils se décalèrent sur la droite et disparurent.

Dans l'air frais, mais lourd, je sentis la panique grandir en moi. J'étais abandonnée pour toujours ; le monde entier s'était évaporé et j'étais livrée à moi-même dans un pli de l'écorce terrestre. Le ciel était trop scintillant, trop lointain, trop profond. J'allumai ma lampe torche et, de son faible faisceau, balayai le sol devant moi. Je regrettais mon téléphone, dont la fonction éclairage était autrement plus efficace, mais Kristen avait insisté pour que nous laissions nos mobiles, éteints, dans notre chambre. Même en mode avion, un téléphone restait traçable, bavardant en permanence avec les satellites fixés dans le ciel nocturne, m'avait-elle affirmé.

Au cours des jours précédents, nous avions constaté que la vallée de l'Elqui était une terre des plus étrange, avec ses arbres tropicaux et ses fleurs colorées ornant les patios des bars, ses champs de légumes tendres s'étendant d'un pied de montagne au suivant. En dehors de cela, elle n'offrait qu'un décor lunaire aride, les montagnes nappées de couvertures caillouteuses d'un brun tirant sur le gris. La zone où la végétation poussait se réduisait par endroits, comme ici, où elle était à peine plus large que la route, à seulement quelques arbustes de chaque côté. Dans toutes les directions, je ne distinguais que des collines couvertes de terre séchée ponctuée ici ou là de quelques rochers. *Il faudra effacer nos traces de pas*, songeai-je. Aussitôt, je me mis à la recherche d'une branche susceptible de nous servir de balai de fortune.

Je me décrispai lorsque apparurent dans le lointain deux têtes d'épingle lumineuses. Alors seulement je me permis de me moquer de ma vision de cauchemar, de ma frayeur d'être abandonnée, errant sur cette route de montagne, la langue sèche, tandis que Kristen fonçait vers la civilisation, seule dans la voiture avec un cadavre dans le coffre.

Je braquai le faisceau de ma lampe torche sur la route, le disque pâle oscillant en rythme avec ma main tremblante. Kristen freina, immobilisa la voiture et en sortit.

– Tu as repéré un endroit intéressant ? me demanda-t-elle en s'approchant de moi, les mains sur les hanches.

– Quoi ? Ah non, pas vraiment.

Combien de temps s'était-elle absentée ? Des heures, me semblait-il, voire des jours, mais je n'avais pas effectué la moindre reconnaissance.

– Il n'y a que des collines par ici, ajoutai-je. Et toi, tu as vu quelque chose ?

– La route décrit une courbe un peu plus loin ; j'ai roulé encore un moment sans remarquer de signes indiquant une présence quelconque. On devrait s'en sortir, si on ne s'y prend pas trop mal.

– J'ai vu quelques gros rochers. Si on se met derrière l'un d'eux pour creuser, on sera invisibles depuis la route.

J'éclairai un de ces rocs. Kristen hocha la tête et ouvrit la portière de la voiture. Les pelles étaient posées sur la banquette arrière, pareilles à deux ados maladroitement enlacés. Elles s'entrechoquèrent lorsque Kristen s'en saisit.

Nous nous dirigeâmes vers le flanc de colline caillouteux, un pas après l'autre. Chaque chose en son temps.

– Il est un peu plus d'une heure du matin, dis-je. Nous pouvons rester cinq heures ici et être de retour à l'hôtel avant le lever du soleil.

La voiture serait alors garée, les pelles dans le cabanon, le cadenas en place, la patte métallique revissée sur le montant de la porte, nos affaires dans nos valises, la chambre aussi propre que si nous n'y avions jamais mis les pieds. Comme si nous n'étions jamais venues dans cette vallée, dans ce pays. Comme si nous n'avions pas vécu ce cauchemar.

– Ça suffira si on garde la tête froide, dit Kristen, qui trébucha sur un caillou, qu'elle écarta du pied.

Tendue comme jamais, je sentais qu'elle attendait une réaction de ma part.

– Cette histoire sera bientôt derrière nous, murmurai-je.

Nous poursuivîmes notre ascension en silence, penchées en avant pour compenser la pente et le sol friable aspirant nos orteils. Ma respiration se fit rapidement saccadée sous l'effort – et sous l'effet de l'horreur de la situation.

Les choses m'avaient semblé moins pénibles au Cambodge, mais peut-être mon souvenir était-il biaisé par le recul. Certaines scènes de cette nuit-là étaient restées gravées dans ma mémoire, comme le nettoyage de la chambre ou la recherche de galets à glisser dans les poches de Sebastian, mais il est vrai que j'étais dans un état second. Je ne ressentais plus rien, comme si l'on avait éteint la lumière en moi.

La véritable horreur m'était apparue par la suite, m'enveloppant dans un cocon de souffrance.

Soudain, je me figeai et me retournai vers la voiture :

– On n'aurait pas dû le prendre avec nous ?

– Quoi ? Non, il faut d'abord trouver le bon endroit et creuser un trou, Em. Ensuite, seulement, nous irons chercher le sac à dos et le reste. On aurait du mal à tout porter d'un coup.

– On le laisse dans le coffre, et donc on fait plusieurs allers et retours entre la voiture et le trou ? Ce n'est pas un risque inutile ?

– On est presque au rocher, allez.

Elle m'agrippa le bras, avec douceur dans un premier temps, puis elle accentua sa pression jusqu'à faire éclater quelques vaisseaux sanguins sous ma peau. Et d'insister :

– Allez, Em !

Je poussai un soupir sonore et orientai le faisceau de ma lampe torche vers la montagne.

Notre destination était plus éloignée que nous l'avions cru depuis la route. Dans la quasi-obscurité, je distinguais à présent à peine notre voiture et le bitume. Kristen parvint la première au rocher, qu'elle tapota avec reconnaissance. Culminant à peu près à la taille de mon amie, il était aussi haut que large.

Je levai ma pelle et l'abattis dans la terre, puis, après avoir pris une longue inspiration, je calai mon pied dessus et m'appuyai de tout mon poids. La lame plongea dans le sol friable. Je perdis l'équilibre et, en me rétablissant, éjectai un morceau de terre limoneuse. Le dos crispé, je vis une entaille se dessiner dans la paume de ma main. J'éprouvai un instant ma blessure du bout du doigt, puis me mis au travail afin de rattraper Kristen, qui avait déjà creusé un petit trou.

Crissements et raclements alternaient au rythme de nos lames plongeant dans le sol aride et des pelletées que nous jetions sur le monticule grandissant. Ce dur labeur était régulier, comparable en ce sens à une balade en canoë ponctuée de coups de pagaie dans l'eau. Nous soufflions bruyamment en soulevant chaque motte de terre et gémissions en la lâchant sur le tas.

Je plante la pelle, je retire de la terre. Mes bras tremblaient de plus en plus, tandis qu'une vive douleur se propageait depuis mon dos jusque dans mes épaules. Des cloques gonflaient sur mes mains, puis éclataient, répandant un sang piquant dans les rainures de ma paume.

Encore un peu plus profondément, et ensuite sur les côtés. Des filets de sueur ruisselaient sous mes seins et sur mon coccyx, et les muscles de mes poignets me brûlaient aussi sûrement que si je les avais aspergés d'acide. Quant à la pelle, elle tremblait tant que je devais faire appel à toute ma concentration pour éviter que son contenu ne m'échappe. La terreur menaçait de se répandre en moi, mais je la contenais dans mes muscles, mes fessiers et mes quadriceps hurlant de douleur tandis que nous creusions, creusions et creusions encore.

Le ciel s'éclairait déjà. Je crus d'abord que c'était un effet de mon imagination, mais, en abaissant le faisceau de ma lampe torche sur ma montre, geste infime qui pourtant fut douloureux pour mon bras surmené, je me rendis compte que c'était un fait. Les étoiles se faisaient moins nettes, comme si une main invisible avait réduit leur luminosité. Le matin approchait ; il n'était pas encore imminent, mais cela ne tarderait plus.

– Il faut accélérer la cadence, soufflai-je, la respiration sifflante. Il ne faut surtout pas qu'on soit encore en train de monter quoi que ce soit ici quand des gens passeront sur la route pour aller au travail.

– Le trou est assez profond, je pense, jugea Kristen, les mains sur la poignée de sa pelle. Il y a assez de place. Allons-y. Ce ne sera jamais parfait, de toute façon.

Notre fosse était-elle vraiment assez profonde ? Le cadavre ne serait-il pas enfoui trop près de la surface, la fine couche de terre le recouvrant susceptible d'être mise à mal par un animal sauvage, le vent ou une crue subite ? Une rafale me surprit, me donnant la sensation que mon corps couvert de sueur était plongé dans une eau glaciale. Il n'y avait plus de temps à perdre. Je lâchai bruyamment ma pelle, aussitôt imitée par Kristen, et nous trottinâmes vers la route, soulevant des mottes de terre derrière nous. J'avais le dos et les bras en feu, ce qui promettait de longues heures de souffrance.

Kristen eut besoin d'un moment pour sortir la clé et encore d'un certain temps pour localiser la touche commandant l'ouverture du coffre. Celui-ci s'ouvrit aussitôt en grand et avec énergie, avant de retomber à mi-hauteur.

Paolo était toujours là ; l'énorme sac à dos beige pourvu de jambes était une vision flippante au faux air d'un tableau de Dalí. La masse de vêtements froissés entourant ses chevilles avait positionné ses pieds en une étrange posture disco. Plusieurs questions s'imposèrent malgré moi dans mes pensées : Paolo aimait-il danser ? Courir ? Escalader des montagnes ou les dévaler en VTT ? À quelles activités devait-il ces mollets bien galbés et ces épais quadriceps ? Au bord de la nausée, je sentis un début de crise d'hystérie naître en moi.

Je plaquai les mains sur le pare-chocs, dont le métal froid me rendit ma lucidité.

– On le porte dans le rideau de douche, comme tout à l'heure, d'accord ? proposa Kristen, qui en déploya les coins. Vérifie que toutes ses fringues sont bien là, pour qu'on ne fasse qu'un seul voyage.

J'acquiesçai. Mon corps n'était plus qu'une crampe géante, mon dos m'élançait, mes doigts étaient raides et une douleur brûlante s'était installée à hauteur de ma nuque. La plupart des vêtements de Paolo étaient entassés autour de ses jambes poilues, mais quelques-uns avaient glissé hors du rideau. Je les récupérai et les posai sur les genoux du cadavre.

Ce n'est qu'un aparté de folie en dehors de la réalité ; dès que tu en auras terminé, tu retraverseras le trou de ver et retrouveras la dimension spatio-temporelle dans laquelle tu évolues d'ordinaire. Ce n'est qu'un projet à gérer, un problème à résoudre. Continue. Continue. Continue.

La manche de ma chemise passée par-dessus la paume de ma main ensanglantée, j'agrippai deux coins du rideau de douche. N'écoutant pas mes avant-bras douloureux qui me suppliaient de ne pas essayer de soulever ce poids, je voulus inspirer profondément, mais ne parvins qu'à cracher une toux asthmatique.

– Ça va aller ? s'inquiéta Kristen, ce qui me fit hocher la tête. Parfait. On y va à « trois ».

J'ai mal ! J'ai mal ! J'ai mal ! Kristen ouvrait la marche à reculons, la tête par-dessus l'épaule comme si quelqu'un la suivait. Mes bras – et ceux de Kristen – renoncèrent alors que nous n'avions parcouru qu'un quart du trajet, l'adrénaline ne suffisant plus à nous donner la force nécessaire pour porter notre fardeau, qu'il nous fallut poser le temps de nous secouer les poignets. Nous n'avions qu'une trentaine de mètres à couvrir, mais ce parcours me parut être la plus longue marche de mon existence, mon corps irradiant de douleur, réduit à une unique piqûre d'abeille géante. Incapables de trouver le bon rythme, nous alternions précipitation et pauses soudaines, telles deux amies transportant un canapé dans un escalier.

À l'approche du rocher, nous étions si impatientes d'en finir et si exténuées que nous fîmes quelques faux pas avant de quasiment lâcher notre prise au sol.

– Vite ! me pressa Kristen.

Je l'aidai à soulever le rideau afin de déverser son contenu dans le trou, puis nous éparpillâmes les vêtements autour du corps, les fourrant le plus profondément possible dans la terre. Chacune reprit ensuite sa pelle, et la suite fut encore plus douloureuse ; je n'entendais plus qu'un « Aïe ! » hurlé en boucle dans mon esprit. Forçant nos corps meurtris à coopérer, nous poussions des grognements bestiaux et pathétiques en recouvrant Paolo. Quand ce fut fait, Kristen lissa la terre du dos de sa pelle. Il y avait maintenant en ce lieu un léger monticule, une bosse dans la nuit.

Alors que le ciel bleuissait, nous redescendîmes en courant jusqu'à la route, où nous ramassâmes quelques branches. Sans perdre une seconde, nous regagnâmes le rocher, d'où nous effaçâmes au mieux nos traces de pas.

Enfin, nous nous glissâmes dans la voiture et en claquâmes les portières. Kristen resta un temps les yeux fermés, le crâne calé contre l'appuie-tête.

– Ça ne paraîtra pas bizarre, en plein jour ? dis-je en regardant par ma vitre. La terre ne risque pas d'être d'une autre couleur sur le trou ?

Elle laissa passer un long moment avant de me répondre :

– Je ne sais pas quoi te dire, Emily. On ne peut rien faire de mieux, de toute façon.

Elle mit le contact et appuya sur l'accélérateur ; un long trajet nous attendait pour retrouver l'hôtel.

La voiture nous parut nettement plus légère sans Paolo dans le coffre.

– 9 –

Il était presque 6 heures et le ciel s'éclaircissait à une vitesse alarmante. Nous avions déjà croisé trois véhicules, dont les phares m'avaient fait l'effet de paires d'yeux me scrutant dans la semi-obscurité de l'aube : un camion, une voiture et un pick-up traînant une remorque dans laquelle étaient installés quatre hommes plaquant chacun un mouchoir sur leur nez. À chaque fois, j'avais baissé les yeux, priant pour que ces gens nous oublient aussitôt. Enfin, Kristen s'engagea dans le minuscule parking de l'hôtel. L'air était encore frais, mais chargé d'une brume provoquant une humidité mordante. Sous une luminosité de purgatoire typique de ces quelques instants qui précèdent l'aube, nous remisâmes les pelles dans le cabanon. Kristen m'agrippa l'épaule quand de la lumière apparut à une fenêtre, non loin de là, probablement dans une autre chambre, mais cela ne dura que quelques secondes, ce qui me permit de remettre en place la vis de la patte métallique.

La porte de notre chambre était couverte de rosée quand enfin nous nous y glissâmes. Je crus recevoir un coup de poignard lorsque la vision des mollets dépassant de derrière le canapé me revint brusquement à l'esprit, et la bouteille de vin maculée de rouge, mais intacte, victorieuse du choc contre le crâne de Paolo. Peut-être ce dernier avait-il été victime d'un détail anodin mais crucial ; peut-être n'aurait-il été que légèrement blessé si le coup avait porté un centimètre plus haut ou plus bas.

Tournant la tête vers Kristen, je fus submergée d'une vague de compassion à son égard. Elle se montrait si forte – plus forte que je ne l'avais été au Cambodge, assurément –, alors que Paolo avait tenté de la tuer seulement quelques heures plus tôt.

– Aide-moi à finir de nettoyer tout ça, me demanda-t-elle, s'activant déjà à hauteur de la kitchenette, où elle se saisit d'un torchon.

Après avoir mis en vain la suite sens dessus dessous à la recherche de produits de ménage, il nous fallut nous résoudre à rassembler nos ressources cosmétiques : démaquillant, lingettes, savon, gel désinfectant. Le jour fissura la nuit comme une coquille d'œuf, puis le soleil frappa sur nos fenêtres et s'invita dans notre intérieur avec énergie. Balayant, frottant et nettoyant en silence, nous restions focalisées sur ce lieu devenu notre enfer personnel. Je lavai le rideau de douche à grande eau dans la baignoire, une mousse rougeâtre se formant sur le plastique coloré, puis le remis en place sur ses crochets. Cela suffirait-il ? Pouvions-nous réellement espérer filer d'ici sans laisser aucune trace de ce sinistre événement, alors que nous ne disposions même pas de détergent digne de ce nom ?

Nous avions fourré dans le poêle quelques pages de journal froissées, qu'il nous fut facile d'enflammer avec un briquet. Du petit bois puis quelques bûches nous offrirent une belle flambée crépitante dans laquelle je jetai un par un les effets de Paolo : son passeport, son carnet de voyage, son portefeuille et son téléphone. Je fus saisie d'une quinte de toux quand l'ensemble se recroquevilla en une masse puante. Kristen ouvrit une fenêtre et chassa à grands gestes la fumée écœurante. Quand il ne resta plus qu'un petit tas noirci, je versai de l'eau dessus.

– Je m'en occupe, déclara Kristen, quand les restes eurent cessé de grésiller. Je jetterai tout ça chez moi.

Elle les enveloppa dans du papier journal, puis dans un sachet de chips vide.

Il était capital de ne rien changer à nos habitudes, et donc, après avoir chargé nos bagages dans le coffre de la voiture, de gagner le hall de l'hôtel pour y prendre le petit déjeuner, ce que nous avions fait tous les matins jusque-là. Le patron de l'établissement étant particulièrement fier de ce *desayuno delicioso* dont nous nous étions chaque jour régalées, il fallait à tout prix éviter que quelqu'un s'étonne de notre absence. Face à ces corbeilles remplies de petits pains et ces assiettes de fruits colorés, nous restâmes silencieuses, le cœur au bord des lèvres. Puis vint le moment de rendre les clés à la réception (à notre arrivée, on nous avait clairement signifié de ne pas les laisser dans la chambre), et soudain je pris conscience que tous les regards étaient braqués sur moi, puisque j'étais la seule à savoir jouer les interprètes.

– *¿Cómo?* dis-je, trop troublée pour me souvenir de la formule plus polie pour demander à un interlocuteur de répéter sa phrase.

– *¿Cómo estuvo su estadía con nosotro?* me demanda la réceptionniste.

Elle avait parlé trop vite pour moi, et en marmonnant, si bien que je clignai de longues secondes des yeux avant que ces mots ne s'impriment dans mon cerveau. Comment s'était déroulé notre séjour ? Parfaitement ; le poêle à bois, si romantique, nous avait été bien utile pour brûler des preuves.

– *Muy bien*, répondis-je en me forçant à sourire. *Gracias por todo.*

Six heures de route étaient nécessaires pour rallier l'aéroport de Santiago, en longeant la mer dans un premier temps, puis en obliquant vers le sud, entre les montagnes et l'océan. Le décor nous apparut d'un brun monotone, aussi moche que la crasse que je croyais sentir sur ma poitrine et dans mon esprit, aussi laid que l'horreur et l'incrédulité accumulées dans mes tripes et dans mon crâne. Nous avions roulé dans la direction opposée, la nuit précédente – seulement quelques heures plus tôt, avec ce poids mort dans le coffre ? –, mais je ne pouvais m'empêcher de chercher nos traces de pas sur les collines, probablement effacées, mais peut-être encore plus évidentes après notre balayage de la zone ; notre effort n'avait peut-être servi qu'à dessiner une flèche géante pointée sur la tombe depuis la route. J'avais tellement mal partout que le simple geste consistant à lever le bras pour chausser mes lunettes de soleil me fit souffrir. *Brisée.* Ce mot tournait en boucle dans ma tête, comme un disque rayé, et résumait parfaitement mon état. Mon corps et ma vie étaient brisés. Tout comme le crâne de Paolo, qui avait éclaté comme une coquille d'œuf.

Une aire de repos offrant un impressionnant panorama se présenta ; Kristen s'y engagea et immobilisa la voiture, puis elle resta muette, le regard fixé droit devant elle. Alors que j'étais sur le point de briser ce silence, ses yeux prirent une nuance plus dure et elle poussa un cri. Un rugissement, plutôt, comme un enfant imitant un lion. Il résonna dans l'habitacle, dans mes oreilles, puis ce fut de nouveau le silence. Elle ajouta un rire très bref et tourna la tête vers moi, comme si elle avait jusque-là oublié ma présence.

D'un geste brusque, j'ouvris la portière et me précipitai jusqu'au bord de la falaise. Aussi loin que portait le regard, il n'y avait que des montagnes d'une nuance fauve tirant sur le rouge, typiquement matinale. Un gémissement m'échappa, chargé d'affliction et moins sonore que le rugissement de Kristen, mais tout aussi puissant. Je n'y mis fin, avec quelques postillons, qu'après avoir totalement vidé mes poumons. Kristen me rejoignit et inspira profondément pour rugir avec moi. Nos cris se libérèrent en harmonie, avec la même troublante intensité que celle que l'on expérimente lors d'une séance de « son Om » en cours de yoga. Tandis que l'écho résonnait, j'imaginai les ondes sonores faisant vibrer les cellules des tatous, des vigognes et des pumas de Patagonie à des kilomètres à la ronde.

Comme si nous l'avions nous-mêmes crevé, le ciel, devenu sombre au-dessus de nous, nous envoya d'abord un léger crachin, puis une saucée plus régulière.

Pour la première fois depuis la nuit précédente, un sourire se dessina sur le visage de Kristen :

– Cette pluie va effacer toutes nos traces dans la montagne.

Ou peut-être faire couler la couche de terre dont nous avons recouvert le cadavre. Après être restée un moment le visage levé vers les cieux, sous la pluie, je regagnai la voiture. Kristen me serra l'épaule quelques secondes avant de mettre le contact et de retrouver la route. Dehors, les gouttes taquinaient les rangées de légumes feuillus et les arbustes vert foncé. Des traînées de pluie se formaient au sol, veines marron dévalant le flanc de la montagne.

Je m'offris une longue inspiration et pris la décision de croire Kristen.

De faire comme si nous n'avions jamais mis les pieds ici.

– 10 –

À l'aéroport, évoluant tels des automates sans dire un mot ou presque, Kristen et moi rendîmes notre voiture de location. Aucune vérification du véhicule n'était prévue, nous n'avions qu'à glisser les clés dans la fente d'une boîte. Avant cela, je procédai à une ultime inspection, cherchant d'éventuelles traces de terre sur la banquette arrière ou des taches couleur rubis dans le coffre. Je m'éternisai un bon moment, mon angoisse me titillant comme une démangeaison. *Remonteront-ils jusqu'à nous ?*

Plus tard, alors que nous avions pris place dans une interminable file avant un contrôle de sécurité, j'observai Kristen, dont le regard s'était perdu dans le vide. Elle était toujours magnifique, malgré la privation de sommeil, ses cheveux clairs rassemblés en un chignon désordonné. Elle avait en outre retiré ses lentilles et chaussé des lunettes à monture métallique, calées sur ses pommettes saillantes, ce qui lui donnait plus une allure de nana à lunettes sexy que de binoclarde. La nuance était de taille, même si je n'aurais su l'expliquer de façon concrète.

– Mon Dieu… laissai-je échapper quand m'apparut une tache de sang séché sur son menton.

Le sang de Paolo ! Je me léchai le pouce et voulus effacer ce signe révélateur, mais Kristen repoussa ma main.

– C'est un grain de beauté, Emily ! s'agaça-t-elle, une main sur la joue. Tu as perdu la tête ou quoi ?

Oui, complètement. Tout va mal. La douleur aiguë des heures précédentes cédait peu à peu la place à des courbatures plus sourdes, et lever le bras gauche à hauteur du visage de Kristen avait réveillé quelques élancements.

– Je… J'ai cru que c'était… Non, laisse tomber.

Nous avions toutes les deux pris une douche rapide avant le petit déjeuner, le temps de nous débarrasser de la crasse et de la terre récoltées au cours de notre escapade. Il n'y avait évidemment plus la moindre trace de sang sur le visage de Kristen.

Cette agression la détruira, à terme. Le cœur lourd, je détournai le regard et refoulai les larmes qui me venaient. Elle n'en avait pas encore conscience – elle se montrait solide, sans céder à la panique –, mais la violence subie la veille empoisonnerait sa psyché de la même façon que l'agression de Sebastian avait investi la mienne. En moi s'agitait un tourbillon d'émotions mêlées parmi lesquelles ma peur, ma consternation et un épuisement total que je ressentais jusque dans mes os, mais cette évidence les éclipsait toutes, telle la foudre perçant un nuage d'orage : ma meilleure amie, si belle et si forte, serait bientôt brisée. Acculée, assommée et désormais consciente de sa vulnérabilité, son courage éclaté comme un ballon. *Tu n'étais qu'un salopard, Paolo*, pensai-je, les yeux plissés par la haine.

Car, par son geste, il n'avait pas seulement blessé Kristen. Il nous avait également privées de quelque chose à un moment où je me sentais enfin redevenue moi-même, alors que tout allait bien entre Kristen et moi ; nous avions retrouvé chaleur et sentiment de sécurité. Après l'horreur survenue au Cambodge, ce nouveau voyage avait renforcé notre amitié, comme si l'épisode Sebastian n'avait jamais eu lieu.

Mais à présent… Comment pourrais-je regarder Kristen sans voir la fosse s'agrandissant, le passeport remuant dans les flammes comme une bestiole encore vivante, le sang de Paolo sur sa gorge ? Où trouverions-nous la force de vivre comme si de rien n'était avec sur nos épaules le poids de la crainte d'être rattrapées par les autorités ?

Kristen, qui aurait risqué sa vie pour ses amis. Kristen, qui m'avait préparé de la soupe de poulet au citron et laissée dormir dans son lit, à la fac, le jour où je m'étais retrouvée célibataire et seule au monde. Kristen, qui m'avait reconstituée comme un puzzle, qui n'avait pas compté les heures avec moi au téléphone, après le Cambodge, jusqu'à ce qu'enfin je trouve la force de sortir du sac de couchage dans lequel ma terreur m'avait enfermée pour m'aventurer sur la pointe des pieds dans le vaste monde. Kristen, donc, avait à son tour subi l'impensable. Si j'étais passée par là avant elle – face à Ben, puis Sebastian –, elle savait à présent ce que cela faisait d'être punie pour avoir cru que le monde était si sûr et si bienveillant, comme s'il lui appartenait.

Nos bagages enregistrés, nous nous glissâmes dans une nouvelle file, cette fois pour le contrôle des passeports, ce qui me valut un nouveau coup de stress : ils allaient deviner la vérité rien qu'en nous dévisageant, c'était certain.

– Quel était l'objet de votre séjour ? nous demanda le séduisant douanier chilien, même si j'avais déjà répondu à cette question sur le formulaire.

– Tourisme, répondis-je, manquant de peu de m'étouffer sur cet unique mot.

Il tourna quelques pages de mon passeport et abattit son tampon :

– Bon vol.

Après un temps passé en silence dans un café proposant un breuvage immonde vint le moment de la séparation. Kristen m'étreignit avec force puis s'écarta, les mains sur mes épaules en me regardant droit dans les yeux. Ce séjour ne serait-il pas notre dernière aventure ensemble ? me demandai-je. Peut-être n'y aurait-il ni Maroc, ni Géorgie, ni Turquie. Cette nuit n'avait-elle pas anéanti pour toujours nos envies de voyages ?

– Je t'aime, chuchota-t-elle, le menton baissé. Tu me fais signe dès que tu es arrivée chez toi, d'accord ?

– Moi aussi, je t'aime.

Elle frémit légèrement et hocha la tête, puis elle me lâcha et s'éloigna sans se retourner. Je fus d'abord soulagée, puis immensément triste que notre séparation se fasse sur cette note, sur ma hâte de voir ce cauchemar se conclure. Si seulement il avait été possible de revenir à la veille au soir, avant que tout ne parte en vrille, au moment où nous contemplions les étoiles en grignotant du maïs grillé, avec la sensation que le monde était notre terrain de jeu.

Placée à l'avant-dernier rang de l'avion, je fus secouée durant chacune des dix heures de vol jusqu'à Atlanta. Cela me parut curieusement normal, comme si mon horreur, mon sentiment de culpabilité et ma tristesse avaient pris une forme physique, éprouvant mes muscles, titillant mes terminaisons nerveuses et étirant mes tendons. Mon Dieu, quelle épreuve… Avais-je autant souffert en rentrant du Cambodge ? Non. J'avais l'esprit si engourdi, après l'agression, que mon cerveau ne m'avait pas permis de ressentir la douleur physique, pas plus que ma détresse. Kristen avait à l'époque certainement autant souffert que moi en cet instant, pourtant elle ne s'en était jamais plainte. Quel altruisme de sa part ! Son attention avait été exclusivement focalisée sur moi, sur ma souffrance, sur mes efforts brouillons pour encaisser le choc.

Au terme de cette courte éternité, l'avion se posa brutalement sur le tarmac. Dès que cela me fut possible, je consultai un site d'informations, sans découvrir la moindre mention d'un routard disparu. Mais cela pouvait évoluer à tout moment. Telle serait ma vie, désormais, à attendre que l'épée de Damoclès – deux épées, en réalité – se décroche.

Progressant tant bien que mal dans l'allée de l'appareil, je découvris un désordre indescriptible. Sur une cinquantaine de mètres régnait une pagaille inouïe, tandis que les passagers marchaient à petits pas vers la sortie de cette boîte de conserve géante qu'ils avaient transformée en poubelle. Des couvertures emmêlées et froissées, des tomates cerises et des légumes verts flasques écrasés dans les allées, des détritus disséminés comme dans une œuvre d'art urbain sur presque toutes les surfaces.

Nous sommes tous répugnants. Tous. Nous dérangeons tout et fichons le camp en laissant le bazar derrière nous.

Sauf que Paolo a payé ses péchés de sa vie. Quelle était cette petite voix stupide qui prenait la défense de Paolo, l'ignoble individu qui avait tenté de violer mon amie ? Sans que je puisse y faire quoi que ce soit, je vis surgir en moi des visions de ses jambes inertes, de leur peau froide et bosselée jouant sur ses tendons et ses os quand nous l'avions enroulé dans le rideau de douche. Avait-il une copine chez lui, qu'il trompait au cours de son voyage ? Un ami, quelque part ailleurs sur la planète, qui prévoyait de le voir d'ici quelques mois et s'étonnerait qu'il ne se connecte plus sur WhatsApp ?

Tandis que je patientais dans la file menant au passage de la douane, je fis l'effort de chasser ces pensées. « BIENVENUE AUX ÉTATS-UNIS ! » hurlait une banderole. Il me restait encore un avion à prendre, mais j'avais retrouvé mon pays, j'avais fui le Chili. J'y croyais à peine, craignant à chaque seconde émerger d'un rêve éveillé et me rendre compte que je me trouvais encore à l'aéroport de Santiago. Les martèlements de mon cœur se répercutaient jusqu'au bout de mes doigts.

Dans la salle d'embarquement, je m'installai sur un siège en tissu bien usé et grignotai une barre de céréales – je crus avaler du sable. Aussi têtues qu'une langue incapable de s'empêcher de titiller une dent douloureuse, mes pensées ne cessaient de revenir à la soudaine averse survenue dans le désert. Ces précipitations ne révéleraient tout de même pas notre tombe peu profonde ? D'autre part, personne n'avait vu Paolo discuter avec nous dans le patio, la veille au soir, cela semblait évident. Les deux Anglaises aux cheveux brillants, le barman devant lequel j'avais paniqué à propos de mon portefeuille disparu… Étions-nous restées gravées dans la mémoire de ces personnes ? Quant à la fenêtre qui s'était brièvement illuminée alors que nous remisions les lampes torches et les pelles dans le cabanon, c'était forcément une coïncidence, pas un témoin. Avions-nous suffisamment nettoyé le sol de la chambre ? Nous n'étions éclairées que par la lueur brumeuse du matin ; le soleil plus vif de midi ne dévoilerait-il pas de grosses taches de sang qui nous auraient échappé ?

Mon téléphone vibra ; il me fallut une bonne minute pour donner du sens au texto reçu. C'était Aaron, qui n'avait pas oublié la date de mon retour, charmante attention :

Bons vols ! Fais-moi signe quand tu es de retour.

Une sensation de malaise s'immisça en moi, me faisant frissonner de tout mon être. Mon désir de le revoir, de l'embrasser, était violent, viscéral, mais… mais que faire à présent ? J'avais toujours eu un mal fou à baisser la garde en présence d'un garçon, prenant soin de ne pas m'emballer, et en ces rares occasions où je tombais réellement amoureuse, je restais prête à tout voir s'écrouler. Et maintenant ? Comment pourrais-je m'ouvrir et être moi-même avec ce monstrueux secret m'écrasant comme une chape de plomb ? Je ne lui avais rien dit à propos du Cambodge, bien entendu, mais cette agression appartenait à un passé lointain quand nous avions commencé à nous fréquenter ; quoique rugueux et encore fragile, un tissu cicatriciel recouvrait la blessure que je préférais taire. Cette fois, en revanche, lui dissimuler ce traumatisme si récent, ma frayeur encore si vive, si présente, serait plus ardu.

Aux yeux d'Aaron, j'étais une nana du Midwest des plus classique, sympa et douce. Aurais-je vraiment la force de faire comme si rien de grave ne s'était produit et le regarder droit dans les yeux ? Alors que je m'étais enfin débarrassée des crises de panique et des cauchemars consécutifs à l'agression dont j'avais été victime au Cambodge, Paolo avait rouvert la trappe renfermant mes peurs et m'avait renvoyée à la case départ. J'étais furieuse, ce qui me mettait mal à l'aise. Les filles chouettes n'ont pas en permanence une colère qui bouillonne en elles. Pas plus que du sang dans les lignes de la main et de la terre sous les ongles après avoir pris part à une scène nocturne que l'on aurait pu croire tirée d'un film d'horreur.

La foule était trop bruyante autour de moi, trop remuante ; des gosses criaient et escaladaient les sièges, des adultes braillaient dans leur téléphone, des ados gloussaient, une mère hurlait sur sa progéniture. Un écran crachait à un volume assourdissant des informations auxquelles personne ne prêtait attention : des feux de forêt en Amazonie, une frappe de drone en Syrie... J'avais entendu dire que les chaînes d'information en continu étaient diffusées avec un léger décalage dans les aéroports, de façon que l'on puisse interrompre la diffusion en cas de reportage évoquant un détournement d'avion ou un tireur fou dans un terminal et afin d'éviter que la foule ne sombre dans l'hystérie collective. Peut-être un événement gravissime était-il commenté en direct en cet instant partout ailleurs ?

Contrôler la diffusion afin d'éviter l'hystérie collective... Pouvais-je agir de la même manière pour contrer l'hystérie qui grandissait en moi ? Découper et jeter les souvenirs datant d'un an auparavant et menaçant de détruire mon existence ? J'aurais tant voulu avoir à ma portée une procédure comme celle dont profitent les personnages du film *Eternal Sunshine of the Spotless Mind*[4], c'est-à-dire effacer de mon cerveau toutes les traces de ces événements. Peut-être pouvais-je apprendre à cloisonner ma vie, à faire comme si tout allait bien en présence de mes collègues et de mes amis, ou durant mes rendez-vous avec Aaron. J'étais prête à donner n'importe quoi pour être une fille normale avec lui, pour plaisanter, le serrer contre moi, l'embrasser et, oui, faire l'amour avec lui comme tous les gens normaux, et oublier la femme brisée, méfiante et secrète que j'étais devenue. Et ce plutôt deux fois qu'une, désormais. L'estomac noué, je déverrouillai mon téléphone.

Salut toi ! J'atterris vers 17 heures. Ensuite un peu de route dans les embouteillages et je serai chez moi. Et toi, ça va ?

La normalité, donc. Il était essentiel de s'y tenir. De faire comme si rien ne clochait. Comme si je n'avais pas recouvert un foutu cadavre de terre quelque part dans le nord du Chili.

Il réagit aussitôt :

Super ! J'ai hâte de t'entendre me raconter ton séjour. Bon vol !

---

4. Autrement dit *Du soleil plein la tête*, film américain d'un réalisateur français, Michel Gondry, sorti en 2004, avec Jim Carrey, Kate Winslet, Robert Byrne et Elijah Wood.

Ma réponse fut sobre : deux mains jointes et un smiley souriant.

Je lâchai ensuite mon mobile dans mon sac et plaquai mes mains sur mes yeux, aux prises avec un mal de crâne tonitruant.

Une équipe de football de préados s'agitait dans la salle d'attente. Un des gamins avait même sorti un ballon, que je regardai stupidement lorsqu'il roula juste devant moi. Au bout d'un moment, leur entraîneur leur cria de se calmer ; ils s'installèrent à même le sol en un grand cercle gênant la circulation des voyageurs, et se lancèrent dans une partie de cartes.

La foutue petite voix m'interpella de nouveau : *Paolo jouait-il au football étant enfant ?* ¿Fútbol? *À quel moment sa mère se rendra-t-elle compte qu'il ne donne plus de nouvelles ? Et ses amis ? Avait-il déjà son billet de retour à destination de l'Espagne, un aller simple mettant un terme à son périple ?*

Non. Paolo ne méritait pas mes remords. Paolo était fait du même bois que Sebastian, ce sale type dont le spectre me hantait encore dans les recoins sombres des ruelles, et j'étais ravie de savoir qu'il n'était plus de ce monde. Sebastian m'avait laissé des hématomes et des éraflures, sans compter la peur qui résonnait encore en moi à ce jour, un geyser de terreur qu'il m'était impossible d'accepter ou d'évoquer. Le cœur lourd, je songeai que Kristen était loin de se douter des épreuves qui l'attendaient.

Durant le court vol qui suivit, je ne vis rien d'autre qu'un tapis de nuages gris, depuis mon siège près d'un hublot. Mon voisin ayant chassé mon coude de notre accoudoir commun, j'avais les bras plaqués contre la poitrine. Je fus à deux doigts de pleurer de bonheur lorsque l'appareil entama sa descente et que mes oreilles claquèrent comme des bulles de champagne. J'étais presque chez moi.

Une fois hors de l'avion, je marchai d'un pas peu assuré vers la sortie de l'aéroport, passant à hauteur de boutiques de souvenirs proposant des chapeaux-fromage[5] et des tee-shirts ornés de slogans à la gloire du Wisconsin tels que « L'État où il fait bon vivre », « Buvez avec Wisconsination » ou encore « Je suis une fille du Midwest, je suis en pleine forme ! » Que d'horreurs… Mon mobile vibra – c'était Aaron –, mais je ne pris pas l'appel, occupée à me frayer un chemin dans la foule pour récupérer ma valise. Soudain, j'entendis quelqu'un prononcer mon prénom dans mon dos. Je fis volte-face…

Et mon cœur s'arrêta. Paolo se dirigeait vers moi à grandes enjambées, s'approchant de plus en plus à mesure qu'il esquivait chariots surchargés et groupes de voyageurs. *Il m'a suivie !*

Il disparut derrière une montagne de valises. Terrifiée, j'attendis qu'il réapparaisse de l'autre côté. Une tignasse noire et un visage émergèrent. Il me regardait droit dans les yeux.

À un immense, mais très bref soulagement succéda une sensation de creux dans l'estomac.

Ce n'était pas Paolo.

C'était Aaron.

---

5. Les habitants du Wisconsin sont surnommés les *cheeseheads*, soit « têtes de fromage », cet État étant un grand producteur de fromages.

– 11 –

Faisant appel à toute l'énergie qui me restait, je trouvai la force de lui sourire. En réalité, j'avais envie de pleurer, navrée de lui jouer la comédie et épuisée par cet effort.

– Qu'est-ce que tu fais là ?

– Je voulais te faire la surprise ! me répondit-il. Comme j'étais du côté de Jefferson Park, je me suis dit que ça te ferait plaisir d'avoir un chauffeur pour te conduire chez toi depuis l'aéroport.

– Merci, c'est gentil, il ne fallait pas, dis-je, étirant un sourire artificiel.

– Je t'en prie. Je suis garé par là-bas.

Il s'empara de ma valise et se mit en route. Je m'attardai sur ses cheveux emmêlés, sur ses lunettes à monture en plastique, ses fines lèvres et son sourire en biais. Il était plus mignon que dans mes souvenirs, le visage plus anguleux, comme si cette semaine passée loin de lui avait érodé l'image mentale que j'avais de lui. Je sentis quelque chose s'agiter dans mon ventre ; écrasés par les événements survenus au cours des dernières vingt-quatre heures, des papillons revenaient à la vie.

– Ton voyage de retour s'est bien passé ?

– Oh oui, pas de souci. Le premier vol a été retardé, mais la correspondance était longue, donc ça n'a finalement pas changé grand-chose.

Devant les ascenseurs, il pressa une touche pour appeler une cabine.

– Je meurs d'envie de t'entendre me parler du Chili, du moins juste un avant-goût ; tu dois être exténuée, je te conduis directement chez toi, ne t'en fais pas.

– Ouf ! laissai-je échapper, avant de plaquer ma main sur ma bouche, ce qui le fit rire. Désolée, je suis complètement à l'ouest, je n'ai pas dormi du voyage.

La porte de l'ascenseur s'ouvrit, et nous nous engouffrâmes dans la cabine.

– Tu as mal quelque part ? s'enquit-il. Tu as une démarche bizarre.

– Oui, en fait… nous avons fait une longue randonnée, ce qui m'a permis de me rendre compte que je n'étais pas très affûtée physiquement.

Mon cerveau vaseux court-circuité, je considérai nos reflets flous dans les panneaux métalliques ; avec ma peau grasse, mes yeux bouffis et mes cheveux ébouriffés, j'avais une tête à faire peur, mais j'étais trop épuisée pour m'en soucier. J'étais également trop fatiguée pour céder à la panique. Je n'avais qu'une envie : pleurer. *Aaron veut que je lui raconte mon séjour au Chili*… me répétais-je en pensée, pareille à un bambin gémissant et sur le point d'éclater en sanglots.

Aaron me prit la main et sourit en s'intéressant à mes doigts :

– Sacrée randonnée, dis donc, tu as encore de la terre sous les ongles !

Je voulus me dégager, mais il retourna ma main et découvrit ma paume couverte d'ampoules récentes.

– La vache ! Tu as gravi une montagne ou quoi ?

Tétanisée, je sentis mon asthme se réveiller et s'en prendre à mes poumons. J'étais affreuse, crasseuse et endolorie après la nuit passée dans les collines. Je retirai ma main lorsque les portes de la cabine s'ouvrirent.

– Euh… oui, on a fait un peu d'escalade. J'aurais dû porter des gants. Ça va me picoter pendant un moment.

Portant toujours ma valise, Aaron reprit sa marche :

– Tu as bien crapahuté dans les rochers, j'imagine. J'ai mille questions à te poser. Quel a été le meilleur moment du séjour ? Le meilleur plat auquel tu as goûté ? Le truc le plus cool que tu as fait ? Le truc le plus bizarre que tu as vu ? Ah, c'est par ici.

Il vira brusquement sur la gauche.

Le truc le plus bizarre que j'avais vu était une bouteille de vin tachée de rouge, comme si son contenu avait suinté. Une tête défoncée, aussi, dans une mare de sang gluante. Un gros sac à dos en toile duquel émergeaient deux jambes poilues et musclées, mais totalement immobiles.

– Je… Mon Dieu, excuse-moi, je suis si épuisée que j'ai à peine la force de faire des phrases.

– Je comprends, pas de souci.

Il actionna sa télécommande, et sa voiture se déverrouilla en clignotant. Il déposa ma valise dans le coffre et m'ouvrit la portière côté passager. Il prenait vraiment soin de moi, comme si je méritais de telles attentions. Sa gentillesse ne faisait qu'accentuer mon malaise.

– Je t'ai apporté un croissant du Café, dit-il en s'installant. Il doit être à tes pieds. Et il y a de l'eau dans la portière.

– Waouh ! Merci, Aaron.

Alors que je tentais de m'asseoir délicatement, mes quadriceps me trahirent et m'obligèrent à me laisser lourdement tomber sur le siège. J'arrachai un morceau de la viennoiserie et le fourrai dans ma bouche, mais ma langue me parut aussi sèche que la terre que nous avions retournée à la pelle.

Ben s'était comporté de la sorte lors de nos premiers rendez-vous. Nous étions encore lycéens, à l'époque, éduqués avec la politesse du Midwest, et il s'était démarqué de la masse agitée des autres ados en me tenant la porte quand nous entrions quelque part ou en m'offrant d'énormes cornets de glace dans des boutiques chics. Aaron méritait mille fois que je me montre reconnaissante, polie et charmante avec lui, mais je n'avais d'autre souhait que de me rouler en boule dans mon lit pour dormir au moins trois ou quatre jours d'affilée.

– Le Chili t'a pris toutes tes forces, donc ? dit-il en enclenchant la marche arrière. Tu t'es bien éclatée avec… euh… Kristen ?

– Tu as une bonne mémoire !

Je déglutis péniblement et imaginai mon amie dans son avion, en cet instant précis, elle aussi coincée dans son corps douloureux.

– Oui, on a beaucoup… vadrouillé, repris-je, m'efforçant de sourire même si les coins de ma bouche me semblaient alourdis par des rochers suspendus. Ne crois surtout pas que ça ne me fait pas plaisir de te voir, mais…

– Mais tu seras encore plus heureuse dans ton lit. Pas de problème, allons-y.

Il pressa une touche sur le tableau de bord, libérant un filet de musique classique.

– D'après Google Maps, nous atteindrons le Fifth Ward dans vingt-cinq minutes. Je te réveille quand on s'en approche, ça te va ?

– Tu es trop bon avec moi, marmonnai-je, et je ne disais pas cela à la légère.

Alors que je doutais fort de réussir à trouver le sommeil, je m'assoupis en quelques minutes.

Dans l'allée de mon immeuble, je remerciai Aaron et lui fis la bise, puis je titubai vers la porte d'entrée comme un naufragé approchant de la côte. J'aurais facilement pu m'agenouiller et embrasser le paillasson qui me souhaitait la bienvenue, mais je me contentai de farfouiller dans mon sac à main, puis dans mon sac à dos, ne sachant plus où j'avais fourré mes clés.

À l'intérieur, j'abaissai les stores pour occulter la lueur de la fin d'après-midi. J'étais sur le point d'éteindre la lumière lorsque mon téléphone vibra sur la table de chevet.

Kristen. Mon cœur s'agita. Avait-elle un souci ? Besoin d'aide ? J'ouvris son texto.

L'avion vient de se poser ! Et toi ?

Je répondis dans la foulée.

Je rentre à l'instant, je vais m'effondrer d'une seconde à l'autre !

Les lèvres serrées, j'ajoutai une petite question.

Comment ça va, toi ???

Sa réponse me fit presque lâcher mon téléphone.

Super ! Ce séjour était top ! Tu me manques déjà. xoxo.

De quel séjour parlait-elle ? Alors que j'avais encore les épaules et le cou parcourus de frissons sous l'effet de la stupeur, je compris la réaction de mon amie : elle laissait délibérément une trace écrite dénotant une parfaite normalité, de façon qu'un éventuel fouineur en déduise que les vacances de Kristen et Emily s'étaient déroulées comme dans un rêve. Ce texto était futé, mais il m'empêcha de trouver le sommeil.

Les yeux rivés au plafond, j'énumérai les détails susceptibles de nous perdre, chacun me saisissant comme une douche glacée, aussi piquant qu'un citron et aussi aveuglant qu'un stroboscope : le patio bondé, dans le bar ; les Anglaises aux cheveux noirs, avec leurs énormes sacs à dos et leurs grands sourires ; le sang dans la chambre d'hôtel ; la fenêtre allumée non loin du cabanon où étaient entreposés les outils ; la pluie torrentielle s'abattant sur notre pathétique monticule… Les aléas étaient trop nombreux pour croire que le Destin nous sourie une seconde fois.

Une *seconde* fois…

Mais pourquoi, bon sang ?

J'avais eu cette même réaction à Phnom Penh, rejouant en pensée notre opération de maquillage de la scène, crispée chaque fois que mon téléphone sonnait, chaque fois que je consultais les sites d'informations. Je repassai en revue ces minuscules foutues preuves. Le flash photographique quand Sebastian et moi étions sortis du bar, par exemple ; un jour, quelqu'un, en détaillant cette photo, comprendrait que j'étais liée à sa disparition. Ou alors son corps se libérerait de son lest et remonterait à la surface agitée du Tonle Kak.

L'année précédente, j'avais en outre eu à gérer le traumatisme d'avoir vu gicler le sang du crâne de Sebastian. *Arrête ! Arrête ! Arrête !* Et que dire du moment aussi épouvantable qu'irréel quand il avait fallu jeter le corps à l'eau. Dans mes souvenirs brumeux, l'horreur émergeait de ma torpeur mentale comme une voix perçant des parasites à la radio. Mes mains avaient agi d'elles-mêmes, indépendantes de mon corps, le temps de réduire un jeune homme à l'état de fardeau à transporter. *Cela s'est réellement produit.* J'avais pleinement conscience que c'était lui ou moi, que Kristen et moi avions opté pour l'option la moins pire pour rester en vie, en sécurité et libres, néanmoins cette sensation d'horreur primitive était restée gravée dans ma psyché.

Elle restait présente au-dessus de ma vie, tel un drone ronronnant au-dessus d'une foule plus bruyante qu'un essaim d'abeilles. Après le Cambodge, j'avais été incapable de m'empêcher de rejouer en boucle la scène de l'agression. Même de retour dans le Wisconsin, je sentais encore la main brutale de Sebastian s'abattre sur mon visage. Je revoyais ses yeux bleus et furieux. Kristen avait insisté sur le fait que notre priorité était de préserver notre liberté, pourtant je me sentais comme dans une cage, comme s'il m'avait privée de ma joie de vivre. Après Phnom Penh, je n'étais plus qu'une coquille humaine vide attendant désespérément le moment où je redeviendrais moi-même.

Kristen s'était occupée de moi en s'investissant autant qu'une bénévole à temps plein ; elle m'écoutait sangloter, me changeait les idées en me racontant quantité d'histoires baroques. Une éclaircie était apparue cinq ou six semaines plus tard, un véritable soulagement ; alors que nous revisionnions simultanément *Buffy contre les vampires*, une scène fit resurgir en moi un souvenir hilarant datant du lycée. En riant à cette réplique, je me surpris moi-même : *pendant quelques secondes, tu n'as plus pensé à la Chose.* Ce fut un instant fugace, mais porteur d'espoir : si nous pouvions ainsi distraire notre cerveau de notre croix et que ces brèves périodes ponctuant notre vie chargée de panique pouvaient s'étendre, telles des ombres en fin d'après-midi, alors peut-être un jour me sentirais-je de nouveau bien dans ma peau.

Fallait-il à présent reprendre cet épouvantable processus depuis le début ?

D'une main tremblante, je répondis à Kristen :

Tu me manques aussi.

Je finis par sombrer dans un sommeil agité, pour ensuite me réveiller en pleine nuit et ne plus fermer les yeux jusqu'au matin.

Les locaux de Kibble se trouvaient dans une tour maigrichonne datant du début du XXe siècle située sur Rogers Street. Ce bâtiment était pourvu d'un antique ascenseur qui grinçait de partout, avec à l'entrée un agent de sécurité tout aussi antique et grinçant qui ne levait jamais le nez de son bureau quand du monde passait, pas même quand je le saluais deux fois par jour. Il manquait à notre espace de travail la touche colorée et geek que j'associais aux start-up ; la grande pièce tenait plutôt d'une ruche, avec ses vieux bureaux tous orientés dans la même direction et séparés par d'immondes cloisons grises. Nous avions tout de même un distributeur de café glacé dans la cuisine, ainsi que des baies vitrées du sol au plafond et un sol en parquet. Grâce à cela, coordonner les chaînes d'approvisionnement et les lancements de produits de soins urinaires pour félins était assurément tolérable, à défaut de réellement passionnant. D'autre part, une ambiance démocratique régnait parmi la grosse vingtaine d'employés. Russell, le fondateur et P.-D.G. de la boîte, un type qui n'avait que deux ans de plus que moi, était le seul à disposer d'une pièce pour lui.

D'ordinaire, je n'avais aucun mal à retourner travailler après un voyage, bien au contraire. Cependant, tandis que l'ascenseur s'élevait dans la tour, en ce premier jour, je sentis la terreur enfler dans ma poitrine. J'eus un instant envie d'appeler Kristen avant de me mettre au travail, mais Sydney était encore plongée au cœur de la nuit. Où trouverais-je la force nécessaire pour tenir toute la journée sans son empathie paisible, sans son assurance contagieuse ? Mais enfin, comment pouvais-je attendre d'elle qu'elle me soutienne, alors que c'était elle qui avait été agressée ? C'était elle qui méritait d'avoir une amie sur laquelle compter, de même que je m'étais appuyée sur elle après le Cambodge.

Je me sentis pâlir lorsque la porte de la cabine s'ouvrit. Par quel miracle parviendrais-je à m'asseoir à mon bureau éraflé et m'intéresser à des tableurs alors que le cadavre de Paolo gisait… là-bas, sous une fine couche de terre, dans l'attente d'être découvert ?

– Bienvenue parmi nous ! s'exclama Priya en sautillant vers moi pour m'étreindre, sa queue-de-cheval secouée dans tous les sens. Je suis si heureuse que tu sois de retour !

J'affichai un sourire sur mon visage, comme on étend un nappage sur un gâteau. J'avais fait la connaissance de Priya deux ans auparavant lors d'une collecte de fonds au profit d'un refuge pour animaux du quartier, pour laquelle nous nous étions toutes deux portées volontaires. Même si mon propriétaire refusait les animaux domestiques, j'adorais parcourir les adorables photos du compte Instagram du refuge. Et j'avais un jour décidé d'aider ces bénévoles lors d'une collecte de fonds. L'organisateur nous avait associées en début de journée, Priya et moi ; à midi, nous étions déjà copines. C'était elle qui m'avait prévenue qu'un poste se libérait chez Kibble, où elle était rédactrice.

– Tu m'as manqué ! lui répondis-je. Je t'ai rapporté un petit quelque chose.

Je sortis une mignonnette de *pisco* de mon sac à main et la lui offris.

– Alors ? C'était génial, je parie ? me lança-t-elle en m'accompagnant à mon bureau.

J'agrandis mon sourire, alors qu'en réalité j'avais envie de pleurer. Plusieurs jours après les faits, je souffrais encore de courbatures consécutives à cette nuit où nous avions traîné et porté le cadavre, puis creusé la fosse. Cette douleur qui refusait de me lâcher était aussi intense que l'angoisse qui me nouait les tripes.

– C'était inoubliable, balbutiai-je. Mais je suis heureuse d'être rentrée.

Je passais mon temps à suivre les informations, éprouvant comme un électrochoc chaque fois que j'actualisais le site de CNN, comme quand on lance un CD à un volume beaucoup trop élevé. Je faisais ensuite défiler la page, en quête d'un article évoquant une disparition. Je n'avais pas oublié qu'il m'était interdit d'effectuer une recherche quelconque sur Google, pas même en mode privé ; l'année précédente, Kristen m'avait expliqué que cette fonctionnalité n'était pas sûre et que n'importe qui disposant de mon adresse IP était à même de suivre ma navigation.

Rien de notable ne se produisit. Mes collègues passèrent tous à mon bureau pour me demander comment s'était passé mon séjour au Chili, mais, comme toujours dans ce genre de situation, mes vacances ne les intéressaient pas tant que cela. Malgré l'opération de relance de notre e-commerce qui nous monopolisait, j'étais tout juste capable de consacrer vingt pour cent de mon attention à la planification de la production et au bidouillage des budgets, mais au moins pendant ce temps-là je ne pensais pas à Paolo, c'était toujours bon à prendre.

Sa famille s'est-elle déjà rendu compte de sa disparition ? Quelqu'un a-t-il lancé l'alerte ?

Cette nuit-là, je rêvai que Kristen et moi étions de retour à l'université Northwestern, pendant l'été précédant notre quatrième année. Nous étions alors restées en ville et avions sous-loué un appartement miteux sur Clark Avenue. Dans ce rêve – comme dans mes souvenirs –, nous étions assises sur le remblai, en bordure du lac, et contemplions les eaux noires, de plus en plus enthousiastes à mesure que le ciel virait à l'indigo et que les étoiles s'effaçaient peu à peu. Sans dire un mot, nous admirions, émerveillées, l'apparition du soleil à l'horizon. Le lever du soleil sur le lac Michigan avait toujours été un moment spécial, intime, notre moment – même si nous n'avions réussi à rester éveillées toute la nuit pour y assister qu'à seulement trois reprises durant la totalité de nos études.

Puis j'ouvris les yeux, et la réalité perturbée me revint violemment à l'esprit.

Je tendis la main vers mon téléphone, mue par l'instinct de vouloir parler à Kristen, aussi impératif qu'une envie de se gratter permanente telle que celle que nous avions connue sous notre tente, en Ouganda, aux prises avec des dizaines de piqûres de mouches tsé-tsé. Paolo écrasant toutes mes pensées, je mourais d'envie de me lâcher, de parler de lui jusqu'à ce que mort s'ensuive. *Tu crois que nous n'avons toujours rien à craindre ? N'avons-nous rien oublié ? Tu y crois, toi, à tout ça ?* Il m'était évidemment impossible de poser ces questions à Kristen, qui ne m'aurait pas laissée nous compromettre par téléphone. J'avais malgré cela la sensation que ce secret cherchait à s'arracher de moi, à éclater comme une bulle et s'enfuir par ma gorge.

Une nouvelle journée au boulot. Je ne sais comment, je parvins à participer aux réunions, à répondre aux e-mails et à écouter les commérages lâchés en salle de repos. Aaron et moi échangions des textos à longueur de journée, nous envoyant les banalités d'usage entre deux personnes se fréquentant depuis peu, et je m'accrochais à l'afflux de dopamine que déclenchait chaque apparition de son prénom sur mon écran. À midi, je fis la queue avec Priya pour acheter des burritos hors de prix, écoutant vaguement son bla-bla à propos de ses rendez-vous Tinder tandis que mon subconscient menaçait de prendre le contrôle de ma bouche pour hurler : « Nous avons tué et enterré un homme ! » Ce qui n'aurait été qu'une demi-vérité, puisque nous en avions tué deux.

Kristen et moi avions prévu de nous appeler le soir même. *Attention à ne pas parler de la Chose, Emily, au cas où quelqu'un épie la conversation.* En proie à une vive émotion, je m'affalai sur mon canapé, les oreillettes en place, et attendis l'appel.

– Salut, Em !

Que d'entrain dans sa voix… Et quel était ce gémissement plaintif en fond sonore ?

– Salut ! Tu es à l'extérieur ?

– Oui, je suis en route pour le boulot. Pourquoi ? Il y a trop de bruit ?

J'entendais en effet le vent australien siffler ; il se calma et une voiture klaxonna dans le lointain.

– Non, ça va, je t'entends bien.

En m'appelant tout en marchant dans la rue, Kristen donnait à ce premier appel post-Chili un caractère trop banal pour être naturel.

– Et toi, comment ça va ? lui demandai-je.

– Ça va, mais c'est l'enfer au boulot, je donnerais cher pour être encore en vacances avec toi !

Les sourcils froncés, je m'enfonçai dans mes coussins.

– Désolée si ça craint niveau boulot, mais toi, comment tu te sens ?

– Ça va, ça va. Au fait, j'ai pensé à quelque chose. Je sais bien que tu préfères attendre un an avant notre grand périple à travers le monde, mais que dirais-tu de le faire pendant l'été austral ? On pourrait partir juste après les vacances, ce qui te permettrait de fuir le trou à rats qu'est Milwaukee en hiver. On pourrait même se lancer depuis Sydney – en janvier, c'est la période idéale pour le surf.

Je me félicitai que cet appel ne soit qu'en mode audio, tant j'étais choquée et incapable de le masquer. Elle se comportait comme si tout allait bien. J'adorais Kristen, et j'aurais donné n'importe quoi pour être physiquement auprès d'elle en cet instant, afin de digérer avec elle les horreurs vécues ensemble, mais le mal s'éveillait chaque fois que nous nous retrouvions. Voyager ensemble semblait attirer la violence. Pourquoi prendre de nouveau le risque d'y être confrontées ? Et surtout, comment pouvait-elle envisager de repartir crapahuter autour du monde alors qu'elle avait été agressée quelques jours auparavant ?

– Ça pourrait… Oui, pourquoi pas… répondis-je prudemment. Tu me manques énormément, mais… j'ai besoin d'un peu de temps avant de me sentir prête à voyager de nouveau, tu comprends ?

– Oui, pas de souci, dit-elle, un peu trop précipitamment à mon goût, avant de changer de sujet.

S'ensuivit un papotage de quelques minutes, à propos de diverses choses, mais surtout pas de Paolo, puis elle arriva à son bureau. Je raccrochai, déroutée et attristée.

Et très mal à l'aise.

– 12 –

Aaron et moi avions prévu de nous retrouver dans un petit bar tranquille de son quartier. Après m'être garée dans une rue secondaire, je sortis de ma voiture. Il faisait nuit, ce qui me fit songer à la réputation de Milwaukee, que l'on comparait à un patchwork de zones sûres et d'autres qui l'étaient moins, quelques mètres suffisant souvent à passer de l'une à l'autre. Un type coiffé d'une casquette était appuyé contre un réverbère ; je détournai le regard lorsqu'il me fallut passer à sa hauteur. J'entendis aussitôt après des bruits de pas dans mon dos. Mon cœur s'emballa et un flux d'adrénaline piquante se propagea dans mes membres. J'accélérai l'allure, filant sur le trottoir, puis j'osai jeter un regard par-dessus mon épaule.

Fausse alerte. L'inconnu s'était engagé dans une autre rue ; ce n'était qu'un homme vaquant à ses occupations, loin de se douter qu'il avait enflammé mon système nerveux.

Me revint alors à l'esprit un monologue que j'avais suivi à la télévision, à propos des souffrances auxquelles les femmes ne peuvent échapper par leur nature. Il n'est en effet pas compliqué de cataloguer les tortures que nous impose la vie, entre l'accouchement et les douleurs menstruelles, sans oublier la chaleur suffocante qui accompagne la ménopause. Alors que nous faisons de notre mieux pour atténuer ces souffrances, les hommes en recherchent activement, que ce soit en faisant la guerre ou en pratiquant des sports violents au risque de se fracasser le crâne et d'endommager leur fragile matière grise. La bravade masculine n'est rien d'autre que leur manière de façonner leurs propres souffrances, afin de paraître forts en les encaissant.

Mais il y a également la peur. La peur est un élément motivateur au moins aussi puissant que la douleur. L'intervenante avait peut-être tort, après tout ; les hommes ne cherchent peut-être pas tant à expérimenter la douleur que la peur, l'électrochoc qu'est la sensation d'être vivant. Ils sont en quête de cette sensation, car ils n'ont pas la moindre idée de l'horreur que c'est d'éprouver ce frisson glaçant cent fois par jour.

J'ouvris la porte du bar et accueillis avec reconnaissance le flux d'air chaud parfumé à la bière qui m'enveloppa. Je l'inspirai longuement tout en observant l'intérieur de l'établissement : des clients bavardaient, commandaient de la Pabst Blue Ribbon, engloutissaient des boulettes de fromage d'un jaune plus vif que celui d'un surligneur.

En découvrant les logos de bières fluorescents cloués aux murs lambrissés, ainsi que les bois de cervidés couverts de poussière et les poissons empaillés, j'eus l'impression d'avoir franchi un portail donnant sur une dimension plus sûre.

Après avoir passé en revue les clients installés au bar, je me dirigeai vers l'arrière-salle, où étaient disposés une table de baby-foot et d'antiques jeux d'arcade dominant de toute leur taille quelques tables en bois éraflées.

– Emily ! m'interpella Aaron, qui se leva pour me faire la bise.

J'aimais qu'il me salue ainsi, ce qui n'était pas si commun entre jeunes Américains, de façon aussi naturelle qu'assurée.

– Qu'est-ce que tu bois ? ajouta-t-il.

Tandis qu'il se précipitait au bar pour commander ma boisson, je sortis mon téléphone. Kristen m'avait envoyé une photo d'une vue panoramique de Sydney, sans doute prise depuis son bureau. On devinait l'Opéra qui scintillait dans le lointain.

Cette vue ne te fait pas changer d'avis ?

Un bloc de béton chuta lourdement dans mon estomac.

Un verre fut plaqué sur la table, ce qui me fit sursauter.

– Ils n'ont plus de Spotted Cow, je t'ai pris une Booyah, me dit Aaron, qui m'effleura l'épaule avant de s'asseoir. Ces deux bières se ressemblent beaucoup, d'après le barman. Hé ! Il y a un souci ?

– Non, ce n'est rien. Excuse-moi.

– Tout va bien ?

– Kristen vient de m'envoyer un texto, précisai-je après un temps d'hésitation. Elle essaie de me convaincre de la rejoindre à Sydney pour un périple de six mois.

– Sérieux ?

– Eh oui. Je sais que je lui manque, et elle n'aime pas être si loin de… de tout le monde.

– Et qu'est-ce que tu en penses ?

– Je lui ai répondu que ce n'était pas le moment idéal pour moi, dis-je, les lèvres pincées. Ça marche bien, au boulot, et puis… socialement parlant…

Je désignai la table et nos deux pintes de bière et ne pus m'empêcher de rougir. Je ne fis évidemment pas mention de la troisième raison, ô combien capitale : mes voyages avec Kristen se concluaient souvent par un bain de sang.

– Mais bon, elle insiste, conclus-je.

– Ouf ! Sans vouloir influer sur ton choix, je t'avoue que je suis soulagé de t'entendre dire ça.

Il s'esclaffa et s'offrit une gorgée de bière.

– Et moi, je suis heureuse que tu sois soulagé, osai-je, l'estomac noué, mais prudemment optimiste.

Il hocha la tête, l'air pensif.

– C'est bizarre qu'elle essaie de t'arracher à moi, mais bon, les copines passent avant les mecs, j'imagine.

– À vrai dire, je ne lui avais pas parlé de toi quand elle a lancé cette idée. Enfin, pas encore…

Ma voix me paraissait ralentie, comme une cassette lue trop lentement.

– Ah bon, et pourquoi donc ? demanda-t-il en riant.

– J'ai parfois eu trop d'espoir pour des histoires qui n'ont rien donné, avouai-je, la gorge quelque peu nouée. Et comme je te l'ai dit, je n'ai pas sérieusement fréquenté de garçon depuis un moment… Je ne dis pas qu'il n'y a rien de sérieux entre nous, hein, c'est juste que…

Tout sourire et les sourcils haussés, il attendit que je poursuive, ce que je fis de façon assez précipitée :

– C'est juste que je n'avais pas envie de me porter la poisse en parlant de toi à Kristen. Il n'y a rien de pire que de s'emballer en parlant à ses copines d'un chéri potentiel et de voir cette histoire tomber à l'eau peu après. On se sent ensuite stupide quand les copines veulent savoir si ça avance de ce côté.

En réalité, il existait quelques petits désagréments plus problématiques qu'une telle gêne, Kristen et moi étions bien placées pour le savoir. J'enchaînai :

– Enfin bref, j'ai quand même fini par lui parler de toi, le dernier soir, et elle est ravie pour moi. Mais j'imagine qu'elle s'accroche encore à ce projet de voyage de six mois. Je ne peux pas lui en vouloir d'essayer de m'entraîner avec elle.

Aaron passa un bras sur mes épaules, contact qui m'électrisa de la tête aux pieds.

– Pigé. Dis-lui que tu as un petit ami que tu refuses d'abandonner.

– Un petit ami… ? répétai-je avec un grand sourire que j'aurais été incapable d'effacer.

– Ce ne serait pas un gros mensonge, il me semble.

Je tournai la tête, vaincue par l'intensité de son regard.

– Non, en effet.

– Parfait. Je te demande seulement de ne pas te lancer tout de suite sur les routes. Je suis nul en relation à distance.

– Je n'irai nulle part, c'est promis, mais Kristen a du mal à admettre qu'on lui dise non. Elle se montre parfois très pressante quand elle veut que je la suive. C'est d'ailleurs grâce à elle que je me suis tant éclatée à la fac ; sans elle, jamais je n'aurais pris un bain de minuit dans le lac Michigan, par exemple.

– Alors ça, c'est un truc que je regrette d'avoir raté ! s'exclama Aaron.

– Je veux bien te croire, plaisantai-je avant de boire une gorgée de bière. En fait, elle n'est pas très heureuse, je pense. J'ai du mal à tenir mon rôle d'amie proche.

– Pourquoi cette tristesse ?

Une vision m'apparut : Kristen dans notre chambre d'hôtel, avec du sang sur la mâchoire. « Il m'a agressée ! »

– Elle se sent seule. Elle a des amis en Australie, bien sûr, mais pas de meilleure amie. Enfin, peu importe, parle-moi de toi ! Qu'est-ce que j'ai raté ? Tu bosses sur un projet sympa, en ce moment ?

– Oh non, rien de passionnant.

Il laissa sa main glisser de mon épaule jusqu'à ma nuque, puis il me crucifia d'un regard plein de douceur et m'embrassa. Je crus sentir mon cœur jaillir de ma poitrine – pour la première fois depuis une éternité, je devais cette sensation à l'euphorie et non à la terreur.

Mon petit ami. Il s'était lui-même qualifié ainsi, décrétant par là que j'étais sa petite amie. Cela faisait si longtemps que j'aspirais à un tel bonheur… et voilà que ce rêve devenait réalité. C'était encore plus agréable que dans mes songes. Je caressai sa mâchoire carrée couverte d'une barbe naissante et lui rendis son baiser.

Je fus la première à rompre notre étreinte, avec un gloussement intimidé.

– Salut, mon « petit ami »…

– Salut, ma petite amie, ça baigne ? réagit-il sur le même ton blagueur, avant de glisser ses doigts entre les miens. Parle-moi un peu de Kristen ; il faut que j'en sache davantage à propos de la meilleure amie de ma copine.

Mon système nerveux fut parcouru de frissons, comme si quelqu'un avait actionné une molette de réglage.

– C'est une nana top ! Une fille d'une audace incroyable, une authentique aventurière.

– Je trouve ça génial que vous plongiez ensemble dans des galères aux quatre coins du monde, plaisanta Aaron, qui éleva nos mains unies et examina de nouveau mes ongles.

Et ça se voit encore ! Allez, raconte-moi cette randonnée épique.

Non ! Un signal d'alarme retentit en moi, chassant d'un coup toute la chaleur de mon corps. Comment pourrais-je vivre une relation sérieuse si je paniquais à la moindre alerte ?

– C'était… la folie totale. On s'est perdues et on s'est même disputées à cause de ça. C'était vraiment le pire moment du séjour.

Je pris plusieurs gorgées de bière mousseuse ; mon autre main, restée dans celles d'Aaron, était à présent moite et glacée.

– O.K., oublions ça, alors. Qu'est-ce que vous avez fait d'autre ?

Je posai mon verre :

– C'est mignon de ta part de t'intéresser à mes vacances, mais j'avoue en avoir assez de les raconter. Et surtout, j'ai envie de mieux connaître ta vie ! Quoi de neuf de ton côté ?

Aaron se laissa aller contre son dossier, tout à fait détendu :

– Concernant le graphisme, le grand projet de design d'emballage est tombé à l'eau. La boîte avec qui j'étais en contact a préféré engager quelqu'un par le site Internet sur lequel des dessinateurs proposent leurs services selon un système d'enchères inversé : celui qui accepte les honoraires les plus faibles est choisi.

– C'est nul. Ces designers dévaluent la valeur globale de ce job, non ?

Il haussa les épaules :

– Je les comprends, ils font ce qu'ils peuvent pour gagner de quoi se nourrir. Et puis je n'ai pas à me plaindre, j'ai toujours mon boulot au café.

– C'est fou, ça ; rien ne te déstabilise, en fait ?

– Je ne vois pas bien l'intérêt de me dire que le monde entier m'en veut, sourit-il.

Comme c'est mon cas. La famille de Paolo, la prise de conscience qu'il ne s'est pas rendu à tel endroit comme convenu, l'intervention de la police chilienne, une enquête lancée…

– J'aime ta façon de voir le monde, dis-je à Aaron, avant de finir ma bière.

Nous avions quitté le bar quand le barman avait annoncé la dernière prise de commande, et marché main dans la main vers l'appartement d'Aaron. J'étais déterminée à ne plus penser au Chili. Son colocataire étant absent, nous nous étions affalés sur le canapé du salon. Son lecteur de CD masquait le raffut des clients des bars qui passaient sous ses fenêtres pour rentrer chez eux.

Ce fut parfait durant quelques minutes ; échanger des baisers et des caresses sur le canapé, poussés par une attraction mutuelle enivrante, était aussi excitant qu'amusant. Puis, lorsque je voulus me jucher sur les genoux d'Aaron, ma main prit appui sur son bras, et ce contact me frappa aussi violemment qu'un fracas de cymbales ; je crus sentir le biceps froid de Paolo quand nous le traînions, ou encore le dos musclé de Sebastian. J'avais réellement expérimenté ces sensations, ces cauchemars incarnés, ces actes qui, quoique légitimes, pouvaient facilement nous envoyer en prison, Kristen et moi.

Je me crispai sans m'en rendre compte. Aaron me prit par les épaules :

– Il y a un problème ?

– Pardon… Je crois que je suis un peu nerveuse.

– À propos de quoi ?

Je me dégageai et me rassis sur le canapé à côté de lui. J'aurais tant voulu tout lui dire, m'ouvrir à lui et lui confier ce qui me tourmentait… mais cela m'était impossible.

– Quelques petites choses qui me tracassent, mais je te jure que ça n'a rien à voir avec toi.

– Je comprends. Tu veux qu'on en parle ?

Et là, d'un coup, je fondis en larmes, les joues ruisselantes, tandis qu'une autre part de moi-même assistait à la scène, horrifiée. *Reprends-toi avant de faire flipper ton nouveau copain, Emily !*

– Je suis désolée ! Je me rends bien compte que je suis bizarre.

– Ce n'est pas grave, je t'assure, dit Aaron, démenti par son regard chargé de perplexité et d'inquiétude.

Il ne m'avait pas contredite ; j'étais donc vraiment une fille bizarre. Il se leva et s'éloigna d'un pas vif. Ma gorge se noua. *Eh bien, il ne lui aura pas fallu longtemps pour me fuir.*

Il fit sa réapparition, une boîte de mouchoirs en papier à la main.

– Tiens, sers-toi, me dit-il.

J'en pris un que j'arrachai bruyamment de la boîte.

– Viens par ici, ça va aller.

Il s'assit à côté de moi et me prit dans ses bras.

– Allez, dis-moi tout.

J'étais prête à tuer pour pouvoir me confier à lui, j'aurais donné n'importe quoi pour lâcher tout ce qui me pesait sur le cœur, mais je contins mes larmes et m'écartai de lui.

– Je suis vraiment désolée, ça n'a rien à voir avec toi. Je ferais mieux… Je ferais mieux de rentrer chez moi.

– Oh… Bon, comme tu veux, dit Aaron, clairement blessé. Tu veux que je te raccompagne à ta voiture ?

– Non, c'est gentil, ça ira.

Je regrettai d'avoir décliné sa proposition dès l'instant où j'émergeai de l'immeuble. Les rues étaient à présent désertes, les réverbères n'éclairant de leur lueur cireuse que des surfaces réduites séparées par des zones plongées dans les ténèbres. Les épais talons de mes bottes produisaient un claquement régulier sur le trottoir. Je remontai la rue et passai sous des branches constellées de tant de bourgeons que les arbres paraissaient couverts de chair de poule. Je poursuivis sur la pointe des pieds, au sens propre du terme, désireuse de rentrer chez moi sans me faire remarquer. Surprise par un mouvement dans mon dos, je laissai échapper un petit cri, heureusement ce n'était qu'une ombre sous le réverbère le plus proche ; une femme traversait la chaussée cinq ou six mètres derrière moi. Enfin, je me glissai précipitamment dans ma voiture et verrouillai aussitôt les portières.

Durant le trajet du retour, tandis que je filais dans les rues désertes de la ville, je songeai de nouveau au bruit de mes pas, au maudit claquement de mes bottes qui m'avait trahie et empêchée de me fondre dans la nuit sans craindre d'être vue. Quelle ironie, quand on pense que j'avais à l'inverse été ravie d'être remarquée par Aaron, puis, ce soir, de l'avoir entendu m'appeler sa « petite amie ». Dans la rue, en revanche, je faisais tout pour ne pas attirer les regards masculins, filant tel un fantôme. Le lot de toutes les femmes, je suppose. Nous sommes condamnées à simultanément chercher et fuir l'attention d'autrui.

Et pas uniquement celle des hommes. Mes parents, par exemple : je passais devant eux comme un bouchon dérive dans l'eau, à peine plus notable qu'un reflet sur la rétine. Ce n'est qu'à la fac que j'avais compris que le peu d'intérêt dont ils faisaient preuve à mon égard n'était rien d'autre que de la négligence émotionnelle. Malgré cela, quand un inconnu me lançait « Bonjour, mademoiselle », dans la rue, mon estomac se retournait et mon humeur virait à l'aigre. Quel était le pire : être invisible ou être vue ? C'était épuisant, en tout cas ; l'ego et l'envie d'être remarquée – voire admirée – ne cessaient de se dilater et de se contracter, de s'ouvrir et de se refermer en un cycle sans fin.

Qu'a vu en moi Sebastian, quand il m'a plaquée contre le mur ?

Alors que je me garais dans l'allée de l'immeuble, la scène atroce se déroula une nouvelle fois dans ma tête, me faisant revivre ma rage dopée par l'adrénaline lorsque la chair de Sebastian avait cédé sous mes dents. Je revis également Kristen brandissant le lampadaire…

Arrête ! Arrête ! Arrête !

L'instant où son corps nous avait subitement échappé pour plonger dans l'eau grisâtre, en contrebas.

Totalement brisée, je sentis de nouveau des larmes monter en me dirigeant vers la porte d'entrée.

Pauvre Aaron.

Il n'avait pas idée de ce dans quoi il s'était engagé.

– 13 –

– Je me demande ce que je fais ici.

Psychothérapeute spécialisée dans les problèmes de couple et de famille, Adrienne Oderdonk approchait la soixantaine et avait des cheveux gris bouclés et un regard marron bienveillant. Cette psy ordinaire était installée dans un immeuble qui l'était tout autant, avec pour voisins des pédiatres, des agents immobiliers et des dentistes, comme en témoignait la plaque fixée non loin de la porte d'entrée du bâtiment.

– Pourquoi donc ? me demanda-t-elle avec un sourire qui respirait la sérénité.

– J'imagine que… j'ai un préjugé qui me fait penser que seuls les faibles ont besoin de consulter un psy.

À vrai dire, j'avais entendu durant toute mon enfance des réactions négatives à l'encontre de cette profession, aussi systématiques que des réflexes rotuliens. Quand, une quinzaine d'années auparavant, une cousine avait repris ses études afin de décrocher un doctorat en psychologie, mon père avait exprimé son mépris à la table du petit déjeuner. « Les psys sont tous des charlatans », avait-il affirmé avec autant d'assurance que s'il avait déclaré que l'eau était mouillée, avant de défroisser son journal et de passer à la page suivante. « Empocher deux cents billets par heure pour écouter des guignols parler de ce qu'ils éprouvent… Mais bon, tant mieux pour elle. »

– Vous pensez vraiment que la psychothérapie est réservée aux faibles ? voulut savoir Adrienne.

– Eh bien oui, je crois, vu que si je suis ici, c'est parce que j'estime que je devrais être plus forte.

Le rire qui m'échappa me fit l'effet d'un aboiement.

– Tâchons de ne pas employer le conditionnel, si vous le voulez bien.

– Entendu.

Mon regard se posa sur le carnet à spirale sur la petite table, à côté de la thérapeute, dériva sur l'horloge qui égrenait les secondes des cinquante minutes de la séance, puis se stabilisa sur la boîte de mouchoirs en papier, sur la table basse, en prévision des reniflements et des larmes.

Adrienne m'avait été recommandée par Priya. Je m'étais glissée dans la salle d'attente de son cabinet avec aussi peu d'assurance qu'un élève convoqué chez le directeur du lycée. Je n'étais pas très à l'aise à l'idée de consulter une psy alors que Kristen m'avait dissuadée de le faire l'année précédente, mais je n'étais pas certaine d'avoir le choix en la matière : à près de trente ans, je vivais ma première relation amoureuse digne de ce nom en tant qu'adulte, et j'étais sur le point de la ruiner.

– Qu'entendez-vous, précisément, quand vous dites vouloir être plus forte ?

Je détournai le regard. *J'aimerais être suffisamment forte pour enfermer ma panique dans une boîte, pour passer une journée entière – et même simplement une heure – sans subir la gifle mentale qui me surprend chaque fois que je prends peur en imaginant le corps de Paulo découvert, pour ne pas me figer chaque fois que le téléphone sonne, tant je redoute qu'il s'agisse de la police chilienne.* Après le Cambodge, je m'étais renseignée sur ce qui se produirait si une enquête remontait jusqu'à moi ; même si rien ne garantissait que les États-Unis acceptent mon extradition au Cambodge, mon visage ferait la une des journaux si j'étais accusée, et mon passeport serait signalé aux douanes. Ma vie serait ruinée.

– Euh… J'aimerais mieux maîtriser mes émotions, je suppose. Comme… comme le font les autres.

Par « les autres », j'entendais Kristen, évidemment. Qu'est-ce que je fichais là ? Il m'était impossible de révéler à cette femme la vérité, à savoir qu'il était probable, voire inévitable que la justice nous rattrape. Kristen avait pris les choses en main, l'année précédente, et son plan avait parfaitement fonctionné, bien entendu ; nous nous en étions tirées. Au Chili, en revanche, c'était moi qui avais dirigé les opérations, tremblante et sans vision à long terme, avec une assurance simulée. Les autorités chiliennes reconstitueraient d'un jour à l'autre les derniers déplacements de Paolo, et notamment sa dernière soirée à Quiteria où de nombreux témoins l'avaient aperçu. Comment demander à une psy de dissiper une crainte on ne peut plus réaliste ?

Réponse : en évoquant une autre crainte réaliste.

– L'année dernière, j'ai… J'ai été agressée par un garçon avec lequel je comptais passer la nuit. J'ai eu beaucoup de mal à m'en remettre.

– Je suis navrée de l'apprendre.

– Merci. Les premiers temps, je… J'étais dans un sale état, pour être franche. Mes journées étaient un calvaire. Ma meilleure amie vit en Australie, mais malgré la distance, elle a été présente tous les jours, pendant cette période. Elle m'a soignée jusqu'à ce que je me sente de nouveau moi-même. Mais ensuite…

Adrienne ne me quittait pas des yeux, avec une expression concentrée et bienveillante.

– La semaine dernière, elle a subi une agression du même genre. Nous étions en vacances ensemble. J'aimerais être à mon tour forte pour la soutenir, comme elle l'a fait pour moi, mais…

– Quelle épreuve, Emily ! La voir subir les mêmes souffrances que vous doit être traumatisant.

Je me mordis la lèvre. Avec le temps et l'aide de Kristen, j'avais mis l'incident Sebastian derrière moi avec satisfaction, comme si j'avais scellé un cercueil ou rabattu la couverture d'un épais ouvrage. J'avais repris ma vie, et mon amitié avec Kristen s'en était trouvée renforcée. Mais là, voir se reproduire ce cauchemar que j'avais cru être une horreur comme on n'en croise qu'une fois dans sa vie… Sebastian était de retour dans ma vision périphérique, et le souvenir de sa peau froide et sèche se mêlait à celui de la chair poilue de Paolo.

Paolo… Peut-être était-on en train d'exhumer son corps à cet instant précis.

– Avez-vous porté plainte ?

– Non… Ni la première fois ni la seconde.

Adrienne hocha la tête.

– Le fait que l'histoire n'ait pas connu de point final est souvent le plus difficile à gérer, quand on a survécu à une telle horreur. L'agresseur s'en est tiré sans être inquiété, et vous savez qu'il peut être n'importe où.

Des alarmes et des signaux d'alerte rouge vif se déclenchèrent dans mon esprit : Sebastian ne risquait pas de rôder dans les rues, son acte impuni, pas plus que Paolo. Cette femme devinait-elle que je ne lui disais pas toute la vérité ? Me mettait-elle à l'épreuve ? *Pourquoi es-tu venue ici, Emily, bon sang !*

– Que se passe-t-il ? Je sens que vos méninges s'agitent, dit-elle en se tapotant la tempe.

– Je… Je suis très nerveuse, pour tout vous avouer. Je ne suis même pas certaine de savoir comment fonctionne une thérapie.

Seigneur, quelle idiote ! Avant ce jour, je n'avais qu'une très vague idée de la façon dont Adrienne pouvait m'apprendre à contrôler mon angoisse d'être interpellée par la police, grâce à quelque technique magique permettant de contenir ces peurs. J'espérais que cette sorcellerie m'aiderait en outre à me comporter normalement en présence d'Aaron, à mériter son affection, à faire en sorte qu'il m'apprécie. Qu'il m'aime. Je réglerais également les tensions que je ressentais avec Kristen, après quoi je ne connaîtrais plus que fleurs et arcs-en-ciel, une vie aussi merveilleuse qu'une publicité pour croisière. Malheureusement, Kristen avait raison : les thérapies ne fonctionnaient pas ainsi. J'esquivais les véritables problèmes, je faisais perdre son temps à Adrienne et je donnais l'image d'une fille pas très nette.

– Parlez-moi de cette amie que vous souhaitez soutenir.

Je brossai un rapide portrait de Kristen.

– Les personnes ayant subi un traumatisme ont tendance à se renfermer sur elles-mêmes, reprit la psy. Ce n'est pas une réaction égoïste ; elles s'efforcent simplement de survivre. Or, et c'est un point qui me semble intéressant, vous tenez à fournir des efforts pour mieux aider Kristen. Quelle raison vous pousse à vouloir cela, d'après vous ?

Et merde. Cette femme lisait en moi comme dans un livre.

– Kristen a tant fait pour moi. Je me sens obligée de… Enfin non, j'ai envie de lui apporter quelque chose, après avoir tant reçu de sa part. J'aimerais lui renvoyer l'ascenseur.

– Kristen vous a-t-elle reproché de ne pas assez la soutenir ?

– Non, pas vraiment.

Kristen me paraissait… étrangement bien dans sa tête. N'avait-elle vraiment pas autant besoin de moi que j'avais eu besoin d'elle ? Je lui avais offert un bon pour un massage dans un spa de Sydney, puis un autre d'Uber Eats, avec un petit mot lui conseillant de commander un repas de luxe, mais ses remerciements m'avaient paru trop enjoués, comme si elle était estomaquée. *Tu n'avais pas besoin de faire ça !* m'avait-elle répondu.

– Qu'en est-il de vos autres connaissances susceptibles de vous soutenir ? s'enquit Adrienne. Votre famille, d'autres amis ? Un conjoint, peut-être ?

– Je ne suis pas très proche de ma famille, avouai-je. Kristen est une sœur pour moi, mais je n'ai pas des tonnes d'amis ; je préfère avoir une copine « à la vie à la mort », vous voyez ? plutôt que mille vagues connaissances. D'autre part, je fréquente un garçon depuis peu. C'est… très récent, mais c'est quelqu'un de bien.

Je croisai les jambes et calai ma cheville sur le genou opposé ; ce faisant, mon regard se posa sur la minuscule fleur de lotus tatouée. Cette folie faite avec Kristen me parut dater d'une éternité.

– Parlez-moi de lui.

Plus détendue, je décrivis ma rencontre avec Aaron, sans omettre d'évoquer ma nervosité, tant ce qui m'arrivait me semblait trop beau pour être vrai. Je précisai que c'était le premier garçon à vraiment me plaire depuis au moins cinq ans, le premier avec qui j'imaginais volontiers un avenir, tant tout était différent quand j'étais avec lui. Je conclus mon récit en racontant la crise d'angoisse survenue peu après notre premier baiser.

– Votre visage s'éclaire quand vous parlez de lui, même lorsque vous expliquez ne pas tout lui dire, fit remarquer Adrienne. C'est beau à voir.

J'esquivai son regard, un demi-sourire aux lèvres.

– Vous dites que c'est votre première relation sérieuse depuis cinq ans. Qui était votre petit ami précédent ?

– Oh, je n'y pense plus, répondis-je avec un geste de dédain. Il s'appelait Colin, nous nous étions rencontrés sur le site OkCupid. Au début, j'ai cru que ça partait bien ; le courant passait très bien entre nous, et il était totalement mon genre. Au bout de quelques mois, alors que je l'avais présenté à mes amis, je me suis rendu compte qu'il était un peu… possessif, peut-être. Kristen et lui se sont pris le bec. Et bon, pour m'aimer, il faut aussi aimer mes amis, vous voyez.

Colin avait ressurgi dans ma conscience quelques mois auparavant, suggéré parmi les propositions d'amis sur une application nouvellement téléchargée. Alors que mes autres amis m'avaient à l'époque tous donné leur vague approbation le concernant (« Il est génial, c'est super de te voir heureuse ! »), Kristen avait été la seule à s'intéresser de près à lui et à poser des questions. Un soir, elle m'avait fait remarquer que la réaction agacée de Colin, quand j'avais annulé une sortie prévue, « puait le trouble de la personnalité ».

– Pas d'autre petit copain depuis cinq ans, donc ? me relança Adrienne.

– Rien de sérieux, non.

– Et ce…

Elle baissa les yeux sur son carnet.

– … Aaron, est-il au courant que vous avez subi une agression sexuelle l'année dernière ?

– Comme je vous l'ai dit, je n'ai pas été… violée. Ce type a seulement essayé de…

– C'était une agression sexuelle, Emily, m'interrompit la psy, qui laissa ces mots en suspens une seconde avant de poursuivre. Dès lors qu'il y a contact d'ordre sexuel non consenti, il y a agression sexuelle.

– Vous avez raison, j'imagine, convins-je, tandis que mes yeux s'embuaient de nouveau. Pour répondre à votre question, non, il n'est pas au courant. Je n'en parle jamais.

Adrienne haussa vivement les sourcils :

– Sauf avec Kristen.

Voici Joan, la meilleure copine qu'une fille puisse avoir…

– Oui, bien sûr.

L'horloge indiquait à présent 19 h 50.

Si Drishti Yoga avait toujours été synonyme de moments de bonheur pour moi, un véritable refuge, je nourrissais désormais quelques doutes à ce sujet.

Ce vaste espace ensoleillé était baigné de senteurs sucrées de palo santo, et des cactus et ornements de cristal étaient harmonieusement disposés devant la grande baie vitrée. Après avoir déplié mon tapis de sol sur le parquet si doux au toucher, je me saisis d'une pile de couvertures et d'accessoires, qui m'échappèrent lorsque Priya surgit et m'étreignit d'un bras.

Kristen m'avait initiée au yoga à la fac, ce dont je lui étais reconnaissante. J'adorais inspirer lentement de façon à gonfler mes poumons comme des ballons, tout comme la concentration requise pour adopter la posture la plus simple qui soit. Après le Cambodge, la salle de yoga était devenue mon église personnelle. J'avais alors souvent senti poindre des larmes en ressentant la profonde douleur propre à la posture du Pigeon ou en déployant courageusement celle du Chameau. En de tels instants, je réussissais à me convaincre qu'un jour, peut-être, je saurais tout oublier.

Aurais-je la force de suivre une nouvelle fois ce long processus de guérison ?

Priya retira son sweat-shirt, dévoilant ses abdominaux parfaitement dessinés.

– J'ai proposé à mon copain Tim de se joindre à nous, m'annonça-t-elle en installant son tapis de sol à côté du mien. J'ai fait sa connaissance à Gethsémané. J'espère que ça ne te dérange pas ?

Par Gethsémané, elle évoquait évidemment l'église, pas le jardin biblique.

– Non, pas du tout ! Je l'ai déjà vu ou pas ?

Priya fréquentait une immense église épiscopale située dans le quartier de Bay View, et les fidèles qu'elle invitait parfois à ses soirées s'étaient toujours révélés amusants, avec un petit côté artiste.

– Je ne crois pas, me répondit Priya. Il te plaira, tu verras.

Mon amie et collègue passait son temps à inviter des amis à divers événements, à mêler des groupes qui ne se connaissaient pas, plus heureuse que jamais quand elle évoluait dans un cocon rempli de conversations variées. Elle s'approcha de la baie vitrée et prit une photo des plantes et des cristaux. Je lui enviais son sens de l'esthétique inné, qu'elle exprimait sur Instagram, élevant ses natures mortes au rang d'œuvres d'art.

L'incident survenu au Chili datait à présent d'une semaine et restait prégnant dans mon esprit tandis que j'enchaînais les mouvements, mes quadriceps frémissant sous l'effort. J'imaginai ma crainte que le corps de Paolo soit découvert filtrant goutte à goutte de mon corps avec ma respiration Ujjayi et la sueur salée. Quand – enfin ! – les douleurs accumulées dans mes ischio-jambiers au cours de la semaine eurent disparu grâce à la posture du Bâton, je visualisai Aaron assis face à moi, avec entre nous les deux atroces incidents suspendus tels des hologrammes. Lorsque je pris la posture de l'Arc, en équilibre sur le ventre, je sentis quelque chose se crisper au plus profond de mon abdomen, comme une boule de chaleur se solidifiant. Nous nous laissâmes ensuite aller à même le sol. Quand les autres enchaînèrent avec une autre posture, je restai inerte, clignant des yeux pour en chasser mes larmes. Après la posture du Cadavre, nous nous redressâmes en tailleur, et le prof se lança dans un monologue :

– Vous êtes tous une conscience divine qui a choisi de devenir humaine, car la conscience a besoin de prendre une forme physique pour évoluer et explorer.

J'ouvris les yeux et échangeai un sourire avec Priya.

Après le cours, sur le trottoir, Priya salua son ami Tim, puis consulta son téléphone. Soudain, son visage s'illumina :

– Quelqu'un a déjà commenté ma photo ! C'est ton amie, non ?

Elle me fit voir l'écran, sur lequel je découvris quelques mots sous la photo de la vitrine de la salle de yoga. Kristen rôdait en permanence sur Instagram, suivant de nombreuses personnes sans jamais publier de photo, si bien qu'il me fallut un moment pour reconnaître son pseudo.

Super joli ! Emily m'a parlé de cet endroit !

Une vague de culpabilité s'abattit sur moi, me rappelant que je n'avais pas contacté Kristen ce jour-là. À vrai dire, je lui écrivais moins ces derniers temps, estimant qu'elle n'avait pas besoin de moi puisqu'elle balayait d'un revers de main toutes mes inquiétudes la concernant. Nos échanges téléphoniques étaient alourdis par une certaine gêne, presque de la tension, et je devais fournir un réel effort pour ne parler ni de Sebastian ni de Paolo. Je n'évoquais pas davantage Aaron, car j'avais le sentiment qu'elle n'avait pas vraiment envie de m'entendre jacasser sur mon nouveau chéri. Désormais, quand je repérais quelque chose d'amusant sur Internet, je le faisais suivre à Aaron, plus à Kristen. Ce qui était nul de ma part, je le reconnais. Je m'éloignais d'elle, après tout ce qu'elle avait fait pour moi…

– Oui, c'est elle, lâchai-je laconiquement avant de détourner le regard du portable de Priya.

Quel étrange tournant dans ma vie ! La boule qui s'était formée dans mon estomac en cours de yoga réapparut, plus lourde que jamais.

Kristen ne chercha pas plus que moi à prendre contact, ce jour-là. Une petite voix dans ma tête ne cessait de me titiller. *Ce n'est pas sympa de fuir ta meilleure amie, Emily…* Le soir venu, Aaron m'emmena à l'Oriental voir un film d'horreur indépendant. Dans la salle couverte de velours rouge, il garda un bras sur mes épaules durant la projection. Après avoir bien souvent sursauté avec moi, il déposa un baiser sur ma joue pendant que le générique de fin défilait. Chacun rentra ensuite chez soi ; je n'avais quasiment pas pensé à Kristen de la soirée.

Jamais Kristen et moi n'étions restées si longtemps sans nous appeler ou nous écrire. À mon réveil, le dimanche matin – on était déjà lundi, en Australie, et elle ne tarderait pas à se rendre au travail –, n'ayant toujours pas reçu le moindre texto, je fus en proie à un étrange sentiment ambivalent, un certain soulagement compensant ma culpabilité, une sensation de répit contrebalançant ma honte. J'imaginai Kristen dans sa chambre, à l'autre bout du monde, prenant conscience – et acceptant – qu'il ne m'était plus possible de rester proche d'elle.

Qui plus est, j'en arrivais à croire que nul ne nous inquiéterait pour ce que nous avions commis. Je n'avais pas vu la moindre mention de la disparition d'un routard dans les informations. Mon cauchemar était resté à huit mille kilomètres de chez moi, perdu sur un flanc de montagne isolé, et la seule personne qui en avait connaissance se trouvait presque deux fois plus loin encore, sans compter que le mur que j'érigeais entre nous s'épaississait avec le temps. Aaron et moi étions en couple, à présent, et j'avais décidé de laisser le passé derrière moi. J'aimais toujours Kristen, et peut-être un jour me pardonnerait-elle mon comportement, mais je ne pouvais pas compter là-dessus. Je ne le méritais pas.

Car mon sentiment le plus fort, celui qui surplombait tous les autres tel un dôme, était une volonté intense de ne pas discuter avec Kristen, de ne pas la joindre, ni même de penser à elle. Les choses auraient été différentes si elle avait accepté que nous parlions de cette satanée soirée, ce dont nous avions besoin, c'était évident, mais elle avait banni ce sujet de nos conversations téléphoniques sous prétexte que notre sécurité en dépendait. Quoi qu'il en soit, elle n'avait manifestement pas besoin de moi ; elle n'était pas effondrée comme je l'avais été après Phnom Penh. En fait, elle se comportait comme si l'incident ne s'était jamais produit. Je m'incitais mollement à fournir des efforts, à être une meilleure amie exemplaire, mais malgré ma volonté je restais figée comme une trouillarde incapable de quitter la berge du lac Michigan le jour de la baignade du Nouvel An.

Entretenir notre amitié par-delà les océans était déjà assez ardu avant ces événements ; au décalage horaire de dix-sept heures s'ajoutaient les différences dans notre programme quotidien, dans nos saisons, dans notre vie de tous les jours. De nombreuses amitiés étaient mortes – ou s'étaient étiolées – pour beaucoup moins que ça.

Tout en me brossant les dents puis en me coiffant, je songeai que j'acceptais peu à peu la situation ; elle s'imprégnait en moi comme sous l'effet de minuscules inspirations. Kristen avait enfin compris que je n'abandonnerais pas ma vie à Milwaukee pour parcourir le globe avec elle. C'est alors que je reçus un texto d'Aaron. Je laissai libre cours à mes rêves, imaginant qu'à la même époque l'année suivante, nous serions peut-être occupés à organiser un voyage ensemble. Ou peut-être envisagerais-je une escapade en solo ? S'il fallait en croire le prof de yoga, mon devoir en tant qu'être humain pourvu d'yeux, de jambes et d'un cœur qui palpitait énergiquement était de multiplier les expériences, d'explorer le monde. Les avertissements sans cesse adressés aux femmes qui « tentaient le diable » en se lançant à l'aventure, rappelant que notre protection était notre responsabilité, n'étaient-ils pas une façon de les maintenir dans leur vie réduite ? De nous inciter à rester blotties chez nous, contrôlées, réprimées ? Peut-être opterais-je pour une destination moins exotique, mais tout aussi époustouflante – un voyage en train en Europe centrale, par exemple, ou une virée en voiture dans un parc national de l'Ouest américain.

Le son mélodieux de la sonnette me figea. Je tournai la tête vers l'entrée baignée des rayons de soleil inclinés filtrant par la fenêtre. La sonnette retentit de nouveau.

Je gagnai la porte d'entrée, l'entrouvris de quelques centimètres… et me pétrifiai sur place. Des crépitements se succédèrent dans mes oreilles tandis que le choc m'engloutissait. En cette journée venteuse, les rafales agressaient ma porte d'entrée.

– Emily Donovan ! s'exclama Kristen, ouvrant elle-même le battant, un grand sourire aux lèvres. Surprise !

– 14 –

Un rêve. C'était forcément un rêve de plus, comme celui du lever de soleil sur le lac Michigan, un rêve qui se jouait des lois de la physique et du temps. Kristen se trouvait forcément à Sydney, en cet instant, lançant un regard furieux à son patron si agaçant, ou alors occupée à acheter des légumes d'automne ou à sortir les pulls de son placard en prévision de l'hiver austral imminent. Son univers était si différent du mien ; il était impossible qu'elle soit là, devant ma porte d'entrée, à Milwaukee, dans le Wisconsin.

– Tu m'as manqué ! s'écria-t-elle en lâchant sa valise sur le béton pour me prendre dans ses bras.

Je lui rendis son étreinte, constatant non sans surprise qu'elle était bien palpable. Son contact m'emplit de chaleur, et je la serrai contre moi, cœur contre cœur, le nez dans son cou. *Kristen est là…*

– Qu'est-ce que… Comment tu as fait pour être là ? soufflai-je, la tête toujours plongée dans sa veste.

– À ton avis ? gloussa-t-elle. Seize heures d'avion jusqu'à Los Angeles, puis un autre vol de quatre heures jusqu'à Chicago. Ensuite, le bus jusqu'à Milwaukee, et un Uber à la gare routière.

Elle me lâcha et récupéra sa valise.

– Inutile de te préciser que je suis exténuée. Je peux entrer ?

J'ouvris la bouche, puis la refermai, secouant la tête d'incrédulité. Je tins la porte grande ouverte pour la laisser passer.

– Tu devrais te voir ! On dirait une compilation des meilleures réactions de surprise. Un vrai GIF !

Elle me serra l'épaule en passant à ma hauteur.

– Kristen… tout va bien ? Tu ne souffres pas de flash-backs, ce genre de trucs ? Qu'est-ce que je suis contente de te voir, en tout cas !

Je l'étreignis de nouveau, plus énergiquement cette fois.

– Franchement, ça va super bien ! Surtout maintenant que j'ai retrouvé ma *best* ! dit-elle, après s'être immobilisée dans l'entrée. Ces photos étaient déjà là la dernière fois que je suis venue ?

Je restai un moment à la dévisager, mon cerveau incapable d'imprimer ce qu'il découvrait. Étais-je encore endormie ? La dernière visite de Kristen à Milwaukee datait de… l'avant-dernier Noël, non ?

– Non, tu n'as pas dû les voir, répondis-je enfin. Tu loges où ?

– Chez mes grands-parents, ne t'inquiète pas.

Ceux-ci habitaient à Brookfield, une banlieue située à vingt minutes du lac.

– Tu ne préfères pas dormir chez moi ?

– Hmm… Ton canapé miniature et ton matelas d'appoint qui se dégonfle au cours de la nuit sont tentants, mais…

Je la suivis dans la cuisine :

– En tout cas, n'hésite pas si tu changes d'avis. Je sais que tes grands-parents sont… un peu compliqués.

– Merci ! On verra.

Elle se servit un verre d'eau.

– Tu restes combien de temps ? dis-je en souriant, avant de reformuler ma question. Pendant combien de temps vais-je pouvoir profiter de toi ?

– Je te raconterai tout dès que mon cerveau se sera rallumé. Je suis ravie d'être de retour à Milwaukee ! Le printemps est si agréable ici, après un véritable hiver, ce qu'on ne connaît pas en Australie.

Toujours sous le choc, je restai muette quelques secondes avant de me reprendre :

– Je n'en reviens pas, Kristen ! J'ai l'impression de voir un mirage !

D'un geste de la main, je fis mine de vouloir dissiper la vision face à moi, ce qui fit glousser mon amie :

– Oui, je sais ! Tu as sûrement des tonnes de trucs prévus, et je ne veux surtout pas que tu chamboules ton planning pour moi. Je voulais simplement te faire la surprise de ma venue ; les authentiques surprises sont si rares de nos jours.

Je clignai des yeux ; elle plaisantait ou quoi ? Deux cadavres en peu de temps avaient pourtant de quoi surprendre ; ces deux chocs me faisaient prier pour que le reste de mon existence se déroule avec le moins d'inattendu possible. Malgré cela, j'étais aux anges de la revoir.

– Tu sais, j'étais super mal l'année dernière, après le Cambodge. Franchement, comment ça va, toi ?

– Je pense que je parviens mieux que toi à cloisonner les choses, dit-elle en regardant par la fenêtre. J'y arrive depuis les sales coups que j'ai subis pendant mon enfance.

J'acquiesçai. Ses parents avaient trouvé la mort dans l'incendie de leur maison, faisant d'elle une orpheline, comme Bruce Wayne[6]. La gorge nouée, j'éprouvai soudain un mélange de compassion et de culpabilité.

– Quel bonheur de te voir, Kristen. Pendant toute la semaine, je n'ai eu qu'une seule envie : t'avoir près de moi pour parler avec toi de l'épreuve que tu as traversée.

– Tu es trop chou, ma chérie ! Tu n'aurais pas un peu de café ?

– Je vais en faire.

Je me levai et sortis une cuillère d'un tiroir. Notre conversation suivait un rythme quelque peu bancal, Kristen repoussant mes tentatives de discussion sérieuse avec une habileté digne d'un ninja. Je déposai quelques cuillerées de café dans la machine et repris :

– Je n'arrive pas à croire que tu aies trouvé le courage de t'imposer de nouveau plusieurs vols d'affilée à peine une semaine après être rentrée chez toi. En ce qui me concerne,

6. Nom de Batman à la ville.

je ne suis pas certaine d'avoir la force de remonter un jour dans un avion !

– Bah, seize heures d'avion, c'est devenu banal, pour moi.

En me concentrant pour caler la carafe sur la machine, j'eus la sensation d'effectuer une chorégraphie, de suivre les instructions d'un metteur en scène. *Elle prépare du café en entrechoquant les ustensiles.*

– Personne ne t'oblige à faire comme si tout allait bien, tu sais, dis-je. Après le Cambodge, j'avais l'impression d'être… éventrée ; j'étais désorientée, terrifiée, les nerfs à vif. J'étais incapable de… Enfin bref, je ne t'apprends rien en te disant que j'étais dans un état pitoyable.

Elle hocha la tête en me regardant, pleine de compassion. Ça ne collait pas ; elle n'aurait pas dû avoir à me réconforter. Elle était là, face à moi, soit précisément ce dont je rêvais depuis mon retour chez moi, pourtant je ne me sentais pas mieux. Avec un pincement au cœur, je me demandai si la distance qui nous séparait n'avait pas été en définitive une bénédiction, un chemin long et pénible qui à terme menait à la guérison. Or, en cet instant, j'avais la sensation d'être entraînée de force dans la direction opposée.

– Tu as fini par t'en remettre, me rappela Kristen. Et moi aussi, je m'en remettrai. Surtout maintenant que nous sommes de nouveau réunies.

Elle m'offrit un grand sourire, puis réprima un bâillement.

– Je suis heureuse que tu te sentes bien, mais tu dois être épuisée, dis-je avec un regard sur l'horloge du four micro-ondes.

J'étais censée retrouver Aaron pour un brunch moins d'une heure plus tard.

– On a plein de choses à se raconter, j'ai hâte ! Mais je ne voudrais pas t'empêcher de te reposer.

Avec le temps, nous avions appris à deviner les besoins physiques de l'autre en terre inconnue, quand nous étions privées de notre routine habituelle. Elle secoua la tête :

– Te voir me redonne de l'énergie. Tu as des projets aujourd'hui ?

– J'ai un brunch prévu tout à l'heure, à vrai dire, mais on peut se retrouver ensuite ?

J'avais mis tout ce qu'il fallait de joie et d'entrain dans ma voix.

– Avec qui ? Aaron ?

– Exact. Ça se passe… vraiment bien, entre nous.

Pour une fois, je savais précisément ce dont j'avais envie : mettre un terme à ces retrouvailles embarrassantes, sourire et me sentir bien avec Aaron, et seulement ensuite revoir Kristen, quand elle aurait dormi un peu, quand il n'y aurait plus entre nous cette tension si peu naturelle. J'eus alors la mauvaise idée de lui faire une proposition que j'estimais de pure forme, pensant qu'en aucune façon elle n'aurait envie de sortir en ville après un vol de seize heures, un autre de quatre heures, un trajet en bus et un dernier en Uber :

– Tu veux te joindre à nous ?

– Je prends une douche de quatre-vingt-dix secondes et je suis à toi ! s'exclama-t-elle en se levant d'un bond.

Kristen se montra détendue et d'humeur bavarde durant le trajet à destination du restaurant, jacassant à propos de son voyage, du chauffeur Uber qui l'avait un peu fait flipper et de ses grands-parents que manifestement son arrivée imprévue n'enchantait guère. Ils avaient commencé à transformer sa chambre en salle de gymnastique et avaient déjà transféré toutes ses affaires dans leur chalet de vacances situé à quelques heures de route au nord de Milwaukee. Je faisais de mon mieux pour être attentive, mais mon esprit tournait à plein régime : Kristen avait toujours été pleine d'énergie, toujours partante pour une sortie en ville, et elle se remettait rapidement de ses déconvenues, certes, mais… son comportement, ce jour-là, ne frôlait-il pas la sociopathie ?

Ou peut-être me jouait-elle la comédie, alors qu'en réalité elle allait encore plus mal que je ne l'avais imaginé ? J'aurais dû être soulagée de la voir si peu touchée par ce qu'elle avait enduré, mais en vérité je me sentais piégée. Sa jovialité me déroutait et elle ne donnait pas une seconde l'impression que nous avions enterré un cadavre une semaine auparavant, comme si cet épisode n'était qu'un effet de mon imagination. Comparée à elle, j'étais faible, brisée. Pourquoi faisait-elle preuve d'une telle désinvolture ?

– Si tu es fatiguée, je peux sans souci te conduire chez tes grands-parents, dis-je. On peut se retrouver quand tu auras dormi un peu.

– Ah non… je retarde au maximum mes retrouvailles avec eux.

Elle tourna la tête vers moi, tout sourire.

– Dis donc, tu ne chercherais pas à te débarrasser de moi, par hasard ?

Exactement.

– Non, pas du tout ! Je disais ça pour te donner une bonne raison de ne pas m'accompagner, tu sors tout juste d'un sacré voyage.

– Ne t'en fais pas, je ne suis pas assez en manque de sommeil pour louper l'occasion de découvrir ton nouveau copain.

Elle va faire la connaissance d'Aaron. Que pensera-t-elle de lui ? Cette perspective résonna si fort dans mes pensées que j'oubliai totalement de freiner à l'approche d'un feu, n'écrasant le frein que lorsque Kristen s'écria :

– C'est rouge ! C'est rouge !

J'avais prévenu Aaron par texto pendant que Kristen prenait sa douche ; il afficha donc une mine réjouie, sans aucune surprise, quand il nous aperçut depuis la devanture du restaurant. Il attira mon attention d'un grand geste, auquel je répondis par un sourire contraint.

– C'est lui ? souffla Kristen en m'agrippant le bras, ce qui me fit tressaillir.

Elle l'avait certainement reconnu, l'ayant à coup sûr repéré sur les réseaux sociaux – elle avait bien déniché Priya.

– Eh oui, c'est bien lui ! répondis-je, faisant appel à toute mon énergie pour prendre un ton enjoué.

Ils se serrèrent la main, puis Aaron m'étreignit et m'embrassa, ce qui fit naître une bouffée de chaleur sur mes joues. Une serveuse nous guida jusqu'à une table située près d'une fenêtre faisant saillie sur la rue. Aménagé dans une demeure rénovée et faisant la part belle aux produits locaux, cet établissement était, à cette heure, rempli d'une clientèle bruyante et agitée, chacun cherchant à parler plus fort que ses voisins.

– Emily ne m'a pas précisé le pourquoi de ton retour ! dit Aaron, faisant racler sa chaise sur le sol pour se rapprocher de la table.

N'ayant moi-même pas encore eu de réponse à ce mystère, je me penchai en avant et tendis l'oreille.

– J'ai été virée, pour tout vous dire. Je n'ai donc plus aucune certitude quant à mon avenir. Mon ancienne patronne d'avant ma mutation, ici, à Milwaukee, se démène comme une folle pour me trouver une autre place dans la boîte, alors qui sait, on verra bien. En attendant, j'avais plein de « miles » à dépenser en avion, et je me suis rendu compte que j'avais envie d'être ici, près de ceux qui comptent pour moi.

Kristen ponctua son discours par un sourire radieux à mon intention.

– La vache… Navré de l'apprendre, compatit Aaron.

– C'est terrible, Kristen, je suis désolée pour toi, renchéris-je, haussant les sourcils malgré moi, avant de me forcer à me calmer. Il est donc possible que tu sois définitivement de retour ici ?

– Je n'en sais rien pour l'instant. Tout dépendra de l'évolution de ma situation professionnelle ; il me sera évidemment impossible de rester en Australie sans visa de travail.

Waouh… Un nœud complexe se formait en moi. D'un côté, mes rêves les plus fous se concrétisaient, puisque j'avais désormais à la fois un nouvel amoureux et ma meilleure amie auprès de laquelle me confier et pleurer en la serrant dans mes bras, et digérer les horreurs vécues au Chili. Avec elle, j'aurais tout loisir d'exprimer mes peurs d'être rattrapée par la justice, de parler sans fard et de jouir de sa confiance, de sa protection et de sa capacité à faire ressortir mon côté le plus solide.

D'un autre côté, quelque chose clochait, c'était une évidence. Elle n'avait débarqué qu'une heure plus tôt, mais je le sentais, comme si nous n'étions plus sur la même longueur d'onde.

Enfin, le décalage horaire était peut-être seul responsable de son étrange comportement qui ravivait mes angoisses.

– Je suis vraiment désolée que tu aies été renvoyée, dis-je en lui prenant la main. Ça craint, même si tu détestais ton job.

Elle haussa les épaules :

– Merci, mais tu as raison, j'avais horreur de ce boulot. Ce licenciement est peut-être ce qui pouvait m'arriver de mieux, en fin de compte.

– Quand est-ce qu'on te l'a annoncé ?

Un enfant poussa un cri dans mon dos, puis un afflux de paranoïa m'envahit : son patron avait-il appris ce que nous avions fait ? Un détail nous avait-il trahies ?

– Toi qui prévoyais justement de prendre une année sabbatique… ajoutai-je.

– Je sais bien ! J'ai appris mon renvoi il y a seulement quelques jours ; mon grand projet est donc plus que jamais d'actualité.

Elle se tourna vers Aaron et prit un ton plus enjoué.

– Cela dit, je n'imagine pas une seconde Emily te laissant en plan ! Elle m'a très peu parlé de toi. Vous avez fait connaissance dans le café où tu travailles, c'est ça ?

La serveuse – une adolescente aux joues rouges et aux cheveux joliment tressés – fit son apparition. Elle prit notre commande et versa du café dans nos tasses en porcelaine dépareillées, mais chacune avec une soucoupe assortie.

Aaron ajouta de la crème dans son breuvage, projetant deux grosses gouttes blanches sur la table, puis, souriant et détendu, il raconta à Kristen l'histoire de notre rencontre. Quand elle l'interrogea sur ses autres activités, il lui décrivit avec simplicité son objectif de devenir graphiste indépendant. Je souriais, faisant mine d'être fière de lui, mais en réalité je grimaçais intérieurement ; quelle idiote d'avoir si longtemps tu son existence à Kristen ! Comment avais-je pu ne pas deviner que cela le blesserait ?

Soudain, Kristen se redressa :

– Je suis sûre qu'Emily t'a raconté notre séjour au Chili.

Ces mots me firent sursauter, juste assez pour que mon verre m'échappe. Des ruisseaux de jus d'orange coulèrent sur la table, vers Aaron, et une cascade miniature se déversa sur ses genoux. Quant au verre lui-même, il roula jusqu'au bord de la table et se fracassa au sol. Nous nous levâmes d'un bond tous les trois, avant de tenter tant bien que mal d'éponger la mare avec nos serviettes. Un serveur se précipita, muni d'un torchon, tandis que toute la salle nous observait, silencieuse et nous jugeant sévèrement.

– Je suis vraiment désolée… murmurai-je quand il nous fut possible de reprendre nos places.

– Je parlais du Chili, reprit Kristen, s'adressant à Aaron. Emily t'a raconté nos aventures, je suppose ?

Je présentai de nouveau mes excuses quand un autre employé intervint et, accroupi, rassembla les débris dans une pelle à poussière.

Si nier les faits était une façon de gérer un traumatisme, l'évoquer à la moindre occasion, en revanche, me semblait plus douteux.

– Oh oui ! répondit Aaron, qui me lança un bref regard. Vous vous êtes pas mal éclatées, on dirait, toutes les deux. Emily était encore crevée cinq jours après.

– Oui, j'imagine.

– C'est vrai qu'on a beaucoup crapahuté, intervins-je d'une voix trop aiguë.

– C'est ça, abonda Kristen. De sacrées randonnées. Et toi, Aaron, tu connais l'Amérique du Sud ?

– Non, je suis un gars qui aime vivre dans le froid. Deux minutes en pleine chaleur suffisent pour me donner un joli teint rose.

Kristen gloussa :

– On a dû se tartiner d'au moins dix litres de crème solaire, au total !

– Ça ne change rien pour moi ; je suis… comme les crevettes : pâles quand elles sont crues, mais aussi colorées que des flamants roses dès qu'on les jette dans une poêle brûlante.

– J'ai toujours adoré cuisiner avec des ingrédients qui changent de couleur à la cuisson, dit Kristen, qui posa sa tasse dans un claquement. C'est comme un tour de magie. Les haricots violets, par exemple, deviennent verts en chauffant.

– Ce qui est fou, c'est que les crevettes deviennent roses pour prévenir qu'elles sont cuites, c'est très pratique ! Le poulet, en revanche, passe du rose au blanc.

– Ce mec mérite de présenter une émission culinaire ! lâcha Kristen.

Puis ils rirent en chœur sans se quitter des yeux. Ma meilleure amie et mon copain qui s'entendaient à merveille… Voilà qui aurait dû être comme un rêve pour moi. En vérité, je sentais mes tripes se nouer et grincer.

Kristen partie aux toilettes, Aaron posa sa main sur la mienne et me caressa les doigts :

– Je peux te poser une question ?

– Bien sûr.

– Il s'est… passé quelque chose, au Chili, non ?

La salle me parut soudain plongée dans le silence, et je crus sentir un tunnel se former dans ma gorge, s'évasant vers le bas comme une cartouche de fusil de chasse.

– Pourquoi tu dis ça ? croassai-je.

– Tu es très tendue.

Je m'attardai sur son sourire, sur ses lèvres si fines formant un U, et me forçai à respirer. Ma poitrine était comprimée, comme si mon asthme s'était réveillé. *Inspire. Expire.* La voix de la prof de yoga rêveuse de Pisco Elqui me revint, murmurant dans mes pensées : *Votre sourire renforce votre* corazón.

– Non, ce n'est rien.

Il secoua la tête :

– Rien ne t'oblige à m'en parler, si tu n'en as pas envie, mais je suis certain que ta copine et toi vous réglerez ce problème, si problème il y a. Elle t'aime énormément, ça crève les yeux.

Il se pencha un peu plus vers moi.

– Tout ira bien, j'en suis sûr.

Quelle chance de pouvoir affirmer cela, d'avoir la certitude que rien de mal ne pouvait survenir, de tout ignorer du poids d'un cadavre dans ses bras et de la façon dont la chair glisse sur les tendons et les os.

– On va bien, Kristen et moi, ne t'en fais pas, mentis-je en tripotant le flacon collant de sirop d'érable. C'est juste qu'elle…

– Ah ! Kristen ! m'interrompit Aaron, voyant qu'elle nous rejoignait.

– Tout va bien ? Ils ont apporté l'addition ?

Elle se rassit et se saisit de son Bloody Mary, liquide rouge visqueux qu'elle aspira jusqu'à ce que la paille émette des gargouillis, puis elle reposa bruyamment son verre sur la table. Quant à moi, j'avais l'estomac retourné : la boisson de Kristen m'évoquait le sang de Paolo dans la chambre d'hôtel.

– 15 –

– Encore désolée d'avoir flippé et renversé du jus d'orange.

– Pas de souci, dit Kristen en bouclant sa ceinture de sécurité. C'est Aaron qui a presque tout pris.

Je fis marche arrière sur le parking.

– C'est vrai, mais bon… En fait, j'ai été surprise que tu parles du Chili.

Kristen fit mine de s'étonner, les sourcils levés :

– Et pourquoi n'en aurais-je pas parlé ?

Je n'émis qu'un vague son incohérent, incapable d'articuler un mot. Et Kristen d'insister :

– On croirait que c'est moi qui me comporte bizarrement, à t'entendre, alors qu'en réalité c'est toi qui n'es pas dans ton état normal.

Elle sortit une bouteille d'eau de son sac à main et l'ouvrit.

– Aaron est génial, au fait, même si ce n'est pas le genre de mec qui t'attire, d'habitude. Je dois dire que je suis assez étonnée.

Elle n'avait pas eu le moindre instant de relâchement ; elle donnait l'impression que tout allait bien pour elle, qu'elle n'avait rien perdu de son optimisme. Comment réussissait-elle ce tour de force ?

– Oui, il a un petit côté hipster, c'est vrai, mais c'est un mec top.

– Je suis ravie, en tout cas. Ce n'est peut-être pas un mal que tu aies visé un autre type de garçon, vu que jusqu'à présent, tu as toujours choisi des nazes.

Elle but une longue gorgée d'eau, ce qui me laissa tout le temps d'encaisser sa pique.

– Je dis ça sans te critiquer, évidemment ; je ne m'en sors pas mieux.

Je tournai brièvement la tête vers elle et me dis qu'elle n'avait pas tort. Ben le violent, Colin le jaloux…

– En tout cas, je sais que je peux toujours compter sur toi pour me donner une évaluation franche, question mecs !

– Je confirme.

Alors que nous étions arrêtées à un feu rouge, le temps se suspendit.

– Je ne veux surtout pas que tu penses que je t'abandonne, ou quoi que ce soit dans le genre, dis-je en mesurant mes mots. Pour moi, tu seras toujours plus importante que n'importe quel mec.

– Oh, je sais bien. Prends à gauche au prochain feu. Mon Dieu, que j'ai horreur de revenir ici.

Même si cela faisait des années que je n'étais pas venue chez Nana et Bill, mes mains manipulaient d'elles-mêmes le volant, comme si elles avaient gardé l'itinéraire en mémoire. À gauche à l'école primaire du Roi des Rois, avec son imposante église en brique et un chapiteau sur la pelouse, surmonté d'un panneau : RÉUNION MASCULINE ET ÉTUDE DE LA BIBLE À 19 HEURES. Je poursuivis sur Beaumont Avenue, jusqu'au gros panneau planté à un carrefour et indiquant une impasse où je n'eus plus qu'à m'engager. L'élégante demeure de Nana et Bill se dressait sur notre gauche, face à un manoir peu discret pourvu de tourelles. Le fond de l'impasse était occupé par une sorte de ranch californien dont l'allée était bordée de piliers de pierre au sommet desquels trônaient des ananas sculptés. Cette horreur aux allures de château avait été bâtie en lieu et place de la maison dans laquelle Kristen avait grandi avec ses parents, jusqu'au jour où ceux-ci avaient péri dans l'incendie. J'avais toujours estimé quelque peu étrange – cela frôlait même le sadisme, à mes yeux – que ses grands-parents n'aient pas déménagé. En vivant chez eux, Kristen était restée à deux pas du site de la tragédie.

La maison de Nana et Bill était gigantesque, plus encore que dans mes souvenirs, avec ses briques brunes, son toit très pentu et ses fenêtres qui me regardaient de haut comme des yeux vigilants. Deux énormes érables encadraient l'allée, prolongés par deux rangées de buissons, jusqu'à la porte d'entrée. Toute cette végétation semblait sur le point de bourgeonner : des graines rouges formaient des grappes dans les branches des deux arbres géants, et de nouvelles pousses vert citron débordaient des buissons. D'ordinaire, j'adorais le printemps, cette période où la nature renaît, mais là, aux côtés de la pelouse verdâtre et de l'impressionnante bâtisse, la flore me semblait sans défense, aussi faible qu'un prématuré.

– Tu veux que je t'aide à porter tes affaires à l'intérieur ?

– Mes grands-parents vont insister pour que tu entres deux minutes leur dire bonjour. Ils attendent sûrement déjà de l'autre côté de la porte. Te voilà prévenue.

– On va encore faire du social ? Tu n'es pas épuisée ?

– Je tiens le coup. Allez, viens.

Nous nous dirigeâmes vers la porte d'entrée. Kristen avait vécu son adolescence en ces lieux, fréquentant un lycée public haut de gamme dont les équipes de sports de bourges – golf, tennis, football – étaient compétitives au niveau de l'État. Kristen avait été pom-pom girl, ce que je n'avais découvert qu'à la toute fin de nos années universitaires – et cela m'avait fait rire à n'en plus finir. (Kristen m'avait affirmé avec le plus grand sérieux avoir seulement dansé en agitant des pompons, rien à voir avec le fait d'être pom-pom girl, donc…) À la fac, nous levions les yeux au ciel chaque fois que des filles fortement désireuses de s'intégrer se précipitaient sur les activités organisées par les confréries d'étudiantes. Imaginer Kristen levant la jambe au rythme d'une chanson de Justin Timberlake était pour le moins étrange.

Kristen pressa la sonnette et, pour la énième fois de la journée, je sentis mon corps se crisper. Nana et Bill m'avaient toujours rendue nerveuse. Ils se montraient amicaux, à leur façon rustique, certes, mais j'avais du mal à concilier l'impression que me faisait ce couple âgé plutôt aimable, quoique légèrement snob, avec ce que me confiait Kristen les concernant. Bill, par exemple, lui avait déclaré en souriant que jamais elle ne tiendrait longtemps dans le domaine de la publicité. Il avait lu sa thèse de spécialisation, intitulée *La représentation féminine en politique et dans la vie active en Thaïlande*, puis la lui avait rendue sans un mot ; en guise de commentaire, il avait simplement souligné quelques passages dans le paragraphe décrivant les limitations de son travail, comme pour lui faire comprendre qu'il confirmait les lacunes de son texte. Il était difficile d'imaginer ces vieilles personnes si sympathiques en apparence se comporter de façon si méprisante en privé.

La porte s'ouvrit. Ils étaient là : Bill, grand et corpulent, et Nana, aussi menue qu'un oiseau. Ils nous étreignirent brièvement tour à tour.

– Nous avons sorti une bouteille de merlot, annonça Nana. Je vais chercher des verres.

Je la remerciai ; nous étions visiblement partis pour nous alcooliser, alors que nous étions en milieu de journée.

D'un geste, Bill m'invita à entrer dans le salon, qui ressemblait comme deux gouttes d'eau à la salle à manger, les deux pièces se faisant face. Un soupir général se fit entendre, tandis qu'un léger malaise s'installait, chacun regardant les autres en souriant sans vraiment savoir qui était censé prendre la parole. *Vous ne demandez pas à Kristen si elle a fait bon voyage ?* eus-je envie de lancer à Bill et Nana. *N'êtes-vous pas enchantés de retrouver votre petite-fille après plus d'un an d'absence ?*

Bill brisa le silence :

– Votre brunch s'est bien passé ?

En vérité, j'eus le net sentiment qu'il ne s'en souciait guère.

– Oui, c'était très sympa ! répondis-je avec enthousiasme. Nous sommes allés chez Evie, près du casino, vous situez ? Leur pain est excellent.

Je me raclai la gorge avant de poursuivre.

– Et vous, comment allez-vous ? Cela doit faire au moins deux ans que je ne vous ai pas vus.

– Tant que ça ? lâcha Bill dans un souffle sonore.

– Kristen nous a dit que vous avez passé de merveilleuses vacances au Chili, dit Nana, portant avec adresse quatre verres remplis à ras bord – on aurait dit qu'elle tenait un trèfle géant dans les mains. Vous êtes très courageuses, toutes les deux, pour vadrouiller comme ça dans un pays inconnu.

Mon cœur s'emballa, et j'esquivai son regard lorsqu'elle se pencha pour me tendre un verre. Serais-je un jour capable d'évoquer notre séjour avec naturel ?

– Attention, Emily a deux mains gauches, aujourd'hui ! plaisanta Kristen, m'adressant un clin d'œil appuyé tandis que je rougissais.

Sans tenir compte de la remarque de sa petite-fille, Bill se saisit d'un verre :

– Oui, Kristen nous a parlé de ces patelins de montagne que vous avez visités au Chili. Et aussi de… Comment ça s'appelle, déjà ?

– Quoi donc ? dit Kristen, se servant à son tour, aucunement troublée.

– La boisson alcoolisée que vous avez bue là-bas… Le pico… ?

– Le *pisco*, rectifiai-je. C'est délicieux.

Je voulus capter le regard de Kristen, mais elle sirotait son vin le plus calmement du monde.

– Vous imaginer faire tous ces voyages seules me rend très nerveuse, confia Nana. En ce qui me concerne, je n'ai eu mon premier passeport qu'après quarante ans – et jamais je n'aurais eu l'idée de me rendre où que ce soit sans Bill.

– C'est vrai que nous avons toutes les deux attrapé le virus des voyages.

Tout en prononçant ces mots, je me demandai si ma panique se lisait sur mon visage, si le sang qui me martelait les tempes était visible. J'enchaînai :

– Et vous ? Quoi de neuf de votre côté ?

– Tu n'es allée nulle part avant quarante ans parce que tu as eu papa à vingt et un ans, rappela Kristen à sa grand-mère, balayant ma question. Si Emily et moi avions des gamins de huit ou neuf ans dans les pattes, nous ne serions pas plus que toi allées cavaler dans la vallée de l'Elqui.

– C'est vrai que j'ai été une jeune mère très occupée, convint Nana, les lèvres pincées, comme si elle goûtait une boisson trop acide.

– Heureusement, nous sommes quant à nous très occupées à visiter des distilleries de *pisco*, plutôt qu'à changer des couches, dit Kristen, brandissant son verre.

Sa remarque me mit mal à l'aise, une fois de plus ; était-elle donc incapable de mettre temporairement sa rancœur de côté, le temps d'aborder un autre sujet que le Chili, où nous avions enterré un cadavre ?

– Vous profitez de votre retraite, j'imagine ? demandai-je au vieux couple. Vous faites des voyages ?

– Oh, ils ne se sont pas encore débarrassés de moi au boulot, répondit Bill en haussant les épaules. Comment les pharmacies Czarnecki pourraient-elles tourner sans Czarnecki lui-même ?

– Vous n'avez pas encore pris votre retraite ? m'exclamai-je, ravie d'avoir orienté la conversation dans une autre direction. Il me semble pourtant que Kristen m'a parlé d'une fête de départ en retraite, il y a quelque temps.

Établies dans la région, les pharmacies Czarnecki faisaient de bonnes affaires, curieusement, malgré la forte domination des Walgreen dans le secteur.

– Oui, je t'ai dit ça parce qu'il avait juré qu'il prendrait sa retraite le jour de son soixante-quinzième anniversaire, confirma Kristen. Mais apparemment, et je le cite, « la retraite, c'est pour les feignants ».

– Il avait des sueurs froides chaque fois que quelqu'un prononçait ce mot, ajouta Nana d'une voix légère. En réalité, je pense qu'il continue à travailler pour ne pas devoir passer ses journées avec moi à la maison.

Elle sourit et donna un petit coup de coude à son mari. Ce geste me rappela mes propres parents avant leur séparation, qui avaient également prisé ce genre d'humour chargé d'autodérision. *On ne se supporte plus, c'est drôle, non ?*

– Il faut bien que quelqu'un rapporte de l'argent à la maison pour financer ton goût immodéré pour le vin, ma chérie, riposta Bill.

Nana gloussa et poursuivit :

– Moi, j'ai pris ma retraite quand Kristen a terminé ses études universitaires, et je n'ai aucun souci pour remplir mes journées. Mais nos histoires n'intéressent personne. Parle-nous un peu de toi, Emily : que fais-tu de beau en ce moment ?

Je posai mon verre sur la table basse, près d'un épais volume que je reconnus soudain comme étant une bible. L'école du Roi des Rois, où Kristen avait été scolarisée, était dirigée par des protestants conservateurs et intégristes. Son père était à l'époque très investi dans cette communauté, notamment en tant qu'entraîneur de l'équipe de basket féminine et diacre le dimanche. Après la mort de ses parents, Kristen avait changé d'établissement, mais Nana et Bill avaient continué d'assister aux messes hebdomadaires à l'église de l'école.

– Oh, rien de particulier. Je travaille chez Kibble – une start-up qui produit de la nourriture bio pour chats, vous connaissez peut-être ?

Bill et Nana hochèrent la tête, le regard vide.

– C'est très sympa, j'apprends beaucoup de choses sur l'univers de ces petites entreprises innovantes.

– Le problème, avec les start-up, c'est qu'elles ont pour unique objectif de se faire un nom pour ensuite être rachetées, regretta Bill. Elles n'ont aucune vision à long terme.

Je souris et bus une gorgée de vin, alors que cette remarque m'avait touchée. Je comprenais à présent ce à quoi Kristen faisait allusion : ces gens avaient toujours raison, étaient toujours sûrs d'eux et leurs mots étaient systématiquement teintés de critique.

Nana prit le relais :

– Tu as un petit ami ?

Kristen répondit à ma place :

– Oui ! C'est justement avec lui que nous avons brunché.

– C'est… C'est encore très récent, précisai-je, sans en dire davantage, ce qui fit naître un léger malaise dans la pièce, chacun regardant ailleurs.

C'est alors qu'un bruit de perceuse déchira le silence. Bill leva les yeux au ciel :

– Il y a des travaux dans le jardin des voisins, ceux de la maison avec ces ananas ridicules. Ça dure depuis des mois.

Je sentis de la tension dans l'air ; Kristen ne disait plus rien, et Nana considéra Bill avec un regard aussi agité que furieux. J'aurais voulu me replier sur moi-même comme une tente, jusqu'à devenir un petit carré de tissu.

Nana tenta de relancer la conversation :

– Tu as des frères et sœurs, au fait ? Je ne m'en souviens plus.

N'avaient-ils donc aucune question à poser à Kristen, qu'ils avaient élevée et qu'ils n'avaient pas vue depuis si longtemps ? Je secouai la tête :

– Non, je suis fille unique, comme Kristen.

– Tes parents vivent toujours dans le… Minnesota, c'est ça ?

– Ma mère, oui, mais mon père est installé dans l'Iowa.

– Tu n'as pas de famille ici ! s'exclama Nana, qu'on aurait juré horrifiée.

– Eh non. Je vis ma vie de mon côté, dans le Wisconsin.

Je me plaisais bien à Milwaukee ; au bout de huit ans, je m'y sentais chez moi. J'y avais retrouvé bon nombre des choses qui m'avaient plu à Evanston, où se trouvait l'université Northwestern, comme les anciennes et charmantes demeures et les phares pittoresques, avec ce qu'il fallait d'originalité pour que cette ville me paraisse très différente de Minneapolis et me convienne mieux. Milwaukee avait un petit côté rural et excentrique, avec ses bars hors du temps et ses troquets ringards plantés parmi des musées blancs comme des os et de monstrueux hypermarchés. Et que dire des splendides rives du lac ? Chaque année, au printemps, je me promettais d'en profiter davantage, de m'y rendre pour lire, nager, pique-niquer ou faire du cerf-volant avec les enfants de mes amis, mais invariablement le temps filait à une allure folle. L'été passait en un éclair et les feuilles viraient au marron avant que j'aie seulement songé à m'imposer le court trajet jusqu'à Bradford Beach.

Une heure plus tard, je me lançai dans le processus interminable et consacré consistant à remercier mes hôtes et tenter de prendre congé. Je suivis Nana dans la cuisine, avec dans les mains mon verre vide et le bol de cacahuètes auquel personne n'avait touché. Elle se retourna vers moi :

– Échangeons nos numéros de téléphone, au cas où tu aies besoin de quelque chose un jour.

Elle me tendit son mobile, qui, sans coque protectrice, paraissait nu.

– Et nos adresses électroniques, aussi. Nous aurions dû le faire depuis longtemps, d'ailleurs. J'ai bien saisi que tu es parfaitement installée, mais tout de même, tes parents sont si loin de toi.

Elle battit des paupières.

– Au cas où…

De retour dans ma voiture, je restai immobile un moment, mon souffle déposant des gouttelettes sur le pare-brise et le tableau de bord. Même mes parents me disaient bonjour, quand je les voyais. Les grands-parents de Kristen n'avaient pas paru enchantés de la voir, et c'était réciproque ; l'animosité entre mon amie et ses grands-parents était palpable.

D'autre part, l'entendre évoquer le Chili sans aucune gêne, avec son habituelle désinvolture presque agressive et d'une voix nonchalante, m'avait mise à cran. Elle en avait parlé pendant le brunch, en présence d'Aaron, et avait entretenu la conversation quand Bill avait abordé ce sujet. Alors que moi, j'étais si angoissée à l'idée d'être interpellée par la police que la seule mention de notre séjour me faisait frissonner et claquer des dents.

Le Chili… La vision m'apparut nettement, comme projetée sur le pare-brise : les jambes de Paolo sur le sol, ses baskets tournées vers le plafond, et l'énorme flaque rouge, juste à côté.

La tête de Sebastian calée contre le pied du lit, au Cambodge. Le sang sur les pieds de Kristen.

Arrête ! Arrête ! Arrête !

Je démarrai et allumai la radio, dont j'augmentai le volume jusqu'à noyer mes pensées, puis je sortis de l'impasse.

– 16 –

Je m'emparai de la lourde boule et y glissai trois doigts – je crus plonger les ongles dans un crâne humain –, puis je fis quelques pas et la lâchai vers l'avant. Elle heurta le parquet avec un craquement jouissif, avant de glisser vers la rigole, évitant de peu les dix quilles.

– La gouttière ! beugla Aaron.

Je me retournai et réagis par un haussement d'épaules exagéré. En le voyant affalé dans notre box, les jambes croisées comme un vieux, mais l'assumant totalement, je fus saisie d'une bouffée de chaleur, rassurée par son air détendu. Ce garçon était à l'aise en toutes circonstances.

– Deuxième essai, dis-je, tandis que l'appareil recrachait ma boule bordeaux.

Elle claqua contre celle d'Aaron, telles deux billes de géants. Je la lançai pour la deuxième fois et, même si elle dévia sur la gauche, elle envoya valser huit quilles.

– Ah ! C'est mieux !

C'était Aaron qui avait proposé cette soirée bowling. Je n'en avais pas fait depuis le lycée, mais je retrouvais un certain plaisir à répéter le même geste tel un automate, au rythme des claquements et ronronnements des distributeurs de boules, avec en bonus les affreuses chaussures, l'alcool fort servi dans des gobelets et les odeurs familières de cire pour la piste, de friture et de désinfectant pour chaussures. Je me glissai sur le siège en plastique ; Aaron posa la main sur mon genou et se leva.

Je n'avais pas revu Kristen depuis nos étranges retrouvailles du dimanche précédent, mais j'avais récupéré une partie de ma sérénité. Je m'étais convaincue que son comportement bizarre était dû au décalage horaire. Elle restait ma meilleure amie, celle qui me connaissait mieux que quiconque sur cette planète. Nous retrouverions notre vieille complicité sous peu, c'était évident.

Par ailleurs, ma crainte d'être associée au meurtre de Paolo s'étiolait peu à peu. La veille au soir, j'avais effectué une recherche : d'après les statistiques, quarante pour cent des meurtres commis aux États-Unis demeuraient inexpliqués. Un simple calcul m'avait permis d'estimer que la police renonçait à éclaircir près de sept mille crimes par an. Sept mille cadavres qui restaient dans le flou, sans que l'on en sache beaucoup sur l'instant où ils étaient passés de l'état d'être humain à celui de corps sans vie. Par conséquent, des milliers de personnes – peut-être des millions, au total – ayant commis un meurtre sans être inquiétées vaquaient tranquillement à leurs occupations en cet instant. La plupart d'entre elles éprouvaient certainement culpabilité, honte et regrets, submergées de ces sentiments comme par un arrosage automatique interne. Malgré cela, elles ne se livraient pas aux autorités, pas plus qu'elles ne se pendaient en laissant une confession écrite.

Peut-être appréciaient-elles à sa juste valeur cette seconde chance offerte par la vie, se promettant de mieux se comporter à l'avenir. *À l'avenir.* Car nous sommes des êtres tridimensionnels coincés dans le temps, incapables de modifier le passé. Cette conclusion me réconfortait, ce qui était peut-être un peu malsain, mais je savais à présent que je n'étais pas la seule à devoir gérer cette situation. Je n'avais d'autre choix que d'aller de l'avant sans faire de vagues.

En regardant Aaron se diriger d'un pas assuré vers la piste, puis lancer sa boule en plein sur les quilles, sa chaussure rouge et bleu s'étant immobilisée à un millimètre du parquet ciré, je m'émerveillai une fois de plus de la face cachée de la vie en général. *Cela fait-il de moi une sociopathe ?*

En fin de soirée, Aaron me suivit en voiture jusque chez moi ; chaque fois que son visage m'apparaissait dans le rétroviseur, une bouffée de chaleur se manifestait dans mes reins. Ce garçon était si simple, si bon, si direct, si gentil… et je lui plaisais. Après tous les abrutis des applications de rencontres, qui passaient du chaud au froid comme une douche défectueuse ; après ces années gâchées en compagnie de Ben, qui maniait l'amour conditionnel comme une carotte au-dessus de ma cage ; après plusieurs mois avec Colin, dont le côté sombre brillait comme un phare, j'avais à présent droit à Aaron, un garçon heureux de me voir et de passer du temps avec moi.

Dans mon appartement, j'attrapai deux verres et une bouteille de vin. J'avais fait le ménage un peu plus tôt, anticipant son éventuelle venue, mais j'avais laissé un relatif désordre, de façon à faire comme si je n'avais rien prévu de particulier. Je connectai mon téléphone à l'enceinte Bluetooth et lançai la lecture d'un morceau sensuel, une chanteuse à la voix rauque accompagnée d'accords de piano chargés de tristesse. Des cloches d'église dissonantes se firent entendre en fond sonore, puis se turent.

Je m'assis sur l'accoudoir du canapé et posai les jambes sur les genoux d'Aaron, qui me caressa le mollet.

– Je peux te poser une question ? lui demandai-je.

Il s'octroya une gorgée de vin avant de me répondre :

– Bien sûr.

– As-tu reçu une éducation religieuse ?

– Oui, répondit-il avec un petit rire. J'ai fréquenté une école méthodiste, mais mes parents n'y ont jamais vraiment attaché d'importance.

Je hochai la tête, pensive.

– Tu es content d'être passé par là ?

Il haussa un sourcil :

– Tu veux savoir si je compte donner une éducation religieuse à mes enfants ?

– Oh non ! me récriai-je. J'ai donné l'impression de penser à ça ? Non, je voulais seulement…

– Relax, Emily, tout va bien.

Il fit de nouveau courir ses doigts sur ma jambe, un peu plus haut, le long de la couture intérieure de mon jean.

– Ça m'est venu à l'esprit parce que j'ai vu les grands-parents de Kristen, l'autre jour, me hâtai-je de préciser. Ils fréquentent toujours l'église de l'école où elle a été scolarisée. Un jour, elle m'a avoué que sa foi lui a rendu la vie très dure à la mort de ses parents. Sa mère n'étant pas croyante, Kristen l'a crue reléguée en enfer.

– Bon sang… Qu'est-ce qui leur est arrivé ?

– Ils sont morts dans un incendie. Elle n'avait que douze ans. Quelle tristesse…

– Oui, en effet, abonda Aaron, qui parut méditer quelques secondes. Un accident improbable, j'imagine ? Qu'est-ce qui a déclenché l'incendie ?

– Je n'en sais rien. La même chose que dans la plupart des incendies, je suppose : un fil électrique défectueux, quelque chose comme ça.

– C'est affreux, dit Aaron, avant de vider son verre. Je n'ai pas la moindre idée de qui va au paradis ou en enfer, et le code moral méthodiste ne m'a jamais passionné, mais c'était plutôt sympa de faire partie d'une communauté.

Un code moral. Mes premières notions du bien et de la justice ne m'étaient pas venues de textes sacrés, mais d'une observation minutieuse de ce qui recueillait l'approbation de mes parents… ou du moins de ce qui ne provoquait pas leur colère. Je n'avais pas davantage été moralement éduquée en matière sexuelle, ce qui s'était reflété dans ma relation avec Ben ; je ne m'en remettais qu'à moi-même, qu'à ce que je ressentais, pour déterminer quoi faire, quand et avec qui.

Sebastian, ce salopard, avait tenté de s'approprier mon corps ; or c'était à moi seule de décider ce que j'en faisais. Je me redressai et attirai d'un geste doux la mâchoire d'Aaron vers moi.

– Bonjour, vous… me susurra-t-il sur un ton légèrement excitant.

Je souris, mes lèvres plaquées sur les siennes, puis lui ébouriffai les cheveux et désignai ma chambre du menton :

– En douceur, d'accord ?

Ses lèvres, sa langue et ses doigts parcoururent mon corps un moment, puis il déposa une kyrielle de baisers dans mon cou, me demandant à de multiples reprises :

– Comme ça, c'est bon ?

Chaque fois que je sentais la panique lointaine prête à resurgir, je me focalisais sur son visage, sur sa simplicité et sa gentillesse, inspirant tout cela jusqu'à ce que ma frayeur disparaisse. Nous respirions de plus en plus fort, nos souffles en rythme, tout en volupté, si bien qu'il n'y eut très vite plus rien d'autre au monde que les sensations que nous partagions, profondes, tendres et fortes à la fois.

Un peu plus tard, alors que nous reprenions nos esprits, il glissa la main dans mon dos couvert de sueur.

– C'était formidable, me chuchota-t-il, ponctuant ses mots d'une petite tape sur mes fesses.

Puis il s'éclipsa dans le couloir, tandis que la douce musique me parvenait depuis le salon.

J'enfilai un kimono et m'assis sur le bord du lit. Je me sentais sexy, sauvage, et je ne manquai pas de féliciter mon corps, qui enfin avait coopéré après le traumatisme subi au Cambodge. Je lissai mes cheveux et allumai la lumière, puis me dirigeai vers la salle de bains dès que j'entendis Aaron en ressortir. La musique fut interrompue par le tintement signalant la réception d'un texto.

Je récupérai mon téléphone, que j'avais laissé sur la table basse. Je m'y pris à deux fois pour lire le message, l'estomac noué et froissé comme une feuille de papier aluminium.

Deux appels en absence de Kristen, reçus dix et quatorze minutes plus tôt, alors que j'étais au lit avec Aaron.

Et maintenant, un simple texto.

J'ai besoin de toi.

– 17 –

– Tout va bien ? s'inquiéta Aaron, sur le seuil de la cuisine, les sourcils froncés.

Je levai la tête, réfléchissant à toute allure. *Il faut que je l'appelle. Non ! Attends.* Le message de Kristen étant délibérément vague, il était forcément question du Cambodge ou du Chili, questions qu'il était impensable que j'aborde à haute voix en présence d'Aaron.

Ni même au téléphone de façon générale, d'ailleurs.

– Que se passe-t-il ? me demanda Aaron en s'approchant de moi.

– C'est Kristen, répondis-je, après avoir lâché mon portable à côté de moi. Elle… Je suis désolée, mais il faut que j'aille la voir.

– Maintenant ? Il lui est arrivé quelque chose ?

Je mourais d'envie de tout lui dire, de laisser la vérité jaillir de ma bouche, comme du poison. *Tu as vu juste en soupçonnant qu'il s'était passé quelque chose de grave au Chili. Et il y a aussi eu autre chose avant ça, au Cambodge.*

– Oui, elle… bafouillai-je, les bras croisés. Elle traverse une passe difficile, en ce moment.

– Ah oui, c'est vrai qu'elle a été renvoyée de son boulot.

J'affichai certainement un air étonné, à en juger par sa réaction.

– Ce n'est pas ça ? Il y a un autre problème ? Pardon, ça ne me regarde pas.

– Non, c'est à moi de m'excuser de ne pas t'en dire davantage et de m'enfuir d'un coup.

Je balayai la chambre du regard.

– Tu peux rester, si tu veux. Je ne sais pas trop combien de temps Kristen aura besoin de moi.

– Non, ça ira, je vais rentrer chez moi.

Il souleva mon menton et m'embrassa avec douceur.

– On se revoit bientôt ?

La poitrine compressée, je n'avais qu'une envie, oublier Kristen et me noyer dans les bras d'Aaron, mais je m'armai de courage, les yeux fermés :

– Bien sûr.

Profitant des commandes au volant, j'appelai Kristen depuis la voiture, dès mon entrée sur l'autoroute totalement déserte en ce soir de semaine aux alentours de minuit. *J'ai besoin de toi.* Les hypothèses se succédaient dans mon esprit à la vitesse des chaînes de télévision sur l'écran d'un zappeur fou. Peut-être y avait-il du nouveau concernant notre secret cambodgien ; peut-être le cadavre avait-il été découvert, boursouflé et gorgé d'eau, à moins que quelqu'un n'ait mis au jour une preuve à l'hôtel, un détail qui nous avait échappé. Il était plus vraisemblable qu'il soit question du Chili, notre dissimulation la plus récente, qui n'avait pas encore prouvé qu'elle tiendrait dans le temps.

Peut-être la vérité était-elle plus simple ; peut-être Kristen cédait-elle enfin à la panique, comme moi à mon retour du Cambodge, n'ayant plus son boulot ni son escapade improvisée à destination du Wisconsin pour lui occuper l'esprit. Il était fort possible que l'ampleur de la situation lui soit enfin apparue dans toute sa clarté : l'agression, l'acte atroce qu'elle avait dû commettre pour se défendre, ainsi que les heures de cauchemar qui avaient suivi.

Ah, Kristen… Mes sentiments pour elle débordaient de mon cœur comme le jaune d'un œuf brisé.

Elle décrocha juste avant que mon appel ne bascule sur sa messagerie :

– Salut ! me lança-t-elle d'une voix qui me parut… joyeuse.

– Kristen ! Je suis sur la route.

– Quoi ?

– J'arrive. J'ai cru que… Ce n'est pas ce que tu voulais ?

Je passai sur la file de droite et ralentis.

– Oh ! En fait, je me suis disputée avec Bill pendant le dîner, c'était stupide, et ensuite je n'ai pas réussi à m'endormir. J'ai eu envie de parler avec toi. Au téléphone.

Le stade de base-ball brillait de mille feux sur ma gauche ; je n'avais pas encore atteint la moitié du trajet jusqu'à Brookfield.

– O.K., compris. J'ai réagi de façon excessive. J'ai cru que tu… avais besoin de moi.

– J'ai toujours besoin de toi, tu le sais bien ! s'esclaffa-t-elle, avant de croquer quelque chose. Tu es presque arrivée ? Tu peux venir, si tu veux ! Oups, pardon pour le bruit, je suis en train de descendre un paquet de chips.

Je m'engageai sur une bretelle de sortie, abattue et – bien que consciente que ce n'était pas sympa de ma part – agacée.

– Non, il est tard, je préfère rentrer chez moi. Mais que s'est-il passé avec Bill ?

– Il m'a fait la leçon à propos de mon renvoi. Sans la moindre compassion. Comme s'il avait la plus petite idée de la façon dont se passe ce genre de truc, vu qu'il a hérité de la boîte de son père.

Un nouveau craquement de chips.

– Toi, en revanche, tu sais parfaitement comment ça se passe sur le marché du travail depuis toujours.

– Carrément. Je suis désolée, Kristen, ça craint. Il n'a rien pigé.

Si seulement j'avais su qu'elle n'avait pas physiquement besoin de moi, j'aurais laissé Aaron passer la nuit chez moi ; j'avais envie de lui envoyer un texto, de lui proposer de revenir chez moi, mais mon téléphone n'était pas posé à son endroit habituel sur le tableau de bord.

– Et ça te donne des insomnies ? repris-je. Perdre son job est… un sale coup. Il est normal que tu sois marquée par ce choc.

– Ça va, en fait, de ce côté-là. Que Lucas et son boulot de merde dans ce coin paumé aillent se faire foutre !

Elle avala les chips qu'elle avait dans la bouche, et sa voix se fit plus nette.

– C'est juste un peu bizarre de ne pas savoir de quoi sera fait l'avenir. C'est pour ça que j'ai cherché à te joindre, j'imagine. Tu es mon roc.

– Je serai toujours là pour toi.

Je me sentis coupable de ne l'écouter qu'à moitié, songeant en même temps à appeler Aaron avant qu'il n'éteigne son téléphone et se couche. Immobilisée à un feu rouge, je me penchai et cherchai à tâtons mon portable sur le plancher de la voiture, côté passager.

– C'était si chouette de se retrouver au Chili, poursuivit Kristen.

Je fus si surprise en entendant ce dernier mot, que mon pied glissa du frein. Je me redressai en sursaut et écrasai la pédale.

– Toutes nos conversations sans fin, tu te souviens ? poursuivait Kristen. Et tu sais, Em, j'ai l'impression qu'on n'a plus beaucoup parlé depuis, toutes les deux. On n'a plus eu de « moment Kremily ».

Kremily. Je n'avais plus entendu ce terme depuis qu'elle était partie en Australie, ce mot-valise un peu nunuche formé à partir de nos prénoms, que nous avions imaginé à la fac ; à l'époque, notre amitié nous semblait aussi légendaire que les couples Kimye ou Speidi[7].

– Oui, c'est sûr, il faut qu'on se voie plus souvent, toutes les deux, renchéris-je. Je me fais du souci pour toi.

– Passe du temps avec moi, plutôt que de t'inquiéter pour moi ! gloussa Kristen. Tu es dispo demain ?

– Ah non, impossible demain.

---

7. Respectivement Kim Kardashian/Kanye West et Spencer Pratt/Heidi Montag.

J'avais en effet une séance programmée chez la psy. Une nouvelle vague de culpabilité déferla en moi, car je n'en avais jamais parlé à Kristen, mais nous avions tout de même le droit d'avoir chacune nos petits secrets.

– Vendredi, si tu veux ? proposai-je.

– Attends, et jeudi, le jour de ton anniversaire ? On pourrait faire quelque chose ?

– Je… Ah, mince, j'ai prévu de voir Aaron ; ça s'est décidé avant ton retour ici. On va tranquillement rester à la maison. Je n'ai pas envie de faire une grosse fiesta, cette année.

– Pas de souci… dit-elle d'une voix triste qui m'arracha une grimace.

Je dus me forcer à me rappeler que je n'avais pas à me reprocher de voir mon copain sans inviter Kristen, puis elle retrouva son entrain :

– Pas de grosse fiesta, c'est noté, m'dame.

– Je ne plaisante pas, Kristen. J'ai horreur des surprises.

– Dans ce cas, estime-toi heureuse de m'avoir comme amie. Enfin bref, je te laisse.

Après lui avoir souhaité une bonne nuit, j'appelai Aaron sans perdre une seconde, malheureusement je fus accueillie par sa messagerie.

De retour chez moi, je me couchai le front plissé et sans le moindre sourire aux lèvres, avec la sensation d'avoir déçu tout le monde. J'eus presque envie de rire quand ma stupide rêverie, au bowling, me revint à l'esprit ; quel orgueil de ma part d'avoir cru qu'il m'était possible de baisser la garde.

Un jour, je ne passerais plus d'interminables moments dans mon lit à cataloguer les multiples détails et les raisons susceptibles de causer notre perte : des témoins dans le patio arboré du bar, la tombe pas assez profonde, nos traces de pas dans l'obscurité, la lumière apparue à une fenêtre tandis que nous remisions les pelles dans le cabanon. Un jour, ces heures passées dans la montagne me feraient tout juste l'effet de réminiscences flippantes d'un film d'horreur.

Mais ce n'était pas pour aujourd'hui.

Priya déposa une tasse de café sur mon bureau, ce qui me fit sursauter.

– J'ai deviné que tu en avais besoin, m'expliqua-t-elle.

– Oh ! Merci. Ça se voit tant que ça ?

– Carrément.

Elle se laissa tomber sur le siège voisin, dont l'occupant habituel était absent, et pivota paresseusement vers moi.

– Alors, qu'est-ce qui t'arrive ? Gueule de bois ? Insomnie ? Règles ?

– Non, la quatrième option.

Je conclus la rédaction d'un e-mail, puis me tournai vers mon amie et baissai la voix.

– Je me suis couchée très tard. Aaron est venu chez moi.

Priya lâcha un petit cri théâtral :

– Emily a décroché la fameuse quatrième option !

Elle cala un pied sous ses fesses et se pencha vers moi.

– Alors ? C'était comment ?

Je rougis, songeant aux lèvres d'Aaron sur mes hanches, aussi douces que des papillons.

– C'était super. Torride.

– Mon Dieu, je me demande comment je réussirai à le regarder droit dans les yeux chez Mona, maintenant, dit-elle.

Elle haussa les sourcils.

– Il est malin : il te fait passer une nuit blanche pour que tu aies besoin de caféine le lendemain ; c'est bon pour ses affaires !

– Ne dis pas de bêtises. Il n'est pas resté dormir, de toute façon.

– Quoi ? s'exclama Priya, les yeux écarquillés. Il est parti aussitôt après ? Genre il te met au lit, et ensuite « merci, au revoir, à la prochaine » ?

– Non, mon amie Kristen m'a appelée, et j'ai cru qu'elle flippait et voulait que je la rejoigne. Quand j'ai compris que ce n'était qu'une fausse alerte, Aaron était…

C'est alors que je me tus. Pourquoi racontais-je tout cela à Priya, qui ne connaissait même pas Kristen ? Il n'était certainement pas pertinent de lui parler de la crise de panique subie par Kristen, qu'elle ait été réelle ou non.

Par chance, un collègue nous rejoignit d'un pas traînant et nous livra un ragot concernant notre patron ; Russell-le-jeune-prodige-aux-dents-longues s'était apparemment laissé aller avec un investisseur potentiel, avec qui il avait pris une cuite. Je hochai la tête sans écouter grand-chose. J'avais la sensation d'être piégée dans un triangle amoureux, Aaron et Kristen me tenant chacun un bras et tirant dessus.

« J'ai besoin de toi », m'avait dit Kristen, par texto. Et non « Appelle-moi, s'il te plaît », ni même « Tu me manques ».

Tout en parlant, notre collègue se passa la main sur la nuque, sous sa petite queue-de-cheval, ce qui me fit penser à celle de Paolo, tachée de sang.

Mon estomac se retourna. Le truc, avec Kristen, c'était que moi aussi j'avais besoin d'elle.

– Tu dois être impatiente, pour ton anniversaire ! dit Priya, qui s'affala sur le siège, face à moi, et retira le couvercle de sa salade.

Nous étions installées dans un restaurant qui proposait des bols de céréales, de légumes verts et de nouilles.

– Je confirme ! dis-je en aspergeant mon plat de sauce piquante. J'ai prévu de faire dans le sobre, mais j'ai l'impression que Kristen manigance quelque chose.

Je déchirai l'emballage de mes couverts en bambou.

– Et j'ai horreur des surprises.

– Sérieux ? Mais pourquoi ?

Cette question me prit au dépourvu, ce qui ne manquait pas d'ironie. J'enfournai une bouchée et réfléchis en mâchant.

– Sans doute parce qu'une surprise, par définition, échappe à mon contrôle. Je préfère avoir la certitude que… que les choses et les gens ne vont pas changer d'un coup.

Je haussai les épaules.

– J'adore que l'on m'entraîne en voyage, à faire de nouvelles expériences, découvrir des restaurants, ce genre de choses, je suis le mouvement facilement, mais plutôt passivement. Et je le regrette, d'ailleurs. J'aimerais être plus décontractée, plus... spontanée.

Tout le monde appréciait les femmes toujours partantes, toujours cool, capables de mettre tout un groupe à l'aise et de faire taire les froussardes qui sifflaient des « Est-ce bien sûr ? », « Est-ce bien malin de faire ça ? », « Je ne suis pas certaine de vouloir être surprise. »

Peut-être plaisaient-elles aux mecs parce qu'elles confortaient leur vision du monde, qui se résumait par « Rien de grave ne peut m'arriver. »

– À quoi penses-tu, exactement, quand tu dis ne pas vouloir que les gens changent ? Parce que si tu y réfléchis une minute...

Elle ouvrit son gobelet d'eau pétillante et haussa les épaules.

– ... tout le monde change, en permanence. Je dirais même que c'est la seule chose dont on soit certain.

Avais-je Kristen à l'esprit en prononçant ces mots ? La semaine précédente, j'en étais arrivée à accepter le fait que notre amitié se tasse quelque peu, que quinze mille kilomètres et pas une, mais deux épouvantables expériences contribuent à nous écarter l'une de l'autre. Puis elle avait surgi à Milwaukee, et mon cœur avait chaviré en la retrouvant. J'avais été inondée de tendresse et de soulagement ; je pouvais de nouveau être moi-même, en compagnie de la seule personne au monde au fait de ce que nous avions subi. Or cette surprise n'avait été qu'un feu de paille et notre relation n'avait pas retrouvé son naturel d'autrefois.

– C'est peut-être parce que je suis maintenant en couple avec Aaron que je m'inquiète, comme si, ma vie étant soudain si merveilleuse, j'avais à présent beaucoup à perdre. Je t'ai parlé de Colin, ce mec avec qui je suis sortie il y a quelques années ; je l'ai trouvé gentil, au début, mais ma meilleure amie m'a ensuite fait remarquer qu'il se montrait de plus en plus possessif avec moi. J'ai également été déçue par Ben, mon copain au lycée et à la fac. Alors que je le voyais d'une certaine façon, il s'est par la suite révélé... moins cool.

Je dépliai ma serviette.

– Et ça m'a prise de court. C'est sans doute pour ça que j'aime voir loin devant moi.

– Je comprends. Mais tu n'es pas restée genre un million d'années avec Ben ?

– Ha ha. Non, seulement quatre. Sa famille m'avait adoptée, pour ainsi dire.

J'engloutis un morceau de brocoli.

– Ses parents, son petit frère et lui adoraient sincèrement passer du temps ensemble, c'était stupéfiant.

Priya tapota son gobelet d'eau pétillante du bout des ongles :

– Contrairement à tes parents, c'est ça ?

– Tu parles comme Adrienne !

– Pardon ! C'est juste que j'adore parler des familles des gens, je trouve ça fascinant.

– Pas de problème, mais bon, je ne suis pas sûre que mes parents soient des personnes passionnantes.

– Ils sont divorcés, je crois ?

– Oui, ils se sont séparés quand j'avais quinze ans.

Maman s'était chargée de m'annoncer la nouvelle ; elle m'avait appelée depuis la cuisine et, levant à peine les yeux de la poêle grésillante dont elle remuait le contenu, m'avait dit quelques mots, concluant ainsi : « Il va falloir que tu te comportes de façon exemplaire ; ton père et moi, nous traversons une période difficile. »

– Et maintenant, tu vis pour la première fois une relation dans laquelle tu as envie de t'investir, devina Priya, pointant sa fourchette vers moi. Le problème est que tu n'as aucun modèle de relation saine et durable sur lequel te baser. Mon Dieu, les enfants de divorcés sont allergiques à l'engagement. J'en suis une, moi aussi, comme tu le sais.

– Parle-moi de tes parents. Ils habitent à Madison, c'est ça ?

Me confier à Priya et discuter avec elle d'autre chose que de commérages, de nos collègues ou de l'actualité était très agréable, cependant ses paroles avaient ouvert une trappe en moi, libérant une angoisse familière. Et si je me révélais incapable de faire fonctionner ma relation avec Aaron ? Et même avec Kristen, ou n'importe qui d'autre ?

Par chance, j'avais rendez-vous avec ma psy le soir même, ce qui me permit de décortiquer cette crainte.

– Il semblerait que ce soit une réelle source d'angoisse pour vous, me dit Adrienne, si calme, si présente.

On aurait juré qu'elle ne se levait jamais de son fauteuil, y restant ancrée tandis que ses patients se relayaient.

– C'est un peu cliché, grognai-je. Mes parents étant séparés, j'ai maintenant peur de m'engager dans une relation amoureuse sérieuse.

– Si vous deviez illustrer la totalité de vos angoisses sur un graphique circulaire, quelle portion occuperait cette question précise ?

Mon pouls accéléra tandis que les souvenirs remontaient à la surface. Durant ma thérapie, pas une fois je n'avais évoqué le facteur de stress correspondant à la plus importante part du camembert, et de très loin : la chair de Paolo qui pourrissait sous quelques centimètres de terre ; les taches de sang sur le sol d'une chambre d'hôtel et sur un rideau de douche ; les témoins potentiels, au bar, à l'hôtel et durant le long trajet du retour, dans l'aube naissante.

Nous nous occupons de mes relations amoureuses, pour l'instant.

– Une portion plus importante que jusque-là, maintenant que je suis officiellement en couple avec Aaron, répondis-je en tripotant mon collier. C'est curieux ; j'ai vaguement le sentiment d'abandonner Kristen en me rapprochant d'Aaron, même si rien ne m'empêche d'avoir à la fois un petit copain et une meilleure amie.

– Pourquoi avez-vous l'impression d'abandonner votre meilleure amie ?

– Elle… Comme je vous l'ai dit, je la considère comme une sœur ; elle est exactement et en bien des aspects tout ce qui m'a tant manqué pendant si longtemps.

– Tout ce qui vous a tant manqué… Avez-vous conscience qu'en disant cela, vous associez énormément de choses à une seule personne ?

– Vous estimez que je dépends trop d'elle ?

– Je ne porte aucun jugement sur vous, pas plus que sur Kristen, se défendit la psy, qui se renfonça dans son fauteuil. Néanmoins, j'aimerais que vous réfléchissiez au « système de soutien » idéal, c'est-à-dire diversifié. Quand je vous entends parler d'Aaron, j'ai le sentiment que ce garçon apporte une note très positive dans votre vie.

J'acquiesçai vivement.

– C'est merveilleux, et surtout cela vous fait une autre personne sur qui vous reposer, poursuivit Adrienne. Bien entendu, cette nouvelle relation va quelque peu secouer la dynamique entre Kristen et vous. Il est normal et sain que les amitiés évoluent, mais il n'est pas rare que l'on assiste à des phénomènes de rejet.

– Vous avez raison, convins-je, desserrant à peine les lèvres.

Je sentais mon visage se froisser, se crisper, malmené par une angoisse atroce : je m'étais mal comportée avec Aaron en tant que petite amie, et pas mieux avec Kristen en tant que meilleure amie. À ce rythme, je me retrouverais rapidement seule avec ma tristesse, les tripes ravagées de culpabilité et le reste de mon existence entaché de souvenirs cauchemardesques.

– Je n'ai pas envie de tout gâcher, me lamentai-je. J'ai horreur de ça.

J'étais mal placée pour affirmer cela, avec deux meurtres à mon actif…

– Vous décririez-vous comme une perfectionniste ?

– Oh oui, plutôt deux fois qu'une. J'étais une petite fille modèle, autrefois. Mes bulletins scolaires sont tous d'accord pour dire que c'était un plaisir de m'avoir dans une classe.

– Vous n'étiez pas vraiment une rebelle, donc. Pas même au cours de l'adolescence ?

Je ne pus réprimer une grimace. J'étais aujourd'hui encore une citoyenne exemplaire, si l'on faisait exception des deux énormes taches qui ternissaient mon passé récent.

– J'ai eu de temps à autre des soucis avec mes parents, en particulier avec mon père. Il était parfois… imprévisible.

Quand j'étais enfant, je n'attirais l'attention de mes parents que lorsque je commettais quelque bêtise, le plus souvent sans m'en rendre compte. Un de mes plus anciens souvenirs date du jour où j'ai chanté la comptine *This Is the Song That Doesn't End*[8] à pleins poumons en montant et descendant l'escalier à n'en plus finir, tel un miniderviche tourneur de trois ans. Je me rappelle encore ma confusion totale lorsque mon père m'a immobilisée et donné une fessée. Ce souvenir me faisait trop honte pour que j'en parle à Adrienne.

– Et avec votre mère ?

– Nous nous entendions plutôt bien, répondis-je en me rongeant un ongle. Quand ils se sont séparés, j'ai pensé que cela me rapprocherait d'elle, mais avec le temps je me suis rendu compte qu'elle… qu'elle ne me soutenait pas vraiment plus que lui. Lorsque je me suis installée dans mon appartement, j'ai pris conscience que je n'avais pas besoin d'eux, comme si je formais à moi seule ma propre famille, entourée de personnes qui tenaient réellement à moi. Comme Kristen.

Kristen… qui m'était plus proche qu'une sœur, la seule à m'aimer de façon inconditionnelle, qui avait risqué sa vie pour moi, qui avait sacrifié des nuits de sommeil et son bien-être pour m'aider à gérer ma souffrance.

Les tripes nouées, je me pris à regretter de ne pas avoir poursuivi mon chemin la nuit précédente. J'aurais dû rouler jusqu'à Brookfield, ne serait-ce que pour la serrer dans mes bras. Quel égoïsme de ma part d'avoir opéré un demi-tour pour tenter de faire revenir Aaron dans mon lit.

Adrienne posa son stylo :

– Pensez-vous devoir être parfaite pour mériter l'amitié de Kristen ?

Je me sentis de nouveau noyée sous la culpabilité :

8. « C'est la chanson qui n'a pas de fin. »

– C'est-à-dire qu'elle… est elle-même une amie parfaite pour moi, si bien que je crains de ne pas être à la hauteur, comme si nous formions un couple mal assorti.

Adrienne fronça les sourcils et tourna une page de son carnet :

– Ne connaissant pas Kristen, je ne dis pas que c'est le cas en ce qui vous concerne, mais dans certaines amitiés, la Personne A donne l'impression de beaucoup plus s'investir que la Personne B, or c'est précisément ce que désire la Personne A. Ce genre de personne aime s'occuper des autres, si bien que cela lui convient parfaitement que la Personne B s'en tienne à son rôle et réclame sans cesse son attention. Cette description vous semble-t-elle familière ?

Carrément pas. En réalité, l'hypothèse d'Adrienne me donnait la nausée. Pas un instant je n'imaginais Kristen me maintenant délibérément au trente-sixième dessous pour avoir le plaisir de me secourir.

– Non, je ne pense pas que mon amitié avec Kristen puisse se décrire ainsi, dis-je avec véhémence. Nous souhaitons toutes deux que l'autre se sente forte. D'ailleurs, il m'est moi aussi arrivé de la réconforter.

Comme au cours de ces heures solitaires passées dans la vallée de l'Elqui, la nuit où j'avais redonné le moral à Kristen et pris les choses en main tandis que la mort planait dans l'air qui nous entourait.

– Très bien, dit Adrienne avec un hochement de tête tout en sérénité. Le perfectionnisme est omniprésent dès lors que vous évoquez vos relations. Vous êtes d'accord ?

– Tout à fait, et cela peut faire des ravages. Kristen m'a fait remarquer que mon perfectionnisme est parfois autodestructeur.

La psy m'observa un moment, puis elle baissa les yeux sur ses notes.

– Ce comportement est fréquent chez les enfants qui ont des parents comme les vôtres. Cela étant, il est dangereux de vous dénigrer à la moindre erreur. Faisons un petit exercice de visualisation.

Je hochai la tête, saisie d'un malaise grandissant.

– Je voudrais que vous fermiez les yeux et visualisiez la pire chose que vous ayez jamais commise, un moment où vous vous êtes comportée d'une façon tout sauf parfaite. Faites défiler la scène dans votre esprit, prenez le temps de…

La voix de la psy s'estompa, tandis que les images me revenaient : Sebastian retirant sa main de ma bouche, choqué en découvrant du sang dans sa paume, que j'avais mordue. La fureur impitoyable dans le regard de Kristen, lorsqu'elle avait frappé Sebastian. *Arrête ! Arrête ! Arrête !* Et le sang, tant de sang, partout sur le sol, bien plus qu'un crâne ne devrait en contenir, comme si la tête de Sebastian s'était métamorphosée en pichet de vin renversé.

Ce n'est pas un rêve ! Mes poumons se comprimèrent tels des ballons dégonflés, mon cœur battant la chamade, et mes doigts se refermèrent comme des griffes sur mon sac à main. Les poumons en feu, je sentis une pensée chasser toutes les autres, aussi pressante qu'un signal d'alarme : DE L'AIR ! DE L'AIR ! DE L'AIR !

Je plongeai l'embout de mon inhalateur dans ma bouche et pressai fortement dessus. *Ahhh…* Tandis que je m'offrais une seconde dose d'aérosol, je me rendis compte qu'Adrienne s'était levée et me surplombait, clairement soucieuse.

– Ça va, la rassurai-je en ajustant le bouchon de mon inhalateur.

Mais franchement, qui de nous deux y croyait ?

– 18 –

Le jour de mon anniversaire, je m'éveillai avec des papillons dans le ventre – de l'excitation, bien sûr, mais également de l'anxiété. Pas parce que j'avais à présent trente ans (j'étais encore jeune, après tout), mais parce que je soupçonnais Kristen d'avoir mijoté une surprise. Cette appréhension était comme de la braise prête à s'enflammer à tout instant. Qu'avait dit Kristen, à propos de l'intuition féminine ? Nous décelons des choses qui échappent aux hommes ?

Je roulai sur le côté et débranchai mon téléphone, puis découvris un déluge de souhaits de bon anniversaire sur Facebook et des textos de mes parents et de quelques amis. Dans une vidéo envoyée par une copine de lycée restée à Minneapolis, ses jumeaux encore nourrissons braillaient : « BANIVERSAIRE EMIRY ! »

Pas de nouvelles d'Aaron, bizarrement, ni de Kristen. Du moins pas encore.

Je me rendis à pas feutrés dans la cuisine, où je mis en route la machine à café. Pendant qu'elle ronronnait, j'allumai la radio : dans le Missouri, un individu avait jeté de l'acide sur un fidèle à la sortie d'un temple sikh. Quelle horreur. « Un cinglé », aurait commenté ma mère en secouant la tête. Ce type n'avait sans doute pas toute sa tête, elle aurait au moins eu raison sur ce point – il ne maîtrisait probablement pas ses émotions, et la notion d'accomplissement personnel lui était certainement étrangère –, mais n'y avait-il pas parmi nous des monstres tout sauf cinglés ? Sebastian, ce garçon en apparence parfaitement normal, était entré dans une rage telle qu'il m'aurait tuée s'il en avait eu la possibilité.

La colère n'est pas une maladie mentale. Chaque jour voit peut-être une multitude de gens normaux commettre des atrocités.

La sonnette retentit. J'ouvris la porte et découvris un maigrichon en short de treillis chargé d'un colis. Une odeur de terre humide se dégageait du paquet, sur lequel je repérai l'étiquette du fleuriste Burleigh Blooms.

Le sourire aux lèvres, je le déposai dans la cuisine et m'attaquai au ruban adhésif. J'en sortis un bouquet d'arums blancs aussi doux et frais que du linge de lit dans un hôtel de luxe. Ces fleurs m'étaient-elles envoyées par Aaron ? Cela ferait de lui le premier garçon à m'en offrir depuis Ben, au lycée, qui, pour fêter nos six premiers mois ensemble, s'était présenté avec un énorme bouquet acheté à l'épicerie. Il y avait une enveloppe bleu marine, de laquelle je sortis une carte.

Les surprises ne sont pas ta tasse de thé,
Mais puisque tu as refusé
Que j'organise une fiesta pour ton anniv',
J'ai décidé de prendre une initiative.
Avale tes toasts et ton kawa,
File au boulot… et tu verras ! – K

Il fallait reconnaître que Kristen avait tapé dans le mille : j'avais horreur des surprises, mais je raffolais des énigmes. Elle connaissait sur le bout des doigts la façon dont mon cerveau fonctionnait ; nos esprits étaient les deux moitiés d'un pendentif en forme de cœur. La formule alambiquée « Tes toasts et ton kawa » était clairement un indice, un détail infime glissé dans le prélude d'une comptine. Ayant déposé mon mug vide dans l'évier, j'ouvris les placards et le réfrigérateur, farfouillai parmi la vaisselle et dans le sachet rempli de grains de café moulu, soulevai le couvercle de la boîte d'œufs…

Rien. Et il était temps de filer au bureau. En me penchant au-dessus de l'évier, les mains calées sur la paillasse, j'aperçus quelque chose.

L'inscription était tout juste visible dans le fond du mug dont je m'étais servie, les lettres majuscules se détachant comme si elles y étaient imprimées. Je plongeai la main dans le mug et en extirpai un disque en plastique que je passai sous l'eau du robinet. Les mots se firent plus nets, clairement rédigés à une encre invisible à l'air pur. Saisie par un frisson nerveux, je m'interrogeai : par quel miracle Kristen avait-elle deviné que je me servirais de ce mug ce matin ? Et surtout – et à cette pensée, une véritable douche froide me glaça –, comment s'y était-elle prise pour entrer dans ma cuisine afin d'y déposer cet objet ?

Un bruit à peine audible dans mon dos me fit me retourner, si vivement que le tapis glissa sous mes pieds. Une fleur du bouquet avait roulé du plan de travail sur le carrelage. Elle y gisait, immobile dans sa beauté sculpturale, pareille à un drapeau blanc, une colombe morte ou encore le mémorial conçu par Calatrava à Manhattan.

Je me massai les tempes, devinant que la journée serait longue.

Je me rendis au travail sous une pluie qui martyrisait le pare-brise. J'avais beau changer de file, je me retrouvais systématiquement coincée dans le sillage d'une énorme remorque, arrosée par les gerbes en forme de crête-de-coq soulevées par le poids lourd. À la radio, une journaliste annonça d'une voix parfaitement calme qu'un individu avait été interpellé dans le cadre d'une sordide affaire de prostitution. Alors qu'elle précisait que la police avait retrouvé des colliers de serrage et du chatterton dans sa voiture, mon véhicule partit en aquaplaning. Je glissai sur quelques mètres, mon cœur s'agitant comme une caisse claire, mais heureusement mes pneus retrouvèrent leur adhérence, ce qui me permit de m'immobiliser au pied d'un panneau STOP.

Des colliers de serrage et du chatterton… Quel esprit tordu avait pu commettre une telle chose ? À quoi pensait cet homme quand il se rendait à son travail, son attirail bringuebalé dans son coffre ?

Enfin parvenue au boulot, je marquai un temps d'arrêt dans le hall d'entrée, trempée et épuisée.

– Bonjour, Jeffrey, lançai-je au portier, un homme affublé d'une couronne de cheveux gris et d'un regard de chien battu. Il pleut des cordes !

Il ne me répondit pas, comme d'habitude. Je me dirigeai d'un pas lourd vers l'ascenseur, laissant des flaques sur mon passage.

J'étais à peine installée à mon bureau que Priya s'approcha de moi en trottinant, chargée d'un énorme muffin.

– Joyeux anniversaire ! s'écria-t-elle en me présentant la friandise à deux mains.

– Merci ! C'est l'indice suivant ?

Son sourire espiègle me confirma que j'avais vu juste.

– Je n'avais donc même pas besoin de résoudre la première énigme, de découvrir le message écrit à l'encre invisible dans mon café, dis-je en ouvrant l'emballage de mon cadeau.

– Kristen m'a demandé de te donner ça dès ton arrivée, au cas où le premier indice t'ait échappé, expliqua Priya, les mains jointes. C'est marrant, en tout cas ; c'est la première fois depuis mes années étudiantes que je participe à un jeu de ce genre.

– Tes années étudiantes datent d'il y a deux ou trois ans, pas plus, fis-je remarquer.

Sur le carton sur lequel trônait le muffin, je découvris quelque chose à l'aspect lustré, qui se révéla être un bout de papier sulfurisé plié. Priya se pencha par-dessus mon épaule pour le lire avec moi.

Ça a dû être ardu, uniquement pour oser
Reprendre ton itinéraire épique, rocambolesque ?
Chez Mona, on prépare déjà du café
Avec des noisettes en quantité gargantuesque !

– Bon, ton itinéraire rocambolesque, c'est sans doute ta journée de boulot chez Kibble, décrypta Priya, les bras croisés. Et tu as l'habitude de prendre un café chez Mona. C'est peut-être là-bas que tu trouveras la prochaine étape du jeu de piste. Oh ! Merci.

Elle se saisit de la moitié de muffin que je lui proposais.

– C'est même une évidence. Cela dit, je ne commande jamais de café aux noisettes, mais au lait d'avoine. Oui, je sais, tais-toi.

Je ris avec mon amie, me moquant avec elle de mon snobisme en matière de lait, puis je relus les quelques lignes.

– Le rythme de cette strophe est curieux, surtout les deux premiers vers.

Russell fit alors son apparition dans l'open space, son épaisse chevelure blonde tressautant au rythme de ses pas.

– Je ferais bien d'au moins allumer mon ordinateur, dit Priya.

– Pareil. Espérons que l'énigme pourra attendre.

Je posai le message sur mon bureau.

– Je tiens à ce que tu me racontes tout en temps réel ; c'est l'événement le plus excitant au boulot depuis le jour où un lot d'épinards avariés a rendu malades tous les chats de la côte Est ! exigea Priya avec un grand geste de la main.

– Mon Dieu, j'espère que mon anniversaire ne se terminera pas par une diarrhée féline généralisée !

Je répondis à quelques e-mails en engloutissant le muffin. Quand je me saisis de nouveau du message, le sang gorgé de sucre, la lumière se fit dans mon esprit, et un sérieux effort me fut nécessaire pour ne pas m'esclaffer bruyamment.

Ça a dû être ardu, uniquement pour oser
Reprendre ton itinéraire épique, rocambolesque ?

Les initiales des mots des deux premiers vers formaient un indice : « C-A-D-E-A-U-P-O-R-T-I-E-R ». Je pris mon passe et filai vers l'ascenseur.

Jeffrey me gratifia d'un regard vide et chassieux et, plutôt que de me répondre, sortit une peluche de sous son bureau. C'était un chat noir et blanc d'une dizaine de centimètres de haut. Après avoir remercié le portier, je retournai la peluche dans mes mains, cherchant quelque détail révélateur. Kristen et moi étions toutes deux plutôt attirées par les chats, sans en être totalement gagas. Ce nouvel indice était-il lié à mon job chez Kibble ?

De retour dans l'open space, je me remis au travail sous les yeux noirs et brillants de la peluche, sans pouvoir m'ôter de l'esprit cette chasse au trésor. Kristen et moi n'avions pas communiqué en code de cette façon depuis la fac. Fallait-il y voir une signification plus profonde ?

Un texto me parvint ; c'était Kristen.

Joyeux anniversaire, ma belle ! Ta journée se passe bien ?

J'eus un instant d'hésitation avant de répondre.

Merci ! Je n'en reviens pas que tu te sois donné tant de mal, tu es la reine des énigmes !

En reprenant le chat dans les mains, je me rendis compte que ce que j'avais pris pour un collier bleu était en réalité une fine bande de tissu. Je la dénouai (je ne pus m'empêcher d'y voir un nœud coulant ou un garrot) et la déployai sur mon bureau.

Voici donc le Quatrième indice, ma petite ! // Ce jour, tu vas obtenir ce que tu mérites. // Car le jeu, au vrai, doit s'achever. // Je n'ai plus qu'à patienter. // Tu as vraiment fait preuve de logique. // Mais la fin maintenant approche, c'est classique.

« Ce que tu mérites », « le jeu doit s'achever », « la fin approche »… Le fait que ces formules m'apparaissent vaguement menaçantes en disait-il long sur mon état émotionnel général ?

Priya se matérialisa près de moi, les joues rouges tant elle était surexcitée, puis fronça les sourcils à la lecture du message.

– Je n'y comprends rien, avoua-t-elle en se redressant. Vous êtes trop subtiles pour moi, ta copine et toi.

– C'est curieux que le mot « Quatrième » commence par une majuscule, non ? Il y a sûrement une raison à cela.

– Oui, surtout que les autres mots n'en ont pas.

Elle plaqua l'index sur une ligne.

– Autre bizarrerie, l'expression « au vrai » est un peu vieillotte.

– Oui, et elle n'apporte rien à la phrase.

Je détaillai encore quelques secondes le message, puis les pièces du puzzle se mirent en place dans mon esprit. Je me saisis d'un marqueur et soulignai quelques mots.

Voici donc le Quatrième indice, ma petite ! // Ce jour, tu vas obtenir ce que tu mérites. // Car le jeu, au vrai, doit s'achever. // Je n'ai plus qu'à patienter. // Tu as vraiment fait preuve de logique. // Mais la fin maintenant approche, c'est classique.

– « Vas-au-qu'à-fait-maintenant ! » gloussai-je. « Va au café maintenant ! » Il faut retenir le quatrième mot de chaque vers.

– File retrouver ton homme ! s'exclama Priya, les mains jointes de ravissement.

Après lui avoir fait promettre de me couvrir si on me réclamait, je sortis sur Rogers Street. La pluie avait cessé et le soleil se montrait timidement entre les nuages. Alors que j'approchais de la porte du Café Mona, je songeai qu'Aaron ne s'y trouverait pas, puisqu'il travaillait généralement l'après-midi.

Merde… Un nouvel indice m'attendait-il dans le café ? Dans l'établissement, je restai figée un moment, imaginant Kristen installée en ce lieu, mon cher Café Mona, mon refuge secret, afin d'y déposer l'énigme suivante. La visualiser affalée sur un des fauteuils dépareillés ou un des canapés bosselés, les doigts refermés sur une des énormes tasses ébréchées qui faisaient le charme de l'endroit, me parut quelque peu incongru, comme si j'avais sous les yeux un collage réunissant des éléments mal assortis.

Aaron était bel et bien là, confortablement installé dans un fauteuil vert et plongé dans un livre. Un sourire se dessina sur son visage lorsqu'il me vit approcher.

– Voilà la reine du jour ! dit-il en se levant.

Il m'embrassa et m'enveloppa de ses bras ; mes épaules se décrispèrent et un grand calme se fit en moi.

– Tu passes une bonne journée ? me demanda-t-il.

– Oh oui ! répondis-je en m'asseyant. J'ai déjà résolu plusieurs énigmes de la chasse au trésor mise en place par Kristen. Elle t'a mis au courant, je suppose ?

– Et comment ! Quels étaient les premiers indices ?

Il se pencha vers moi, et je sortis une à une mes trouvailles de mon sac à main. Il secoua la tête, stupéfait. Il me révéla que c'était lui, et non Kristen, qui avait glissé le disque en plastique porteur du message rédigé à l'encre invisible dans mon mug, qu'il avait pris soin de disposer devant les autres.

– Quand j'y pense, cet indice-là n'était pas non plus capital, dis-je en lui tendant le ruban bleu. Si je n'avais pas compris le message du chat remis par le portier, ou si j'avais pris celui du muffin au sens propre, j'aurais tout de même fini par atterrir ici. Kristen a pensé à tout.

– Quoi ? Elle te croit moins intelligente qu'elle, d'après toi ?

La plaisanterie resta un moment en suspens dans l'air. Cette chasse au trésor avait tout d'une déclaration codée : « Personne ne connaît aussi bien que moi ta façon de penser. » Mais non, elle n'avait agi ainsi que par affection, rien de plus, certainement pas pour me rappeler qu'elle se montrerait toujours plus futée que moi, qu'elle aurait toujours le dessus sur moi.

Aaron me tendit un petit paquet rectangulaire soigneusement emballé :

– Tiens, c'est pour toi.

– C'est trop chou ! Je pensais que le dîner de ce soir était ton cadeau.

En effet, il avait proposé de me faire la cuisine le soir même ; un dîner aux chandelles, des serviettes en tissu, la totale.

Une ombre voila un instant son regard, puis il haussa les épaules :

– Je ne pouvais pas attendre ce soir.

J'ouvris le couvercle du petit paquet blanc et lisse, et dépliai un papier protecteur très fin.

J'eus soudain l'impression que les bruits de la salle s'étaient tus ; je n'entendais plus que mon pouls pulsant dans mes oreilles.

Car il était tout simplement impossible que j'aie sous les yeux cet objet, que quelqu'un avait pris dans mon sac à main en cette affreuse nuit à Quiteria, au Chili.

Dans la boîte se trouvait mon portefeuille vert en cuir.

– 19 –

Trahie par mes doigts, je laissai échapper mon cadeau, qui tomba au sol, grand ouvert. Je poussai un petit cri et me penchai pour le ramasser. Aaron eut le même réflexe, si bien que nos têtes se heurtèrent.

– Pardon ! Quelle empotée ! m'excusai-je, avant de caler la boîte sur mes genoux et d'en sortir le portefeuille.

En l'observant plus attentivement, je me rendis compte qu'il n'était pas comme celui qu'on m'avait dérobé ; sa fermeture n'était pas la même et les cartes de crédit s'y inséraient verticalement, et non horizontalement. Malgré cela, la ressemblance avait de quoi faire flipper.

– C'est exactement mon genre ! affirmai-je, ce qui n'était que la stricte vérité, en me forçant à sourire. Merci beaucoup, Aaron.

– Kristen m'a aidé à le choisir. Elle m'a dit qu'on t'avait volé ton portefeuille au Chili. Ça craint, ça. Tu ne m'en as pas parlé, d'ailleurs.

Ma poitrine fut saisie d'un froid glacial, comme si on y avait ouvert un robinet. De quels autres détails Kristen lui avait-elle fait part ?

– J'avais un peu honte, j'avoue. En fait, j'ai laissé mon sac à main ouvert dans le bar, comme une idiote. En tout cas, ton cadeau est parfait, merci pour cette délicate attention.

– Je suis content qu'il te plaise !

J'étais à peu près certaine qu'il ne me croyait pas vraiment. Je me penchai vers lui, réclamant un baiser.

– Tu ne l'ouvres pas ?

– Mon Dieu, le jeu de piste n'est pas terminé ?

Je fis glisser la fermeture et explorai tous les compartiments du portefeuille, puis trouvai un billet d'un dollar flambant neuf sur lequel Kristen avait rédigé quelques mots de sa minuscule écriture. Je lus le message à haute voix.

Avant de conclure, quelques questions sommaires :
Qui gère les biens du gestionnaire ?
Qui rase le barbier et qui cuisine pour le cuistot ?
Qui enterre le croque-mort et qui vole l'escroc ?
Qui applique les dernières volontés du notaire ?
À toi de trouver la personne qui fait l'affaire.

Le souffle coupé, je restai un moment incapable d'articuler le moindre mot. Ce texte m'évoquait un cadavre enterré, un portefeuille dérobé, les ultimes volontés de disparus. En Afrique du Sud et en Espagne, des amis, familles et proches de deux jeunes hommes disparus cherchaient à reconstituer leurs derniers déplacements.

Aaron prit mon air horrifié pour de la perplexité :

– Je ne peux pas t'aider, désolé ; je ne suis même pas fichu de résoudre des sudokus, même les plus faciles.

– C'est un peu macabre, non ? dis-je en me mordillant la lèvre. Ces lignes parlent d'enterrement, de vol et de dernières volontés…

Mes poignets et mon cou palpitaient de plus belle.

Aaron me prit le billet des mains :

– Ça me fait penser au proverbe « On ne baratine pas un baratineur ». Elle demande qui cuisine pour le cuistot, qui applique les dernières volontés du notaire… Sans doute un autre cuisinier, un autre notaire, tu ne crois pas ?

Un déclic se fit en moi :

– Attends, laisse-moi relire ce truc.

Aaron me rendit le message, souriant d'avance.

– Ah, d'accord ! « Qui rase le barbier ? » C'est un célèbre paradoxe de logique. Si, dans une ville, un barbier ne rase que les hommes qui ne le font pas eux-mêmes, qui rase le barbier ?

– Il ne le fait pas lui-même ? hasarda Aaron, les sourcils froncés.

– Non, impossible, puisqu'il ne rase que des hommes qui ne se rasent pas. Il n'y a pas de solution ; c'est un paradoxe. C'est un exercice de réflexion plutôt costaud ; Kristen et moi l'avons étudié en cours de philosophie. Il a une appellation précise, mais je l'ai oubliée.

Aaron dégaina son téléphone et effectua une recherche :

– Ce ne serait pas le paradoxe de Russell ?

– Oui, c'est ça ! m'exclamai-je.

J'eus le temps de faire claquer ma main dans la sienne avant de percuter :

– Mon Dieu ! Russell… Mon patron s'appelle Russell. C'est à lui que je dois m'adresser, maintenant ?

– Kristen aurait eu le courage de le contacter pour lui donner des instructions, tu crois ? demanda Aaron, les épaules secouées par un rire silencieux.

– Oh oui, sans problème.

La petite boîte avec son joli fantôme vert m'échappa de nouveau, mais je la rattrapai avant qu'elle ne touche le sol.

De retour à mon bureau, j'étais hésitante. Aaron m'avait offert un portefeuille et en prime rappelé l'épisode dans le bar, au Chili, dont je ne lui avais rien dit. Merci Kristen. Quelle nouvelle surprise m'attendait si j'abordais mon patron ?

Après m'être attardée dans le couloir, non loin du bureau aux parois de verre de Russell, j'osai toquer d'un petit coup timide sur sa porte.

Il sursauta, puis sourit.

– La rumeur prétend que c'est ton anniversaire, aujourd'hui !

– La rumeur a raison.

– Eh bien joyeux anniversaire, alors ! Tu as prévu une grosse fiesta ?

– Non, juste un petit dîner ce soir. Et aussi… Une amie m'a préparé une chasse au trésor.

– Kristen ! Cette demoiselle sait se montrer convaincante, et c'est une excellente amie : figure-toi qu'elle a réussi à me faire lâcher un jour et demi de congé pour toi.

J'en restai bouche bée, puis me repris :

– Attends, qu'est-ce que tu racontes ?

– Ton week-end commence à partir de cet instant. Ne le dis pas aux autres, sinon ils vont tous me réclamer la même chose. Jette de temps en temps un coup d'œil à tes mails demain, je dirai que tu es en télétravail.

Il m'adressa un clin d'œil ; j'étais toujours aussi sidérée.

– Donc, je… rentre chez moi ?

– Je crois que ton amie a prévu quelque chose de plus excitant que ça, mais oui, tu peux décamper. Profite bien de ta journée d'anniversaire !

Il me chassa d'un geste et baissa les yeux sur son écran.

Quelque chose de plus excitant ? Aaron devait me mitonner des petits plats le soir même, et j'avais accepté de sortir avec Kristen le lendemain soir, à savoir vendredi. D'autre part, ma relation avec elle restait très… étrange ; elle ne cessait de se dérober comme une libellule chaque fois que je cherchais à lui parler du Chili. Une vive appréhension s'empara de moi, rapidement suivie d'un sentiment de culpabilité aussi brûlant que de la braise. *Kristen a mis en place cette chasse au trésor compliquée parce qu'elle t'aime. Quoi qu'elle ait prévu pour la suite, ce sera certainement merveilleux.*

Je l'appelai en traversant le parking :

– Eh ! Qu'est-ce que tu as raconté à Russell ?

– Je lui ai simplement rappelé quel atout tu es pour sa boîte, gloussa-t-elle. Tu rentres chez toi ?

– Oui, je décolle à l'instant.

– Je t'attends ! cria-t-elle avant de raccrocher.

Un SUV Lexus était garé sur le trottoir, devant mon immeuble, le pare-brise saupoudré de fleurs de cornouiller. Kristen en émergea dès que je sortis de ma voiture.

– Joyeux anniversaaaaire ! beugla-t-elle en m'enlaçant.

– Merciiii ! répliquai-je sur le même ton. Je n'arrive toujours pas à croire que tu aies réussi à m'obtenir un congé ! Bon, quel est le programme ?

Étais-je enfin parvenue au dénouement de sa chasse au trésor si complexe ?

– On file vers le nord ! s'écria-t-elle, les mains tournées vers le ciel. On s'installe dans le chalet de Nana et Bill, au bord du lac ! On va s'éclater !

Je revis en pensée la maisonnette assez spacieuse pourvue de baies vitrées courant du sol au plafond et posée près de l'eau sur une langue de terre faisant saillie sur le lac Novak. Cette habitation était faite de rondins de pin empilés qui lui donnaient une allure de jeu de construction. Pourvue d'une vaste cour intérieure au plafond voûté, elle offrait en outre des chambres disposées en cercle, au premier étage. Je m'y étais rendue à quelques reprises avec Kristen, à l'époque de la fac et peu après, mais j'en avais, depuis, quasiment oublié l'existence.

– Quoi ? Maintenant ? lâchai-je, sous le choc.

– Oui, en route ! dit-elle, désignant la Lexus. Bill m'a prêté sa voiture. Je sais que tu adores ce coin.

En effet, la région où se trouvait la résidence secondaire de ses grands-parents m'avait toujours réchauffé le cœur, avec ses routes de campagne sinueuses plongeant dans d'épaisses forêts et son fouillis de lacs séparés de quelques kilomètres à peine, tels des trous dus aux pas d'un géant. Des conifères d'un âge inimaginable et de plusieurs dizaines de mètres de hauteur étaient dressés vers le ciel, dominant des érables et des chênes.

Mais pour l'heure, j'avais la gorge nouée à la perspective de retrouver ce paradis. Un pinson cessa de gazouiller et fondit sur le capot de ma voiture. Ma peur se cristallisa : était-ce vraiment une bonne idée de nous lancer toutes les deux dans une telle escapade hors de la ville ? Ces derniers temps, voyager ensemble n'avait engendré que du chaos – comme si nous attirions la violence dès lors que nous nous éloignions de chez nous.

De plus, j'avais prévu de retrouver Aaron pour le dîner.

– À vrai dire, je suis sensée…

– J'en ai parlé à Aaron, ne t'inquiète pas. Ce week-end, je t'ai pour moi toute seule !

– Oh ! Et… ça ne l'a pas dérangé ?

Le visage de Kristen s'assombrit l'espace d'une seconde, comme si une pression sur un interrupteur avait atténué l'éclairage ambiant. Mon estomac se crispa lorsque j'imaginai le ton qu'elle avait pris pour convaincre Aaron, ce qu'elle lui avait dit dans mon dos. Elle lui avait parlé du vol de mon portefeuille et l'avait aidé à en acheter un presque identique, puis elle lui avait annoncé que les projets qu'il avait avec moi étaient annulés, qu'elle accaparait ma personne le soir de mon anniversaire.

– Bien sûr que non, sourit-elle, ayant retrouvé son éclat. C'est un amour.

Elle désigna la porte de mon immeuble.

– Remplis une valise sans traîner, histoire qu'on file avant l'heure des embouteillages.

Je la dévisageai un moment. Trop longuement. J'eus un temps l'envie de décliner sa proposition, de lui suggérer de remettre cette virée au lendemain, mais je sus dès la première seconde que je serais incapable d'y résister. Les surprises étaient pareilles à des puits de mine, et je m'étais tout juste engouffrée dans l'un d'eux ; la seule option s'offrant à moi consistait à poursuivre ma descente dans les ténèbres glacées.

Depuis Milwaukee, trois heures de route vers le nord étaient nécessaires pour atteindre le lac Novak – deux sur l'autoroute I-43, suivies d'une autre sur des routes de campagne ponctuées de minuscules bourgs qui m'évoquèrent les nœuds se succédant sur une corde. Black Creek, Bonduel, Cecil, Mountain ; chaque traversée de ces petites agglomérations fut pour nous l'occasion de voir surgir des restaurants qui ne payaient pas de mine, des quincailleries, d'immondes bars aux fenêtres couvertes de logos de bières. Après une pause déjeuner dont le menu fut constitué de burgers et de crème glacée (« Prends donc un sundae au beurre de cacahuètes, c'est ton anniversaire ! »), il fut temps de reprendre la route. Les panneaux publicitaires s'enchaînèrent de nouveau, tandis que les zones commerciales et les fast-foods laissaient peu à peu la place à des champs vallonnés de maïs, de soja et de blé. Saisie d'une étonnante sensation de déjà-vu, je finis par soudain la comprendre, choc qui me fit l'effet d'un coup de poing ; nous avions en effet récemment vécu des moments similaires, Kristen au volant et la route défilant tandis que nous filions entre diverses cultures, en nous rendant à Quiteria.

Retrouver Kristen ici, dans le Wisconsin, aurait dû être comme un rêve pour moi, mais j'étais incapable de me détendre. Passer du temps avec elle me donnait l'impression de jouer avec le feu, d'approcher de plus en plus un briquet d'un nuage d'essence. Le destin ne nous frapperait-il pas une troisième fois ? Un mec aux mains baladeuses ne l'agresserait-il pas, nous obligeant une fois de plus à nous débarrasser d'un cadavre ? Même si ma réaction me faisait horreur, j'avais été soulagée de l'entendre me dire qu'elle s'installait chez ses grands-parents, plutôt que chez moi, et par la distance de sécurité d'une trentaine de kilomètres nous séparant.

J'envoyai un texto à Aaron pour m'excuser du report de notre soirée ensemble, ce à quoi il me répondit avec plusieurs « Éclate-toi bien ! » ; soit il n'était aucunement vexé d'avoir été provisoirement abandonné, soit il le cachait bien. Il m'avait paru étrange, dans un premier temps, qu'il ait donné sa bénédiction à Kristen, puis j'avais compris qu'il n'avait pas vraiment eu le choix : le petit ami de fraîche date pouvait-il réellement s'opposer à la meilleure copine depuis la fac ? Kristen avait déjà retourné des mecs avec des arguments nettement moins recevables.

Comme Colin, par exemple. Mes sentiments pour lui n'avaient jamais égalé ceux que j'éprouvais aujourd'hui pour Aaron, néanmoins j'avais apprécié ce garçon dont la présence me donnait de l'entrain et faisait naître des papillons dans mon ventre. Je m'étais même surprise à imaginer l'évolution de notre vie de couple : pique-niques au printemps, mariages en été, balades en charrette, cueillette de citrouilles à Halloween, soirées chics. Je l'avais présenté à Kristen, qui de prime abord avait paru l'apprécier.

Jusqu'au jour de notre première dispute, qui avait éclaté par texto. Si d'autres amis, en découvrant des captures d'écran de ma conversation houleuse avec Colin, m'avaient conseillé de lui accorder le bénéfice du doute, Kristen avait réagi de façon tout autre : « Oh non ! Largue ce con ! » Bien que touchée au cœur par ses mots, je lui avais été reconnaissante de m'avoir dit les choses franchement. Sa solidarité avait été pour moi comme un baume rassurant ; après tout, si les rôles avaient été inversés, elle aurait attendu de moi que je réagisse de même. J'avais donc mis un terme à ma relation avec Colin, certaine de faire le bon choix, car jamais Kristen ne m'avait induite en erreur. Mais désormais…

Orientant l'écran de mon téléphone de façon que Kristen ne puisse le voir, j'y fis apparaître mes anciennes conversations. Pour la première fois depuis des années, je relus mon ultime échange avec Colin. J'en fus sidérée, les yeux écarquillés. Étaient-ce réellement ces mots que j'avais reçus, à l'époque ? Colin m'avait relancée pour savoir si j'étais toujours d'accord pour prendre un verre avec lui, ponctuant son message de charmantes émoticônes, ce à quoi j'avais répondu dans la foulée que j'étais trop débordée au boulot. Il m'avait ensuite envoyé des visages tristes, exprimant sa frustration de ne pas avoir été prévenu plus tôt. (*Pourquoi ne l'ai-je pas fait ?*) J'avais alors mis cette conversation sur pause durant dix minutes ; je me revoyais encore demandant leur avis à mes amies concernant la réaction à adopter, le cœur battant comme celui d'un colibri. Enfin, j'avais envoyé un message froid à Colin :

Colin, ta colère et ton manque de respect à l'égard du temps dont je dispose sont inacceptables. Merci de ne plus chercher à me contacter.

Les joues écarlates, je lus les réponses choquées de Colin, qui tombait de haut. J'avais été si sûre de moi en envoyant ce texto de rupture, allant jusqu'à reprendre quasiment mot à mot la suggestion de Kristen. Avec le recul, et même si j'avais ce terme sexiste en horreur, je ne pouvais que m'avouer que je m'étais comportée comme une salope.

De façon assez soudaine, les champs cédèrent la place à une épaisse forêt qui nous donna la sensation de traverser un tunnel d'arbres. Je lançai un bref regard vers Kristen et inspirai profondément. *Détends-toi, Emily.* Mes souvenirs n'étaient pas forcément très précis. Peut-être le contexte de l'époque était-il plus parlant, et les signes révélateurs de possessivité de Colin plus évidents que ne le laissaient penser les textos. Les faits dataient de cinq ans, tout de même.

D'autre part, s'offrait précisément à moi ce que je réclamais depuis un moment, à savoir du temps seule avec Kristen, l'occasion de renouer avec elle et de discuter de tout ce que nous avions dissimulé sous le tapis concernant le Chili et le Cambodge. Mettre en place une chasse au trésor, y impliquer mes amis, organiser un week-end à la campagne ; tout cela dénotait une telle gentillesse, un tel altruisme, c'était tellement Kristen. Mais alors, pourquoi étais-je si mal à l'aise ? La radio se tut, nous privant du tube pop que Kristen chantonnait. Elle attrapa son portable, sur le tableau de bord.

– Le réseau ne passe pas très bien, par ici, mais j'ai une tonne de musique sur mon téléphone ; tiens, je te laisse jouer les D.-J.

Je parcourais la liste des artistes sur le mobile de Kristen lorsqu'un flash vert et une vibration indiquèrent la réception d'un texto, qui m'apparut malgré moi. Déroutée en découvrant ces mots, je sentis une vive émotion naître en moi. Ce message provenait d'un contact que Kristen avait nommé « Cindy-agence immo ».

Félicitations, Kristen. Grand Management Services a approuvé votre demande de location de l'appartement n° 2 du 450, Parkland Lane. Quand pouvez-vous passer à l'agence pour signer le bail ?

450, Parkland Lane. Je situais parfaitement cet immeuble.

Je passais tous les jours devant le panneau « À louer ».

Il se trouvait à un pâté et demi de maisons de chez moi.

– 20 –

– Tu as reçu un texto. De… l'agence immobilière.

– Oh ! Qu'est-ce qu'il dit ?

Je lus le message à haute voix, puis tournai la tête vers Kristen, rayonnante alors qu'elle abordait une courbe.

– Je ne voulais pas t'en parler tant que ce n'était pas certain, mais je suis officiellement de retour à Milwaukee !

– Waouh !

Je restai un moment à regarder à travers le pare-brise. Sur le bas-côté, un nuage de mouches grouillait autour d'un raton laveur écrasé. Me tirant de ma torpeur, je secouai la tête :

– Ton ancienne patronne ne t'a pas trouvé de poste dans un autre service, finalement ?

– En fait, je me suis rendu compte que j'en avais assez de Sydney.

– Eh bien, quel coup de théâtre… dis-je, avant d'attraper ma bouteille d'eau. Et qu'est-ce que tu vas faire comme boulot ?

– Elle essaie de trouver un moyen de me réintégrer à l'agence de Milwaukee !

Kristen me gratifia d'un sourire éclatant, comme si c'était là une nouvelle ahurissante.

– Waouh… répétai-je.

Soudain, le soleil fit son retour, inondant l'habitacle. Sur les côtés, les arbres étaient brisés, tous tombés dans la même direction. On aurait dit des os fracturés.

– Il y a eu une tornade l'été dernier, expliqua Kristen. Le vent a soufflé à cent cinquante kilomètres à l'heure.

– La vache…

Je pris un moment pour observer mon amie. J'étais heureuse de son retour, vraiment, mais ma joie ne me venait pas aussi naturellement que la sienne. J'aurais tellement voulu être aussi enthousiaste qu'elle, mettre mes émotions de côté, les maîtriser.

– Je n'en reviens pas.

– Je me sens prête pour un nouveau changement de vie. J'ai passé près de deux ans en Australie. Les gens n'imaginent pas à quel point ce pays est loin de tout. Même l'Asie est à une quinzaine d'heures d'avion.

– Ah oui, en effet ! En tout cas, c'est top que tu sois de retour !

– Attends de voir l'appartement que j'ai déniché, super mignon et à deux pas de chez toi !

– Génial !

Pourquoi l'ambiance me semblait-elle bizarre entre nous deux, en cet instant ? J'aurais donné n'importe quoi pour de nouveau me sentir proche de Kristen, comme au Chili, avant l'épisode Paolo, quand nous évoluions toutes les deux comme dans un cocon où rien n'était à redouter. Je le souhaitais avec autant d'ardeur que j'avais autrefois voulu retomber amoureuse de Ben, comme avant son geste brutal avec moi, mais le problème était que je n'éprouvais plus rien pour lui. À présent, je ne ressentais rien d'autre qu'une anxiété lourde et menaçante.

Détends-toi, Emily. Avec un peu de patience, nous sortirions de cette ornière et Kremily renaîtrait de ses cendres. Aaron et Kristen deviendraient amis, et ma vie à Milwaukee serait un bonheur total.

Ce week-end dans les bois nous ferait du bien ; c'était parfait pour un nouveau départ entre nous.

Kristen se racla la gorge :

– Alors ? Tu mets de la musique ou pas ?

– Ah oui, pardon.

Je lançai la lecture d'un album enjoué et festif, c'était de circonstance, puis le reste de la traversée de la forêt s'effectua sans croiser âme qui vive. Peut-être étions-nous réellement les seuls êtres vivants à des kilomètres à la ronde.

Kristen se gara sur le vaste espace en bordure de la route, puis il nous fallut descendre un sentier se faufilant entre des arbres immenses – de gros sapins, des bouleaux plutôt fins et des peupliers à l'écorce arrachée. Des aiguilles craquaient sous nos pas, à mesure que nous approchions de la porte d'entrée. Face au chalet, le lac était somptueux, parcouru de vaguelettes, plein de vie et reflétant les feuillages verts de la rive opposée.

Kristen dut quelque peu batailler avec la serrure, qui finit par céder. À l'intérieur, l'odeur me frappa comme une vieille chanson, mélange pas désagréable de renfermé et de pin. Kristen ouvrit les volets, permettant au soleil d'inonder les pièces. Je découvris le lustre fait de bois de cervidés, le canapé rayé vert et crème, les bûches entassées et de vieux magazines *Bon Appétit*[9] empilés près du gros poêle à bois. Kristen insista pour que je m'installe dans la plus grande chambre, flanquée d'une salle de bains avec baignoire. Elle opta quant à elle pour sa chambre habituelle, un peu plus loin dans le couloir.

– Attention aux crottes de lapin ! me lança-t-elle, alors que j'ouvrais ma valise. Il y en a dans les placards et un peu partout. Apparemment, toute une famille a décidé de mettre la pagaille dans la maison. Si seulement je pouvais tuer ces sales bêtes ! Elles ont ruiné les superbes mocassins que j'avais offerts à Nana à Noël.

– Bah... les lapinous veulent seulement profiter d'un coin douillet où dormir, c'est tout, marmonnai-je pour moi-même.

Ayant enfilé nos maillots de bain, nous tirâmes chacune une chaise longue jusque sur le ponton à bateaux (à ne pas confondre avec la jetée de grand-père, située à l'autre bout de la propriété.) De là, je suivis du regard les vaguelettes qui se dispersaient au contact des nénuphars et étaient percées par les roseaux. Une libellule bleu azur aussi belle qu'une turquoise se posa sur mon genou et inclina la tête. *Ce week-end sera génial*, me dis-je. *Et c'est merveilleux que Kristen s'installe dans ma rue*. Il fallait à

---

9. *Bon Appétit* (en français) est un magazine de cuisine américain.

tout prix que je cesse de rester sur la défensive en sa présence, comme prête à encaisser des coups. Ne dit-on pas qu'il suffit de redouter quelque chose pour que cela se produise ?

– Cet endroit est si reposant, dis-je en la regardant. J'ai l'impression que ça m'ôte déjà un poids, comme le Cambodge et… le Chili.

Kristen resta sans réaction, le silence uniquement troublé par le clapotis de la houle timide sur le ponton. Allait-elle enfin accepter de parler de tout cela ?

– Je connais un autre moyen de se relaxer, dit-elle, avant de faire craquer sa chaise longue en se levant. Le vin. Filons en acheter à l'épicerie avant qu'elle ne soit bondée.

Elle se dirigea vers le chalet, les épaules relâchées et se déhanchant avec nonchalance. Comme si elle n'avait pas le moindre souci en tête.

Nous marchions d'un bon pas dans les rayons de la supérette SuperValu de Lakewood, plaisantant tout en remplissant le chariot. Nous avions entassé les ingrédients nécessaires pour confectionner des *s'mores*, ces délicieux biscuits à la guimauve, sur un pack de boisson alcoolisée pétillante et quelques bouteilles de vin, sans oublier de quoi préparer des burgers et des saucisses aux oignons. Kristen choisit également deux biftecks d'aloyau.

– Un dîner digne de ton anniversaire, ma belle, commenta-t-elle.

De retour au chalet, le rangement des courses nous offrit l'occasion de papoter de tout et de rien, évitant cette fois soigneusement toute référence au Chili ou au Cambodge. Tout cela me parut si normal que, pendant une seconde, j'oubliai le passé, les hommes à la peau rugueuse qui nous avaient agressées, les vies que nous avions éteintes, les personnes lancées à leur recherche, à notre recherche. Ayant repris mes esprits, je ressentis une vive souffrance en songeant à notre vie et notre amitié d'autrefois, une authentique nostalgie.

– Emily, qu'est-ce qui se passe ? Pourquoi tu pleures ?

Kristen lâcha la miche de pain qu'elle s'apprêtait à ranger et se précipita vers moi.

– Je suis si inquiète… avouai-je. J'ai peur pour toi, peur que la police nous retrouve… J'ai peur de tout.

Ma voix se fissura. Je m'essuyai les joues.

– Oh, Emily, tout va bien, je t'assure. Personne ne remontera jusqu'à nous.

– Il n'y a pas que ça… reniflai-je.

Elle me couvait d'un regard plein de tendresse.

– Tu… te comportes comme s'il ne s'était rien passé de spécial, comme si ces horreurs ne s'étaient pas produites. Comment tu fais pour être si… bien ?

Elle resta muette un moment, en me regardant, les lèvres serrées, puis son visage prit une teinte rose ; je crus voir se dessiner les contours d'un cliché Polaroid. Son nez frémit, comme un museau de chat, et quelques larmes dévalèrent ses joues.

– Emily…

Les mains plaquées sur le visage, elle se laissa tomber sur une chaise de la cuisine.

– Tu n'es pas seule dans cette galère, Kristen, lui dis-je, sidérée par sa réaction.

– Oh, que si…

Elle attrapa une serviette de table et se moucha, produisant un long bruit qui m'évoqua un canard.

– Tu n'as même pas… Que veux-tu que je fasse ? Comment veux-tu que je me comporte ? Je ne peux pas remonter dans le temps et modifier le cours des choses, Em. Je ne peux pas tout effacer. Je vois bien de quelle façon tu me regardes depuis, de quelle façon tu me regardes en ce moment, comme si j'étais un monstre, comme si me voir suffisait à te donner la nausée. C'était un accident ! Jamais je n'ai eu l'intention que ça se termine comme ça, Emily. Je me déteste pour nous avoir de nouveau fichues dans ce pétrin, et toi aussi tu me détestes.

L'estomac plombé par ces paroles, je fis le tour de la table et pris Kristen dans mes bras.

– Écoute-moi, Kristen : je ne te déteste pas. Sûrement pas. Je ne… Je ne te traite pas de monstre, je ne dis pas que tout est ta faute.

La joue calée sur le sommet de son crâne, j'inspirai sa fragrance automnale mêlant l'odeur de son cuir chevelu et le parfum des tournesols.

– C'est injuste, se lamenta-t-elle d'une voix noyée de tant de larmes que je la compris à peine. Quand tu as été agressée, on a fait ce qu'il fallait, point final. Maintenant que c'est moi qui tiens le rôle de la victime, tu deviens subitement…

Elle se tut.

– Tu as raison, m'excusai-je, les tripes nouées. Je suis vraiment désolée, tu as raison.

Une larme coula sur ma joue.

– Mais je ne me sentais pas bien du tout non plus, après le Cambodge, tout comme je ne me sens pas bien en ce moment. Toi, au contraire, tu es super calme, comme si rien ne s'était passé, comme si ce traumatisme ne nous était pas tombé sur la tête. J'en suis arrivée à m'interroger sur mon équilibre mental… Comme si nous n'avions pas du tout vécu la même chose.

– Je peux te dire que je ne vais pas bien, en tout cas ! s'emporta Kristen, secouée de sanglots.

Sa réaction m'apportait un soulagement infini, une douce amertume, comme si j'avais avalé une coupe de champagne.

Kristen était donc aussi marquée que moi. Elle aussi baignait dans la culpabilité et l'horreur, luttant comme moi pour mener sa vie de tous les jours sans rien laisser paraître. Je comprenais à présent que son calme, son assurance et son air dédaigneux n'avaient rien d'une manipulation ; elle se montrait forte pour moi, parce qu'elle s'estimait responsable de moi. Qu'il aurait été injuste de sa part de trembler de peur et de me confier qu'elle redoutait que les autorités ne nous rattrapent, alors que c'était elle que ce type avait agressée, comme c'était elle qui avait abattu la bouteille de vin sur sa tête. Elle n'avait eu d'autre choix que de s'efforcer de me rassurer. Le traitement que j'avais réservé à Kristen m'apparaissait à présent d'une brutalité inouïe. Elle avait survécu à une agression, ni plus ni moins.

Après avoir encore pleuré ensemble un moment, nous nous redressâmes, puis nos sanglots se muèrent peu à peu en rires hésitants.

– Tout va bien entre nous, alors ? lui demandai-je.

Elle acquiesça et s'essuya les yeux :

– Oui, tout va bien.

– Au fait, merci infiniment d'avoir organisé ce week-end à la campagne, sans oublier la chasse au trésor, évidemment. Je suis sûre que tout ça t'a demandé un temps fou. C'est vraiment magique d'être ici, je… Je suis très heureuse d'être ici avec toi.

– Je t'en prie, sourit Kristen. Moi aussi, je suis heureuse que nous soyons venues.

– Et si on finissait de ranger nos courses ? proposai-je, considérant les commissions qui nous attendaient, dans son dos.

– Oui, ça vaudrait mieux, gloussa-t-elle, son rire encore hésitant et plein de larmes.

Tandis que je m'approchais du réfrigérateur, elle déposa un disque vinyle sur l'antique platine. La musique de Fleetwood Mac se déversa dans le salon. Kristen me rejoignit en esquissant quelques pas de danse, et nous reprîmes en chœur le refrain. Les murs de la grosse cabane en bois vibrèrent tandis que nous braillions que nous nous entendions encore dire que jamais nous ne briserions le lien[10]. Alors, quelque chose céda entre nous, comme un bouchon saute de sa bouteille, et à la gêne qui s'était immiscée entre nous succéda un soulagement d'une douceur infinie.

Plus tard dans la soirée, l'estomac bien rempli et installées sur la Jetée de Grand-père, nous admirions le coucher de soleil sur la ligne des arbres, les nuages peints de tons rouges

10. *I can still hear you saying / You would never break the chain* (Je t'entends encore dire / Que jamais tu ne briseras le lien) sont les troisième et quatrième vers du refrain de *The Chain*, de Fleetwood Mac.

et orangés formant un somptueux bouquet final. J'étais si soulagée que je ne cessais plus de pleurer de bonheur. Ma psyché avait enfin – enfin ! – renoncé à m'éloigner de Kristen, ma plus ancienne et meilleure amie. Tandis que nous sirotions nos bières, l'eau du lac prit une nuance couleur pétrole, puis s'assombrit encore jusqu'à disparaître. J'entendais encore ce que je ne voyais plus : le clapotis des vaguelettes sur les pieds métalliques de la jetée, le chant solitaire d'un huard, les cris des grenouilles-taureaux pareils à ceux des cordes d'une basse.

Soudain, la voix de Kristen s'éleva, glissant sur l'eau comme un palet sur une patinoire :

– Au fait, j'ai quelque chose pour toi.

– Encore une surprise ?

– Juste un petit truc un peu nunuche.

Elle sortit une enveloppe de la poche de son sweat-shirt à capuche et me la tendit. J'en retirai une carte, que j'éclairai avec ma lampe de poche. Je découvris un charmant motif floral peint à la main, et un « JOYEUX ANNIVERSAIRE ! » dans un coin.

Chère Emily,

JOYEUX ANNIVERSAIRE ! J'ai du mal à croire que nous soyons amies depuis 10 ans. Vivre sans toi est inimaginable pour moi. Un grand merci aux 3 crétins en travaux dirigés, à la fac, grâce à qui nous avons fait connaissance. Tu es devenue une femme intelligente, forte et indépendante, et je suis fière d'être ton amie. Je m'estime très chanceuse qu'après être restées séparées 2 ans, nous soyons à nouveau réunies dans la même ville !

Je pense souvent à ces nuits folles, quand nous filions en douce à 4 ou 5 heures du matin pour plonger dans l'eau et admirer le lever du soleil sur le lac Michigan. Tu t'en souviens ? Nous avions l'impression d'être les seules éveillées sur la planète. Nous avions la sensation que le monde entier, et pas seulement Evanston, nous appartenait. Déjà rhabillées, on pouvait boire ostensiblement.

XOXO,
Kristen

P.-S. : S'il t'arrive d'oublier combien tu es une fille géniale, tu sais qui joindre. Car jamais, mais vraiment jamais, je ne perdrai cela de vue, et ce sera un honneur pour moi de compter tes qualités avec toi.

P.P.-S. : Dernière phrase de la journée, promis !

– Oh, Kristen…

Je me levai et l'étreignis.

– C'est super gentil. J'ai vécu une merveilleuse journée d'anniversaire.

– Malgré les surprises ?

– Oui, bien sûr, vu que ces surprises m'ont menée au paradis.

Un poisson jaillit de l'eau et y replongea dans un *plouf* sonore.

– J'ai beaucoup pensé à l'époque de la fac, ces derniers temps, quand nous évoluions dans notre petit monde personnel. Je me suis dit qu'il était temps de relancer des énigmes.

– Tu as bien fait. Je suis ravie d'entrer dans la trentaine avec ce rappel que nous sommes des intellos coincées !

Dans le lointain, les feux d'un véhicule suivaient une courbe sur la rive opposée.

– Je me fais dévorer par les moustiques, déclarai-je.

Je me dirigeai vers le chalet, Kristen sur mes talons. À l'intérieur, n'ayant pas consulté mon téléphone depuis plusieurs heures, je le sortis de mon sac ; pas de réseau.

– Russell m'a demandé d'être joignable par e-mail demain. Il faudra prendre la voiture pour capter un wifi ?

– Non, on a un relais, ici.

Elle se rendit dans le couloir, où elle farfouilla dans un sac en plastique, puis elle me rejoignit et me lança un petit objet.

– Mais on n'a droit qu'à quelques gigas par mois. Impossible de regarder un film en streaming, ce genre de choses.

Je dus patienter, le temps que la connexion s'établisse, puis parcourus une nouvelle série de messages me souhaitant un bon anniversaire. L'un d'entre eux me parut plutôt bizarre ; il m'était envoyé par Nana, et j'en étais la seule destinataire :

Chère Emily,

J'espère que tout se passe bien au lac. Je tenais à m'assurer que tu es bien installée. Kristen se comporte de façon quelque peu étrange ces derniers temps. N'hésite pas à me joindre si tu as besoin de quoi que ce soit.

Ce message était déjà assez inquiétant, mais ensuite j'en découvris un autre, émis moins d'une heure auparavant, qui me donna des vertiges. Un bourdonnement aigu dissonant s'invita dans mes oreilles, comparable au bruit d'un orchestre occupé à s'accorder. Nana en était là encore l'expéditrice, mais cette fois elle avait ajouté Kristen en destinataire.

Voici pourquoi je vous estime très courageuses de vous lancer dans de tels voyages.

Suivait un lien renvoyant vers une adresse URL, sur laquelle je cliquai d'un doigt tremblant.

Il s'agissait d'un article de CNN surmonté d'une photo de Paolo tout sourire. Le titre était éloquent :

« DÉCOUVERTE DU CORPS D'UN TOURISTE DANS UN VILLAGE CHILIEN ISOLÉ. »

– 21 –

– Tu voulais faire un feu de camp, ce soir ? lança Kristen, dont la voix résonnait curieusement, car elle avait la tête dans le congélateur. On a acheté de la glace, mais on peut aussi faire des *s'mores*. Je suis super douée pour faire du feu, mais ça peut attendre demain.

Constatant que je ne lui répondais pas, elle claqua la porte du congélateur et me rejoignit :

– Tu m'as entendue ? Il faudrait sans doute ramasser encore un peu de bois, pour le feu, mais…

– Kristen…

Je laissai tomber mon téléphone sur la table.

– Il faut que tu regardes ça.

– Qu'est-ce que c'est ? s'enquit-elle, le nez plissé. Un ex qui tente de reprendre contact à l'occasion de ton anniversaire ? J'ai horreur quand les mecs…

– Sérieux, ouvre tes mails.

Elle fronça les sourcils, puis attrapa son portable sur la paillasse de la cuisine. Son visage resta dépourvu d'expression quand elle lut le message.

– Merde.

– Tu crois que Nana a deviné ? dis-je en relisant l'e-mail.

– A deviné quoi donc ? Que nous sommes deux filles stupides qui parcourent des pays lointains et qui peuvent s'estimer chanceuses d'être encore vivantes ?

Elle leva les yeux au ciel.

– Ce qui m'énerve, dans l'inquiétude « performative » de Nana, c'est qu'elle ne se soucie pas vraiment de moi ; elle serait enchantée de me lancer : « Je te l'avais bien dit ! » si quelque chose nous arrivait. Pour elle, ce n'est qu'une façon de plus de me critiquer.

Elle singea sa grand-mère, brandissant un index accusateur.

– « Tu prends des décisions idiotes ; tu vois bien que j'avais raison, ce qui n'est pas une surprise. Le monde est dangereux, et tu ne te comportes pas en adulte. » Pff… c'est tellement elle.

Kristen se laissa tomber sur la chaise face à moi.

– Attends, ce n'est pas ça, le problème, précisai-je. Paolo a été retrouvé ! Ça ne te perturbe pas plus que ça ?

Elle me dévisagea un moment, aussi immobile qu'une statue, puis elle haussa un sourcil :

– Éteignons nos téléphones.

– Kristen, bon sang ! Personne ne nous écoute ; on est au milieu de nulle part, le réseau ne passe quasiment pas, et en plus…

– On éteint les téléphones, m'interrompit-elle sur un ton calme, mais ferme, comme pour s'adresser à une enfant faisant un caprice.

Faisant l'effort de ralentir ma respiration, je me rendis compte qu'elle avait raison. Siri, l'application de commande vocale, nous écoutait en permanence, toujours prête à intervenir pour nous connecter à Internet.

– On lit l'article d'abord, décrétai-je.

– D'accord.

La police a annoncé la découverte du corps d'un routard américano-espagnol de vingt-quatre ans porté disparu après plusieurs mois de voyage en Amérique du Sud. Paolo García avait été vu pour la dernière fois le 27 mars dernier à Puerto Natales, ville située en Patagonie chilienne.

Mercredi dernier, la police a confirmé à CNN que le corps découvert à Arroyito, lieu-dit isolé de la vallée de l'Elqui, au cœur des montagnes chiliennes, était le sien.

Jeudi, la police nationale chilienne a déclaré à CNN avoir procédé à l'autopsie sous la supervision d'un représentant du consulat des États-Unis. Si elles n'ont livré aucune information concernant la cause du décès, les autorités ont confirmé avoir ouvert une enquête pour homicide.

La famille García s'occupe à présent de faire rapatrier la dépouille de Paolo aux États-Unis.

« Pour l'heure, nous pleurons Paolo et réclamons désespérément des réponses à nos questions, a déclaré Rodrigo García, le père de Paolo, propriétaire de Castillo Development, agence de promotion immobilière établie à Los Angeles. Il faut que la police mette la main sur le coupable et lui fasse payer son crime. »

Né en Californie, Paolo García a passé la majeure partie de sa vie en Espagne. Il possédait la double nationalité américaine et espagnole.

Au cours de ses voyages, Paolo García restait fréquemment plusieurs semaines sans donner de nouvelles ; il est par conséquent difficile de déterminer la date de sa disparition. Ses effets personnels, notamment son passeport et son portefeuille, n'ayant pas été retrouvés sur son corps, la police locale enquête dans la région qu'il semble avoir parcourue, indique l'agence de presse espagnole EFE.

Mercredi, Elena García, la sœur de Paolo, a confié que son frère souhaitait vivre sa vie « à fond ». Il avait économisé des années pour s'offrir ce grand voyage et avait « hâte de découvrir des pays et faire des rencontres », ajoute-t-elle.

Leur dernier échange date du 23 mars, date à laquelle Paolo a écrit à sa sœur que son voyage était merveilleux.

« Il voulait explorer le monde, vivre sans avoir de regrets », conclut Elena.

Je levai la tête ; Kristen était encore plongée dans sa lecture, le visage de marbre.

Chaque révélation était comme un coup de grosse caisse de batterie. *Boum* : Paolo était américain. *Boum* : Paolo était issu d'une famille aisée disposant de suffisamment de ressources pour poursuivre ses recherches tant que sa soif de justice ne serait pas satisfaite. *Boum* : Cette nouvelle pouvait facilement happer l'attention du pays tout entier, le séduisant Paolo ayant tout pour devenir aussi célèbre que Natalee Holloway[11]. *Et merde…*

11. Natalee Holloway est une lycéenne américaine portée disparue en 2005. L'affaire fut fortement médiatisée.

Paolo avait donc une famille. Une sœur. *Bon sang…* Ces personnes n'étaient à présent plus des images floues dans mon imagination ; c'étaient des noms, des voix, des vies. J'eus brusquement envie d'effectuer une recherche sur Google, afin d'en apprendre un maximum sur la sœur de Paolo, sur cette malheureuse Elena à qui l'on avait arraché un frère, comme pour remuer le couteau dans la plaie. N'existait-il pas un terme précis pour définir les gens ayant perdu un frère ou une sœur ? Être orphelin, veuf ou veuve est atroce, mais perdre un frère ou une sœur me semblait pire.

Enfin, Kristen leva le nez de son téléphone. Elle souffla bruyamment entre ses lèvres pincées, puis tapa sur son écran.

– Qu'est-ce que tu fais ? m'enquis-je.

– Je réponds à Nana. Et ensuite j'éteins mon téléphone. Et toi aussi.

– Quelle galère !

Je pressai longuement les touches de droite et lâchai sur la table mon mobile réduit au silence, comme s'il me dégoûtait.

– Ça fait beaucoup, non ? repris-je.

– Disons que la situation n'est pas idéale.

– Pas idéale ?

– Cet article ne dit rien sur l'autopsie, sur la cause de la mort ni sur l'état de décomposition du corps. La police va certainement enquêter dans les coins touristiques de la région. Je pense toujours que nous n'avons rien à craindre, puisqu'il n'a pas eu le temps de s'installer dans un hôtel, mais…

– Il avait la nationalité américaine, Kristen ! Le consulat des États-Unis est impliqué.

– Je sais ; je n'en reviens pas qu'il ne nous l'ait pas dit.

– Et il avait une sœur ! m'écriai-je, ponctuant mes mots d'une claque sur mon téléphone, le sentiment de culpabilité que je contenais depuis trop longtemps brisant soudain les digues et se déversant dans mon estomac. Il avait une famille ! Ces gens sont en deuil à cause de nous, Kristen.

Kristen prit un air perplexe :

– Hitler avait lui aussi une mère, ça ne le rend pas moins épouvantable pour autant.

– Ils ont retrouvé son corps ! En moins de deux semaines ! Et sa famille a du fric ! On est foutues !

Elle me regarda droit dans les yeux, même si je ne cessais de tourner la tête dans toutes les directions.

– Tout va bien, Emily.

– Comment tu peux dire une chose pareille ?

Ma respiration saccadée était comme coincée dans ma gorge, qui me semblait se contracter de seconde en seconde. Je me levai et sortis mon inhalateur de mon sac à main, inspirai longuement le produit miracle et lançai le compte à rebours depuis dix.

– Ça va ? Tu veux un peu d'eau ?

– Non, ça ne va pas ! criai-je en me rasseyant. Comment peux-tu rester si calme ?

– Nous sommes deux filles intelligentes, Emily. Nous avons tout fait à la perfection.

Elle plaqua sa main sur la table.

– Le corps a été retrouvé près d'un patelin où personne ne nous a jamais vues ; et nous serions d'ailleurs bien incapables de retrouver cet endroit. D'autre part, le cadavre s'est décomposé, la police ne sait pas précisément de quand date la mort de Paolo. Rien ne nous relie à lui.

J'aurais tant voulu la croire, malheureusement ce n'était pas elle qui avait mené l'opération. Or quelque chose finissait toujours par aller de travers quand j'étais aux commandes.

– Qu'est-ce qui te permet d'affirmer qu'on a tout fait à la perfection ? Tu as passé la nuit à paniquer !

Je dépliai mes doigts un à un.

– Un témoin a peut-être vu notre voiture, ou nous a vues chiper les pelles ou les remettre à leur place – il y a eu de la lumière à une fenêtre ; quelqu'un se rappelle peut-être nous avoir vues dans le bar ; nous avons peut-être oublié un objet appartenant à Paolo dans notre chambre – il faisait nuit et on était plus qu'agitées ; on n'avait même pas de produit nettoyant convenable ; et imagine que la voiture de location ait eu un GPS intégré ou un autre système de localisation, qui permettrait à la police de retracer notre…

– Emily, me coupa Kristen, son regard noisette rivé sur moi, si calme, si sérieux et tirant sur le vert dans la pénombre du crépuscule. Toutes ces choses sont fausses. Nous n'avons rien oublié dans la chambre. Personne n'a suivi notre voiture. Personne ne nous a vues faire quoi que ce soit. Et même si tel était le cas, tu oublies la raison principale qui fait que je ne suis pas inquiète.

– C'est-à-dire ? lâchai-je, les yeux pareils à des nuages d'orage, prêts à larguer de grosses larmes.

Elle s'empara de mon téléphone et brandit son écran noir sous mes yeux. Je secouai la tête, ne voyant pas où elle voulait en venir.

– Regarde, insista-t-elle.

Je me focalisai sur le miroir d'ébène couvert de gras, le verre fissuré dans un coin, puis une image m'apparut, comme un dessin qui se forme en 3D à condition de loucher. Je découvris mon propre visage, jeune et charmant. Nous plaisantions souvent à propos du fait que Kristen avait un visage de peste et moi un visage de nana cool. On m'interpellait fréquemment dans la rue pour me demander un renseignement, et personne ne se sentait jamais obligé de me conseiller de sourire davantage (les hommes trouvaient d'autres prétextes pour me tenir la jambe). Je compris que je n'avais pas sous les yeux un visage de meurtrière. Je fis la moue et m'écartai de l'écran.

– Maintenant, rallumons nos téléphones quelques minutes, le temps que tu consultes ta messagerie pro, et ensuite on oublie cette histoire. D'accord ?

Désarçonnée par sa nonchalance, je sentis naître une certaine répulsion en moi, une envie de m'éloigner d'elle qui, cette fois, me parut moins instinctive, plus cérébrale.

Je levai les yeux vers le lustre en bois de cervidés et hochai la tête, car il n'y avait plus rien à ajouter. Mais pour une fois, l'assurance de Kristen ne m'avait pas apaisée. Sa réaction me semblait tenir de l'obstination non justifiée.

D'autre part, j'étais incapable d'oublier la formule la plus frappante de l'article, les mots qui tournaient déjà en boucle dans mon esprit : « *réclamons désespérément des réponses à nos questions* ».

Kristen était pourtant bien placée pour savoir que rien n'empêchait une âme désespérée d'obtenir satisfaction.

– 22 –

Réveillée assez tôt, je clignai des yeux, éblouie par la lueur du jour filtrée par les rideaux. Le gazouillis des oiseaux me parvenant par les fenêtres ouvertes, je rabaissai mes paupières pour mieux le savourer. Malgré cette sensation apaisante, je sentais que quelque chose de grave s'était produit, sans m'en souvenir précisément.

Ce répit fut de courte durée : j'ouvris grand les yeux lorsque les visions terrifiantes de la veille me revinrent à l'esprit : le corps de Paolo, les policiers grouillant comme des fourmis dans la vallée de l'Elqui, où d'ailleurs les collines d'un brun roux sablonneux évoquaient des fourmilières. Pour un géant, les Andes n'auraient été que de modestes monticules parcourus par des insectes à deux pattes.

La veille au soir, j'avais brièvement envisagé de demander à Kristen de me reconduire chez moi, ce qui n'aurait rien solutionné ; Kristen étant la seule personne susceptible de m'offrir sa compassion, autant déprimer ici, près du lac, plutôt que seule dans mon appartement plongé dans l'obscurité. J'écartai la couette, n'ayant d'autre choix que d'affronter la journée qui s'annonçait. Je projetais déjà de me préparer un café puis de le boire sur la Jetée de Grand-père. J'emporterais également un livre, afin de distraire mon esprit quand, inévitablement, des visions de Paolo m'apparaîtraient.

Tandis que la machine à café gargouillait, je m'intéressai à la bibliothèque du salon. J'y découvris une étagère entièrement remplie de bibles et d'ouvrages de télévangélistes millionnaires, avec également un exemplaire corné d'*Une vie motivée par l'essentiel.* J'aperçus également un album relié regroupant les prières quotidiennes à l'église du Roi des Rois, dont Nana et Bill étaient des fidèles, avec un gros crucifix sur la couverture. Cela me rappela ma conversation avec Aaron, qui m'avait avoué avoir apprécié le fait d'appartenir à une communauté. Quant à moi, je n'avais que peu approché la religion organisée ; si, à l'époque du lycée, j'avais occasionnellement fréquenté des groupes de jeunes se retrouvant à l'immense église de la ville, c'était avant tout pour me faire de nouveaux amis, bien plus que dans l'espoir d'en apprendre davantage au sujet d'une puissance supérieure.

Cela étant, j'avais largement apprécié ce que j'avais entendu au cours de ces rassemblements : Jésus n'hésitant pas à fréquenter des prostituées et des lépreux, sa propension à tendre l'autre joue, à offrir sa chemise à un miséreux ou encore à ne pas désigner la paille dans l'œil du voisin sans d'abord retirer la poutre dans le sien, préceptes aussi zen qu'un kōan. Jésus semblait cool, tout sauf moralisateur, autant dire l'opposé de l'école religieuse luthérienne du Roi des Rois – quel nom ! –, à en croire les descriptions qu'en donnait Kristen.

Enfin, je dénichai un roman de Stephen King (ouf !) dans le fond du meuble. Je m'en saisis et sortis du chalet. De petites fougères s'inclinaient de chaque côté du sentier ombragé, donnant à l'endroit un aspect jurassique, hors du temps. Je marquai une pause afin de retirer un caillou de ma chaussure, et pour ce faire m'appuyai sur un tronc d'arbre. Ce pin était couvert d'une superbe écorce craquelée qui m'évoqua des brownies tout juste sortis du four. Il était si vieux que ses branches les plus basses me surplombaient d'un bon mètre.

Un peu plus loin dans la forêt, je remarquai une tache curieuse sur le tronc d'un autre arbre. Je m'en approchai, ce qui fit décamper quelques écureuils, et découvris une inscription à hauteur de hanche.

KC
+
JR

Du moins, je crus lire « JR ». Un cœur entourait le tout. Je fis courir mon doigt sur la gravure, qui semblait ancienne, érodée par le temps. J'avais séjourné au chalet une demi-douzaine de fois, sans doute, mais jamais je n'avais remarqué ce détail. Kristen Czarnecki… associée à deux lettres sauvagement rayées au moyen d'un objet tranchant. Avais-je sous les yeux le témoignage d'un amour d'enfance de mon amie ? Je me promis de l'interroger à ce sujet et repris ma marche vers la jetée.

Le lac était parsemé de barques carrées vert olive. Allongée sur une chaise longue rendue glissante par la rosée, je tendis l'oreille et savourai les sons du matin : les roseaux et les branches s'entrechoquant sous l'effet du vent ; le bruit caractéristique des appâts lancés dans l'eau ; le son, entre claquement et succion, de l'eau léchant la jetée. Une petite bestiole – peut-être un tamia, ou alors un mulot – détala dans le buisson, derrière moi, et un poisson fit un saut à hauteur de la ligne d'un pêcheur, troublant la surface miroitante.

Quelle déconnexion du monde ! Ce paysage avait tout d'un Valium visuel, même si j'avais encore les tripes nouées de terreur.

Arrête ! Arrête ! Arrête !

La porte à moustiquaire du chalet claqua, puis j'entendis les pas de Kristen sur le sentier. Elle apparut, un mug dans la main.

– Salut !

– Merci d'avoir préparé le café, me dit-elle en s'asseyant à côté de moi, prenant soin de ne pas renverser sa tasse pleine à ras bord.

Je l'observai tandis qu'elle buvait une gorgée de café en contemplant le lac ; elle ne semblait aucunement troublée par ce que nous avions appris la veille au soir, comme s'il était on ne peut plus logique d'apprendre que la police scientifique avait mis au jour le cadavre que nous avions enterré. L'estomac perclus de crampes, je songeai avec regret au merveilleux moment de la veille, quand j'avais réussi à me convaincre que Kristen et moi étions revenues sur la même longueur d'onde. N'était-il pas possible de remonter dans le temps et retrouver cette sensation ?

Nos regards restèrent longuement hypnotisés par les embarcations de pêcheurs. L'un d'eux attrapa une truite arc-en-ciel nacrée, ce qui déclencha des hourras qui se propagèrent sur la surface, si bien qu'on aurait juré que ces hommes se trouvaient à seulement quelques mètres de nous. C'est drôle comme les dimensions sont faussées sur les lacs.

– Qu'est-ce que c'est que ce truc ? lâcha Kristen, considérant apparemment le vide au-dessus de son épaule.

Il me fallut quelques secondes pour remarquer une chenille de deux ou trois centimètres qui s'agitait comme un ver de terre sur un hameçon. Son corps noir était couvert d'une fourrure blanche.

– C'est une chenille, dis-je. Une Hickory, quelque chose comme ça. C'est une espèce assez rare dans le Midwest, il me semble. Hé !

Sans me laisser le temps de l'en empêcher, Kristen avait ramassé une brindille et l'avait lancée sur la chenille, qui chuta sur le ponton.

– Pourquoi tu as fait ça ?

– Elle était coincée dans une toile d'araignée, me répondit Kristen, sincèrement étonnée par ma réaction.

– Elle construisait son cocon, Kristen, grognai-je. C'était sa propre soie.

Elle se pencha, à la recherche de l'insecte, puis haussa les épaules :

– Ce serait sans doute devenu un affreux papillon de nuit.

Je ne lui dis pas qu'elle avait raison sur ce point.

De gros nuages gris-bleu s'étant accumulés dans le ciel, nous avions décidé de nous rendre au bourg. Kristen se gara, effectuant son créneau avec assurance, puis fouilla sur la banquette arrière, à la recherche d'un parapluie, ce qui me laissa le temps d'observer les commerces de la rue principale à travers le pare-brise constellé de gouttes de pluie : un café, une pizzeria dont la devanture était éclairée par des logos de bières lumineux, ainsi qu'un improbable coiffeur-dépanneur informatique. Suivant Kristen, je gravis les marches d'une demeure rénovée. Mon amie ouvrit la porte, faisant tinter la sonnette, et nous entrâmes chez *Une Seconde Vie pour les antiquités*.

Un jour argenté filtrait par les grandes fenêtres, révélant des tourbillons de poussière. J'inspirai une brève bouffée de l'air, si humide qu'il réveilla mon asthme. Ma poitrine se comprima aussitôt, comme prisonnière d'un corset trop serré. *Une Seconde Vie pour les antiquités* était une sorte de pays des merveilles version bric-à-brac, un labyrinthe constitué de hautes étagères remplies entre autres choses de vieille vaisselle, de jouets de Happy Meals de McDonald's des années 1980, de jeux de société empestant le moisi. Ayant repéré un éléphant de jade poussiéreux, je m'en saisis et cherchai son prix – Priya collectionnait les éléphants de toutes sortes.

– Je venais souvent ici quand j'étais petite, me confia Kristen, inspectant un caniche en porcelaine affublé de nœuds roses sur les oreilles. Ma mère m'autorisait toujours à choisir un objet. Elle était amie avec Greta, la propriétaire de la boutique, qui est la véritable antiquité, ici !

– Je ne vous ai pas entendues entrer ! s'exclama d'une voix aiguë et fragile une femme petite et menue soudain apparue entre deux étagères.

Elle s'approcha de nous d'un pas traînant, avec ses chaussures orthopédiques, un nuage de cheveux noirs teints bondissant dans son dos.

– Greta ! C'est moi, Kristen Czarnecki !

Kristen ouvrit grand les bras. Greta cligna des yeux à deux reprises, assez laborieusement, comme si ses paupières étaient aussi épuisées que ses articles, puis elle haussa soudain les sourcils et afficha un sourire.

– Kristen ! Tu ressembles de plus en plus à ta mère ! dit la vieille femme, qui étreignit Kristen, ce qui m'empêcha de voir la réaction de cette dernière.

Greta se tourna ensuite vers moi avec un air presque méfiant :

– Bonjour.

– Je vous présente mon amie Emily, dit Kristen, les mains tendues vers moi, telle une présentatrice de jeu télévisé. Elle habite à Milwaukee, mais s'offre quelques jours de vacances ici avec moi.

– Tu sais à qui elle ressemble ? Comment s'appelait-elle, déjà ?

L'antiquaire posa un regard intense sur Kristen, comme si cela pouvait l'aider à rafraîchir sa mémoire.

– Ton amie d'autrefois. Vous ne vous quittiez jamais quand vous étiez petites. Ah oui ! Jamie.

– C'est fou que vous vous souveniez de son prénom ! C'est bien ça, elle s'appelait Jamie. Et en effet, Emily lui ressemble.

Toutes deux pivotèrent vers moi, comme pour m'évaluer, ce qui provoqua un nœud désagréable dans mon abdomen.

Greta réfléchit un instant, les lèvres pincées :

– Cette fille, Jamie, j'ai toujours cru que…

– Alors, les affaires marchent bien ? l'interrompit Kristen, pas assez naturellement pour ne pas me faire tiquer.

Troublée une seconde, Greta se ressaisit et prit la main de Kristen.

– Oh, ça va, ça va. Et toi, tu étais partie à l'étranger, je crois ? En Australie, non ?

– Exact ! En Australie ! Vous avez encore l'esprit vif !

– Gérer la boutique m'aide à garder toute ma tête.

Elle se tapota la tempe, puis se tourna vers moi.

– J'ai quatre-vingt-quatre ans. Incroyable, non ?

Je fis mine d'être stupéfaite, alors qu'en réalité j'aurais facilement deviné son âge, à quelques années près. Néanmoins, je ne pus qu'admirer sa fierté.

– Si à quatre-vingt-quatre ans je déchire à moitié autant que vous, je m'estimerai déjà heureuse, la flatta Kristen.

– Surveille ton langage, Kristen, la reprit Greta, plissant son front ridé. Combien de temps comptez-vous rester dans la région, les filles ?

– Nous ne sommes là que pour le week-end. Au fait, je reviens à Milwaukee ! s'exclama Kristen, les mains jointes. J'ai trouvé un appartement dans le Fifth Ward.

– Ça ne m'étonne pas. Le Wisconsin a le chic pour rappeler ses habitants à lui. Certains vont voir ailleurs, mais ils reviennent toujours.

Une sonnerie de téléphone retentit dans le fond de la boutique, ce dont Greta ne prit conscience qu'au bout d'un moment. Enfin, elle s'éloigna de nous à petits pas, nous laissant reprendre notre déambulation dans les rayons.

Quelques minutes plus tard, Kristen annonça qu'elle se rendait dans le café voisin. Je me dirigeai quant à moi vers la caisse pour régler mon achat.

– Vous passez un bon week-end avec Kristen ? me demanda Greta en emballant l'éléphant de jade dans du papier journal.

– Oui, cette région est splendide !

– Vous m'avez fait sursauter, tout à l'heure, quand je vous ai vue avec Kristen. J'ai cru voir la petite Jamie, son amie d'enfance, devenue adulte.

Elle appliqua du ruban adhésif sur le paquet.

J'esquissai un sourire, ne sachant que dire.

Elle se pencha vers moi :

– Mais c'était impossible, bien sûr. Il aurait fallu un miracle pour cela.

Je gloussai, mal à l'aise, comme quand un supérieur hiérarchique lâche une blague douteuse.

– Que voulez-vous dire, exactement ?

Elle me tendit le paquet, ce qui déclencha en moi un spasme de terreur, la vision des effets brûlés de Paolo rassemblés en un colis similaire m'étant spontanément venue. Nous avions également enveloppé notre plus noir secret dans du papier journal. Et à Los Angeles, des gens étaient prêts à donner n'importe quoi pour le percer à jour.

– Vous savez ce qui est arrivé à Jamie, Dieu ait son âme.

Non ! Impossible. Pas ça. En plus de Sebastian, en plus de Paolo, en plus d'Anne et Jerry Czarnecki, l'amie d'enfance de Kristen était…

– Pardon, mais… de quoi parlez-vous ? demandai-je, les yeux plissés.

La vieille femme m'offrit un sourire triste, puis haussa les épaules :

– Si Jamie s'était présentée dans ma boutique, j'aurais forcément eu affaire à un fantôme.

– Qui est cette Jamie, mon sosie ? demandai-je à Kristen d'une voix aussi légère que possible, en posant une casserole dans l'évier pour la remplir d'eau.

Greta n'avait pu me livrer de détails, si ce n'est quelques marmonnements dans le style « Pauvre petite, elle était si gentille… » J'avais toutes les peines du monde à croire que Kristen ne m'ait jamais parlé d'une amie d'enfance décédée. Quelle horreur… Elle avait accumulé la malchance comme aucune autre enfant, mise à l'épreuve, à l'instar de Job, en voyant ses proches tomber comme des mouches.

– Non, prends de l'eau filtrée. Et n'oublie pas la bière.

– La bière ?

– Tu vis depuis huit ans dans le Wisconsin et tu ne sais toujours pas cuisiner les saucisses aux oignons ? C'est un plat typique du coin, pourtant.

Elle farfouilla dans le réfrigérateur et en sortit une carafe d'eau filtrée Brita pleine à ras bord et une canette de bière Miller Genuine Draft.

– Celle-là suffit pour la cuisson, on garde les bonnes pour les apéros.

– Dire que j'allais faire bouillir les saucisses dans de l'eau du robinet, comme une femme préhistorique…

Je remplis soigneusement la casserole d'eau filtrée, puis relançai Kristen :

– Tu ne m'as pas répondu, à propos de ton amie à qui je ressemble.

– Oui, Jamie. C'est dingue que Greta se souvienne de son prénom. Ça date de plus de quinze ans.

Elle me tendit une bière Spotted Cow.

– Tu ne lui ressembles pas tant que ça, à vrai dire, votre chevelure foncée mise à part.

– Elle venait souvent ici ?

– Moui. C'était ma meilleure copine, quand on était petites.

JR. Les initiales gravées dans le tronc d'arbre, entourées d'un cœur…

– Vous étiez ensemble à ta fameuse école presbytérienne ?

– Luthérienne. Les presbytériens sont de joyeux lurons, comparés aux luthériens.

Elle s'octroya une gorgée de bière.

– Oui, nous étions élèves dans cette école, mais en fait je l'ai toujours connue. Nos parents étaient amis avant ma naissance ; ils habitaient dans la maison du fond de l'impasse, entre celle de Nana et Bill et la nôtre.

Ah d'accord… Jamie avait donc passé son enfance dans la demeure de style californien, avec ses gros ananas en pierre. Mais pourquoi Kristen taisait-elle le point le plus essentiel, à savoir que Jamie n'était plus de ce monde ?

– Ils y habitent toujours ? insistai-je.

– Non, ils ont déménagé, lâcha Kristen, le regard subitement plus sombre. Au fait, on a pensé à acheter de l'essence à briquet ?

– Oui, je l'ai posée près de la porte, répondis-je, avant de lui accorder une dernière chance. Qu'est devenue Jamie, depuis ?

– Elle a eu des problèmes.

Kristen traversa la cuisine, jusqu'au poêle à bois, dont elle ouvrit la porte métallique. J'attendis qu'elle poursuive, même si je faisais là preuve d'un certain manquement à la bienséance, tandis que le malaise ambiant s'intensifiait. Enfin, elle referma la porte du poêle :

– Il n'y a plus assez de bois.

– Greta m'a dit un truc bizarre. Quand je l'ai interrogée à propos de Jamie, elle a laissé entendre que ton amie était… morte.

Ce mot éclata entre nous, totalement déplacé.

Kristen, qui était presque sortie de la cuisine, se figea.

– Oui… Quand on était petites. Il y a eu un… accident.

Elle actionna la poignée de la porte.

– Je lance le feu de camp et je coupe un peu de bois pour plus tard. Occupe-toi des saucisses.

Elle s'empara de la hachette, puis de l'essence à briquet, et fila en laissant claquer la porte à moustiquaire dans son dos.

Quand je la rejoignis à l'extérieur, la casserole de saucisses dans les mains, elle coupait du bois avec des gestes gracieux, les muscles contractés et le front plissé sous l'effet de la concentration. Il y avait quelque chose de félin dans sa façon de disloquer les bûches, abattant sa lame, faisant rouler le bout de bois, puis frappant de nouveau.

– 23 –

La gouttelette rouge resta un instant en suspension, puis chuta et se dissipa, formant quelques tourbillons au ralenti, comme un nuage de lait dans du café. Non, plutôt comme du sang dans de l'eau. Comme les touffes de cheveux emmêlés se désolidarisant du crâne de Sebastian dans les eaux du Tonle Kak.

Comment Jamie a-t-elle trouvé la mort ? Mon esprit ne cessait de revenir à cette question, telle la langue d'un enfant incapable de s'empêcher de palper le trou laissé par une dent de lait tombée. Or Kristen m'avait clairement fait comprendre qu'elle ne souhaitait plus aborder ce sujet.

Elle agita encore légèrement le doseur à cocktails, puis reposa la bouteille de Campari.

– Les gens croient qu'il faut secouer le Negroni après avoir versé les ingrédients sur des glaçons, mais ils se trompent, déclara-t-elle. Il suffit de légèrement le remuer.

À Sydney, Kristen s'était lancée en autodidacte dans la préparation de cocktails, maniant triple sec, fioles diverses et pas une, mais deux variétés de vermouth. Par chance, Nana et Bill disposaient d'un bar abondamment approvisionné dans le sous-sol aménagé du chalet. Ayant déjà avalé quelques Old Fashionned et Manhattan, nous étions un peu pompettes. Kristen lâcha la pelure d'orange dans le verre et me tendit mon cocktail. Nos verres s'embrassèrent, puis je goûtai le breuvage.

– Tu as raison, appréciai-je. C'est délicieux.

Mon Negroni avait un riche parfum herbacé et une nuance qui me donnait l'impression d'avaler des rubis liquéfiés.

– C'est quand même incroyable que tu n'aies jamais bu de Negroni avant aujourd'hui, dit Kristen en s'asseyant sur le canapé, à côté de moi. Je croyais que Milwaukee était une ville de classe internationale.

– La Barker Tavern en est encore aux prix fixes.

Dans cet établissement, quelques dollars suffisaient pour s'offrir un shot de Jameson, une Pabst Blue Ribbon et une cigarette coincée dans la languette de la cannette – la commande locale classique.

– D'accord, je vois. Pas vraiment de raison de se diversifier, donc.

Plus enjouée que jamais et lâchant les plaisanteries comme des graines dans le vent, Kristen, moins de vingt-quatre heures après notre lecture de l'article, mettait les bouchées doubles pour faire comme si tout allait bien, comme si la vie suivait son cours ordinaire, comme si nous n'étions pas concernées par cette macabre découverte. Ce n'était pas en me réfugiant dans le déni que j'avais réappris à vivre après mon agression, mais au moins je comprenais la réaction de Kristen. Aucun nuage n'était visible à l'horizon jusqu'à hier, en ce sens que personne n'était lancé à nos trousses, mais qu'allait-il en être désormais ? La famille fortunée de Paolo avait juré de faire comparaître l'assassin de son fils dans un tribunal.

Kristen fit glisser ses mains sur son verre, laissant un sillage sur les gouttelettes de condensation.

– C'est vraiment bizarre d'être ici sans Nana et Bill ; j'ai l'impression d'être une ado qui boit de l'alcool en douce dans la cave.

Elle ne cessait de lancer de nouveaux sujets de discussion, de façon à ne pas me laisser l'occasion d'évoquer Paolo, cependant j'avais conscience que la bouleverser davantage en lui rappelant cet épisode ne l'aiderait en rien. Je choisis plutôt de revenir sur Jamie, espérant en apprendre un peu plus au sujet de celle-ci :

– Tu invitais des amies ici, donc, quand tu étais petite ?

– Oui, en été. Il y avait un lit-tiroir dans ma chambre ; pour nous, c'était l'objet le plus cool au monde.

– Jamie a séjourné ici, je suppose ?

Elle hocha la tête.

– Étant moi aussi fille unique, je suis sûre que c'était merveilleux d'avoir une amie dans un tel cadre.

– Nous nous amusions comme des folles. Je me souviens de nos ballets aquatiques compliqués, sur le lac, qui consistaient surtout à nous tenir debout sur une chambre à air, puis à nous laisser tomber simultanément. Il était fréquent que l'une de nous enguirlande l'autre, quand celle-ci ne respectait pas le tempo de la chorégraphie !

Kristen lâcha un petit rire.

– Et les promenades en canoë… Je prenais place à l'arrière, pour décider de notre direction, évidemment ; j'avais tendance à me prendre pour le chef !

– Normal, souris-je.

– Nous étions comme des sœurs, soupira Kristen. Elle me manque énormément…

– C'est étonnant que tu ne m'aies jamais parlé d'elle.

– Oh, si, je l'ai fait.

– À moi ? Non… je m'en souviendrais.

– Je suis certaine que si. Je me rappelle parfaitement t'avoir parlé de ma voisine et meilleure amie, et pas qu'une seule fois.

– Je t'assure que non.

Faisais-je erreur ? Avais-je simplement peu prêté attention à cette mystérieuse Jamie au point de l'oublier aussitôt, quand Kristen l'avait évoquée ? J'avais toujours été persuadée que Kristen avait vécu une enfance solitaire, comme moi. Que Jamie et elle aient vu leurs routes se séparer aurait été une chose, mais là… Sa meilleure amie était morte… Je n'aurais pas oublié un tel événement.

– J'ai vu des lettres gravées sur le tronc d'un pin. C'étaient ses initiales ? Barrées ?

– Oui… me répondit Kristen d'une voix glaciale. C'est moi qui ai fait ça, il y a longtemps.

– Pourquoi ?

Elle baissa les yeux sur son verre et sur la lune rouge qui y était piégée.

– Parlons d'autre chose, décréta-t-elle. De mon bonheur de ne plus loger chez Nana et Bill, par exemple. J'ai tellement hâte d'emménager dans mon appartement. À Brookfield, je suis en permanence agressée par mon passé.

J'avais clairement touché un point sensible, une blessure qui ne se limitait pas à son chagrin d'avoir perdu son amie, mais je décidai de ne pas insister :

– Oui, c'est vrai que se réinstaller dans la maison de son enfance donne le sentiment de régresser.

– Nana m'a demandé si je serais de retour à temps pour les accompagner à l'église dimanche. Comme s'ils tentaient encore de sauver mon âme !

Kristen s'offrit une nouvelle gorgée de sa mixture écarlate.

– Je crois qu'ils ne m'ont aimée que quand j'avais dix ans, à l'époque où j'étais plongée dans la religion.

– Tu t'es toi-même qualifiée de fan de Jésus, je me souviens, la taquinai-je.

Nous avions souvent parlé de notre enfance, bien entendu, notamment en imaginant, non sans une certaine sidération, comment les choses auraient tourné entre nous si nous avions fait connaissance quelques années plus tôt. J'avais quant à moi incarné le tiercé gagnant des intellos coincés : fanfare, club d'échecs et club de débat.

– Oh oui, tu as devant toi une ex-folle de Jésus et fière de l'être.

– À propos, tu n'as pas dit que toutes tes affaires d'enfance étaient rangées ici, au chalet ?

– Exact, tu as bonne mémoire. Ils ont tout fourré dans la partie pas encore rénovée, pour transformer ma chambre de Milwaukee en salle de sport.

D'un grand geste, elle désigna une porte qui jurait sur le papier peint vert à carreaux, puis sourit.

– Quoi, tu veux voir des photos de moi avec une croix autour du cou lors d'une collecte de fonds pour l'église, ce genre de choses ?

– Oui, c'est ça !

Elle gloussa, ce qui ne m'empêcha pas de percevoir une légère tension.

– Oh, je n'ai pas envie de me replonger dans ces vieilleries.

– Allez ! J'exige une preuve photographique que tu as bien été pom-pom girl.

– Non, je ne veux pas revoir tout ça.

Elle avait prononcé ces derniers mots sur un ton n'admettant aucune réplique, à tel point qu'un silence gênant se prolongea quelques secondes.

– Et donc… tes grands-parents font encore pression sur toi pour que tu les accompagnes à l'église ? murmurai-je.

– Carrément. Ils prient pour que je sois touchée par le Saint-Esprit. Je suis sidérée qu'ils gardent encore espoir – j'ai presque trente ans, bon sang ! –, mais j'imagine que c'est logique, de la part de fidèles croyant aux enseignements des synodes conservateurs.

Elle secoua la tête, sa stupéfaction toujours présente.

– Au catéchisme, à l'école du Roi des Rois, je priais tous les jours à haute voix – et depuis la maternelle – pour que ma mère se convertisse au christianisme et puisse ainsi échapper à l'enfer. J'étais terrifiée ; je suppose que c'est ce qu'éprouvent Nana et Bill à mon égard aujourd'hui.

– Ma pauvre… Mais pourquoi t'avoir inscrite à cette école, si seul ton père était chrétien ?

– Oui, je sais. Je ne me suis rendu compte que la situation était tordue que longtemps après la mort de mes parents.

Que de souffrance… Je posai une main compatissante sur l'épaule de mon amie, qui but un peu de Negroni après une relative hésitation.

– Ce n'est qu'à la mort de mes parents que j'ai réellement compris la nature de ma foi. Malgré les innombrables allusions au rôle de berger de Jésus entendues précédemment, j'ai alors seulement pris conscience que j'étais un mouton.

Elle déglutit péniblement.

– Et ça a été affreux. J'avais soudain le sentiment qu'on me mentait au quotidien depuis des années. Mais bon, en définitive, ça a été la libération ultime. Dès lors, j'ai pu me convaincre que ces gens n'avaient plus aucun pouvoir sur moi.

À chacun de nos séjours au chalet, Kristen évoquait systématiquement ses parents. La vie en plein air la rendait sentimentale, les eaux claires du lac Novak faisant figure d'écluse libérant ses souvenirs d'enfance. Je savais que la mort de ses parents avait mis un terme brutal à sa période de jeune fanatique religieuse, mais il y avait quelque chose de… différent dans cette conversation.

– Je… Je suis désolée que tu aies dû subir tout ça, Kristen. Vraiment.

Elle inclina son cocktail, faisant tinter ses glaçons :

– Le pouvoir est une chose étrange. On dit que le sentiment inverse de l'amour n'est pas la haine – ceux qui croient cela ont mal lu le mode d'emploi –, mais l'indifférence.

Elle tapota son verre du bout des ongles.

– Il en va de même avec la peur, selon moi. Le sentiment inverse de la peur n'est pas la sécurité, c'est le pouvoir.

Observant mon amie, je songeai que je n'étais pas certaine d'abonder dans son sens ; en cet instant, j'aurais donné n'importe quoi pour me sentir en sécurité concernant nos crimes, pour être assurée que jamais nous ne serions arrêtées, nos noms entachés, que jamais nous ne serions extradées ni jugées par l'opinion publique.

Et même si je parvenais à me terrer dans une telle bulle de sécurité, elle ne m'empêcherait pas de vivre dans la peur jusqu'à la fin de mes jours ; la peur d'être agressée verbalement, d'être victime de chantage émotionnel ou d'une misogynie insouciante destinée à me donner le sentiment d'être minuscule. J'étais constamment dans la crainte de ces actes de violence ordinaire.

– Je crois que j'ai besoin d'un câlin… dis-je, soudain infiniment triste pour nous deux.

Kristen posa son verre et m'étreignit. Elle me caressa les cheveux comme elle l'avait fait au Chili, lorsque mon asthme m'avait attaquée tel un chien enragé.

Profitant du feu de camp avant de nous coucher, nous étions toutes deux perdues dans nos pensées tandis que le bois crépitait. Je tenais mon marshmallow au-dessus des braises, faisant tourner mon bâton jusqu'à obtenir un ocre uniforme. Kristen plongea le sien dans les flammes, ce qui en fit une torche, un brasier miniature qui se refléta dans ses yeux.

Des années auparavant, au cours de l'été précédant notre troisième année de fac, nous étions au même endroit, autour d'un feu sur la rive verdoyante du lac Novak, lorsque Kristen m'avait pour la première fois raconté ce qui était arrivé à ses parents. Ce moment était resté gravé dans ma mémoire.

– Ma mère n'était même pas censée se trouver à la maison, m'avait-elle précisé, ses larmes orangées sous la lueur du feu, pareilles à des coulées de lave. Quel gâchis, cet incendie… Elle aurait dû être dans le comté de Door, avec ses copines, et moi je devais dormir chez une amie, car je détestais rester seule avec mon père.

L'injustice de la situation m'avait arraché des larmes.

– Mais papa ne se sentant pas bien, elle est restée à la maison. Ah, ça me rend folle de rage…

J'avais rapproché mon siège de camping du sien, puis je lui avais pris la main. Nous étions encore si jeunes, tout juste la vingtaine, et amies proches depuis peu.

– Tu étais donc chez toi la nuit de l'incendie ? Ça a dû être terrifiant.

– Je confirme. J'ai été réveillée par la sonnerie du détecteur de fumée. J'ai voulu me précipiter dans le couloir, mais je me suis brûlé la main en la posant sur la poignée de la porte.

Elle avait plaqué la main sur sa poitrine, comme si la brûlure la faisait encore souffrir.

– J'ai ouvert la fenêtre de ma chambre et j'ai filé en passant par les branches d'un énorme érable – je l'avais déjà fait un million de fois. Et j'ai couru jusque chez Nana et Bill.

Tandis qu'elle poursuivait son récit, je l'avais visualisé en pensée, comme une scène de film d'horreur : la jeune Kristen hurlant et martyrisant la sonnette de la maison de ses grands-parents jusqu'à ce que ceux-ci se réveillent et lui ouvrent la porte. Nana et Bill la retenant physiquement alors que les camions de pompiers arrivaient. Elle s'était débattue, braillant à pleins poumons, les suppliant de la laisser retourner dans les flammes pour sortir ses parents du brasier. Hélas, piégés dans leur chambre, ils avaient péri brûlés vifs. On n'avait pu les secourir, pas plus qu'on n'avait pu sauver la maison, qui s'était peu à peu effondrée sur leurs corps.

Dix-sept ans après cette tragédie et près d'une décennie après qu'elle me l'eut confiée, Kristen versa de l'eau sur le feu, qui siffla et s'éteignit, puis nous nous souhaitâmes bonne nuit.

Quelques heures plus tard, j'avais encore les yeux grands ouverts, rivés sur le plafond incliné en pin, incapable de trouver le sommeil. Des grillons faisaient un bruit infernal de l'autre côté de la fenêtre, et une grosse bestiole, peut-être une chauve-souris, ne cessait de percuter la moustiquaire. Quant à moi, je comptai et comptai encore, comme si cela pouvait finir par me donner un résultat différent.

Les parents de Kristen ; Jamie, dont la courte vie m'avait toujours été cachée ; Sebastian ; et enfin Paolo.

Cinq morts en moins de vingt ans.

J'avais cru que nous attirions la violence dès lors que nous nous retrouvions, aspirant par quelque mystère l'énergie du chaos, multipliant les décisions peu inspirées et les mecs peu recommandables. Je faisais confiance à Kristen, je connaissais son âme par cœur, je la savais aimante et bonne, pourtant des pensées horribles me venaient, de celles qui n'apparaissent que dans la honte du cœur de la nuit. *Cela fait beaucoup de morts pour quelqu'un de si jeune.*

L'e-mail de Nana, reçu la veille, me revint à l'esprit : « Kristen se comporte de façon quelque peu étrange ces derniers temps. »

Puis les mots de Kristen, au Chili : « Nous percevons des choses qui leur échappent. »

J'arrachai mon téléphone de son chargeur et activai la fonction lampe torche. Une fois sortie de ma chambre, je passai sur la pointe des pieds devant celle de Kristen, puis m'engageai sur les marches craquantes. Au rez-de-chaussée, je m'approchai de l'escalier menant au sous-sol. Pourquoi les caves sont-elles si flippantes, même rénovées ? Je n'allumai la lumière qu'après avoir refermé la porte derrière moi afin de ne pas me trahir, puis descendis les marches, alerte, et me dirigeai vers la partie non rénovée du sous-sol.

Un, deux, trois, quatre, cinq. Cinq corps sans vie, des familles en deuil, des psychés éteintes trop tôt. Je savais tout concernant les deux derniers décès de cette liste – notamment que ces types avaient succombé à une réaction de légitime défense, qu'ils s'étaient trouvés au mauvais endroit (bon, d'accord, c'était surtout le coup qu'ils avaient pris sur la tête qui était mal placé pour eux) au mauvais moment. En découvrir davantage à propos des défunts un, deux et trois pouvait m'aider à faire taire la petite voix qui me parlait de trahison, de suspicion. Kristen et moi n'avions d'autre choix que de compter à cent pour cent sur l'autre pour que notre secret reste à jamais enfoui. J'avais besoin de davantage de certitudes sur la situation. Sur Kristen.

J'actionnai la poignée et clignai des yeux dans l'obscurité. *Bon, ici, il est normal d'avoir peur.* Je cherchai à tâtons un interrupteur, mais ne devinai que des étagères des deux côtés, mes doigts rapidement couverts de toiles d'araignée. La fonction lampe torche de mon téléphone me permit de distinguer un établi, un rameur et une scie circulaire de table. D'autres étagères étaient emplies de boîtes et de cartons. Enfin, j'aperçus une ampoule nue suspendue à une poutre, trois mètres plus loin.

Le sol en ciment était froid sous mes pieds – je n'avais enfilé que des chaussettes. Lorsque je tirai sur la cordelette reliée à l'ampoule, je perçus du mouvement, quelque chose qui se carapatait. Un énorme mille-pattes fila se cacher sous un vieux coffre en bois. La main sur mon cœur battant, je tâchai de me calmer ; ce n'était qu'une bestiole.

Par où commencer ? Je fouillai sur les étagères les plus proches, inclinant les boîtes pour lire leurs étiquettes, projetant au passage de la poussière dans mes poumons. Soudain, un claquement retentit dans la chaudière et m'arracha un cri étouffé. Quelques minutes plus tard, je mis enfin la main sur ce que je cherchais. Des cartons visiblement plus récents que les autres étaient entassés dans une niche, derrière la chaudière. « CHAMBRE DE KRISTEN », était-il indiqué.

Je traînai un carton dans la première pièce, puis arrachai le ruban adhésif, ce qui produisit un bruit strident qui me fit grimacer. Je découvris des affaires du lycée et de l'université, des devoirs d'anglais, des affiches et des billets de concert, un diplôme de meilleure pom-pom girl de l'équipe. Tout cela était trop récent ; les parents et la meilleure amie de Kristen étaient déjà décédés quand elle était lycéenne.

Je touchai le gros lot dans le carton suivant, qui renfermait entre autres choses des photos d'une Kristen préado, les membres aussi fins que des allumettes, le visage rouge et les dents couvertes de bagues. Je sortis une pile d'albums photo de l'école du Roi des Rois, où chaque niveau comprenait une quarantaine d'élèves répartis en deux classes.

Je repérai la page de la classe de Kristen, impatiente d'obtenir des réponses à mes questions, de découvrir mon sosie, cette mystérieuse Jamie R.

Dans l'album de l'année de la mort des parents de Kristen, une main rageuse avait si violemment rayé le visage de Jamie de traits à l'encre noire que la page avait été percée. Comme si on avait voulu frapper Jamie avec un stylo-bille. Passant en revue les photos de groupe – le chœur, le club de maths, la cérémonie de remise des prix des meilleurs disciples –, je constatai que le visage de Jamie y était systématiquement noirci. Quel était donc ce délire ?

Fouillant dans le carton, je mis la main sur une pile de photos sur lesquelles le même phénomène se reproduisait : les nombreux sourires, joues roses et yeux pétillants étaient ici ou là ponctués de gribouillages noirs en lieu et place de la tête de

Jamie. De quoi donc cette Jamie… Rusch s'était-elle rendue coupable pour provoquer une réaction si vive de la part de la jeune Kristen ? Par réflexe, je voulus consulter Internet sur mon téléphone, avant de me rappeler qu'on ne captait aucun réseau, car le relais wifi était éteint.

Ces nombreux documents n'offraient pas le moindre indice concernant la mort de Jamie, le mystérieux « accident » auquel Kristen avait fait allusion, pas plus que quoi que ce soit au sujet de la mort de ses parents. *C'est peut-être vraiment une série de hasards malheureux*, songeai-je, accroupie. Peut-être Kristen attirait-elle les morts accidentelles comme une banane pourrie attire les mouches.

Je pris quelques photos des clichés qui m'intéressaient, ainsi que de l'album ; déterminée à effectuer plus tard une recherche sur Google, je ne voulais pas prendre le risque d'oublier le nom de famille de Jamie. Alors que je remisais tout ce fatras dans le carton, un grognement se fit entendre au-dessus de moi, du côté nord du chalet. Mon pouls s'emballa ; il était temps de filer.

De retour au fond de la cave, dans la portion terrifiante, je remis les cartons à leur place, puis me précipitai vers l'ampoule nue. Avant de tirer sur la cordelette pour l'éteindre, je parcourus une dernière fois l'endroit du regard… et me figeai. Quelque chose avait bougé dans un coin, quelque chose de vivant dans l'obscurité. Je braquai le faisceau de mon téléphone dans cette direction ; deux minuscules yeux noirs me fixaient.

Une petite souris, pétrifiée de terreur. Je riais déjà lorsque je me rendis compte que j'avais moi aussi été terrifiée.

Le lendemain matin, je demandai à Kristen de brancher le relais wifi, mais j'en fus pour mes frais :

– On est samedi, rien ne t'oblige à te connecter.

– Tu ne crois pas qu'on devrait vérifier s'il n'y a pas… du nouveau ? À propos du Chili ?

– Je ne m'en fais pas pour ça, dit-elle en posant son mug de café dans l'évier. Allez, je file faire un footing.

Après son départ, je mis sens dessus dessous le placard dans lequel j'avais repéré le relais wifi le premier soir, mais il ne s'y trouvait plus. Je fouillai dans les tiroirs et les meubles et fis le tour des prises électriques du chalet. Sans succès. *Pourquoi m'isole-t-elle ainsi ?* pestai-je.

Je sortis du chalet et remontai l'allée jusqu'à la zone de stationnement, près de la route, située plus en hauteur, ce qui me donnait l'espoir d'y capter un réseau. En effet, sur mon téléphone s'affichèrent un texto rigolo de Priya et deux messages tendres d'Aaron. Pensant à lui, je m'interrogeai de nouveau : n'était-il pas agacé que Kristen ait ruiné ses projets de dîner en amoureux avec moi ? Malheureusement, je ne captais pas assez de réseau pour répondre, et encore moins pour télécharger mes e-mails ou consulter un site d'information. Les mains tremblantes, je sentis de la frustration monter en moi ; pour qui Kristen se prenait-elle ?

Quand elle fut de retour, les joues rouges d'avoir couru, je l'appelai depuis la table de pique-nique :

– Tu veux bien brancher le relais wifi, s'il te plaît ? Je me sentirai beaucoup mieux si je sais que rien de nouveau n'est apparu aux infos.

Elle leva les yeux au ciel, encore haletante après l'effort, puis disparut dans le chalet. Je l'y rejoignis et la vis débrancher le relais wifi d'une prise de la salle de bains du bas – une des rares que je n'avais pas pensé à vérifier.

– Pourquoi tu l'as mis à charger ici ?

Elle haussa les épaules :

– Cet endroit en vaut bien un autre.

Elle me tendit l'objet, puis ressortit avec un tapis de yoga sous le bras. Après m'être connectée à Internet, je cliquai de nouveau sur le lien transmis par Nana, assourdie de bourdonnements imaginaires, et cherchai de nouveaux développements dans l'affaire qui m'intéressait – sans trouver quoi que ce soit.

Après avoir poussé un long soupir de soulagement, j'entrepris de répondre à Aaron, mais fus incapable de trouver les bons mots. Je me faisais l'effet d'un imposteur, d'une fille affreuse se faisant passer pour une petite amie modèle, pour une fille bienveillante qui ne ferait pas de mal à une mouche.

Je posai mon téléphone sur la paillasse et sortis du chalet. Kristen était installée sur le ponton, où elle enchaînait avec grâce des mouvements de yoga. Je restai un moment à l'observer. À quelques mètres de là, une loutre sortit la tête de l'eau et me dévisagea un instant avant de replonger. Comme si elle était au courant.

– Tu te joins à moi ? me proposa Kristen, en pleine posture de l'Angle latéral.

– Non, ça va.

Elle passa en posture du Triangle :

– Tout va bien ? Rien à signaler sur Internet ?

– Euh… non, rien, apparemment.

Je levai les yeux et considérai la ligne des arbres si lointaine, au-dessus de laquelle un rapace – un pygargue à tête blanche, pour être précise – dessinait de longs rubans dans le ciel.

Kristen replia son tapis et se dirigea vers moi :

– Qu'est-ce qu'il y a ?

– Rien.

– Il y a du nouveau ?

– Mais non ! Je… Oh, laisse tomber.

– Quoi ?

– C'est juste que… hésitai-je, les bras croisés. J'ai horreur de devoir garder ce secret. J'ai l'impression que c'est un mur qui me maintient à l'écart des autres.

– En tout cas, il n'y a aucun mur entre nous, nous sommes ensemble, dans cette affaire, affirma Kristen, appuyée contre un arbre. Tu peux me parler tant que tu veux.

– Non, justement. Chaque fois que j'essaie de le faire, tu changes de sujet. Tu passes à autre chose.

– Excuse-moi, soupira-t-elle. Ce n'est pas volontaire de ma part. Mais enfin… il n'y a pas grand-chose à dire, si ? Revivre un million de fois cette histoire ne nous ferait que stresser davantage sans pouvoir rien y changer. Je croyais que tu étais d'accord avec moi pour aller de l'avant ?

– Bien sûr, mais… ça m'empêche de me rapprocher d'autres personnes. C'est juste que… c'est difficile, tu comprends ?

– Oui, je sais bien.

Elle posa la main sur mon avant-bras, mais je me dégageai.

– Les choses ne se sont pas passées comme ça après le Cambodge, soupirai-je.

Elle inclina la tête, tout ouïe.

– C'était affreux, mais avec le temps – et ton aide, évidemment – j'ai réussi à enfermer ce souvenir dans une boîte et reprendre mon ancienne vie. Je n'y pensais plus en permanence, rien ne me le rappelait à chaque seconde. D'autre part, je n'avais personne avec qui…

Ma voix s'estompa.

– Quoi ? Continue, me pressa Kristen, les yeux grands ouverts.

Je secouai la tête. Comment expliquer ce que j'éprouvais ? Je souhaitais abaisser mes défenses en présence d'Aaron, toutefois j'avais le sentiment que ce secret brisait ma relation naissante avec lui comme une faucille anéantissant un champ de céréales. Je fus aussitôt inondée d'une vague de dégoût de moi-même : que c'était dégueulasse de ma part de croire qu'avoir un petit ami faisait de moi une meilleure personne que Kristen, une jeune femme souhaitant davantage être elle-même.

– J'ai tout risqué pour toi, me rappela Kristen, les yeux rougis de larmes. Quand j'ai compris que tu avais besoin d'aide, dans cette chambre d'hôtel, au Cambodge, je n'ai pas réfléchi ; j'ai agi, c'est tout. Parce que tu es ma meilleure amie.

Ces mots restèrent en suspens entre nous ; il était inutile pour Kristen d'aller plus loin, de me dire : « Je t'ai sauvé la vie – j'ai tué pour toi –, et c'est comme ça que tu me remercies ? »

– Je me suis dit que tu aurais réagi de la même façon si les rôles avaient été inversés, poursuivit-elle à mi-voix. Mais en réalité, j'étais certaine que jamais une telle chose ne m'arriverait, que jamais un mec n'oserait m'agresser. Quand ça s'est produit, au Chili… j'ai regretté mes pensées, Em, je t'assure. Puis je me suis dit que nous étions fourrées ensemble dans ce pétrin.

– Je suis désolée, Kristen, dis-je, pleurant à mon tour. J'aimerais tant qu'on puisse tout avouer à quelqu'un.

– Pourquoi ? Ta conscience coupable serait soulagée, mais tu passerais les dix années à venir en prison. Réfléchis bien à ça. Je ne plaisante pas : visualise-toi dans une cellule. Tu tiens vraiment à rester enfermée jusqu'à quarante ans dans un pénitencier pour femmes, dans un bled du genre Fond du Lac ?

Me voyant hésiter, elle poursuivit son raisonnement :

– Et tu tiens vraiment à ce que moi aussi je passe dix ans derrière les barreaux ? Parce que c'est tout ou rien, dans notre histoire, je te rappelle.

Je secouai vivement la tête. Elle me prit la main et glissa ses doigts entre les miens, puis elle agita nos poignets, comme deux fillettes dans la cour de récréation. À nous deux, nous formions un mur, une force impénétrable.

– Je sais que c'est dur et je suis navrée que nous soyons dans cette situation, mais tout va s'arranger, enchaîna-t-elle. C'est difficile à croire pour l'instant, je sais, mais les choses vont se tasser, comme la fois précédente.

Elle renifla de nouveau.

– Quand mes parents sont morts, et ensuite Jamie, j'ai cru que je ne m'en remettrais jamais. Je n'avais pas tout à fait tort, d'ailleurs, car il est impossible de passer à autre chose et de ne plus penser à ce qui te ronge, mais tout… évolue. La vie prend une nouvelle trajectoire, dans un nouveau cadre, et elle continue. Tu comprends ce que je veux dire ?

J'acquiesçai.

Elle soupira bruyamment :

– Je suis vraiment désolée que tu te sentes si mal à l'aise rien qu'en posant les yeux sur moi.

– Kristen…

– Si, je t'assure, je suis réellement navrée. Je ne sais pas quoi te dire d'autre. Tu n'es pas… Je ne dis pas que tu es méchante, injuste ou je ne sais quoi. Je suis vraiment désolée.

– Et moi, je suis désolée que tu le sois, dis-je avec fermeté. Le truc, c'est qu'être si évasive avec Aaron me fait horreur ; il me plaît beaucoup.

Je pris un air dépité.

– Je veux que nous soyons ouvertes l'une à l'autre, d'accord ? Pas de secrets entre nous.

– C'est toi qui es bizarre, sourit Kristen. Moi, je suis un livre ouvert.

Elle se dirigea vers le chalet.

– Je vais chercher des canettes d'alcool pétillant et ensuite on va nager ! Tu peux gonfler le matelas ?

Elle fila sur les racines et les cailloux, aussi féline qu'un lynx. Ses mots résonnaient encore en moi : « J'étais certaine que jamais une telle chose ne m'arriverait. »

Deux routards morts à un an d'intervalle. Deux parents décédés dans un incendie. Une meilleure amie victime d'un accident. La mort omniprésente.

Songeant de nouveau à l'article de CNN, je revis le sourire séduisant de Paolo et imaginai ses textos pleins d'entrain adressés à sa sœur. Puis le serment solennel de son père.

Et enfin, un nouvel écho de la voix de Kristen.

« Je me suis dit que tu aurais réagi de la même façon si les rôles avaient été inversés. »

– 24 –

Un moustique s'approcha de mon oreille et me cracha son sifflement suraigu, qui m'évoqua de minuscules ongles raclés sur un tableau noir. Je fendis l'air d'une main, puis tirai sur les cordelettes de la capuche de mon sweat-shirt. Il faisait plus froid que je l'avais imaginé ici. Nous n'étions que de quelques heures plus proches du pôle Nord que Milwaukee, pourtant l'air s'était nettement rafraîchi dès la disparition du soleil.

– Oh ! Tu l'as vue, celle-là ? s'écria Kristen.

Sa voix relégua un instant au second plan les sons de la nuit : le coassement guttural des grenouilles, le stridulement des grillons, le clapotis de l'eau du lac sur les poteaux métalliques de la jetée.

– Zut, je l'ai ratée.

– Elle était énorme.

– Merde…

C'était la deuxième étoile filante aperçue par Kristen depuis que nous étions là, vingt minutes après être sorties du chalet et avoir suivi le sentier parsemé de racines en nous éclairant à la lampe torche. Malgré ma vision nocturne lamentable, je profitais d'un ciel spectaculaire aux allures de pop-corn : une multitude de têtes d'épingle brillantes constellaient la voûte céleste de la ligne grumeleuse formée par la cime des arbres jusqu'à la rive opposée du lac. Nous étions allongées sur le dos, sur l'étroite jetée, nos têtes près de se toucher et le bas du corps dans deux directions opposées.

– Je ferais peut-être mieux de regarder du même côté que toi, hasardai-je.

– Ça ne changerait rien ; elles sont toutes les deux apparues au zénith. Oh ! Regarde ! Un satellite.

La silhouette de la main dressée de Kristen masqua quelques étoiles ; j'aperçus un point blanc qui se déplaçait à une vitesse régulière vers l'ouest, puis je le perdis de vue lorsqu'il se fondit dans une zone où les étoiles formaient une bande crémeuse. Il s'agissait de la tranche de la Voie lactée, notre galaxie, m'avait expliqué Kristen lors d'un petit exposé de deux minutes au cours duquel elle m'avait décrit quelques constellations, notamment la Grande Ourse, la Petite Ourse et le baudrier d'Orion, éclatant.

Soudain, certaines étoiles s'éteignirent une fraction de seconde, tandis qu'un curieux bruissement se faisait entendre.

– Qu'est-ce que c'était ?

– Sans doute une chauve-souris, ricana Kristen. Tu en sais bien plus que moi sur les bestioles sauvages.

– Oui, probablement une chauve-souris.

J'aurais aimé que mon cœur batte moins vite. L'endroit était tranquille et magnifique, mais également isolé, loin de tout, sans parler des mille petits bruits ici ou là. À sa façon campagnarde, ce coin perdu avait de quoi terrifier.

– Mes parents me racontaient souvent l'histoire de la chauve-souris entrée dans le chalet, dit Kristen. C'est arrivé longtemps avant ma naissance, je crois qu'ils n'étaient pas encore mariés. À l'époque, ils organisaient des fiestas d'enfer, ici. Un jour, une chauve-souris est entrée par le conduit du poêle à bois.

J'écoutais sans dire un mot.

– Cette histoire n'a rien d'extraordinaire, en réalité, poursuivit Kristen. Cet événement a dû être très amusant sur le moment, mais quand on entend ce récit, il est surtout question de nombreux cris de frayeur, d'armes empoignées et d'invités qui courent dans tous les sens. Les femmes craignaient que la chauve-souris s'emmêle dans leurs cheveux, je suppose ; maman a d'ailleurs conseillé à tout le monde de se coiffer de casseroles, de passoires, ce genre de choses.

L'écho de nos deux rires résonna sur le lac avant de s'éteindre.

– Très amusante, cette anecdote, appréciai-je. Ta mère a été très réactive.

Kristen lâcha d'abord un vague son, entre rire et soupir, puis ajouta :

– Elle était merveilleuse. Tu l'aurais adorée.

– J'en suis certaine.

Une légère rafale de vent fit siffler la cime des arbres. Je tirai les manches de mon sweat-shirt sur mes mains que je glissai sous mes aisselles.

– Papa évitait notre compagnie, quand nous étions ici – il n'avait que la pêche à l'esprit –, mais maman jouait avec moi toute la journée. Elle avait même mis en place une course d'obstacles dans l'eau ; je devais contourner le banc de sable, toucher les roseaux, etc. Avec le recul, je comprends qu'elle tenait surtout à faire de moi une excellente nageuse.

Un souvenir de ma propre enfance me revint : j'avais quatre ou cinq ans, et ma mère était trop malade pour me conduire à la fête organisée par un voisin, avec piscine au programme. J'avais imploré mon père de m'y accompagner. Le bassin rectangulaire était rempli d'enfants, et j'y avais sauté du côté le moins profond. De l'eau jusqu'aux épaules, j'étais aux anges d'être là, encore stupéfaite que mon père ait accédé à ma demande, presque choquée que pour une fois mes suppliques aient abouti. Mes petits pieds glissant sur le fond de la piscine, je m'étais éloignée peu à peu du bord, sans m'en rendre compte. Subitement, le fond s'inclina ; m'agitant et toussant, j'eus rapidement de grandes difficultés à garder la tête hors de l'eau.

Alors que ma panique atteignait son paroxysme, je fus secourue par une mère qui m'était totalement inconnue ; elle se jeta à l'eau et me prit dans ses bras.

– Tout va bien, tout va bien… me chuchota-t-elle.

Elle avait plongé habillée – elle portait un débardeur et un jean. M'agrippant à son cou, je cherchai mon père du regard. J'éprouvai un soulagement et un amour immenses lorsque je vis son visage inquiet. Ce sentiment réconfortant éclata comme une ampoule sur le chemin du retour ; alors que je frissonnais sur ma serviette trempée, il me lança sur un ton bourru :

– Il ne fallait pas aller dans la piscine si tu ne sais pas nager. Cette dame avait un bipeur sur elle ; il ne fonctionne plus à cause de toi.

Ce soir-là, j'eus droit à une fessée, pour m'être donnée en spectacle.

– Elle récupérait parfois du matériel de construction, poursuivit Kristen d'une voix rêveuse. Un jour, nous avons fabriqué des petits voiliers à partir de morceaux de planches. Nous les avons poussés un bon moment sur le lac, le long de la rive.

Le calme de la nuit fut brièvement percé par le cri d'un huard, trois notes en trémolo.

– Ma mère me manque… souffla Kristen, à peine audible.

– Oh, Kristen…

Elle laissa passer un instant.

– L'année dernière, le jour anniversaire de sa mort est passé sans que je m'en rende compte. C'est bizarre, non ? Je n'y ai pensé que deux jours plus tard. J'ai eu l'impression de l'avoir trahie, d'avoir effacé son existence.

Elle étouffa un rire amer.

– Et ensuite, je me suis dit : « Oh, et papa aussi. » Ils sont morts le même jour, ce foutu 10 novembre 2001. Je dois dire que j'étais satisfaite que ce connard manipulateur soit resté si longtemps loin de mes pensées.

Mon cœur battait à présent si fort que je plaquai la main sur ma poitrine, comme pour le calmer.

– Je suis vraiment désolée pour toi, Kristen.

Était-ce plus facile pour elle de parler de ses parents la tête tournée vers le ciel, tandis que nous étions toutes deux plongées dans l'obscurité ? Mais pourquoi ce soir en particulier ? Devais-je ces confidences au sazerac que nous avions siroté après le dîner, ou à quelque raison plus profonde ? Peut-être un point de bascule avait-il été atteint.

– Tu crois que… Tu penses de plus en plus à ça, ces derniers temps, peut-être ?

– Je ne sais pas.

– Ça t'aiderait peut-être d'en parler à quelqu'un, suggérai-je. Tu m'as expliqué que ta psy t'avait beaucoup apporté, à l'époque. Tu n'as pas cherché à la retrouver ? Elle exerce peut-être encore.

– Lydia Brightside… Une sacrée personnalité. Tu as peut-être raison. À moins que je ne m'apitoie sur mon sort, tout simplement. Ça ne me ressemble pas, pourtant, comme tu le sais ; j'ai horreur de ça.

– Je confirme ! Tu me laisses rarement le faire moi-même, d'ailleurs. C'est pour ça que…

J'étais sur le point de lâcher une plaisanterie, « C'est pour ça que je te garde près de moi », mais mes tripes s'étaient de nouveau nouées, et avec cela était revenue mon envie de m'éloigner de Kristen – du moins tant que je n'aurais pas davantage de réponses à propos de Jamie, de ses parents et de sa déconcertante indifférence vis-à-vis de l'exhumation du corps de Paolo.

– C'est une des nombreuses raisons qui font qu'aucun obstacle ne t'empêchera jamais d'aller de l'avant, me rattrapai-je.

Le silence se fit plus pesant, tandis que le froid s'accentuait. Une nouvelle fois agacée par un moustique, je me levai :

– Je gèle. Je crois que je vais rentrer.

– Je reste encore un peu, dit Kristen.

Même si son visage m'était invisible, sa petite voix chancelante était éloquente.

Alors que je marchais vers le chalet, la peur s'insinua en moi. Ma lampe torche ne m'offrait qu'une pathétique sphère de sécurité dans les ténèbres. Le lac Novak s'était fondu dans une telle obscurité que je n'étais plus certaine que le reste du monde n'ait pas disparu.

J'étais presque parvenue à destination lorsque mon faisceau lumineux éclaira fugitivement quelque chose qui remuait, ce qui me fit sursauter. Je me repris et fouillai l'obscurité pour en avoir le cœur net ; une horreur sans nom se déversa en moi quand m'apparut un cadavre de lapin couvert d'un suaire de mouches agitées. La pauvre bête avait été égorgée, et de l'entaille coulait un sang noirâtre.

Les paroles de Kristen me revinrent à l'esprit : « Si seulement je pouvais tuer ces sales bêtes ! » Avec ces mots surgit le souvenir de Kristen abattant sa hachette avec assurance.

Non... Je reculais d'un pas malgré moi. Ma sandale percuta une grosse racine, ce qui me fit perdre l'équilibre. Je me cognai le bras sur un tronc d'arbre, dont je raclai l'écorce pour enrayer tant bien que mal ma chute. Je restai un instant immobile au sol, prête à constater les dégâts, puis une vive douleur se manifesta dans ma cheville.

– Kristen !

Mon appel se répercuta parmi les arbres, résonna sur le lac et s'éleva vers le parapluie d'étoiles.

Je me raclai la gorge et criai plus fort :

– Kristen ! J'ai besoin d'aide !

Je me tus, si concentrée que je sentis mes oreilles se crisper, mais seuls les grillons me répondirent, imités peu après par quelques grenouilles errantes et une chouette solitaire – ou plutôt un coyote.

Ou un loup. Je tournai vivement la tête, les nerfs à fleur de peau, avec la sensation que mon sang avait pris feu.

– Kristen ?

Pas de réponse. J'éclairai ma cheville, prête à découvrir une enflure violacée, mais ne vis rien de tel, pas la moindre trace témoignant de ma chute.

Je hurlai quand une main m'agrippa l'épaule.

– Tu m'as fichu la frousse ! m'écriai-je, les mains plaquées sur le tapis d'aiguilles de pin.

– Et moi, alors ? Je te croyais rentrée ! J'ai failli me faire dessus quand j'ai vu quelqu'un par terre. Écarte ta lampe, tu m'éblouis.

Kristen avait en effet une main sur les yeux. J'abaissai le faisceau lumineux.

– Je t'ai appelée, j'ai crié ! râlai-je, incapable de dissimuler mon agacement. Je suis tombée et je me suis fait mal à la cheville. Tu es sourde ou quoi ?

– Mon Dieu, je suis désolée ! s'excusa Kristen, qui s'agenouilla et inspecta mon pied. J'avais mes oreillettes ; j'ai fait un peu de méditation guidée sur la jetée.

– J'ai vachement mal.

– C'est sûrement une entorse. C'est vrai que ça fait souffrir.

Elle se redressa et glissa un bras sous le mien.

– Il faut mettre de la glace sur ta cheville. Voilà, je te tiens.

Une décharge d'un froid mentholé se propagea en moi lorsque je voulus prendre appui sur ma jambe.

– Appuie-toi sur moi. Allez, on y va.

Kristen m'installa dans le chalet, mon pied blessé sur une chaise, la cheville couverte d'un paquet de petits pois surgelés. Elle me fit ensuite avaler deux comprimés d'ibuprofène, puis ouvrit sans perdre un instant une trousse de premiers secours très complète. Elle en extirpa un vieux tube de crème à base d'arnica et un bandage élastique très fin, qu'elle enroula autour de ma cheville et fixa grâce à deux épingles qui se plantèrent tels des crocs dans le tissu.

– Tu as vu le lapin, dehors ? lui demandai-je, alors qu'elle rangeait la trousse. Quel animal a pu faire une chose pareille ?

– Probablement un coyote, me répondit-elle, sans lever la tête.

– Oui, tu dois avoir raison, marmonnai-je, les yeux rivés sur ma cheville aussi bandée qu'une momie.

Kristen étant montée se coucher, je suis restée blottie sur le canapé, sous le dôme lumineux dispensé par une antique lampe. Tandis que des papillons de nuit s'agitaient contre les moustiquaires des fenêtres, mon cerveau carburait à plein régime, à tel point que j'avais la sensation d'entendre ses mécanismes cliqueter, tel un chariot de montagnes russes tiré par la crémaillère de la montée initiale. Quel événement avait incité Kristen à hachurer le visage de Jamie dans les albums souvenirs de l'école et à ruiner les lettres gravées sur l'arbre ? Par quel mystère restait-elle si peu affectée par la découverte du corps de Paolo ? Quant à notre conversation de jeudi, au cours de laquelle elle m'avait brièvement convaincue qu'elle était aussi ébranlée que moi par ce que nous avions subi, pourquoi avais-je à présent le sentiment qu'elle m'avait joué la comédie, qu'elle m'avait piégée ?

Je clopinai jusqu'à la paillasse de la cuisine et allumai le relais wifi – que j'avais moi-même branché, cette fois. Quelque peu tendue, j'écrivis « Jamie Rusch » dans la barre de recherche de mon ordinateur portable.

Parcourant avec frénésie les résultats proposés, j'eus soudain la sensation que la planète basculait sur son axe.

Les poings serrés sur les lèvres, je songeai que Kristen avait évoqué un accident. Un accident qui avait coûté la vie à Jamie.

Or la vérité était tout autre.

En ce mois de novembre 2001, qui avait par ailleurs vu la mort de Jerry et Anne Czarnecki dans un violent incendie, la jeune Jamie s'était suicidée.

Et Kristen, autrefois sa meilleure amie, aujourd'hui devenue la mienne, m'avait menti à ce sujet.

– 25 –

Fonds commémoratif Jamie Leigh Rusch. Ce site Internet avait belle allure, un travail quasi professionnel, avec la photo en noir et blanc d'une fillette souriante qui restait en fond d'écran quand on faisait défiler le texte. Je vis dans cette mise en page une métaphore extrêmement troublante : Jamie figée pour l'éternité à l'âge de douze ans, pendant que le reste du monde évoluait. Pas très à l'aise comme toute préado, elle avait une frange fine, un sourire timide et une peau aussi brillante qu'une voiture tout juste lustrée. Détaillant la photo, je me rendis compte qu'en effet Jamie me ressemblait ; nous avions les mêmes cheveux bruns ondulés et les mêmes sourcils épais.

En haut de page, la raison d'être du site était inscrite en caractères bleus : « Éveiller les consciences au sujet des troubles mentaux et aider le plus grand nombre. » Suivait une série de phrases ne laissant aucun doute sur la cause du décès de la fillette, comprenant des expressions telles que « mettre fin à sa disgrâce » et « accéder à des traitements des troubles mentaux ». Il était même recommandé au lecteur de modifier ses habitudes en parlant de « maladie du cerveau » plutôt que de « maladie mentale », ou en disant que Jamie était « morte par suicide », plutôt qu'elle « s'était suicidée ». Une vidéo intégrée en bas de page montrait les parents de Jamie s'exprimant lors d'une soirée de récolte de fonds ; je la visionnai sans le son. J'ouvris ensuite la page « Galerie », m'attendant à trouver des photos d'événements similaires précédents, mais – quel choc – je découvris d'autres photos de Jamie.

Jamie splendide bébé aux joues rouges et au petit nez en bouton ; Jamie à trois ou quatre ans, une glace dégoulinante dans la main et esquissant une sorte de révérence ; Jamie en âge d'aller à l'école, avec sous le bras un ballon de basket. Sur la dernière photo, Jamie, devenue collégienne, était en tenue de basket verte brillante, et ses coéquipières la portaient sur leurs épaules. Ces adolescentes l'acclamaient et lui souriaient de toutes leurs dents baguées, avec leurs cheveux frisés, certaines menues et d'autres dégingandées. Quelle période agitée dans la vie d'une jeune fille, secouée par des évolutions radicales alors qu'elle est prête à tuer pour être « normale ».

Kristen étant à l'époque également très investie dans le basket, je détaillai les visages un à un. J'eus un choc quand enfin je l'eus repérée ; si ses coéquipières admiraient toutes Jamie, qui avait sans doute marqué le panier de la victoire, Kristen, en arrière-plan, regardait l'objectif avec un air incertain.

Je lus ensuite la notice nécrologique de Jamie, qui laissait derrière elle ses parents, Thomas et Jennifer Rusch, ainsi que son petit frère Luke. Elle avait été retrouvée morte le 24 novembre 2001, soit exactement deux semaines après le décès des parents de Kristen.

Celle-ci avait perdu sa meilleure amie et ses parents au cours du même mois tragique. Et elle ne m'en avait jamais parlé.

Au bas de la page, je constatai que les locaux du fonds étaient situés à Las Vegas, cette oasis folle construite à partir de rien par l'homme. Quelques recherches supplémentaires m'apprirent que la mère de Jamie travaillait dans le marketing et que son père était agent immobilier à Henderson, dans le Nevada, soit bien loin de leur demeure aux ananas du Wisconsin, calée entre la première maison de Kristen et le manoir de Nana et Bill. Le désert de Mojave est un de ces lieux où l'on ne trouve quasiment pas d'ombre, les journées étant baignées de soleil et les nuits éclairées par la lune. Le genre d'endroit où un corps enterré ne restait pas longtemps dans les ténèbres, sous les projecteurs qu'étaient les étoiles.

Kristen ne m'avait rien dit de tout cela. Elle m'avait parlé de son animal domestique (Haricot, le cochon d'Inde), du jour où elle s'était fracturé le poignet en faisant son intéressante sur une balançoire, sans oublier la pièce de théâtre grotesque sur le thème de Pâques qu'elle avait écrite en CM1 et que ses camarades de classe avaient consciencieusement jouée. Elle aurait dû évoquer la perte d'une amie proche, et ce malgré les disputes qui l'avaient incitée à rayer des photos aujourd'hui cachées dans l'obscurité d'une cave limoneuse.

C'est alors que me vint une pensée qui m'avait effleurée sans tout à fait prendre corps quand la chasse au trésor s'était achevée sur une note spectaculaire : *Est-ce vraiment une bonne idée d'être seule avec Kristen dans un chalet perdu dans les bois ?*

Un craquement du plancher, au-dessus de ma tête, me fit tressaillir. Pourquoi tous ceux qui s'étaient rapprochés de Kristen avaient-ils trouvé la mort ? L'incendie si soudain avait tout du cliché de film d'horreur... Saisie d'un frisson, je tapai dans la barre de recherche les détails dont je me souvenais encore à propos de ce drame, tout ce qui était susceptible de mener vers d'autres articles relatant l'incendie dans lequel les parents de Kristen avaient perdu la vie. Malheureusement, la connexion Internet fut coupée alors que je m'apprêtais à cliquer sur « Entrer » – j'avais consommé les cinq gigaoctets auxquels j'avais droit. Je fermai mon ordinateur et restai un long moment dans l'obscurité, cernée par les bruits de la nuit.

Nous étions bringuebalées dans nos sièges, sur cette route qui serpentait dans la forêt. Kristen roulait trop vite, allant jusqu'à accélérer en pleine épingle à cheveux.

– Comment se fait-il que la route soit si sinueuse ? m'étonnai-je, agrippée à la poignée de la portière.

– Il a fallu contourner les lacs, les marécages et les crêtes du coin. La région est plus vallonnée qu'on ne l'imagine. Ici, par exemple, on chute dans un à-pic vertigineux à la moindre sortie de route.

Kristen ponctua ses mots en tendant le bras de mon côté.

– Ce serait peut-être une bonne idée de ralentir, non ?

– J'ai parcouru cet itinéraire un million de fois, m'assura-t-elle en abordant à toute allure un nouveau virage.

Le cou cisaillé par ma ceinture de sécurité, je pris une profonde inspiration et me lançai :

– Au fait, je voulais t'en demander un peu plus sur ton amie Jamie.

Kristen plissa les yeux, éblouie par le soleil.

– Je croyais t'avoir expliqué que je ne voulais plus parler d'elle.

– J'ai tapé son nom sur Google, j'étais curieuse de voir si elle me ressemblait vraiment.

C'était un mensonge maladroit de ma part, mais je n'avais rien trouvé de mieux.

– J'ai découvert qu'elle... s'est suicidée.

– C'est ça.

La canopée étant percée par les rayons du soleil, des ombres évoquant des motifs de camouflage défilaient sur le visage de Kristen.

– Tu m'as dit qu'elle avait eu un accident, rappelai-je.

Elle me fusilla d'un regard dur, étouffant.

– Parce que c'est douloureux pour moi. Tu piges ?

– Je suis désolée, vraiment. J'ai bien compris que Jamie était comme une sœur pour toi.

– Ouais... siffla-t-elle, avant d'écarter ses cheveux de son visage. Tu sais, si on m'avait demandé si je pensais une fille de douze ans capable de survivre à la mort de ses parents puis, quelques semaines plus tard, au suicide de sa meilleure amie depuis toujours, j'aurais répondu par la négative, évidemment, pourtant je suis là. Nous sommes là.

Elle tourna la tête vers moi.

– C'était très dur. Je ne veux plus jamais traverser de tels moments.

Elle se tut et me regarda un instant, ce qui fit naître un réel malaise en moi.

– Je n'ose même pas imaginer ce que tu as enduré, dis-je. Que... Que s'est-il passé, exactement ?

Elle haussa les épaules :

– Personne ne s'était rendu compte combien elle souffrait, pas même moi.

– Elle était dépressive ?

– Oui, je suppose.

– Mon Dieu, elle était si… jeune. En arriver là à cet âge…

– C'est plus fréquent que tu ne le crois, affirma Kristen, qui avala sa salive avant de poursuivre. Tu te rappelles qu'on adorait toutes les deux le film *Virgin Suicides* ? Et cette fameuse réplique : « Manifestement, docteur, vous n'avez jamais été une fille de treize ans. »

À la sortie des bois, la route se poursuivit à travers la campagne. Un bar nous apparut d'un côté, face à une station-service miteuse. À la dernière seconde, Kristen braqua brutalement et roula vers une pompe à essence.

– Ce sera moins cher de faire le plein ici, m'expliqua-t-elle.

Elle attrapa son sac à main, sortit de l'habitacle et claqua la portière.

Mon cerveau était aussi agité qu'un seau rempli de petits poissons, mes pensées grouillant et se percutant à n'en plus finir. Était-ce Kristen qui réagissait de façon étrange dès qu'il était question de Jamie, ou moi qui voyais une menace dans un phénomène totalement explicable, comme elle le prétendait avec insistance ? Jamie s'était-elle réellement suicidée, ou Kristen l'avait-elle… Enfin, était-elle liée à ce drame, d'une façon ou d'une autre ? N'étais-je pas une amie épouvantable d'envisager de telles horreurs ? Car maintenant se présentait l'étape suivante de ce cheminement logique, une éventualité que je ne m'étais jamais autorisée à affronter de face : cette mort omniprésente autour de Kristen n'impliquait-elle pas que… ce fameux soir, avec Paolo…?

Kristen ouvrit la portière, ce qui m'empêcha de mener mon raisonnement à son terme. Elle pressa une touche sur le tableau de bord, et la radio se mit à beugler. Tandis que nous retrouvions la forêt, je fis défiler notre conversation dans ma tête. Kristen avait dit qu'il était hors de question qu'elle vive de nouveau une perte comparable à celle de Jamie. Qu'avait-elle voulu dire par là, précisément ?

Les cadeaux s'entrechoquaient sur la banquette arrière : l'éléphant de jade pour Priya, des chopes de bière très classe faites à partir de vieilles bouteilles pour Aaron, une bonne bouteille de merlot et une carte de remerciement pour Nana et Bill, qui m'avaient permis de fêter mon anniversaire dans leur chalet. J'avais poliment répondu à l'e-mail de Nana, la remerciant pour ses bons vœux. Je lui avais en outre demandé ce qu'elle entendait en me disant que Kristen se comportait « de façon quelque peu étrange ces derniers temps ». Elle ne m'avait pas répondu. C'était curieux, tout de même. Dans son message, elle m'avait donné l'impression d'être plus inquiète à mon égard que pour sa petite-fille.

Nous passâmes en trombe à hauteur de champs dans lesquels rampaient des machines agricoles, tels des insectes mécaniques géants. Mon angoisse s'accrut à l'approche de l'autoroute, puis sur l'I-43. Nous retrouverions sous peu Milwaukee, la civilisation, la vraie vie, où le mystère de la mort de Paolo semblait plus concret que dans les montagnes. En ville, ce fait divers était un point régulièrement évoqué dans les informations, et non plus un vague objet errant dans le lointain tel un satellite filant dans le ciel du nord. J'imaginais déjà des agents de la police de Los Angeles m'attendant au pied de mon immeuble, et mes voisins suivant la scène avec de grands yeux bovins.

Ce soir-là, de retour chez moi, dans mon lit, je fis des cauchemars peuplés de piqûres d'abeilles et de morsures de chauves-souris, ces minuscules entailles dans ma peau tendre déclenchant des douleurs en cascade. Je m'éveillai en sueur et défis le bandage sur ma cheville. Tout en m'affairant, je vis en pensée ma cheville aussi blanche que la peau d'un cadavre, uniquement tachée d'une traînée d'un noir d'encre, le long du tendon d'Achille. En réalité, quand enfin j'eus retiré les derniers centimètres du bandage, je découvris une cheville tout à fait normale.

– 26 –

– Je suis… terrifiée.

Mes doigts remuaient d'eux-mêmes, encore une fois, mes ongles raclant la peau tendre des extrémités.

– Une frayeur intense qui me tombe dessus quand je m'y attends le moins, précisai-je.

Adrienne hocha la tête, l'air grave :

– Qu'éprouvez-vous, physiquement, lorsque cette peur s'empare de vous ?

Tout en grattant la cicatrice d'une coupure sur mon auriculaire, je songeai que ma psy ne m'avait pas posé la question que je redoutais le plus, car alors il me faudrait lui mentir : « De quoi avez-vous peur, exactement ? »

J'avais peur que la police de Los Angeles ne découvre quelque indice nous ayant échappé, comme une tache de sang sur le sol de notre chambre d'hôtel, un bout de papier compromettant parmi les cendres abandonnées dans le poêle, des empreintes digitales sur les pelles, de l'ADN dans le coffre de la voiture…

Mais ce n'était pas tout. J'étais également terrifiée par toute une kyrielle de mauvais souvenirs, soit autant de croque-mitaines m'empêchant de trouver le sommeil. Je n'avais que l'embarras du choix ; cette épouvantable nuit à Phnom Penh, par exemple, les yeux de Kristen lançant des éclairs tandis qu'elle abattait le lampadaire sur Sebastian. *Arrête ! Arrête ! Arrête !*

– Je la sens dans ma poitrine, répondis-je. Ça ressemble un peu à un début de crise d'asthme.

J'avais ainsi eu les tripes nouées durant toute la soirée de la veille, quand Aaron m'avait enfin préparé mon fameux dîner d'anniversaire. Il avait voulu tout cuisiner, mais j'avais insisté pour faire de nos retrouvailles une double fête, car il avait décroché un projet de design qui lui tenait à cœur. Je lui avais décrit le chalet, les marshmallows cuits dans les flammes et l'observation des satellites glissant dans le ciel nocturne. Dans mon récit, j'avais remplacé l'épisode de mon entorse et de mon appel vain dans la nuit silencieuse par une maladresse stupide, mais amusante.

J'avais bien entendu omis quelques détails, comme ma confrontation irréelle avec Kristen, chacune d'un côté de la table de la cuisine, quand elle avait exigé qu'on éteigne nos téléphones. Je n'avais pas davantage évoqué le cadavre de lapin mutilé abandonné dans l'obscurité, pas plus que mes fouilles au sous-sol au cœur de la nuit ni les coups de stylo rageurs sur le visage de Jamie. J'avais livré à Aaron une version édulcorée des événements, à l'image des bulletins d'information dans les aéroports, quelque peu tronqués de façon à éviter toute panique parmi les voyageurs. Maintenir une sorte de couvercle sur ma peur m'avait épuisée ; je m'étais sentie si crispée que j'avais craint de me trahir.

– Quel est l'élément déclencheur de cette peur, selon vous ? me demanda Adrienne.

Et voilà, nous abordions le point crucial. J'arrachai un morceau d'ongle couleur ivoire.

– Je ne me suis toujours pas faite au retour de Kristen… Sa présence me met mal à l'aise.

Il m'était impossible d'entrer davantage dans les détails avec Adrienne, bien entendu, mais au fond de moi j'en savais l'explication : je n'étais plus tout à fait certaine de faire confiance à Kristen. Cette constatation, de prime abord, semblait surprenante, étrange et même erronée. En effet, de tout temps, Kristen avait été synonyme de sécurité à mes yeux.

– Et pourquoi, d'après vous ?

Je haussai les épaules :

– Elle se comporte encore comme si tout allait bien. C'est une façon de gérer un événement traumatisant, c'est vrai, mais j'ai l'impression qu'elle joue la comédie, qu'elle garde tout en elle, au risque que tout explose un jour.

– Qu'est-ce qui vous fait penser cela ?

Pour commencer, elle refuse de reconnaître que le riche promoteur apporte son aide à la police pour nous retrouver. Kristen avait eu une réaction si bizarre, quand nous avions découvert l'article de CNN, que j'avais douté de sa sincérité.

– C'est juste que quelque chose… cloche, chez elle. En temps normal, c'est un vrai plaisir d'être réunies. Sa joie est contagieuse, si vous voulez. Mais depuis son retour, il y a de la tension entre nous. Dieu sait que je n'étais plus tout à fait moi-même, après avoir été agressée, alors je ne vais pas la juger, mais sa joie me paraît pleine d'agressivité, simulée.

Adrienne inclina la tête :

– Nous nous sommes longuement attardées sur les émotions de Kristen. Cela ne traduit-il pas de votre part une tendance à les faire passer avant les vôtres ?

– Non, pas du tout ! me récriai-je, avant de pousser un soupir. Je sais bien qu'elle tient à moi, et moi… Enfin, ce n'est pas condamnable de se faire de souci à propos de sa meilleure amie.

– Bien sûr que non, m'assura Adrienne, ce qui me détendit.

Elle plissa le front, rassemblant ses pensées.

– En somme, la « joie agressive » de Kristen vous met à cran et accentue votre inquiétude à son égard, votre propension à vous soucier de son bien-être.

Elle attendit que j'approuve.

– Et vous dites qu'elle est très intelligente, qu'elle perçoit parfaitement vos émotions, c'est bien ça ?

Je hochai de nouveau la tête.

– Je me demande… Peut-être a-t-elle conscience d'avoir cet effet sur vous. Je ne dis pas que c'est intentionnel de sa part, mais c'est peut-être une façon pour elle de maintenir la répartition du pouvoir dans votre relation. Rappelez-vous ce que nous avons dit précédemment, à propos des phénomènes de rejet qui surviennent quand une amitié évolue.

Des nœuds se formaient dans mon estomac, se développant comme des bourgeons en grosses feuilles. J'aurais voulu expliquer à Adrienne qu'elle faisait erreur, mais avec tous les signaux d'alarme qui résonnaient en moi depuis le week-end précédent, cela m'était difficile…

– J'ai toujours cru que l'amitié de Kristen était tout ce dont j'avais besoin, reconnus-je, tandis qu'une larme coulait sur mon nez. Je l'aime de tout mon cœur, vraiment, mais maintenant que j'ai quelqu'un d'autre dans ma vie, maintenant que j'ai Aaron…

J'arrachai un mouchoir en papier de sa boîte.

– Je me sens coupable de dire cela, j'ai l'impression de la trahir.

– Ne vous en faites pas, Emily. Tout ce que vous dites ici restera entre vous et moi.

Je lâchai un soupir, interminable et sonore.

– Je pense qu'elle refuse de me partager avec quelqu'un.

Je ne pris conscience de cette vérité que lorsqu'elle sortit de mes lèvres.

– Par exemple, elle a organisé notre virée, pour mon anniversaire, alors que je lui avais dit que j'avais prévu quelque chose avec Aaron. Elle n'a pas hésité à s'imposer, à lui dire d'attendre.

– Avez-vous précisé à Kristen que cela vous agaçait ?

– Bien sûr que non ; elle a voulu me faire plaisir.

– On pourrait estimer que mettre à l'eau vos projets d'anniversaire revient à aller un peu trop loin.

De nouvelles larmes me vinrent, tandis que l'irréfutable vérité prenait forme dans mon esprit. *L'amour que me porte Kristen ressemble fort à un contrôle de ma personne.*

– Comment réagissez-vous quand vous envisagez de parler de tout cela à Kristen, face à face ?

Une telle chose était… impensable.

– J'ai horreur des confrontations.

– C'est normal. Le conflit est une chose peu agréable. Néanmoins, éclairer certains points est parfois d'une grande aide.

Voyant que je n'avais rien d'autre que mon regard brisé à lui offrir, elle poursuivit :

– Revenons en arrière. Quand vous étiez enfant, que se passait-il lorsque vous tentiez de parler à vos parents de quelque chose qu'ils avaient fait et qui ne vous plaisait pas ?

– Je n'essayais même pas de le faire.

– Rien du tout ?

– J'ai appris dès mon plus jeune âge à ne pas réagir dans ces cas-là, car rouspéter ne me valait que davantage de problèmes. Ils étaient fermes, du genre à dire « parce que c'est comme ça ».

– Oh, Emily… laissa échapper Adrienne avec gravité.

Je ressentis comme une piqûre vive et profonde en moi ; le regard furieux de mon père me revint à l'esprit, ainsi que le choc d'une fessée reçue alors que je chantonnais, très loin d'imaginer commettre une bêtise. La douleur avait interrompu net ma comptine.

– Je préfère ne pas en parler, si vous voulez bien.

– Pas de souci, dit Adrienne, qui patienta le temps que je me tamponne les joues. Revenons à Kristen et à votre soirée avec Aaron annulée. Comment a-t-il réagi, à propos ?

– Il m'a dit que ce n'était pas grave. Mais m'aurait-il avoué la vérité, si cela l'avait vraiment agacé ?

– Qu'en pensez-vous ?

Je laissai passer une seconde avant de répondre :

– Il est si gentil… C'est peut-être aussi sa gentillesse qui me met mal à l'aise.

– Ce serait une raison d'avoir peur ?

– Il me semble que tout se passe très bien entre nous, estimai-je en me tortillant sur mon siège. Je ne peux m'empêcher de craindre que ça se gâte, que le passé ressurgisse pour me hanter.

Que l'univers me punisse pour tous mes mensonges – l'univers… ou la police de Los Angeles.

– Le fait qu'il soit si gentil avec vous vous incite-t-il à croire qu'il est d'autant plus probable que cette relation ne fonctionne pas longtemps ?

Je détournai le regard.

– C'est ce que vous pensez ? insista la psy.

– Non, ce serait illogique.

Elle posa son carnet sur ses genoux.

– J'étais avocate autrefois, comme je vous l'ai déjà dit. Mon boulot consistait à faire en sorte que le jury considère les preuves d'un œil objectif. Mener une thérapie comportementale et cognitive revient à peu de choses près au même : vous devez examiner vos pensées avec un regard scientifique, de façon à être en mesure de remettre en question celles qui ne tiennent pas la route. Voyons cette peur, cette conviction, ce motif de pensée que vous avez relevé. Ce n'est pas parce qu'un sentiment est réel qu'il reflète la vérité.

Telle était la leçon qu'Adrienne espérait que je retienne de cette séance. Car elle jugeait mes peurs irrationnelles, elle ignorait qu'un corps avait été exhumé, que des policiers armés me traquaient activement. Cependant, le soir venu, je vis son conseil sous un jour nouveau. *Sois une scientifique. Mets-toi dans la peau d'une avocate et consolide ton dossier.* Je savais désormais que Kristen me contrôlait, qu'elle tirait les ficelles, qu'elle en ait conscience ou non. D'autre part, il était évident que mon cerveau reptilien avait été titillé au cours de mon séjour au bord du lac Novak – suffisamment pour ébranler ma confiance en elle.

Un, deux, trois, quatre, cinq cadavres. Mon subconscient ne cessait de me répéter ce décompte, de racler mon amitié avec Kristen, tel un restaurateur d'œuvres d'art arrachant à coups de burin la couche de crasse masquant la vérité.

La question était la suivante : Kristen avait-elle été simple témoin de ces multiples décès par le fait d'une série de coïncidences malheureuses… ou était-elle davantage impliquée ?

L'estomac noué, je sentis de la bile me brûler la gorge. L'accusation était si énorme que j'en perdis l'équilibre. Je me laissai tomber sur ma chaise de bureau, haletante.

Tapie sous ma conscience, une part de moi-même tournait autour de cette question depuis des semaines. J'avais repoussé cette hypothèse, maîtrisant mes pensées et peu désireuse de l'énoncer clairement, car ses implications étaient dévastatrices : Kristen, ma plus ancienne et meilleure amie, la seule personne au monde à avoir connaissance de mes facettes les plus sombres et qui, malgré cela, m'aimait d'une façon inconditionnelle, était peut-être une meurtrière. En dépit de l'horreur que m'inspirait cette possibilité, il m'était impossible de ne pas tenir compte des preuves qui me harcelaient comme une houle insistante, en l'occurrence les cadavres. Les coïncidences les plus improbables n'allaient pas jusqu'à en accumuler à ce point. Soudain, j'eus très froid, les bras et la mâchoire saisis de frissons.

Concentre-toi, Emily. Inspirant à pleins poumons, j'imaginai tous mes sentiments, mon chagrin, mon horreur, mon incrédulité et ma peur, rassemblés en une petite boule, comme celle restée dans le poêle après que nous avions brûlé les effets de Paolo. Les enjeux étaient immenses : une arrestation, des accusations de meurtre, notre avenir ruiné. Il était essentiel que je sache si je pouvais oui ou non faire confiance à Kristen. Il fallait que je détermine si oui ou non j'avais quelque chose à craindre en la côtoyant.

Kristen avait-elle tué ? Telle était la grande question : avait-elle ôté des vies, non en état de légitime défense, non par accident, mais délibérément ? Les points d'interrogation s'enchaînèrent, surgissant comme de la chair de poule sur la peau. Qu'était-il réellement arrivé à ses parents ? À Jamie ? Son geste qui avait coûté la vie à Sebastian n'était-il vraiment qu'un accident isolé ? Et que s'était-il passé le soir de la mort de Paolo ?

Je sentis monter en moi une crise d'hystérie, que je contins en libérant un gémissement. *Concentre-toi !* Si j'avais eu affaire à un problème à régler au boulot, l'étape suivante aurait consisté à réfléchir à des réactions, puis à les mettre en œuvre une par une.

Pour commencer, je lus tout ce que je pus trouver sur Internet concernant l'incendie dans lequel les parents de Kristen avaient péri, autant dire pas grand-chose : quelques phrases dans le journal local se contentant d'indiquer que la cause du sinistre n'avait pas été établie ; les notices nécrologiques des deux victimes, Jerry et Anne, avec un appel aux dons au profit d'œuvres caritatives, plutôt que des fleurs. Je tapai ensuite « Kristen Czarnecki » et « 2001 » dans la barre de recherche, puis fis de même avec ses grands-parents, à tour de rôle. Je découvris ainsi avec une légère surprise que Nana s'appelait Tabitha, officiellement, prénom qui me parut aussi fictif que Nana. En dehors de cela, aucune révélation particulière.

Qui pouvait m'aider ? Qui pouvait me dire la vérité à propos de Kristen ? Jamie était morte. Il y avait bien Nana, dont je n'avais pas oublié l'étrange message chargé de doutes, pas plus que le moment bizarre survenu à la fin de l'apéritif, dans leur gigantesque demeure, quand, dans la cuisine, elle avait plaqué son numéro de téléphone dans ma main avec une réelle nervosité. Peut-être était-elle une alliée pour moi, désireuse de m'aider, mais incapable de m'en dire davantage ? Je tentai de la joindre, mais raccrochai quand mon appel fut basculé sur sa messagerie, puis lui envoyai un nouvel e-mail, même si elle n'avait pas répondu à mon dernier message. *Juste pour prendre des nouvelles !* écrivis-je poliment.

Tapotant des ongles la barre d'espace, je réfléchis intensément. Soudain, une idée m'apparut. Kristen s'était ouverte à une certaine personne, qui par conséquent était au fait de toute l'histoire. Après un instant de néant total, la lumière se fit dans mon esprit. Mes doigts pianotèrent aussitôt sur Google : « Lydia Brightside, psychothérapeute, Wisconsin. » Le portrait de la psy de Kristen me sourit en tête des résultats proposés : âgée de soixante et quelques années, cette femme aux cheveux courts roux tirant sur le gris avait de petits yeux. Sur ce cliché, elle avait les bras croisés, certainement à la suite d'une suggestion du photographe. Brightside n'était donc pas un pseudonyme, pas plus qu'un nom déformé par la mémoire de Kristen.

Le premier lien me permit d'accéder à une biographie publiée sur le site Internet d'un certain centre Westmoor, établissement spécialisé dans les thérapies comportementales.

Lydia Brightside, docteur en médecine, est pédopsychiatre certifiée et spécialisée dans le traitement des troubles du comportement. Elle est fondatrice, directrice exécutive et chef du département médical du centre de thérapies comportementales Westmoor. Forte de plus de quatre décennies d'expérience, le Dr Brightside a étudié et développé des interventions thérapeutiques uniques et innovantes pour traiter les troubles du comportement chez les enfants et les jeunes adultes…

Quoi ? Je sautai quelques paragraphes, jusqu'à la section « À propos de l'établissement ».

Fondé en 1995, le centre Westmoor, situé dans le Wisconsin, est un établissement de traitement résidentiel de premier plan destiné aux enfants et adolescents en proie à des troubles du développement et des problèmes mentaux et comportementaux.

Cette description ne correspondait en rien à la thérapie de deuil que la jeune Kristen avait – me semblait-il – suivie. Mais peut-être le Dr Brightside exerçait-elle par ailleurs au sein d'un cabinet privé ? Ayant déniché son CV sur un site universitaire, je parcourus son expérience ; non, elle avait toujours exclusivement travaillé au centre Westmoor depuis qu'elle l'avait cofondé un quart de siècle auparavant. Kristen me dissimulait-elle encore plus de secrets que je ne le croyais jusque-là ?

Je fis apparaître le centre sur une carte ; il était situé à environ deux heures de Milwaukee, dans une zone semi-rurale mouchetée de lacs.

À l'époque de l'université, j'avais donné du plasma à quelques reprises. Si l'ensemble de la procédure ne me posait aucun souci – la piqûre, l'attente, l'hématome marbré, l'état vaguement comateux après coup –, j'avais toujours passé ces quarante-cinq minutes en redoutant un moment précis. Jamais je n'oublierai la sensation du sang vidé de son plasma réinjecté dans mes veines, ce froid désagréable pareil à de la foudre gelée.

C'est exactement ce que j'éprouvai lorsque mon regard se posa sur les commentaires, en dessous de la carte ; mon sang fut soudain remplacé par un liquide glacial.

« Les patients sont exclusivement internés en ce lieu par décision judiciaire », avait écrit le premier intervenant.

Venait ensuite la vérité crue : « C'est là que sont emprisonnés les enfants suffisamment fortunés pour échapper à la prison pour mineurs. »

La prison. Mon Dieu… Le séjour de Kristen à Westmoor était-il lié aux trois morts qui la hantaient déjà à cet âge ? Avait-on considéré qu'elle risquait de se faire du mal, et, plus terrifiant, de s'en prendre à autrui ?

Si Kristen avait été impliquée dans un procès alors qu'elle était encore mineure, les comptes rendus étaient forcément inaccessibles. Mais pourquoi l'avoir traduite en justice ? Qu'avait-elle commis pour être internée dans une clinique, où elle avait été suivie par la plus éminente spécialiste des « troubles du comportement » du Wisconsin ? Peut-être avait-elle pété les plombs après la mort de ses parents, sa colère, son désespoir et son sentiment de culpabilité, en tant que survivante, formant un mélange détonant avec les hormones de la puberté. Peut-être était-elle devenue insolente envers ses professeurs et ses grands-parents. Tout cela justifiait-il de l'interner dans l'équivalent bourgeois d'une prison pour mineurs ? Une telle sentence aurait plutôt convenu pour un enfant ayant…

Je revis en pensée Kristen au chalet, près du lac, le flacon d'essence à briquet serré dans la main. « Je suis super douée pour faire du feu », avait-elle affirmé. « Ma mère n'était même pas censée se trouver à la maison. » La jeune Kristen, à seulement douze ans, n'avait tout de même pas…

Mon cœur s'emballa. Ce n'était certainement pas une coïncidence. Et si ma supposition était correcte, si la réponse à mes interrogations était réellement « Kristen a bel et bien tué », alors que fallait-il en conclure concernant notre ultime nuit au Chili ? Et surtout, que fallait-il en conclure me concernant, moi, maintenant ?

Je créai précipitamment une adresse mail bidon, dont je me servis pour contacter le centre Westmoor en me faisant passer pour une étudiante de troisième cycle à la recherche d'une institution psychiatrique dans l'État. Juste histoire de tâter le terrain, sans mentionner Kristen.

Je tressaillis en cliquant sur « Envoyer », puis je me laissai aller sur ma chaise, avec la vague sensation d'avoir agi de façon inconvenante.

Le lendemain matin, je reçus une réponse :

Chère Mlle Schmidt,

Merci pour l'intérêt que vous portez à notre établissement. En réponse à vos questions, sachez que les traitements fournis par le centre Westmoor ne sont pas couverts par la sécurité sociale. Par conséquent, seule une portion restreinte de la population y a accès. Nous collaborons avec les autorités judiciaires du Wisconsin, afin d'identifier les mineurs susceptibles de bénéficier de nos services. Pour qu'un patient soit admis, sa famille doit avoir été orientée vers nous par un spécialiste. La mission du centre Westmoor, qui consiste à fournir aux enfants souffrant de sévères troubles du comportement un environnement sûr, ainsi que l'accompagnement qui va avec, est unique au sein de notre État, même s'il existe des établissements similaires dans d'autres régions.

« De sévères troubles du comportement. » C'était donc vrai. Kristen avait été ainsi diagnostiquée étant enfant. Mais elle n'avait tout de même pas passé des semaines, voire des mois, enfermée dans une telle institution ?

Poursuivant ma lecture, j'ouvris grand les yeux :

Concernant l'historique du Dr Brightside, elle s'occupe exclusivement de patients hospitalisés au centre Westmoor depuis son ouverture, en 1995. Elle n'exerce dans aucun cabinet privé ; ses uniques patients sont résidents à temps plein chez nous (on peut toutefois y ajouter leurs parents, frères, sœurs, etc., lors de thérapies de groupe). Je joins à ce message un PDF de notre brochure. N'hésitez pas à revenir vers moi si je peux vous être utile.

J'avais donc ma réponse. Quelques années avant de faire ma connaissance à la sortie d'une séance de travaux dirigés d'économie, Kristen – la Kristen qui avait tué Sebastian à coups de lampadaire puis calmement élaboré un plan pour se débarrasser du cadavre dans une rivière, la Kristen qui avait abattu une bouteille de vin sur Paolo avec une telle violence que le crâne de celui-ci avait été enfoncé – avait été internée dans un centre réservé aux enfants souffrant de troubles émotionnels.

Et merde.

– 27 –

LOS ANGELES : UN MILLION DE DOLLARS OFFERTS DANS LE CADRE D'UNE ENQUÊTE SUR UN HOMICIDE

La famille de Paolo García, routard de vingt-quatre ans dont les restes ont été découverts non loin d'un village chilien isolé, promet un million de dollars de récompense pour quiconque fournira des informations permettant l'arrestation de l'assassin.

Une photo encadrée de son fils dans les mains, Fernanda García réclame justice. Le 25 avril dernier, elle a été informée par téléphone de la découverte par la police locale du corps de Paolo dans la vallée de l'Elqui, une région montagneuse du nord du Chili. Cet appel a ruiné sa vie.

« On nous l'a pris, j'ai le cœur brisé », se désole-t-elle.

Fernanda et son époux, Rodrigo García, P.-D.G. de l'agence de promotion immobilière Castillo Development, espèrent que la promesse d'un million de dollars de récompense incitera des témoins à se manifester. Paolo García a été vu pour la dernière fois le 30 mars en soirée, dans un restaurant bondé de Puerto Natales, une cité portuaire du sud du Chili.

« Quelqu'un a forcément remarqué quelque chose, affirme Rodrigo García. Cet argent ne nous le rendra pas, mais il mérite que justice soit faite. »

Près de quatre semaines se sont écoulées entre le jour où Paolo a été vu pour la dernière fois et celui de la découverte de son corps, le 25 avril, dans une fosse peu profonde, à environ vingt-cinq mètres de la route menant à Arroyito, petite bourgade agricole faiblement peuplée du nord du Chili. La police confirme qu'une autopsie a été pratiquée, sans donner d'informations relatives à la cause ou au jour du décès.

Selon ses proches, Paolo était un jeune homme enjoué et sociable qui réalisait enfin son rêve en parcourant le monde. Né en Californie, il a grandi à Barcelone, en Espagne, où il aimait jouer au tennis et cuisiner pour ses amis et sa famille. À l'âge de seize ans, il a appris qu'il souffrait d'un cancer de la thyroïde. D'après ses parents, vaincre la maladie l'a déterminé à voyager et offrir son aide un peu partout dans le monde.

Toute personne en possession de renseignements susceptibles d'aider les enquêteurs est priée de contacter la police de Los Angeles par téléphone ou texto au 637274.

J'étais au boulot, piochant dans ma salade et parcourant les informations en mode pilotage automatique, quand le titre de cet article m'avait sauté aux yeux. Mon estomac se souleva, menaçant de rendre les légumes verts flasques tout juste avalés. *Merde !* C'était là une mauvaise, une très mauvaise nouvelle. Mon rythme cardiaque passa à la vitesse supérieure, *boum boum boum*, jusqu'à m'évoquer un malade à l'agonie, sur le point d'étouffer.

Rien de tel qu'un million de dollars pour stimuler la mémoire des gens. Tant de personnes, et donc autant de témoins potentiels, nous avaient approchées, nos chemins respectifs formant un nœud inextricable : les voitures que nous avions croisées dans l'aube naissante, en rentrant à l'hôtel ; le serveur, dans le patio du bar ; les autres clients ; le barman devant qui j'avais paniqué et pleurniché en anglais, me lamentant au sujet du vol de mon portefeuille. Seigneur, nous avions été tout sauf discrètes. Sans oublier la personne qui avait allumé la lumière dans sa chambre au moment où nous rangions les pelles et les lampes torches dans le cabanon. Le concierge siffloteur qui nous avait prises en photo en maillot de bain avait-il remarqué que nous avions emprunté ses outils ? La responsable du ménage s'était-elle demandé pourquoi le rideau de la douche, dans notre chambre, n'était plus suspendu comme à l'ordinaire ? *Super, la discrétion ! Quelles idiotes !*

D'autre part, j'apprenais que Paolo était joueur de tennis, amateur de cuisine et, surtout, qu'il avait survécu à un cancer ! Ces détails le rendaient d'autant plus réel, et notre acte, bien que commis en état de légitime défense, n'en paraissait que plus odieux. Jusqu'à présent, j'avais enfermé Paolo

– et Sebastian – dans une cellule mentale réservée aux sous-humains, aux HOMMES DÉTESTABLES. Pas un instant je n'avais songé à ses loisirs, à ses proches ou à son passé. Tout cela me donnait la nausée.

Tu me confirmes que tu vas au yoga ?

Le petit mot de Priya apparu sur ma messagerie Slack me fit l'effet d'une intrusion, d'une question trop terre à terre par rapport à l'urgence avec laquelle je me débattais.

Mon premier réflexe fut de répondre par la négative, puis j'eus un instant d'hésitation ; il était essentiel pour moi de ne pas modifier mes habitudes, de vivre comme si de rien n'était, sans quoi on risquait de deviner que j'avais un souci. Mon programme était d'ailleurs chargé, puisque j'étais censée dîner avec Aaron après le cours de yoga. Par ailleurs, Drishti Yoga avait été pour moi un refuge après le Cambodge, la clé qui m'avait permis de retrouver mon calme ; mieux valait m'adonner au vinyāsa que de rester plantée chez moi à lire et relire cet article.

Oui, j'y serai, répondis-je avant de fermer mon navigateur.

Il était à peine 18 heures lorsque Priya fit passer son tapis de sol roulé au-dessus de sa tête et en cala la sangle sur sa poitrine. On aurait dit Artémis munie de son carquois. J'avais manqué un appel de Kristen, et je lui avais envoyé un texto pour lui signifier que je tenterais de la joindre un peu plus tard. J'avais pris conscience que nous ne pouvions rien faire de particulier pour améliorer la situation. En d'autres temps, j'aurais été demandeuse de son réconfort, j'aurais voulu qu'elle me dise : « Tout va bien, nous avons été futées, personne ne nous recherche. » Maintenant que j'avais appris tant de choses concernant son passé et n'ignorais plus rien des cadavres parsemant son historique personnel, je m'efforçais de rester aussi éloignée d'elle que possible.

Quand nous parvînmes à la salle de yoga, Priya se dirigea directement vers le vestiaire, tandis que je patientais pour louer un tapis de sol. Ma cheville me faisait moins souffrir, mais c'était ma première séance de yoga depuis que je me l'étais foulée. À peine entrée dans le vestiaire, je me figeai net. Je crus d'abord être victime d'une hallucination, de la même façon que j'avais cru apercevoir Paolo au retrait des bagages, à l'aéroport, quelques semaines plus tôt.

Mais non, c'était bien elle. Kristen était là, à côté de Priya ; à moitié déshabillées, elles avaient toutes les deux la tête penchée au-dessus d'un téléphone.

– Kristen ?

Elle leva la tête et sourit :

– Priya m'a dit que vous adoriez ce prof, toutes les deux !

– Je… Salut. Je ne savais pas que tu serais là.

– Kristen m'a parlé du cours de yoga personnalisé que vous avez pris au Chili, intervint Priya. Je voulais voir à quoi ressemblait cette prof.

– Je l'ai trouvée sur Instagram, j'en suis dingue ! précisa Kristen, qui se lança dans une imitation parfaite de l'accent marqué de la Chilienne. « Vos genoux doivent être douceur et rien d'autre… Et maintenant, inclinons-nous face au ciel. »

Je souris, mais fronçai les sourcils ; pourquoi attirer l'attention sur les endroits que nous avions fréquentés ?

Priya fourrant ses affaires dans un casier, j'en profitai pour lancer à Kristen un regard éloquent du type « C'est quoi, ce délire ? » Elle secoua la tête, faisant mine de ne pas comprendre ma réaction. Une femme entra dans le vestiaire, faisant claquer la porte contre le mur, ce qui nous incita à nous préparer pour le cours.

En pleine posture du Guerrier 3, alors que j'avais trouvé le bon équilibre, ferme sur mes appuis, Kristen, à côté de moi, vacilla et bascula. Ce faisant, elle toucha mon bras tendu et m'entraîna dans sa chute.

Plus tard, alors que nous travaillions l'appui tendu renversé, Kristen nous offrit un poirier parfait, comme si elle avait quelque chose à prouver. Elle tint la posture avec un calme total, les mains aussi fermes que des pieds, le visage rougi par l'afflux de sang, mais affichant une expression déterminée.

Nos voitures étant stationnées non loin l'une de l'autre, Kristen et moi marchions ensemble sur le trottoir. Dès que Priya fut hors de portée de voix, elle se tourna vers moi :

– Qu'est-ce qui se passe ? Tu es bizarre.

– C'est moi qui suis bizarre ? m'exclamai-je, la main sur la clavicule.

– Ça t'agace que je papote avec Priya ?

– Non, ce n'est pas ça, mentis-je, car cela me contrariait plus ou moins.

Je me remis à marcher.

– Tu n'as pas consulté les infos aujourd'hui ? La famille offre un million de dollars de récompense. On est foutues.

– Attends, il vaut mieux qu'on éteigne nos téléphones, non ?

Je la dévisageai un moment.

– Sérieux ? Tu comptes me demander d'éteindre mon téléphone de peur qu'on épie notre conversation, alors que tu viens de parler ouvertement du Chili à Priya ?

De l'insouciance suivie d'une pointe de paranoïa ; voilà qui déclenchait une alarme supplémentaire.

– De notre cours de yoga là-bas, tu veux dire ? sourit-elle. Tu n'en as parlé à personne ? Maribela était géniale.

– Je pense qu'il vaudrait mieux éviter de signaler que nous nous trouvions là-bas au moment de la disparition, précisai-je, alors que nous nous étions arrêtées à hauteur de ma voiture.

Kristen leva les yeux au ciel :

– Il faut continuer à vivre normalement, je te rappelle, et j'ai un scoop pour toi : parler de yoga en cours de yoga, c'est normal.

– Oui, sans doute, mais…

– Personne n'a fait de lien entre nous et ce qui s'est passé là-bas, Em. Attends, si tu tiens à continuer d'en parler, mettons au moins nos téléphones dans ta voiture.

J'obtempérai, puis fis vivement claquer la portière avant de me retourner vers Kristen, les mains sur les hanches :

– Tu te comportes de façon irréfléchie !

– Tu as peur qu'en voyant les infos, Priya se jette sur son téléphone pour prévenir le FBI ?

– Non, bien sûr, mais…

– « Allô, la police, j'ai un tuyau de première bourre ! dit-elle, faisant mine d'avoir un mobile plaqué sur l'oreille. Je connais deux filles, charmantes et respectueuses de la loi, qui se trouvaient dans la région où le routard a disparu, le mois dernier. Vous feriez bien d'envoyer une section des forces spéciales chez elles. J'attends le million de dollars, merci. »

– Oui, ça n'a pas de sens, je sais ! râlai-je en secouant la tête. Mais tu devrais tout de même lire cet article. C'est terrifiant.

– D'accord, mais ça ne donnera sans doute que des fausses pistes. Je dirais même que la parution de cet article prouve que la police n'a rien de sérieux à se mettre sous la dent. Et si par miracle ils nous interrogent, il nous suffira de reconnaître qu'en effet nous avons discuté avec ce type dans un bar, qui était plein à craquer. J'ai passé la nuit avec lui, puis il a filé et nous ne l'avons plus jamais revu. Ce mec était un vagabond, Emily.

– Quelqu'un nous a peut-être vues… en train de remplir le coffre ou ranger les pelles… Nous n'avons peut-être pas nettoyé si bien que ça la chambre, la voiture…

– Personne ne sait quoi que ce soit à part nous. Juste toi et moi.

Elle plissa les yeux.

– À moins que tu en aies parlé à quelqu'un ? Aaron, peut-être ?

– Bien sûr que non ! me récriai-je, la poitrine embrasée par un feu de Bengale.

Kristen posa les mains sur mes épaules :

– Emily… Il est important de rester calmes et unies. Ce n'est pas le moment de flipper et d'agir bizarrement.

Elle considéra une bande d'ados qui passait.

– D'accord ? Ça va aller, on maîtrise.

J'acquiesçai, car cela me semblait être la bonne option. Cependant, je n'avais qu'une hâte : m'enfermer dans ma voiture. Je suivis Kristen du regard tandis qu'elle s'éloignait, jusqu'à ce qu'elle disparaisse à l'angle d'un bâtiment.

Je n'avais d'autre choix que d'affronter les faits : après ce qui s'était produit au Chili, Kristen et moi considérions de façons diamétralement opposées les conséquences de la mort de Paolo sur notre amitié. Même alors que les murs semblaient se resserrer autour de nous, je ne voyais là qu'une raison de plus pour ne plus évoquer notre séjour. Kristen considérait les choses sous un tout autre angle, or elle était habituée à obtenir ce qu'elle souhaitait dans la vie, et en particulier de ma part.

Je voyais encore les jambes de Paolo sur le sol, les orteils vers le ciel, comme s'il admirait les étoiles.

Et le regard embrasé, implorant, de Kristen.

« Nous n'avons pas le choix, Emily », avait-elle dit.

De retour chez moi, je consultai ma messagerie électronique. Je crus être frappée d'un coup de poignard glacé lorsque je vis Casa Habita parmi les expéditeurs. Il s'agissait de l'hôtel où nous étions descendues à Quiteria, avec son charmant poêle à bois et son épais rideau de douche. Au bord de la nausée, j'ouvris le message.

Chère Mlle Donovan,

Merci d'avoir choisi Casa Habita pour votre récent séjour dans notre ville. Je vous contacte au sujet du décès malheureux d'un touriste américain survenu dans la région. À la demande de la police locale, tous les établissements hôteliers des environs sont tenus de joindre leurs clients des quatre dernières semaines. Si vous avez remarqué quoi que ce soit ou si vous disposez d'informations concernant Paolo García, merci de nous le signaler ; nous vous mettrons en relation avec les autorités. Cordialement.

Et merde. Si nous avions réglé notre chambre en liquide, j'avais rempli le formulaire à la réception, à notre arrivée, puisqu'il était rédigé en espagnol. J'envoyai par texto une capture d'écran de ce message à Kristen avec, pour tout commentaire, un point d'interrogation.

Sa réponse me parvint quelques secondes plus tard :

Non, ça ne me dit rien. Mais ça date. Qui se rappelle ce qu'il a vu il y a si longtemps ?

Qui, en effet. Qui se souviendrait de tel ou tel détail ? Saisie d'une vive inquiétude, je réprimai un grognement. Puis je pris conscience de l'heure ; même en partant sans plus attendre, je serais en retard à mon dîner avec Aaron. Pourquoi étais-je systématiquement à la traîne ces derniers temps, bon sang ? La vie filait trop vite pour moi, selon un rythme saccadé, peu naturel, comme un vieux film en noir et blanc. Je courus à ma voiture, fis marche arrière jusqu'à la rue et m'élançai, franchissant un carrefour malgré le feu orange.

À l'intersection suivante, je pris une profonde inspiration. Il fallait à tout prix que je me détende, que je paraisse normale en présence d'Aaron. Et si possible que j'évite de bousiller ma voiture en roulant trop vite et pas assez concentrée sur la route. Être tuée ici et maintenant dans un accident de la circulation – les organes vitaux broyés par du métal, du plastique, du tissu et du verre – aurait été un peu trop cliché.

Et surtout, cela aurait ajouté un cadavre au décompte de Kristen.

Je n'avais pas vraiment envie de parler d'elle, mais Aaron se montrait insistant. C'était plutôt gentil de sa part, en un sens, de me demander si tout allait bien entre Kristen et moi. M'ayant vue blêmir, il était maintenant déterminé à m'aider.

– Elle est jalouse parce que tu passes pas mal de temps avec moi ? hasarda-t-il.

Il s'essuya la bouche avec sa serviette. Il était vraiment mignon ce soir-là : tout juste sorti de la douche, il avait coiffé ses épais cheveux en arrière et portait une chemise droite et un jean.

– J'ai entendu dire que quand une femme se met en couple, ses amies lui fichent la paix pendant deux mois, pour qu'elle profite à fond de son nouveau chéri, avant de la réclamer, ajouta-t-il.

– Il y a peut-être un peu de ça, soupirai-je. Quand elle est revenue ici, je n'étais pas en train de me morfondre à l'attendre, je ne l'ai pas accueillie les bras grands ouverts en lui offrant tout mon temps.

Je repoussai mon assiette de *penne alla vodka*. Aaron ayant choisi une modeste trattoria proposant des pâtes faites maison, je noyais mes sentiments sous une bonne dose de sucres lents.

– C'est la première fois que je suis sérieusement en couple, comme tu le sais, expliquai-je. Elle n'est pas habituée à devoir me partager avec quelqu'un d'autre.

– Dans ce cas, proposons-lui de nous accompagner plus souvent ! Ça ne me dérange pas. Plus on est de fous, plus on rit.

Il enroula quelques *linguine* dans sa cuiller. Son ouverture d'esprit et son entrain étaient deux des principales raisons qui m'avaient fait craquer pour lui. Hélas, dans ce cas particulier, ces qualités ne nous aidaient en rien. Je déglutis avec difficulté, tout sauf ravie par ce que je m'apprêtais à dire :

– Elle a un peu tendance à… juger les garçons avec qui je sors.

Il haussa un sourcil, puis sourit :

– D'accord, mais dis-moi, en toute franchise… tes anciens amoureux étaient-ils aussi indéniablement charmants que moi ?

– Bien sûr que non ! répondis-je, m'efforçant de sourire autant que lui.

J'avais l'esprit ailleurs depuis le début de la soirée, distante et incapable de réagir aux plaisanteries d'Aaron. Une remarque de Kristen me revint et résonna longuement en moi : « Jusqu'à présent, tu as toujours choisi des nazes. » Et ma réaction reconnaissante : « Je sais que je peux toujours compter sur toi pour me donner une évaluation franche, question mecs ! »

– Pour dire les choses autrement, imagine une fille qui sort avec un type dont elle sait pertinemment que c'est une erreur, dis-je en picorant la croûte de mon pain. Elle ne le présente pas à ses amies parce qu'elle sait qu'elles n'approuveront pas son choix.

Aaron ayant plusieurs amies, je savais qu'il voyait de quoi je parlais. Il prit un air interrogateur, et je me hâtai de conclure mon raisonnement.

– C'est un peu ce qui se passe dans mon cas, mais dans l'autre sens : je sais que tu es un mec génial, et je ne veux pas qu'elle me dise le contraire.

– Ah bon ? Elle ne me trouve pas génial ?

Les verres de ses lunettes reflétant l'éclat des bougies, il m'était impossible de déceler dans ses yeux un signe indiquant qu'il était blessé par cette révélation. Mon cœur se serra. Je secouai la tête :

– Elle t'apprécie beaucoup. Ça n'a rien de personnel, en fait ; c'est juste que personne n'est assez bien pour moi, d'après elle.

– Elle n'a pas tort, tu es largement hors de ma portée, en principe, gloussa Aaron, qui piocha un morceau de pain dans la corbeille. Je me demande ce que tu fiches avec moi.

– Ne dis pas de bêtises, tu es un mec top.

Je lui pris la main et déposai un baiser sur ses doigts.

– Je le pense vraiment, Aaron. Tu me plais énormément.

– Toi aussi, tu me fais craquer, dit-il en serrant ma main. Bon, d'accord, faisons comme tu le sens, tant que ce n'est pas parce que tu as honte de moi. Ce que je comprendrais parfaitement, d'ailleurs, que les choses soient claires.

Je voulus protester, mais il m'en empêcha.

– En tout cas, c'est sympa de la part de Kristen de vouloir le meilleur pour ses amies.

– Oui, sans doute. Elle tient à moi, et c'est appréciable.

Je me redressai.

– Mes parents se contentent de vaguement me conseiller de « me caser ».

– Oh… Tu leur as parlé de moi, au fait ?

– Non, pas encore… mais ne le prends pas mal ; je ne leur confie jamais rien.

« Tu devrais te caser. » Mes parents me disaient cela sur le ton qu'on aurait employé pour demander à un enfant de trois ans un peu trop agité de se calmer. « Cesse de faire du bruit, de m'agacer. » Soit « Débrouille-toi pour devenir le problème de quelqu'un d'autre. »

– Et toi, tu as parlé de moi à tes parents ? m'enquis-je.

– Évidemment ! Enfin, je leur ai simplement dit que j'avais une copine ; ils ne vont pas débarquer demain d'Appleton pour faire ta connaissance.

Un serveur récupéra nos assiettes, puis Aaron se rendit aux toilettes. J'avalai quelques gorgées de vin sirupeux, avec la sensation de boire les mots gentils d'Aaron, puis de les garder en moi, pétillants.

J'espérais l'avoir convaincu, lui avoir fait comprendre que la tendance de Kristen à dévaloriser mes amoureux n'était qu'une façade, qu'en réalité elle refusait de me partager. Je saisissais seulement maintenant l'ampleur de sa possessivité.

Une minute. Que j'en aie eu conscience ou non, j'avais évité de parler d'Aaron à Kristen dès le début. Même au Chili, avant même que je sorte avec lui, je ne l'avais pas évoqué avant le dernier soir. Je m'étais dit que j'agissais de la sorte afin de ne pas me porter la poisse, mais ce n'était pas tout.

Une pensée lointaine se forma peu à peu, tel un nuage d'orage approchant.

Quelque chose avait changé à partir du moment où j'avais parlé d'Aaron à Kristen. Je n'avais pas pris de gants pour lui faire cette annonce ; j'avais mis cela sur la table pour justifier ma réticence à me lancer avec elle dans un périple autour du monde.

La pensée se faisait de plus en plus précise.

J'entendis dans mon esprit ma réaction à sa proposition telle qu'elle avait dû l'interpréter : « Non, Kristen, je ne te suivrai pas cette fois. Je n'ai pas envie de passer six mois avec toi. » Et dans la foulée : « J'ai rencontré un mec super ; je préfère rester avec lui plutôt que voyager avec toi. »

Je percevais désormais l'ombre de la pensée grandissante, la dernière milliseconde avant que la révélation m'apparaisse.

C'était affreusement logique. Kristen était habituée à voir ses souhaits exaucés. Aaron constituait une menace à ses yeux. Elle était prête à tout pour renouer le lien entre elle et moi, à créer un nouveau secret, quelque chose qu'il me serait impossible de confier à Aaron, à ériger un mur entre lui et moi. Un mur entre lui et nous deux.

Mon Dieu… *Elle est capable de tout.*

Aaron de retour, je fis de mon mieux pour lui sourire.

– Ils n'ont pas encore apporté la carte des desserts ? me demanda-t-il en déployant sa serviette sur ses genoux.

– Non, pas encore.

En croisant les jambes, je vis la fleur de lotus tatouée sur ma cheville me lancer un clin d'œil.

– Je crois que quelque chose cloche avec Kristen, dis-je, avant de pâlir en songeant à l'interprétation qu'on pouvait faire de ces mots. Euh… par rapport à notre amitié, je veux dire.

Adrienne hocha la tête et attendit que je poursuive. C'était sympa de sa part d'avoir accepté de me caser dans son planning à la dernière seconde, mais à présent que j'étais avec elle, je me rendais compte qu'il m'était impossible d'exprimer mes peurs.

– Qu'entendez-vous par là ? me relança-t-elle.

– Notre relation n'est pas très saine, j'en ai peur. Je l'ai toujours considérée comme très protectrice envers moi, elle a toujours été là pour moi, mais maintenant…

Les pièces du puzzle s'assemblaient, les preuves s'accumulaient, les cadavres s'empilaient.

À bien y réfléchir, je traînais dans mon sillage toute une série de relations brisées – dont certaines amitiés féminines.

– La façon dont elle m'a conseillé de larguer certains garçons… Je crois que vous avez raison, elle est très possessive.

Possessive et potentiellement dangereuse. Mélange explosif.

– Je me rappelle que vous l'avez évoquée quand vous m'avez parlé de votre dernier petit ami. Colin, c'est ça ?

– Oui, c'est ça, confirmai-je, le poing sur mes lèvres. Tout le monde appréciait Colin. Tout le monde sauf Kristen. Elle a fait pression sur moi pour que je mette un terme à notre relation, mais avec le recul, je me rends compte qu'il n'avait rien fait de mal.

Je secouai la tête.

– Je ne veux pas que ce schéma se reproduise avec Aaron.

Il ne faut pas que je la laisse s'approcher de lui. Cette pensée me choqua moi-même, surgie si soudainement et avec une telle assurance.

– Vous allez donc tenter de briser ce motif récurrent.

– Exactement, mais je ne sais pas comment m'y prendre. Je… La perspective de détruire mon amitié avec Kristen me terrifie.

Il était bien entendu hors de question pour moi d'évoquer l'ensemble des raisons scellant mon alliance avec Kristen. Les crimes qui nous liaient l'une à l'autre, les fantômes de routards aux mains calleuses flottant entre nous…

– Que se passera-t-il, selon vous, si vous imposez quelques limites à ne pas franchir entre vous deux ?

Un bruit sourd se fit entendre dans le couloir, ce qui nous fit toutes deux tourner la tête. Mes pires craintes revinrent en force ; même si cela défiait toute logique, je ne pus m'empêcher d'imaginer des policiers forçant la porte du cabinet et m'arrêtant pour meurtre en me malmenant. Je voyais déjà ma vie ruinée, mon avenir douillet et rose soufflé comme la flamme d'une bougie, mon univers effondré.

Puis mon effroi se fit plus intense, changeant de nature de façon radicale. *J'ai peur qu'un lampadaire s'abatte sur mon crâne et l'éclate comme une coquille d'œuf ; j'ai peur que mes poumons succombent dans un incendie mortel, brûlés de l'intérieur, les alvéoles remplies de fumée.*

– C'est probablement le patient suivant qui cherche les toilettes, dit Adrienne, revenant à moi. Vous disiez être prête à établir de nouvelles limites ?

– Oui, je souhaite mettre un peu de distance entre nous. Je ne tiens pas à ce que mon passif avec Kristen reste présent entre Aaron et moi.

– Le simple fait de le reconnaître est déjà énorme, commenta la psy, qui caressa du bout des doigts la tranche de son porte-bloc, puis cessa. Je n'arrête pas de faire ce geste.

– Qu'est devenu votre calepin ?

La séance de ce jour avait ceci d'étrange qu'Adrienne avait une feuille pincée sur un porte-bloc en lieu et place de son habituel calepin à spirales.

– Oh, il doit être quelque part dans la salle du fond.

– Il a disparu ? m'inquiétai-je, la tête inclinée.

Adrienne m'avait assuré que toutes nos conversations et toutes ses notes resteraient à jamais confidentielles.

– Non, je… Je ne l'ai pas trouvé en arrivant, mais j'étais en retard. Je ne voulais pas vous faire attendre.

Elle se pencha en avant.

– Bon, il va vous falloir être forte pour modifier la dynamique de votre relation avec Kristen. Elle voudra s'opposer à ce changement, et vous serez tentée de retrouver le confort d'autrefois.

– Je sais, dis-je en hochant lentement la tête. Mais la situation n'est plus la même.

En effet, j'avais Aaron, désormais, et j'ouvrais un peu plus les yeux chaque jour.

– Aaron et moi avons commencé à nous fréquenter alors que Kristen était encore en Australie. Et tout se passait encore super bien entre elle et moi, à ce moment-là. Notre relation ne s'est fragilisée que lorsqu'elle a débarqué à Milwaukee.

Kristen avait-elle abandonné Sydney et regagné le Wisconsin dans l'unique but de s'interposer entre Aaron et moi ? Elle s'était tout de même matérialisée comme par magie devant la porte de mon appartement, une semaine à peine après que j'avais évoqué Aaron pour la première fois, et dans la foulée refusé de l'accompagner dans un périple autour du monde…

Une nouvelle hypothèse m'apparut : était-ce réellement une coïncidence qu'elle ait été renvoyée aussitôt après son retour de vacances ? N'avait-elle pas plutôt démissionné afin de mettre en pratique son plan B, quand elle s'était rendu compte que je ne l'appelais plus toutes les heures, comme je l'avais fait après le Cambodge ? Quand elle avait compris que je fonçais tête baissée dans une nouvelle relation amoureuse qui semblait sérieuse, alors qu'elle était coincée à quinze mille kilomètres de moi, incapable d'imposer ses vues ? Quand elle avait compris que le traumatisme récent ne nous avait pas liées l'une à l'autre de façon aussi solide qu'elle l'avait espéré ?

Adrienne griffonna quelque chose, puis tapota le bouchon de son stylo :

– Vous avez accompli un travail considérable en seulement quelques semaines. Décider de vous défendre a été un acte remarquable. Il vous a fallu un courage immense pour cela, d'autant plus que Kristen ne s'avouera pas vaincue facilement, à vous entendre.

Arrête ! Arrête ! Arrête ! J'étais vraiment stupide. Je savais parfaitement de quoi Kristen était capable – j'en avais été le témoin privilégié.

Adrienne leva les yeux vers l'horloge murale :

– Nous en avons terminé pour aujourd'hui.

Je récupérai mes affaires et la saluai, tandis que mille alarmes retentissaient en moi, de plus en plus pressantes. Peut-être sombrais-je dans la paranoïa, peut-être ne s'agissait-il que d'un gigantesque malentendu, peut-être interprétais-je par erreur les actes innocents de Kristen comme un remake à la con de *JF partagerait appartement*. D'un autre côté, si mes soupçons étaient fondés, il fallait à tout prix que je la fuie – et que j'empêche Aaron de l'approcher. Et ce n'était pas le genre de problème qu'une discussion pouvait résoudre. *Alors, Kristen, tu as encore tué un mec et traversé la planète pour t'assurer que je sois à toi, rien qu'à toi ? Faut-il que je m'inquiète pour la santé de mon nouveau copain ?*

Je m'engageai dans le couloir, vers la salle d'attente. Une patiente était installée sur le canapé, penchée sur son téléphone.

J'esquissai un vague sourire de politesse, sans même tourner la tête vers elle. L'inconnue m'adressa la parole au moment où ma main se refermait sur la poignée de la porte :

– Emily ?

Mon cœur cessa de battre. Pétrifiée, je me retournai lentement, pivotant d'abord la tête, puis le reste du corps.

Kristen me souriait :

– Salut, toi.

– 28 –

Elle te file, elle te suit à la trace, me lança instantanément mon cerveau, véritable mise en garde de cette même petite voix qui intervient quand on frôle un groupe de mecs qui vous déshabillent du regard ou quand on s'approche un peu trop du bord d'une falaise. *Recule ! Fiche le camp !* En vous donnant l'ordre de vous battre ou de vous enfuir, cortisol et adrénaline unissent leurs forces pour vous écarter du danger.

Kristen fronça les sourcils et lâcha un petit rire :

– Qu'est-ce que tu fais ici ?

– C'est plutôt à moi de te poser la question, répliquai-je, sur la défensive, en avalant ma salive.

– Je viens consulter une psy. C'est ma première séance.

Elle jeta un regard dans le couloir, puis revint à moi.

– C'est Priya qui me l'a recommandée. Je ne savais pas que tu étais aussi sa patiente.

Je me laissai tomber sur un siège, mon sac à main sur mes genoux :

– C'est également Priya qui m'a parlé de ce cabinet. C'est Adrienne que tu viens voir ?

– Attends…

Elle consulta son téléphone et acquiesça.

– Oui, c'est elle. Adrienne Oderdonk. Je vais devoir me surveiller pour ne pas l'appeler « madame Où-dis-donc » par mégarde.

Elle me gratifia d'un sourire.

– J'ai fini par t'écouter, tu vois. Tu m'as si souvent conseillé de consulter un thérapeute. J'ai réfléchi, et tant que je… fais attention à ce que je dis, ça ne posera aucun problème.

Tu mens, songeai-je. *Tu me sors une explication bidon ; tu es super forte pour ça.*

– Nous voyons toutes les deux une psy en secret, dis-je. De vraies filles du Midwest !

– Oui, je sais. « #stigmates ».

J'entendis la porte du cabinet d'Adrienne s'ouvrir, au fond du couloir.

– Bon, eh bien bonne chance.

– Envoie-moi un texto un peu plus tard, me lança-t-elle.

J'étais presque parvenue à ma voiture lorsque les autres détails prirent forme dans mon esprit : le calepin disparu d'Adrienne ; le bruit sourd de l'autre côté de la porte. Quelques jours auparavant, j'avais avoué à Kristen mon désir de me purifier, de me débarrasser du fardeau qu'était la vérité concernant Sebastian et Paolo. Avait-elle deviné que je serais ici et, d'une façon ou d'une autre, chipé les notes de ma séance précédente afin de vérifier ce que j'avais confié à Adrienne ? De s'assurer que je n'avais rien dit de compromettant, que je ne m'étais pas trop approchée de la vérité avec la psy ? Ou m'avait-elle suivi jusqu'au cabinet, évoluant dans l'ombre, pour ensuite plaquer l'oreille contre la porte du bureau ? *Calme-toi, Emily, tu dis n'importe quoi.*

Quoique. Et si j'avais vu juste ?

Non, j'avais forcément tort. Je devenais parano. Ridicule. Je remplis un bol de pâtes et le portai dans le salon, tout en rejouant la scène de notre conversation dans ma tête. Kristen ne cessait de surgir en des lieux où elle n'était pas censée se trouver – le cours de yoga, le cabinet de ma psy, devant chez moi… Quelle ironie, quand on sait combien j'avais été dégoûtée de la voir s'installer en Australie. J'avais tout de même reconstruit ma vie à Milwaukee, et à présent elle s'y imposait de tous côtés.

Je reçus un message de sa part alors que je m'apprêtais à regarder une émission à la télévision. Les publicités défilaient encore à l'écran : on me vanta les mérites d'un SUV à prix réduit, puis d'un liquide vaisselle capable de venir à bout des taches rebelles. Bref, des produits du quotidien destinés à des mères de famille menant une vie ordinaire, à des femmes qui n'avaient pas passé un certain temps à effectuer des recherches sur Internet afin de déterminer si leur meilleure amie était oui ou non légèrement meurtrière sur les bords.

Ça s'est bien passé ? écrivis-je. Je vis qu'elle me répondait.

Oui, pas mal. Elle va m'orienter vers un de ses collègues du cabinet, pour éviter tout conflit d'intérêts.

Je lui envoyai un point d'interrogation.

Elle a deviné que j'étais la Kristen dont tu lui avais parlé, précisa-t-elle.

Une peur glacée se propagea dans tout mon corps. *Et merde…* Si Kristen n'était jusqu'alors pas trop inquiète de ce que je risquais de raconter, c'était certainement le cas à présent.

Je mis un moment à répondre, revenant à plusieurs reprises sur mes mots, jusqu'à trouver la bonne formulation :

O.K. J'espère que tu ne stresses pas à cause de ça. Je fais extrêmement attention à ta/notre vie privée. Mais c'est normal que j'aie parlé de toi, tu es ma meilleure amie !

Oui, c'est ce que je me suis dit, me répondit-elle. Rien de plus. Pas le moindre point clignotant indiquant qu'elle composait une suite à ce message. Quant à moi, je ne voyais rien à ajouter non plus. Au bout d'un moment, je me levai, secouai mes mains et repris mon téléphone.

Tu comptes y retourner ? Continuer avec un autre psy ? lui demandai-je.

Je n'en suis pas encore certaine. La séance a été plutôt intense.

Intense… Un nœud se forma dans ma gorge.

Adrienne est une vraie pro, fis-je remarquer.

Oui, c'est une femme très intelligente, on dirait.

Les yeux rivés sur ces derniers mots, je me dis que Kristen voulait sans doute simplement dire qu'Adrienne faisait du bon boulot. Mais ils pouvaient également être interprétés autrement : « Je n'aime pas cette femme. Elle est assez futée pour y voir clair dans ses patients, pour lire entre les lignes. »

Je suis contente que tu aies essayé, en tout cas, répondis-je. *C'est super courageux et admirable de ta part.*

Les petits points restèrent un bon moment à l'écran, indiquant que Kristen rédigeait un long message, qui enfin m'apparut :

Je verrai bien si j'y retourne ou pas. J'ai dû inventer un prétexte pour sortir parce que Nana et Bill auraient vu la vérité d'un mauvais œil. Mais merci, et bravo à toi aussi. Au fait, n'oublie pas ce que je t'ai dit sur ma carte d'anniversaire. Relis-la et garde-la en mémoire. Et surtout, crois à ce que j'ai écrit. On est fourrées là-dedans ensemble. ❤

Songeant à ses vœux d'anniversaire, j'estimai qu'elle évoquait le *P.-S. : S'il t'arrive d'oublier combien tu es une fille géniale, tu sais qui joindre. Car jamais, mais vraiment jamais, je ne perdrai cela de vue, et ce sera un honneur pour moi de compter tes qualités avec toi.*

Je répondis par un simple 😮, puis jetai mon mobile sur le canapé.

Plus tard, incapable de me concentrer, j'éteignis la télévision alors que l'émission n'en était qu'à la moitié. Mille pensées bouillonnaient dans ma tête, tournoyant comme des vautours. En qui pouvais-je avoir confiance si je me méfiais de ma meilleure amie ? Pouvais-je compter sur elle pour nous maintenir en sécurité ? Comment réagirait-elle si je ne restais pas attachée à elle comme une bernacle à son rocher ? S'en prendrait-elle à mes proches ?

Ou irait-elle jusqu'à… Cette hypothèse me donna la nausée tant elle était répugnante, interdite, plus écœurante que l'inceste, la pédophilie ou tout autre tabou qui donne envie de vomir : Kristen me tuerait-elle si la situation n'évoluait pas comme elle le souhaitait ? Je revis son regard dur, quand je l'avais interrogée à propos de Jamie : « Je ne veux plus jamais traverser de tels moments », avait-elle assené. Un gémissement m'échappa. Alors que depuis tant d'années j'avais vu en Kristen une constante dans ma vie, son amour aussi indéniable que la gravité, je comprenais à présent qu'elle était moins prévisible que je ne l'avais imaginé, tel un électron libre, un franc-tireur. À tel point qu'il n'était pas exclu qu'elle me prenne pour cible.

Concentre-toi, Emily. Il fallait que je réexamine tous les éléments de l'affaire, que j'établisse un plan d'action. Je posai mon bol sur la table basse et me rendis dans ma chambre. L'e-mail reçu de la part du centre Westmoor était encore ouvert sur mon ordinateur. Je téléchargeai les photos que j'avais prises de l'album scolaire de Kristen, notamment les clichés sur lesquels le visage de la pauvre Jamie était hachuré. J'ouvris également les quelques articles que j'avais dénichés concernant l'incendie et le décès prématuré de Jerry et Anne Czarnecki.

Il me restait encore des hypothèses à creuser, des options à explorer. Il me fallait notamment encore fouiner du côté de Nana – je comptais insister en ce sens, dans l'espoir qu'elle me révèle davantage de détails au sujet de l'historique psychiatrique de sa petite-fille. Je pouvais également contacter *Une Seconde Vie pour les antiquités* et réclamer d'autres anecdotes à Greta.

Je récupérai donc mon téléphone abandonné sur le canapé du salon. Le dernier message de Kristen était encore affiché :

Au fait, n'oublie pas ce que je t'ai dit sur ma carte d'anniversaire. Relis-la et garde-la en mémoire. Et surtout, crois à ce que j'ai écrit. On est fourrées là-dedans ensemble.

Quelque chose m'avait titillé dès le premier instant dans le texte de cette carte d'anniversaire, que j'avais jugé quelque peu sec, voire carrément bancal vers la fin. Le ton ne ressemblait pas à la façon de parler habituelle de Kristen, mais plutôt à une de ses énigmes…

Où avais-je fichu cette carte ? Je fouillai dans la pile de courrier accumulé sur la table de la cuisine, pour en fin de compte la retrouver dans un sac fourre-tout, dans ma chambre.

Chère Emily,

JOYEUX ANNIVERSAIRE ! J'ai du mal à croire que nous soyons amies depuis 10 ans. Vivre sans toi est inimaginable pour moi. Un grand merci aux 3 crétins en travaux dirigés, à la fac, grâce à qui nous avons fait connaissance. Tu es devenue une femme intelligente, forte et indépendante, et je suis fière d'être ton amie. Je m'estime très chanceuse qu'après être restées séparées 2 ans, nous soyons à nouveau réunies dans la même ville !

Je pense souvent à ces nuits folles, quand nous filions en douce à 4 ou 5 heures du matin pour plonger dans l'eau et admirer le lever du soleil sur le lac Michigan. Tu t'en souviens ? Nous avions l'impression d'être les seules éveillées sur la planète. Nous avions la sensation que le monde entier, et pas seulement Evanston, nous appartenait. Déjà rhabillées, on pouvait boire ostensiblement.

XOXO,

Kristen

P.-S. : S'il t'arrive d'oublier combien tu es une fille géniale, tu sais qui joindre. Car jamais, mais vraiment jamais, je ne perdrai cela de vue, et ce sera un honneur pour moi de compter tes qualités avec toi.

P.P.-S. : Dernière phrase de la journée, promis !

« Dernière phrase de la journée… » Pourquoi pas « dernier indice », « dernière surprise » ou quelque chose dans le genre ? Parce qu'elle faisait référence à la dernière phrase du texte principal de la carte, celle qui me paraissait bancale. J'y revins, avec en tête les habituels codes dont Kristen était familière, et il ne me fallut que quelques secondes pour décrypter le message caché.

Déjà rhabillées, on pouvait boire ostensiblement. XOXO.

D-R-O-P-B-O-X.

Mon pouls s'accéléra, malmenant ma gorge et le bout de mes doigts. Il nous arrivait occasionnellement de partager des fichiers, essentiellement des photos de voyage prises avec un appareil photo numérique, sur le site de stockage Dropbox. Je m'y connectai et tombai directement sur la page de Kristen.

Mon cœur battait à présent si fort qu'il en était assourdissant ; j'avais la sensation que des vagues se fracassaient dans mes oreilles, ou qu'un batteur s'acharnait sur sa caisse claire. Passant en revue les divers dossiers, je découvris des fichiers pro, des téléchargements d'appareils photo, ainsi que des sous-fichiers datés bourrés à craquer de photos de nos premiers périples. J'eus le souffle coupé lorsque mon regard se posa sur un nouveau dossier, créé le jour de mon anniversaire et intitulé « Chili ».

Détends-toi, Emily. Il ne contient sans doute que des photos prises au Chili.

Or nous n'avions pas partagé les photos de ce dernier séjour, nous n'avions pas créé d'album commun ni comparé nos clichés. Prête à tout encaisser, j'ouvris ce nouveau dossier.

Il renfermait un autre fichier, intitulé « Phnom Penh ». Sur le point de sombrer dans l'hystérie, je me penchai en avant, tout près de vomir. *C'est quoi, ce bordel ?*

Cliquant de nouveau, je vis apparaître une pop-up :

Fichier protégé par mot de passe.

Sous ces quelques mots, un curseur clignotait sur un espace à compléter. Je tentai « Emily », « Quiteria », « Paolo », « Sebastian »... J'envisageai un instant d'envoyer un texto à Kristen, mais ma peur m'en empêcha. Disposait-elle d'un moyen de savoir en direct que j'étais en train de chercher à ouvrir ce fichier ? Que j'avais enfin compris que je n'étais pas encore parvenue au terme de la petite chasse au trésor concoctée à mon intention ?

Je repris la carte d'anniversaire.

P.-S. : S'il t'arrive d'oublier combien tu es une fille géniale, tu sais qui joindre. Car jamais, mais vraiment jamais, je ne perdrai cela de vue, et ce sera un honneur pour moi de compter tes qualités avec toi.

Compter. C'était le mot-clé. À bien y réfléchir, je n'avais pas souvenir de trois mecs en particulier, en travaux dirigés de méthodes statistiques. En réalité, ce texte était délibérément truffé de chiffres, que je me hâtai de souligner :

JOYEUX ANNIVERSAIRE ! J'ai du mal à croire que nous soyons amies depuis 10 ans. Vivre sans toi est inimaginable pour moi. Un grand merci aux 3 crétins en travaux dirigés, à la fac, grâce à qui nous avons fait connaissance. Tu es devenue une femme intelligente, forte et indépendante, et je suis fière d'être ton amie. Je m'estime très chanceuse qu'après être restées séparées 2 ans, nous soyons à nouveau réunies dans la même ville !

Je pense souvent à ces nuits folles, quand nous filions en douce à 4 ou 5 heures du matin pour plonger dans l'eau et admirer le lever du soleil sur le lac Michigan. Tu t'en souviens ? Nous avions l'impression d'être les seules éveillées sur la planète. Nous avions la sensation que le monde entier, et pas seulement Evanston, nous appartenait. Déjà rhabillées, on pouvait boire ostensiblement.

Haletante, j'inscrivis ces chiffres dans l'emplacement prévu à cet effet… mais mes épaules s'affaissèrent :

Mot de passe incorrect. Veuillez réessayer.

Je revins à la carte.

T'es chiante, Kristen, pestai-je en pensée. *Ce que je pensais être une délicate attention de ta part n'est en réalité qu'une de tes énigmes. Comme si tout ça n'était qu'un jeu.*

Ah ! Mon soulagement fut immense, comme quand une clé s'emboîte parfaitement dans une serrure, lorsque m'apparut l'ultime subtilité.

« Un grand merci aux 3 crétins… »

Je procédai à une nouvelle tentative, insérant cette fois un 1 entre le 0 et le 3. Un grand sourire éclaira mon visage – j'eus presque envie de m'applaudir – lorsque le chargement du fichier débuta.

Quand enfin la barre de téléchargement fut remplie, j'ouvris le fichier.

Une image s'imposa sur la totalité de mon écran. Il me fallut un moment pour donner un sens à ces couleurs étourdissantes, et ces blancs et noirs surexposés, à ces formes bizarrement orientées.

Puis la clarté se fit dans mon esprit. Les masses indistinctes étaient en fait des lanternes suspendues en travers d'une rue animée et grouillant de monde. Au centre de l'image, deux silhouettes étaient parfaitement nettes au cœur de cette scène nocturne.

L'une était Sebastian, séduisant, plein de vie, tout sourire, une main posée sur ma hanche. L'autre, évidemment, c'était moi.

– 29 –

Un poing plaqué sur la bouche, je me précipitai dans la salle de bains, que j'atteignis juste à temps. Je rendis tout ce que j'avais dans le ventre, mon dîner et bien plus encore, jusqu'à la bile la plus amère arrachée à mes tripes, à laquelle se mêlèrent sueur, larmes et morve. Penchée au-dessus de la baignoire et le haut du corps secoué de spasmes, je gardais les yeux fermés.

Ce funeste soir… J'avais tant de fois revu ce moment en pensée, une fraction de seconde après que Sebastian et moi avions décidé de regagner l'hôtel, cet instant où un flash m'avait aveuglée. J'avais toujours cru que cet incident s'était produit de façon fortuite, que nous figurions en arrière-plan d'une photo de vacances de quelque inconnu, et que si un jour la mauvaise personne avait accès à ce cliché et faisait le rapprochement, alors j'étais fichue. J'avais sous les yeux, et en couleurs, la preuve éclatante que j'avais passé un moment avec Sebastian juste avant sa disparition.

Mais… Kristen. C'était Kristen qui avait pris cette photo. Elle la conservait depuis le début parmi ses dossiers.

Il s'agissait donc d'une menace, d'un rappel qu'elle savait des choses peu reluisantes à mon sujet. Cherchant mon téléphone du regard, je me rappelai l'avoir laissé dans ma chambre. Je me souvins que Kristen s'était montrée évasive au cours de notre échange de messages, un peu plus tôt dans la soirée, évoluant sur la ligne de crête séparant gentillesse et suspicion. Elle m'avait écrit quelque chose comme : « N'oublie pas ce que je t'ai dit sur la carte, et crois à ce que j'ai écrit. On est fourrées là-dedans ensemble. » En d'autres termes : « Si je tombe, tu tombes avec moi. »

Je rassemblai mon énergie, comme si c'était une substance renversée au sol que je pouvais balayer pour en faire un petit tas. Les jambes tremblantes, je titubai jusqu'à ma chambre. La photo étant toujours à l'écran, je fermai le fichier sans perdre un instant. Dire que Kristen l'avait en sa possession depuis plus d'un an. Elle ne l'avait pas effacée quand nous nous étions promis de ne laisser aucune trace de l'incident derrière nous. Au lieu de cela, elle avait attendu le bon moment pour la ressortir. Comme garantie ? Pour me faire chanter ?

Un nouveau frisson de terreur me tétanisa. *Merde !* Elle avait posé ce piège le jour de mon anniversaire, une semaine plus tôt, juste avant que je n'envisage de couper les ponts avec elle pour de bon.

Comme si elle avait pressenti mes intentions. Elle avait alors sorti ses griffes et joué son atout, la preuve que jamais je n'échapperais à son emprise.

Sous l'horreur qui s'était emparée de moi apparut autre chose, un sentiment plus lumineux, qui soudain se porta au premier plan de ma conscience : de façon étrange, j'éprouvais une certaine satisfaction, presque de la joie, d'avoir la réponse à mes questions. Je n'étais donc pas paranoïaque, et mon angoisse était justifiée. Kristen était-elle folle, au sens premier du terme ? Elle était en tout cas perturbée et manipulatrice, c'était un minimum. Elle avait tué Sebastian, puis Paolo. Pourquoi me faisais-je des nœuds au cerveau en me demandant si oui ou non cela faisait d'elle une tueuse ?

La sonnette retentit. Je tournai la tête vers la porte d'entrée, aux aguets tel un suricate. J'éteignis la lumière et me rendis à pas de loup dans le couloir, espérant que cet intrus n'insisterait pas et s'en irait.

La sonnette résonna de nouveau. Parfaitement immobile et les oreilles grandes ouvertes, j'entendis la présence mystérieuse frapper sur le battant, puis actionner énergiquement la poignée, en vain.

Mon téléphone tinta dans ma chambre. Je m'y précipitai, songeant que ce n'était sans doute pas une mauvaise idée de l'avoir à portée de main. Je l'attrapai sur mon bureau et découvris un nouveau message de Kristen :

Je t'ai vue allumer et éteindre la lumière, andouille.

Un petit cri m'échappa. *Du calme, Emily. Du calme, du calme.* Je glissai mon téléphone dans ma poche arrière et me dirigeai d'un pas nonchalant vers la porte d'entrée, que j'ouvris.

– Salut ! me lança-t-elle en m'étreignant, ses clés de voiture tintant dans les mains. Je suis passée prendre quelques mesures à mon nouvel appart, j'ai eu envie de te faire un petit coucou ! Attends, qu'est-ce qui t'arrive ? Ça ne va pas ?

– Je… Je viens de vomir, balbutiai-je, raclant ma langue contre mes dents. Je crois que j'ai mangé de la ricotta périmée.

La main toujours sur la porte, j'esquissai un faible sourire.

– Mon Dieu, tu veux que j'aille te chercher quelque chose ? Il n'y a rien de pire que vomir.

– Merci, mais ça ira. J'ai seulement envie de m'allonger. Je me sens un peu…

Soudain, je piquai du nez malgré moi, comme si j'étais sur le point de perdre connaissance. Le sol tangua sous mes pieds, ce qui m'obligea à me rattraper au mur.

– Tu es sûre que ça va ? dit Kristen, qui passa un bras sous le mien. Tu veux que j'appelle un médecin ? Tu as une mine affreuse.

– Non, ce n'est rien, je vais me coucher.

Comme si une main invisible avait ouvert un robinet, j'eus subitement la sensation que mes mains pétillaient, me picotaient de l'intérieur.

– Merci d'être passée, mais je…

L'étrange sensation se propagea jusque dans mon crâne ; je me pliai en deux, une épaule calée contre le mur.

– Garde la tête baissée, me conseilla Kristen. Ça va passer. Tu veux t'asseoir ?

– Non, ça va, répétai-je, les yeux fermés.

Mon malaise se dissipant déjà légèrement, je pris une longue inspiration, puis soufflai posément. J'avais fait un peu d'hyperventilation, sans doute, et mon cerveau n'avait plus reçu la bonne quantité d'oxygène, ou peut-être de dioxyde de carbone.

– Allez, laisse-moi au moins t'aider à retourner dans ta chambre, insista Kristen.

Tandis qu'elle m'entraînait, je revis en pensée le moment où elle m'avait traînée dans la nuit, près du chalet, sur un terrain cahoteux parsemé de branches, de racines et de cailloux, non loin d'un lapin que seule une fille dérangée avait pu égorger ainsi. Je focalisai mon attention sur mon pied gauche, puis sur le droit, en rythme, comme si je pagayais en canoë. Comme si je creusais une tombe.

Au terme d'une courte éternité, nous parvînmes enfin à mon lit.

– Merci beaucoup, Kristen. Je te recontacte bientôt par texto, d'accord ?

– Soigne-toi bien.

Elle fit demi-tour pour s'en aller, et mes yeux se fermèrent. Ma poitrine me semblait déjà moins comprimée, et mon pouls moins assourdissant dans mes oreilles. Je m'occuperais de Kristen plus tard, après avoir pris le temps de réfléchir. Pour l'heure, je devais avant tout me protéger.

Je roulai sur le côté pour agripper mon oreiller… et me figeai : Kristen était encore là, dans ma chambre. Debout face à mon bureau, elle me tournait le dos, la tête baissée.

– Jamie… souffla-t-elle en effleurant les mots affichés à l'écran.

J'eus alors la sensation qu'il n'y avait plus du tout d'air dans la pièce. Plus d'oxygène. Le vide total.

Une main sur la souris, elle cliqua et lut à haute voix :

– « Deux morts dans un incendie à Brookfield. »

Un nouveau clic.

– « Chère Mlle Schmidt, merci pour l'intérêt que vous portez à notre établissement… »

Lentement, très lentement, elle se retourna vers moi :

– Putain, Emily, c'est quoi, ces conneries ?

– 30 –

– Kristen…

– C'est quoi, ça ? me lança-t-elle en me fusillant du regard. Qu'est-ce qui te prend de fouiller dans des histoires qui ne concernent que moi ? Pourquoi tu as échangé avec Westmoor ?

J'ouvris et refermai la bouche à plusieurs reprises, tel un poisson suspendu à un hameçon.

– Qu'est-ce qui se passe, Emily ? J'en ai marre de tes mensonges. J'en ai marre de tes conneries !

D'un grand geste, elle envoya mon ordinateur et plusieurs stylos se fracasser au sol.

– Je… Je voulais juste vérifier si… si…

– Quoi ? Tu estimes que je te dois des explications, peut-être ? s'emporta-t-elle, de la foudre dans les yeux. Comme tu veux. Alors, je me suis disputée avec ma meilleure amie, un jour, et comme j'avais douze ans, je n'ai rien trouvé de mieux que de gribouiller son visage sur mes photos. Quant à Westmoor, j'ai en effet passé un certain temps là-bas, après la mort violente de mes parents, si douloureuse pour moi, et le suicide de ma meilleure amie, tout cela en l'espace de quelques semaines. J'ai fait une dépression, j'avais besoin de soins psychiatriques. Il me semble que je me suis montrée sacrément ouverte à ce sujet, d'ailleurs, étant donné que le simple fait d'en parler me fait encore énormément souffrir. Je t'ai parlé du Dr Brightside.

– Je… Je voulais seulement…

Elle secoua la tête.

– C'est donc pour ça que tu m'évites comme la peste, ces derniers temps. Mon Dieu, que c'est pathétique de ma part d'avoir fait tant d'efforts pour tout arranger avec toi.

– Si tu es une si bonne amie que ça pour moi, pourquoi tu me fais chanter en m'envoyant une photo de Sebastian et moi ensemble ? répliquai-je, désignant mon ordinateur renversé sur le sol. Pourquoi tu m'as obligée à résoudre une putain d'énigme pour la découvrir ? Quel genre de meilleure amie dévouée fait ce genre de trucs ?

Kristen en resta bouche bée un moment, puis elle lâcha un petit ricanement.

– Tu crois que je te fais chanter… ?

– On a dit qu'on effacerait tout ce qui concernait ce voyage ! Et c'est ce que j'ai fait, moi ! m'emportai-je, ma fureur grandissante. Tu m'as menti… et ça fait un an que ça dure !

– Bon sang, Emily, réfléchis deux secondes avant de dire des conneries, se défendit-elle, les mains écartées. Comment aurais-je pu à l'époque deviner ce qui nous arriverait ensuite ? J'ai pris cette photo, car ce mec était canon et parce que tu ramenais rarement des gars dans notre chambre. J'ai cru que tu me remercierais plus tard pour ce souvenir.

Elle semblait si sérieuse, si sincère, avec une frustration et une énergie qu'on aurait plus volontiers imaginées chez un bambin de cinq ans déterminé à vous convaincre qu'il vous dit la vérité, mais… c'était certainement là encore une de ses manipulations.

– Pourquoi tu ne l'as pas effacée, alors ? Et pourquoi avoir mis en place tout ce cirque pour que je tombe dessus, enfin ?

– Parce que j'avais peur, avoua-t-elle, les mains jointes. Tu paraissais sur le point de craquer, Emily. J'avais très peur que tu fasses une bêtise.

– Mais pourquoi maintenant ? insistai-je, essuyant une larme. Comment peux-tu affirmer que ce n'est pas du chantage ?

– Je t'ai fait découvrir cette photo parce que tu évoquais trop l'idée de parler de tout ça à quelqu'un. Tu me répétais sans cesse que tu tenais à être aussi franche que possible avec ton nouveau copain, ce genre de choses. Ce n'est pas du chantage, c'est un simple… rappel. Le rappel que cette photo te lie à Sebastian. Jamais, mais vraiment jamais je n'ai eu l'intention de m'en servir, mais il fallait que tu la voies.

Qu'est-ce que c'était que cette logique débile ? Je secouai la tête, dépitée. *Elle a perdu l'esprit…*

– Tu es sacrément gonflée, quand même, enchaîna-t-elle. Tu me prenais pour une psychopathe assoiffée de sang ou quoi ?

Elle s'approcha ; je me redressai.

– C'est le comble, venant de toi…

Je me raidis, prête à entendre une phrase du type : « Après tout ce que j'ai fait pour toi » ou « Après que j'ai tué pour te sauver la vie. »

Elle croisa les bras :

– … après ce que tu as fait à Sebastian.

Je restai sans voix un moment avant de réagir :

– Qu'est-ce que tu racontes ?

– Ne joue pas les idiotes, j'étais là quand tu l'as tué.

Je crus sentir le lit vaciller, tel un navire ballotté par une mer houleuse.

– C'est quoi, ton délire ? bafouillai-je.

Kristen avait frappé Sebastian avec un lampadaire, ce qui l'avait envoyé à terre… mais il n'en était pas mort. Le choc lui avait ouvert le crâne, il avait chuté, et ensuite…

– Tu te fiches de moi ? glapit Kristen. Tu l'as bombardé de coups de pied. J'ai dû t'éloigner de lui de force.

Arrête ! Arrête ! Arrête ! Le sang qui dégouline comme de la peinture sur le lampadaire. Derrière moi, Kristen, les yeux écarquillés, sidérée, les mains pleines de sang, tout comme ses poignets, ses chaussures…

– Non…

Je secouai la tête, puis m'entendis crier.

– Non ! Ce n'est pas comme ça que ça s'est passé ! Je… C'est moi qui ai dû te forcer à cesser de le frapper.

La tête de Sebastian sur le sol, contre un pied du sommier métallique. J'avais croisé le regard furieux de Kristen, puis les coups étaient partis sans même que je m'en rende compte.

Trois, quatre coups de pied. Le sang giclant, tachant le sommier et se déversant dans les rainures du linoléum.

« Arrête ! Arrête ! Arrête ! » avait crié quelqu'un.

Enfin, j'avais entendu Kristen, sa voix déformée comme si nous évoluions sous l'eau. Kristen qui me suppliait de cesser de frapper. Je m'étais tournée vers elle et l'avais agrippée. Elle avait voulu s'approcher de Sebastian, horrifiée, mais je l'en avais empêchée pour la serrer contre moi. Nous étions restées ainsi un bon moment, tremblant de tous nos membres.

– Non… répétai-je, avec moins de conviction. Ce n'est pas ce qui s'est passé. Tu… cherches à m'embrouiller.

– Si, c'est exactement ce qui s'est passé.

Parvenue au pied de mon lit, elle s'immobilisa.

– Tu as tué Sebastian. Et c'est grâce à moi que tu n'as pas fini en prison pour ce meurtre.

– 31 –

Tu as tué Sebastian.

Non. Impossible. Elle cherchait encore à m'enfumer. Elle semait le trouble dans mon esprit, embrouillait mes souvenirs avec l'habileté d'un escroc de haut vol. Ou d'un magicien. Et hop ! Kristen a fait disparaître sa culpabilité. J'avais l'estomac aussi noué qu'une serviette trempée essorée à fond.

Malgré ces émotions, il était crucial pour moi de rester vigilante, d'assurer ma sécurité. Il me fallait agir en fin stratège, pour une fois, comme elle. Or ma sécurité dépendait de la distance me séparant de Kristen, qui devait être la plus grande possible.

– Bon, d'accord… Je n'ai pas toute ma tête, c'est évident, concédai-je, mes mains moites plaquées sur ma couette. Je… Je t'ai dit que j'avais cherché à me renseigner à propos de Jamie au chalet. Tu m'avais précisé que tes vieilles affaires étaient rangées dans des cartons.

– Je n'en reviens pas que tu aies fouillé dedans. C'est de la profanation.

– Je suis désolée, vraiment. Je n'y pensais plus, à vrai dire, mais voir cette photo de Sebastian et moi m'a fait partir en vrille. Je crois que j'ai pété un câble en la découvrant, sans doute dans un mécanisme de défense psychologique. J'ai voulu me réfugier dans un trou, fuir le monde, tout oublier.

– Mais oui, bien sûr. Tu as cherché à tout oublier en effectuant des recherches sur l'incendie qui a coûté la vie à mes parents ? En contactant le centre de thérapie où j'ai séjourné ? Tu m'accuses de quoi, au juste ?

Des larmes brillantes striaient ses joues.

Et merde... Ma ligne de défense n'était pas crédible, puisque j'avais joint le centre Westmoor plusieurs jours avant de découvrir la photo sur Dropbox.

Kristen, sans doute trop sur les nerfs, ne releva pas ce détail :

– Je ne sais pas quoi te dire. Que quelqu'un que j'aime et en qui j'ai confiance ait ne serait-ce qu'envisagé que j'aie pu...

Elle plaqua une main sur son abdomen, comme si j'y avais planté un couteau.

– Je n'ai pas de mots pour te dire combien ça me fait souffrir.

Accablée de culpabilité, je sentis en outre une honte brûlante se mêler à ma peur glacée.

– Je suis désolée...

Le bout de ses doigts sur le front, elle poussa un soupir :

– Bon, je vais te laisser.

Kristen préado hachurant le visage de sa meilleure amie, puis hospitalisée dans un établissement spécialisé afin que des psychiatres l'aident à surmonter son deuil. Son argumentation était si convaincante, si solide... J'étais saisie de trop de vertiges pour déterminer si j'y croyais. Pour l'heure, j'avais toujours la sensation de faire de la plongée sous-marine, de me débattre dans l'eau ; j'aviserais plus tard quant à l'attitude à adopter.

– Je n'en parlerai à personne, affirmai-je.

Elle se retourna vers moi.

– Du Chili et du Cambodge. Je te le jure. On est dans la même galère, toutes les deux, et je ne tiens pas à ce que nos vies soient gâchées pour toujours.

Je me levai.

– Je suis sérieuse, j'ai seulement envie de passer à autre chose. Alors, ne te fais aucun souci, d'accord ?

Elle tressaillit lorsque je m'approchai d'elle. Quelque peu gênée, je restai un instant la main levée à hauteur de ma poitrine, prête à l'étreindre. Elle haussa les épaules :

– Repose-toi. Moi, je file.

Je la suivis du regard dans le couloir, puis elle disparut dans l'entrée et claqua la porte de l'appartement.

Je restai un long moment aussi immobile qu'un cadavre sur mon lit, hypnotisée par les taches lumineuses dues aux feux des voitures passant dans la rue qui défilaient sur le mur de ma chambre. Et bien sûr, je pensais à la photo de Sebastian et moi. Pourquoi Kristen l'avait-elle conservée ? Pourquoi avait-elle fait en sorte que je la découvre ? Son explication se défendait, de prime abord, mais elle ne résistait pas à un examen plus poussé. Comme une étoile à l'éclat si ténu qu'elle disparaît dès lors que l'on tente de la regarder directement. Kristen avait affirmé que la photo n'était qu'un « rappel ». Cependant, si elle la transmettait aux autorités sud-africaines, et même si elle leur donnait mon nom, il me serait facile de l'accuser ; elle avait été internée à Westmoor, tout de même ; elle avait un lourd passif, contrairement à moi. Était-elle animée d'une telle volonté d'autodestruction, prête à ruiner nos vies, tel un terroriste portant une ceinture d'explosifs ?

Mon esprit revint à cette soirée tragique, à Phnom Penh. J'avais tant de fois rejoué cette scène en pensée, le regard enragé de Kristen, ses coups de pied sur le corps… Non, comme elle l'avait souligné, c'étaient des conneries. Ce n'était pas ce qui s'était réellement passé, ce n'était qu'un faux souvenir que j'avais maladroitement posé sur la vérité. Le cerveau sait procéder à de tels tours de passe-passe, réécrire l'issue d'une histoire – ce curieux organe est obsédé par l'instinct de survie et ne cherche qu'à justifier ses décisions. Maintenant qu'il m'était possible de comparer ces deux versions, l'authentique et l'imaginaire, je visualisais Kristen donnant ces coups de pied, puis moi dans le même rôle. J'avais la sensation de jouer au jeu des erreurs, dans un magazine pour enfant. « Trouve les différences entre l'image A et l'image B. »

À moins que… N'étais-je pas manipulée par Kristen ? Peut-être savait-elle que si elle m'affirmait tout cela avec suffisamment d'assurance, si elle me regardait comme si j'avais perdu l'esprit, je le croirais. Je me convaincrais que j'avais réellement commis cette horreur, comme elle le prétendait.

Que de pouvoir. Que de confiance en elle. La confiance en soi… Encore un de ces traits que la femme moderne se doit d'afficher.

Ni orgueil ni fanfaronnade du type Kardashian, mais une bravoure totale, genre Lizzo[12] ou Beyoncé, une immense énergie conférée par tant d'assurance. C'était un piège de plus, en vérité. Les hommes nous veulent sans peur, mais également terrifiées, de façon que notre assurance vacille quand un inconnu nous dit ce qu'il aimerait faire à notre cul. Quand un mec nous plaque contre un mur comme on punaise un papillon. J'avais eu si peur et, subitement, j'étais entrée dans une colère noire. J'avais voulu effrayer Sebastian, j'avais voulu qu'il souffre comme j'avais souffert.

La meilleure attitude à adopter était sans doute de m'en tenir à l'option déjà envisagée plus tôt, à savoir la fuite. Mettre autant de kilomètres que possible entre Kristen et moi, afin d'avoir tout loisir de réfléchir à tout cela sans la crainte constante de la voir surgir dans le décor. Et j'emmènerais Aaron avec moi, au cas où Kristen soit titillée par l'envie d'éliminer l'obstacle gênant s'étant depuis peu matérialisé entre elle et moi.

J'appelai donc Aaron et lui expliquai que j'avais besoin de prendre l'air loin de la ville le week-end suivant. Je le suppliai de trouver quelqu'un pour le remplacer au Café Mona. Tout en discutant avec lui, je jetai un coup d'œil sur les billets d'avion en promotion. Une destination m'attira plus que les autres, avec une inexplicable sensation de déjà-vu. Peut-être à cause du soleil omniprésent là-bas, de l'absence d'ombre où se dissimuler.

Aaron me promit de tout faire pour se libérer. Après avoir raccroché, je fus gagnée par une panique soudaine : et s'il n'obtenait pas gain de cause ? Et s'il se voyait contraint de renoncer à cette virée avec moi ? Me résoudrais-je à partir en solo, à filer avec mes affaires pour… pour quoi ? Pour passer mon temps dans une chambre d'hôtel, à penser à cette nuit sordide avec Sebastian ? Seule ?

---

12. Rappeuse américaine, Lizzo milite activement pour les droits des personnes en surpoids et des femmes homosexuelles.

Arrête ! Arrête ! Arrête ! Une heure plus tôt, j'étais certaine d'être celle qui avait prononcé ces mots. Je plaquai mes mains sur mes yeux, jusqu'à ce qu'une zone vert citron colore le noir de mes paupières comme une aurore boréale.

Enfin – enfin ! –, mon téléphone vibra, sur la table basse. J'eus la sensation que mon corps s'élevait d'un millimètre vers le ciel.

Mais ce n'était pas Aaron. C'était Kristen, évidemment. Kristen, toujours Kristen. Kristen, Kristen…

J'ai pleuré toute la soirée dans ma chambre. Je n'arrive pas à croire ce que tu as fait.

Accablée de honte, je déverrouillai mon téléphone pour répondre à ce texto.

Puis je suspendis mon geste. À la télévision, une publicité bruyante et agaçante vantait les mérites du meilleur réseau sans fil qui soit.

Éloigne-toi d'elle. Ces mots avaient résonné en moi durant toute la soirée. Et voilà que je m'apprêtais à renouer le contact, par réflexe, et à relancer toute la machine.

Je reposai mon mobile sur la table, attrapai la télécommande juste à côté, augmentai le volume de la télévision et m'installai confortablement sur le canapé.

Alors que j'avais tout juste arrêté de penser à lui, Aaron m'envoya un texto :

Wen me remplace. ON PEUT Y ALLER !

Suivaient plusieurs émoticônes de victoire, avec des confettis et du champagne. Je fermai les yeux et souris, le téléphone plaqué sur la poitrine. *Merci, mon Dieu…*

En ouvrant le site de réservation de billets d'avion, je fus assaillie par un nouveau doute. Il me faudrait me comporter de façon normale – et même paraître surexcitée – en permanence, vingt-quatre heures sur vingt-quatre, quand Aaron et moi flânerions dans les rues rougeâtres, quand nous contemplerions le soleil plongeant vers les montagnes lointaines, pendant le petit déjeuner, le déjeuner, le dîner…

Il me précisa sa date de naissance, indispensable pour acheter les billets d'avion. *Mon Dieu, je ne savais même pas quand tombait son anniversaire.* Ce week-end à deux se déroulerait-il sans accroc ? Ne s'agacerait-il pas de mon comportement ? Et si je me mettais en colère ? Et si je tombais malade ? Et si je lui répondais trop sèchement ? Et si je me montrais trop stressée ? Et si on se disputait ?

Une dispute. Avec Aaron. Dans notre oasis, mélange de verre et d'acier au cœur d'un désert inondé de soleil.

Une autre pensée s'immisça en moi, aussi sournoise et discrète qu'un chat.

Aaron est-il en sécurité avec moi ?

À mon réveil, je découvris un chapelet de textos envoyés par Kristen (*On peut parler ? / Je crois vraiment qu'il faudrait qu'on parle. / Tu m'ignores, maintenant ?*), que j'effaçai avant même de me lever. Plus tard dans la journée, en revenant à mon bureau après une réunion, j'entendis mon téléphone filaire sonner. Alors que je m'apprêtais à décrocher le combiné, je reconnus le numéro de Kristen, un des rares que je connaissais par cœur. Quelques recherches dans le menu de l'appareil me permirent d'activer la fonction « Ne pas déranger ».

– Ça n'arrête pas de sonner depuis une heure, me précisa le designer installé au poste situé en diagonale.

– Désolée, marmonnai-je, l'estomac serré comme un poing.

J'eus le regard vide pendant les réunions, l'esprit accaparé par les derniers instants de Sebastian, scène que je ne cessais de rejouer dans ma tête. Était-ce le pied de Kristen qui s'était acharné sur les côtes de ce type, ou le mien ? Si c'était Kristen qui avait frappé, pourquoi avais-je l'impression de revoir clairement et de sentir si précisément le contact de mes orteils sur sa chair ? En fin de journée, une étrange sensation s'empara de moi au moment où je passai devant la grande baie vitrée. Je pivotai et baissai les yeux sur Rogers Street, en contrebas. Kristen était là, quelque part, j'en étais certaine.

Elle avait à coup sûr les yeux rivés sur cette fenêtre, les mains dans les poches, l'air grave, aussi immobile qu'une statue. Une image digne d'un film d'horreur, avec en fond sonore un accord violent et dissonant.

Regardant à travers les branches couvertes de fleurs, je me focalisai sur le trottoir parsemé de pétales d'arbres fruitiers. Je repérai un adolescent, un vieil homme s'aidant d'une canne, une femme visiblement exténuée portant un bébé sanglé sur sa poitrine.

Puis je pivotai d'un pas pressé. Kristen n'était pas là.

Sur le trajet du retour, mon cœur s'emballa à chaque feu rouge. Kristen avait cessé d'appeler et de m'envoyer des textos aux alentours de 14 heures, mais c'était pire. Ce silence soudain était si assourdissant que j'en avais les oreilles qui grésillaient. Retenant mon souffle, j'abordai l'ultime virage, prête à découvrir Kristen postée au pied de mon immeuble.

Mais non. Il n'y avait personne. Même les oiseaux se turent le temps que je m'engouffre dans le bâtiment. Après avoir verrouillé la porte de mon appartement, je m'apprêtais à baisser les stores lorsque je me mis à rire. Quelle cruche ! Je me planquais chez moi, comme ce pauvre Kevin McCallister[13], terrifiée par ma soi-disant meilleure amie, avec qui j'avais très récemment passé quatre jours dans un chalet isolé dans les bois. *Regarde un peu ce que tu es devenue.*

C'est alors que je reçus un nouveau texto de Kristen, le premier depuis près de quatre heures. Ma cage thoracique se comprima, et je portai d'instinct mon poing à ma bouche. *Pas bon, ça.* Ce n'était pas bon. Pas bon du tout.

Le texto comprenait une capture d'écran sur laquelle on voyait le numéro d'appel à témoin mis en place par la police sud-africaine. Kristen avait ajouté quelques mots :

Ne me crois pas incapable de transmettre la photo.

---

13. Personnage principal de *Maman, j'ai raté l'avion*.

– 32 –

J'appelai aussitôt Kristen, le crâne martyrisé par mon pouls déchaîné et la mâchoire vibrant comme un marteau-piqueur. Elle décrocha et, durant un instant, seuls nos souffles résonnèrent.

– *J'ai enfin réussi à te faire réagir*, dit-elle.

Sans me laisser le temps de réfléchir, les mensonges jaillirent de mes lèvres – des excuses, des tentatives d'apaisement, des suppliques la priant, « s'il te plaît, je t'en conjure », de ne pas se mettre en colère contre moi –, aussi naturellement que si je retrouvais ma langue maternelle après avoir un temps parlé dans une langue étrangère.

– Désolée de ne pas t'avoir répondu, la journée a été très chargée au boulot, et je voulais prendre le temps de bien réfléchir à ce que je te dirais…

– Tais-toi, m'interrompit-elle, la voix brisée. As-tu la moindre idée de l'état dans lequel j'ai passé les dernières vingt-quatre heures ? À quel point tu m'as blessée ?

Un javelot de culpabilité me transperça, suivi d'une lame de fond d'indignation, touchant mon talon d'Achille, la fissure dans mon armure, le creux de mon ventre, si sensible, ce qui me fit me recroqueviller sur moi-même comme un cloporte. « Tu m'as blessée. » Kristen n'avait de cesse de titiller ce point faible, de l'exploiter, de s'en servir comme d'une arme. Ou une bouteille de carménère.

– Écoute, Kristen, je suis désolée de t'avoir blessée, dis-je d'une voix posée. Mais franchement, cette photo de Sebastian et moi…

– Il faut vraiment qu'on parle. Tu peux venir chez moi ?

Sa voix était comme une machette qui tranchait mes mots.

– Quoi ? Mais on est en train de parler, justement, fis-je remarquer, un nœud dans la gorge.

– Tu comprends parfaitement ce que je veux dire. Il faut qu'on se voie.

– Non, on se parle, là, ça suffit, insistai-je. J'ai une tonne de choses à faire ce soir. Je pars en week-end demain, je dois préparer mes affaires. Je ne vois pas pourquoi l'une de nous devrait rouler trente kilomètres…

– Parce que nous ne devrions pas parler de ça au téléphone.

Sans vraiment se racler la gorge, elle émit un petit son éloquent.

J'abattis la main sur le coussin du canapé. Kristen avait-elle toujours été à ce point parano ? Son insistance pour que nous effacions systématiquement l'historique de nos recherches sur Internet et que nous éteignions nos téléphones avant de discuter de cette question délicate était plutôt sage, mais contrastait furieusement avec ses récits enjoués de nos voyages. Elle avait montré des photos à Priya sur Instagram, elle avait largement décrit notre séjour à Aaron. C'était elle qui faisait preuve d'imprudence, comme si elle faisait tout pour se faire rattraper par les autorités.

Et voilà qu'à présent elle se comportait comme une adepte des théories du complot paniquée, planquée sous une couverture de survie et coiffée d'un chapeau en aluminium afin de protéger son cerveau de toute ingérence extérieure.

– Personne ne nous écoute, Kristen. Personne n'épie les conversations téléphoniques de deux filles de trente ans paumées dans le sud-est du Wisconsin.

– Tu me prends pour une folle ? ricana-t-elle. Tu penses vraiment que ton téléphone ne t'écoute que lorsque tu prononces les mots « Dis, Siri » ? Qu'il n'a pas capté tout ce que tu as dit avant ?

Sa voix était aussi tendue qu'une corde d'arc.

– Tu crois vraiment que c'est une coïncidence quand, après avoir parlé de musée, par exemple, au téléphone, tu vois apparaître des publicités pour les expos à venir ? Réfléchis deux secondes, Emily, ne sois pas stupide.

Elle n'avait pas tort, sur ce coup-là, mais je levai tout de même les yeux au ciel.

– En tout cas, ce que tu racontes est plutôt douteux ; si on ne nous espionnait pas jusque-là, c'est sûrement le cas maintenant.

– Arrête ! Je ne plaisante pas. Arrête de faire l'andouille, s'il te plaît.

Arrête ! Arrête ! Arrête ! Je l'aurais volontiers soumise à une séance d'identification, je lui aurais bien demandé de dire ces trois mots en prenant un ton hystérique. Était-ce son larynx qui avait vibré, cette nuit-là, ou le mien ? Angoissée par cette question, je me recroquevillai sur moi-même, une main sur l'estomac.

– Allez, viens, m'implora-t-elle. Ou alors je viens chez toi. Je ne veux pas en arriver à envoyer cette photo, mais… tu ne me laisses pas vraiment le choix.

– C'est comme ça que tu espères régler le problème ? C'est ça, le genre d'amitié que tu veux qu'on ait ?

S'ensuivit un long silence ; on aurait dit deux voitures se faisant face sur une route de campagne plongée dans la nuit, aucune n'osant encore s'élancer vers l'autre.

– Je dis ça parce que je tiens à notre amitié, dit-elle enfin, sur un ton grave et anormalement calme. Tu ne m'as pas laissé le choix.

– Kristen…

Elle enchaîna à toute allure, dans un souffle aussi brutal qu'un éclair :

– Sois là dans vingt minutes, sinon je balance la photo. Je le ferai, crois-moi.

Sur ce, elle raccrocha.

Fonçant sur l'autoroute I-94, la poitrine comprimée par mes accélérations, je me faisais l'effet d'une météorite fondant sur la Terre. L'air bleu acier et glacial était chargé de senteurs glaiseuses, et le halo en forme d'obélisque des feux des véhicules roulant en sens inverse brouillait ma vision.

Une violente décharge d'adrénaline se propagea dans tout mon corps lorsqu'un camion klaxonna alors que je m'apprêtais à changer de voie. Les mains agrippées sur le volant, je rectifiai ma trajectoire et laissai passer le Mack. Son conducteur klaxonna de nouveau, comme pour me sermonner davantage, ce qui me fit crier, ma frustration se mêlant au son grave de l'avertisseur du monstre.

J'avais l'impression de voir la photo sur le pare-brise, les phares qui m'éblouissaient me rappelant le flash de l'appareil, quand Sebastian et moi étions sortis du bar pour nous diriger vers son tragique destin. Sebastian, blond et imposant, surexposé. Sebastian, toujours porté disparu, dont le corps avait nourri les créatures marines peuplant le fond du Tonle Kak.

Et la voix de Kristen, à peine un murmure : *Sebastian, que tu as bourré de coups de pied jusqu'à ce que son crâne éclate.*

Non. La bretelle apparut soudain. Je pilai et changeai de voie en catastrophe pour la prendre, puis m'immobilisai peu après à un feu rouge. Mon cœur battait en rythme avec le clignotant. *Tic-tac, tic-tac, tic-tac.*

L'éclat de mes phares se refléta dans les vitraux de l'église du Roi des Rois lorsque je virai au pied de son clocher sombre. En entrant dans la rue de la maison de Nana et Bill, je surpris un regard brillant sur le trottoir. Encore un lapin, dont les yeux noirs faisaient saillie de chaque côté de la tête. Avais-je affaire à un avertissement, à un présage de malheur, rappel de la pauvre bête égorgée au chalet ? Je n'avais toujours pas compris quel prédateur pouvait avoir laissé des marques comparables à des entailles dues à une hache sur le cou de sa proie. Le lapin détala dans un bosquet d'arbres grêles.

Parvenue chez Nana et Bill, je me garai au bout de l'allée. J'aperçus une silhouette postée à une fenêtre du premier étage, qui me regarda marcher jusqu'à la porte d'entrée.

Le simple fait de poser les yeux sur elle – sur ma meilleure amie, ma complice, la plus grande menace pesant sur moi – suffit à me terrifier. Elle éteignit la lumière et disparut dans l'obscurité. Le temps que je m'arme de courage et sonne à la porte, Kristen était descendue. Elle ouvrit la contre-porte, le visage pâle et les yeux rouges.

– Salut, lâchai-je, vaguement penchée en avant, sans savoir si elle m'étreindrait.

Elle se contenta de tenir le battant pour que j'entre. Je suspendis ma veste sur un crochet.

– Laisse aussi ton sac ici, me demanda-t-elle, désignant le banc de l'entrée, ce qui me fit lever les yeux au ciel.

Satisfaite que le gouvernement n'ait plus aucune chance de suivre une conversation à cœur ouvert entre deux jeunes femmes dans la maison d'enfance de l'une d'elles, Kristen ouvrit la marche jusqu'à sa chambre, dont elle referma la porte derrière nous.

Son lit et sa commode avaient été poussés dans un coin ; plusieurs appareils de gymnastique, sans doute hors de prix, occupaient le reste de la pièce, telles des sculptures dans une salle d'exposition. Un banc de musculation était disposé à côté du placard, ses haltères comme autant d'armes étincelantes.

Kristen se laissa tomber sur son lit, puis arracha un mouchoir en papier à sa boîte, se moucha et le jeta dans la corbeille déjà à moitié pleine, signe de sa peine immense. Sa souffrance semblait si sincère, si authentique ; c'était la réaction appropriée pour une jeune femme ayant découvert que sa meilleure amie enquêtait en douce afin de déterminer si elle était un monstre. Le doute me saisit de nouveau.

– Tu veux qu'on parle ? proposai-je en m'asseyant au coin du lit, faisant courir ma main sur la couette lisse.

Elle ramena ses genoux contre sa poitrine :

– Si tu es venue, c'est uniquement parce que j'ai menacé de transmettre la photo.

Tu m'étonnes…

– Je suis venue parce que je tiens à toi. Ta réaction m'a surtout fait comprendre que tu avais vraiment besoin de parler, et le plus vite possible.

Je déglutis avec difficulté.

– Parce que tu n'aurais jamais envoyé cette photo et mon nom à la police sud-africaine. Tu sais très bien que si je suis interrogée, je peux à mon tour donner ton nom.

Elle se mordilla la lèvre inférieure :

– Mais les preuves… ne désignent que toi.

– Qu'est-ce que tu…

C'est alors que la vérité me frappa violemment. À Quiteria, j'avais rempli les formulaires de l'hôtel, à notre arrivée, et je m'étais chargée de louer la voiture. D'autre part, sur la photo prise à Phnom Penh, on voyait Sebastian… et moi. Seul mon nom apparaissait sur les formulaires, seul mon visage figurait sur la photo. Ce serait la parole de Kristen contre la mienne.

Je pouvais toujours affirmer qu'elle avait pris part à ce que nous avions commis, certes…

Mais il m'était impossible de le prouver.

Ma vision se troubla et je crus sentir le sol s'incliner. Je pris une profonde inspiration, jusqu'à ce que la chambre se stabilise. *Concentre-toi, Emily.*

– Que veux-tu, exactement ? lui demandai-je en lui tapotant la jambe. Je tiens à régler tout ça.

Kristen lâcha un soupir chancelant.

– Quel foutoir… Je rêve toutes les nuits que des mecs armés de flingues débarquent dans ma chambre. Ou qu'on est de retour dans la vallée de l'Elqui, pourchassées sur les routes, avec tous ces virages en épingle à cheveux. Et parfois…

Elle sanglota quelques secondes, ses larmes mouillant son chemisier.

– Et parfois, je rêve que je suis dans notre chambre, à l'hôtel, et que Paolo… que je n'ai pas réussi à le neutraliser. C'est terrifiant, Emily. Je croyais comprendre ce que tu avais subi au Cambodge, mais j'avais tort. C'est bien pire que ce que j'imaginais.

Pétrifiée, j'avais les nerfs en état d'alerte maximale. Faisait-elle allusion à la tentative de viol ou à… ce qui s'était produit ensuite, quand elle avait attrapé une bouteille de vin ?

– Qu'est-ce qui est pire que ce que tu imaginais ? la relançai-je d'une voix aussi ténue qu'une toile d'araignée.

– Le… Le traumatisme, je suppose. Quand il m'a repoussée et que ma tête a percuté le mur…

Elle poussa le soupir comprimé de l'*ujjayi pranayama* de yoga.

– Jamais je n'avais eu si peur, poursuivit-elle. Cet instant m'a changée de façon irréversible. Comme les drogués qui, après un bad trip dû à une prise d'acide, ne sont plus les mêmes.

– C'est cette impression que tu as eue ? Un trip à l'acide ?

Il fallait qu'elle se montre plus claire ; parlait-elle de l'instant où elle avait eu si peur ou de celui, peu après, où elle avait abattu la bouteille comme une matraque ?

Soudain, une pensée me vint : *Si tuer Paolo l'a ravagée à ce point, ce n'est certainement pas elle qui a tué Sebastian…*

– Cet instant de peur totale m'a marquée, m'a redéfinie, précisa-t-elle. Et tu sais quoi ? Je suis devenue parano. Je vois le danger partout, maintenant. J'ai peur chaque fois que je croise quelqu'un. J'ai peur que… ceux en qui j'ai confiance s'en prennent à moi.

Elle fit glisser ses mains sur ses cuisses.

– Je croyais contenir toute cette merde, maîtriser mon monde, je suis même allée consulter une psy, mais ensuite…

Sa voix vacilla.

– Ensuite, je me suis rendu compte que tu… enquêtais sur moi dans mon dos. Comme si j'étais une sorte de cinglée.

Tu m'as menacée, je te rappelle, avais-je envie de rétorquer. *Tu avais gardé une vieille photo, tu m'as lancée sur un jeu de piste de façon que je la découvre au moment où ma propre peur frôlait la paranoïa, alors que tu m'avais répété pendant un an que nous ne pouvions prendre le risque de conserver le moindre élément nous reliant aux événements.* Or j'avais conscience qu'une telle réaction ne me vaudrait rien d'autre qu'une heure de plus sur ce lit à supplier Kristen. Le mieux était de poser un pansement sur son ego et ensuite de foutre le camp de Milwaukee.

– Je suis désolée que tu t'en sois rendu compte, dis-je avec douceur. J'étais partie en vrille, je me raccrochais à ce que je pouvais, tu comprends ? La photo que tu m'as montrée – enfin, que tu as fait en sorte que je trouve, plutôt – m'a anéantie.

Je secouai la tête.

– Je suis navrée que tu aies l'impression de ne plus être la même, je suis passée par là, moi aussi, l'année dernière. Ça s'apaise avec le temps, mais… Je comprends parfaitement ce que tu ressens, cette sensibilité exacerbée… Je veux que tu te remettes de tout ça, que tu ailles mieux.

Je tapotai son genou.

– Je croyais que tu étais venue pour m'aider, pleurnicha-t-elle en se tamponnant les joues avec un mouchoir en papier.

– C'est pour ça que je suis là !

– Non, tu m'abandonnes.

– Je ne serai absente que ce week-end. On aura toutes les deux les idées plus claires d'ici quelques jours.

Un court silence.

– Tu vas où, d'ailleurs ?

Voyant que je ne répondais pas, elle se fit plus insistante.

– Et avec qui ? Aaron ?

– Je pars quelques jours à Phoenix. Avec Aaron, exact. Je… Je ne suis pas en état d'être la meilleure amie idéale, pour l'instant, et c'est ce que je veux être pour toi. Tu peux le comprendre ? Je ne te fuis pas, j'ai seulement besoin de changer de décor un moment.

– Je croyais que tu me soutenais, sanglota Kristen.

– Mais c'est le cas ! Et toi aussi, tu me soutiens. Mais tu sais mieux que quiconque combien les voyages aident à refermer les blessures. Mon week-end sera une sorte de remise à zéro. Quand je serai de retour, nous prendrons un nouveau départ, toutes les deux.

Faux. J'étais déterminée à profiter de cette période loin de Kristen pour m'éloigner d'elle, pour ériger de nouvelles barrières. Je sentais mes mensonges qui vibraient dans mes sinus, enflant comme le nez de Pinocchio.

– Je me sens si seule, se lamenta Kristen, reniflant ses larmes. Et j'ai peur. Et tu es la seule personne au monde à vraiment savoir pourquoi.

À vraiment savoir pourquoi… De quelle proportion de la vérité étais-je réellement au fait ? Que s'était-il passé dans notre chambre d'hôtel, quand Paolo s'était trouvé seul avec Kristen ? Quel pied avait frappé Sebastian, un an auparavant ? Quelle était la véritable cause de la mort de la petite Jamie ? L'incendie dans lequel les parents de Kristen avaient péri avait-il été accidentellement provoqué… ou quelqu'un avait-il volontairement mis le feu, regardant les flammèches se propager dans la maison comme des dominos en cascade ?

– Je suis là, avec toi, dis-je, car je n'avais aucune réponse à mes questions.

Seule Kristen aurait su y répondre, et ma liberté – ma vie – dépendait de sa volonté de me protéger.

– Je sais que c'est dur, mais on s'en sortira. Tant qu'on ne fait pas de bêtise.

Comme transmettre à la police une photo anonyme et compromettante. Cette pensée résonna si fort en moi que je craignis qu'elle ne la saisisse par « télépathie entre amies ».

– Tu es incroyablement courageuse, Kristen, continuai-je. Je t'ai toujours admirée pour ça. Tu sais garder ton calme et te servir de ton intelligence en temps de crise. Moi, je… Je me contente d'essayer de contenir tout ce qui m'assaille, et pour ça il vaut mieux qu'on ne se parle pas pendant quelques jours. J'essaie d'être aussi courageuse que toi, tu comprends ?

Ce fut cela qui la convainquit. De tous les bâtons, carottes et paroles mielleuses que j'avais brandis, ce dernier point fit pencher la balance de mon côté.

– Je te fais confiance, dit-elle. Je ne te comprends pas vraiment, mais je te fais confiance.

Elle roula sur le lit et se leva.

– Je voudrais te montrer quelque chose.

Plus stressée que jamais, je la regardai farfouiller dans un tiroir de sa commode. *Laisse-moi partir, je t'en prie…*

Elle attrapa un sac en tissu et en sortit des journaux froissés. Elle écarta quelques pages et considéra ce qu'elles renfermaient.

– On est dans le même pétrin, toi et moi, dit-elle en inclinant vers moi ce qu'elle tenait.

Je crus d'abord qu'il s'agissait d'un gros caillou sombre, du genre de ceux dans lesquels on trouve des cristaux quand on les fait éclater.

Puis, quand il fut mieux éclairé, je remarquai des mots sur la surface grumeleuse de l'objet, ainsi que du plastique boursouflé.

« Je m'en occupe, avait dit Kristen, dans notre chambre envahie de fumée et de la puanteur du plastique brûlé. Je jetterai tout ça chez moi. »

Elle n'en avait rien fait. Elle avait tout gardé. Une garantie supplémentaire. J'avais sous les yeux un fossile : les restes fondus du carnet de voyage, du téléphone, du passeport et du portefeuille de Paolo.

– 33 –

– Mon Dieu ! Tu avais promis de jeter tout ça !

– Je n'ai jamais sorti ces restes de ma valise. Ils m'ont suivie jusqu'ici.

– Mais pourquoi ? m'exclamai-je, les yeux exorbités.

– C'est… comme pour la photo. Je ne compte pas les montrer à quiconque, évidemment, mais je tenais à ce que tu les voies.

Elle a perdu la raison… Malgré cette évidence, je hochai sereinement la tête :

– Je suis désolée de t'avoir fait douter de moi, mais on peut se faire confiance mutuellement. Il le faut.

Elle remisa le paquet dans le sac.

– J'aimerais qu'on discute encore de tout ça, à ton retour.

– Oui, bien sûr, mentis-je en me dirigeant à petits pas vers la porte. Je ferais mieux de partir. Ça va aller ?

Elle me rattrapa et m'étreignit avec force, sanglotant dans mon épaule. Mes muscles n'avaient pas oublié cette posture si familière, à tel point que je fus saisie d'une violente envie de moi-même plonger le menton dans son cou, de sentir nos avant-bras nous plaquer l'une contre l'autre. Quand enfin je me dégageai, j'eus la vague sensation de lui faire mes adieux, de mettre le point final que je cherchais depuis près d'un mois.

Alors que je redescendais d'un pas lourd au rez-de-chaussée, un gouffre de honte s'ouvrit en moi. Il y avait forcément une raison expliquant que je ne cesse de répéter mes au revoir, que, bien que cherchant à produire une entaille nette, je regarde ensuite la peau cicatriser, les croûtes chaque fois plus immondes. Il y avait une raison qui expliquait que je ne cesse de revenir en arrière, telle une droguée aux yeux tristes réclamant de nouveaux coups.

En passant à hauteur du salon pour gagner l'entrée de la demeure, j'aperçus la bible toujours posée au centre de la table basse. Et soudain, je compris la raison pour laquelle les gens avaient besoin de la religion et de ce qu'elle conférait – confiance, sentiment de supériorité et assurance de savoir ce qui est juste. Le désir ardent que quelqu'un nous dise quoi manger, quoi penser, quoi faire. Obtenir des réponses simples aux questions les plus complexes, ainsi que la certitude qu'il n'y a rien à craindre, que tout s'arrangera. L'inverse de la peur.

Au moment où je récupérais mon sac à main, un craquement, au premier étage, me figea net. *Il est temps de filer*, me dis-je, les oreilles dressées et le cœur battant à tout rompre. Après un dernier regard dans mon dos, j'ouvris la porte d'entrée et me fondis en toute hâte dans la nuit.

De retour dans ma voiture, je restai un long moment prostrée sur le siège conducteur. Tout allait de travers. Kristen m'avait ordonné de sauter dans le vide ; j'avais simplement demandé de quelle hauteur. Je l'avais réconfortée, je lui avais tapoté la jambe, je l'avais serrée dans mes bras. J'avais forcément obtenu quelque chose que je désirais, sans quoi je n'aurais pas été là, en cet instant, les yeux rivés sur le tunnel noir qu'était l'impasse de la maison de Nana et Bill, plutôt que chez moi, occupée à faire mes valises pour mon week-end à Phoenix. Pourquoi d'ailleurs cette rue était-elle si sombre ? Pourquoi n'y avait-il pas le moindre réverbère dans ce quartier ?

Un coup sur ma vitre me fit sursauter. Je plaquai la main sur mon sternum, haletante, telle une spectatrice de film d'horreur. Le visage de Nana semblait flotter de l'autre côté du carreau, ses joues émaciées sous l'éclairage de mon plafonnier. J'abaissai ma vitre ; elle m'offrit un sourire nerveux.

– Tu as oublié ça.

Il me fallut un moment pour reconnaître ma veste dans le morceau de tissu qu'elle brandissait.

– Ah oui ! Merci.

Je m'en saisis et la posai sur le siège passager.

– Je pensais que tu étais partie, mais j'ai vu ta voiture, précisa Nana, sans s'en aller.

Elle avait quelque chose à me dire, c'était évident. Quelques jours plus tôt, j'aurais sauté sur cette occasion de l'interroger à propos de son message flippant, du centre Westmoor et de la meilleure amie de la jeune Kristen, la pauvre Jamie, aujourd'hui décédée, qui avait vécu dans la maison aux ananas que je devinais un peu plus loin. Mais là, je n'avais qu'une envie, qu'un impératif qui me venait du plus profond de mon être : foutre le camp.

– Tout va bien ? me demanda-t-elle dans la foulée, comme si elle craignait que je remonte ma vitre et file en faisant crisser les pneus.

– Avec Kristen, vous voulez dire ?

– Elle est un peu contrariée, ces derniers temps, me répondit-elle avec une lueur fugitive dans le regard. Je crois que ça met Bill un peu à cran, et moi aussi, d'ailleurs.

Elle haussa soudain les sourcils.

– Ce n'est pas après nous qu'elle en a, bien sûr ! Mais je me fais du souci à son sujet. Et je m'inquiète également pour toi.

Nana jeta un regard dans son dos, puis je surpris de nouveau cet éclat dans ses yeux ; de la peur, à la fois minuscule et infinie. Peur de Kristen ? Ou alors… Une nouvelle hypothèse m'apparut, que j'aurais envisagée d'emblée en d'autres circonstances. Ou alors peur de Bill ?

– Pourquoi vous me posez cette question, Nana ? Que se passe-t-il chez vous ?

Elle me dévisagea sans rien dire, ce qui m'incita à ajouter une petite politesse.

– Si je peux me permettre…

– C'est un peu le zoo, ici, avec tout le monde sous le même toit, dit-elle en considérant sa maison et ses fenêtres pareilles à des yeux incapables de ciller.

« Je tenais à m'assurer que tu es bien installée, m'avait-elle écrit le jour de mon anniversaire. Kristen se comporte de façon quelque peu étrange ces derniers temps. »

– Vous souhaitez me dire quelque chose, Nana ? Il y a un problème ?

Elle se passa la langue sur les lèvres. Elle avait tout juste pris son inspiration, clairement sur le point de me répondre, quand soudain…

– Nana !

Une main se posa sur l'épaule de la vieille femme. Nous découvrîmes le visage souriant de Kristen. Comment s'était-elle débrouillée pour nous rejoindre sans que nous la remarquions ? Depuis combien de temps était-elle tapie là ?

– Emily avait oublié sa veste, se justifia Nana d'une voix un peu trop forte.

Je fis un grand geste vers le siège passager, pour illustrer le propos de Nana, et ajoutai :

– Et comme je n'avais pas vu Nana en entrant dans la maison, on a fait un brin de causette.

– Je croyais que tu étais pressée. J'ai été étonnée de voir que tu étais encore là et que tu discutais avec quelqu'un. Je suis descendue pour en avoir le cœur net.

– Ce n'était que ta vieille grand-mère ! dit Nana avec légèreté.

– En tout cas, merci de m'avoir avertie de tous les dangers de Brookfield, dis-je à Nana, que cela fit glousser. Bon, il est temps que je vous laisse. On s'appelle bientôt, Kristen.

– Bon voyage, me répondit-elle, son sourire se muant en un rictus narquois. Sois prudente.

Kristen a perdu la raison. Nana était-elle en sécurité avec elle ? Pouvais-je faire quelque chose pour l'aider ? Un de mes proches ne courrait-il pas un danger pendant que je serais partie ? Priya, peut-être ? Cette crainte tournait en boucle dans mon esprit tandis que je roulais, passant à hauteur d'énormes demeures de style colonial, Tudor ou néoclassique affublées de grandes colonnes blanches. Pas de bicoques McMansion produites en série dans ce quartier ; les voisins de Nana et Bill formaient une population chic et imbue d'elle-même, convaincue que rien de grave ne risquait de lui arriver, tapie au-delà des douves de ses jardins aménagés et de ses buissons impeccablement taillés.

Réagir ainsi était plutôt injuste de ma part ; j'étais simplement quelque peu jalouse de ces gens, l'envie insérée comme une prothèse vasculaire dans mon cœur, sur lequel elle faisait pression de l'intérieur. Les habitants de ces rues remboursaient leurs emprunts immobiliers, réglaient des frais de scolarité pour leurs enfants, débattaient sur la pertinence de faire chauffer la carte bleue pour s'offrir le dernier robot mixeur Vitamix… Pas un instant ils ne se demandaient si une de leurs connaissances était mentalement dérangée, si la police les traquait ou si les murs de leur demeure, peints par des pros en une élégante teinte coquille d'œuf, ne se refermaient pas sur eux de seconde en seconde.

À une exception près, donc. L'image de Kristen pelotonnée sur son lit m'apparut de nouveau, avec à ses pieds la corbeille remplie de mouchoirs en papier. Elle n'était tout de même pas si bonne comédienne ?

En quittant le quartier résidentiel pour retrouver la grande route, après un carrefour, je me rendis compte que je retenais ma respiration.

Je revis également l'étincelle dans le regard de Nana, que j'avais reconnue et qui avait fait naître en moi un élan de solidarité envers la vieille femme. J'éprouvais en effet moi-même cela tant de fois par jour ; ces afflux de peur aussi fugaces que vifs étaient si attendus et si normaux que je n'y prêtais plus qu'à peine attention. Je les sentais simplement se produire quand je marchais, déjeunais, souriais, ne souriais pas, montrais un peu de ma peau ou au contraire me cachais sous une parka bouffante, ou simplement quand j'existais en tant que femme.

Parvenue sur l'autoroute, j'écrasai l'accélérateur. Mon pouls s'emballa, à l'unisson avec ma voiture. Je doublai la fête foraine du Wisconsin, le stade de base-ball puis les trois dômes de verre du jardin botanique couverts d'un treillis qui leur donnait un aspect d'yeux de mouche. Quand se présenta la bretelle de sortie que je comptais emprunter, les autres véhicules refusèrent de me laisser changer de voie ; il me fallut piler puis me faufiler de force devant un SUV qui avait fait mine de ne pas voir mon clignotant.

Dans le rétroviseur, je vis son conducteur furieux lever la main vers moi, comme pour me reprocher d'occuper ma place dans l'espace tridimensionnel, de monopoliser un certain volume, d'avoir une certaine masse et une certaine densité.

C'est alors que j'eus une réaction à laquelle jamais, mais vraiment jamais, je ne cède. Je brandis mon majeur au-dessus de mon épaule, de façon que cet homme le voie clairement. L'espace d'un instant, je me sentis puissante, mais, au feu rouge suivant, il s'immobilisa à côté de moi et abaissa sa vitre pour m'inonder d'un torrent d'insultes.

La cage thoracique martelée par mon cœur survolté, je gardai les yeux rivés sur la chaussée, devant moi, comme si je ne l'avais pas vu.

– 34 –

Mon estomac se noua lorsque la voiture d'Aaron s'engagea dans l'allée de mon immeuble. Je le saluai d'un geste de la main, sortis du bâtiment et me retournai pour en verrouiller la porte.

Deux mains se posèrent autour de ma taille, ce qui me fit sursauter. Puis je souris quand il fourra son nez dans mon cou.

– Salut, toi, me dit-il.

– Salut.

Nos fronts s'effleurèrent, et je fermai les yeux. Que j'aurais aimé pouvoir m'abandonner à cette sensation, me laisser fondre dans ses bras.

– Tu as hâte d'être là-bas, toi aussi ? ajoutai-je.

– Attends, je m'occupe de ta valise.

Il s'en saisit, et je le suivis jusqu'à sa voiture. Il pressa une touche, le coffre s'ouvrit et vacilla quelque peu avant de s'immobiliser. Quelque chose dans l'angle de cette gueule béante me transporta dans le passé, au Chili, quand Kristen et moi, couvertes de sueur après avoir creusé une tombe, étions prêtes à affronter l'horreur innommable consistant à y déposer un cadavre. Le coffre du véhicule de location chilien avait oscillé de la même façon, comme s'il se riait de nous.

Aaron referma sèchement celui de sa voiture et me gratifia d'un sourire en coin :

– Je t'ai apporté des croissants au chocolat. J'espère que tu as faim !

– Oh ! C'est gentil, merci !

Encore un croissant, comme à l'aéroport, quelques semaines plus tôt, quand il m'avait fait la surprise de m'accueillir. Sa silhouette émergeant au retrait des bagages m'avait fait l'effet d'un coup de tonnerre.

– La météo prévoit de la pluie tout le week-end ici, m'annonça-t-il, tapotant le volant au rythme de l'air de rock garage craché par les enceintes, alors que nous roulions sous un ciel plombé. Espérons qu'il ne tombera pas des cordes avant qu'on ait décollé.

Répondre me demanda un effort inimaginable. Cette escapade était peut-être une très mauvaise idée, à la réflexion :

– Oui… Heureusement qu'on va dans un coin ensoleillé.

Mon téléphone sonnant de nouveau, je plongeai la main dans mon sac à main. Je découvris sur l'écran un numéro qui m'était inconnu et qui comportait – mon Dieu… – beaucoup trop de chiffres à mon goût.

– Tout va bien ? s'inquiéta Aaron, me jetant un regard.

– Oui… Attends, une seconde, je vérifie quelque chose.

M'efforçant d'empêcher mes doigts de trembler, j'effectuai une recherche sur Google, afin de déterminer l'indicatif téléphonique de ce numéro. *Le Chili.* Et merde… Je découvris également deux textos de Priya, en réponse à mon message tardif de la veille, dans lequel je l'avais suppliée de ne pas approcher Kristen en mon absence. Elle m'avait d'abord envoyé une série de points d'interrogation, puis un « C'est quoi, ce délire ? Tout va bien ? »

– Ah tiens, ça me rappelle que j'ai emporté quelques bonbons au cannabis, dit Aaron, désignant le tableau de bord.

– Quoi ?

Il me fallut un moment pour comprendre qu'il faisait allusion aux paroles de la chanson, qui évoquaient la drogue.

– Super ! repris-je. Mais tu n'as pas peur de prendre l'avion avec ça ?

– Non, je les ai planqués dans ma trousse de toilette, dit-il avec un geste désinvolte.

Je l'observai un moment, lui enviant – si fort, que je perçus physiquement cette sensation – sa capacité à ne s'inquiéter de rien. « Le sentiment inverse de la peur n'est pas la sécurité », avait affirmé Kristen ; c'est la conviction que l'on sera toujours aux commandes.

La chanson s'étant conclue sur un grincement dégénéré de guitare électrique, les animateurs pleins d'énergie prirent le relais :

– Dis-moi, Dave, tu as certainement entendu parler de ce routard de vingt-quatre ans dont le corps a été retrouvé au Chili ?

– Tout le monde a sa théorie sur ce mystère. La semaine dernière, quelqu'un a prétendu que les extraterrestres étaient dans le coup, puisque de nombreux ovnis ont été signalés dans cette région.

– Je ne peux pas m'empêcher de penser à ses parents, qui…

– Tu sais ce qui est bizarre, dans cette affaire ? lâcha Aaron, désignant l'enceinte. Ce type disparaît, sans doute après s'être embarqué dans un truc pas net, un deal de drogue, quelque chose comme ça, mais personne ne le dit ; ce sont forcément des extraterrestres les coupables, ce n'est sûrement pas lui qui a fait une connerie. Parce que c'est un mec. Tu te souviens de Natalee Holloway ? Tout le monde disait : « Mais pourquoi a-t-elle quitté ses amis ? Et pourquoi ils l'ont laissée partir avec un homme qu'elle ne connaissait pas vraiment ? »

Toutes les cellules de mon corps en feu, je toussai, à la limite de l'aboiement, et changeai de station radio.

– Pardon… Ça me fait flipper de penser à… ce qui arrive parfois à des touristes.

– Non, c'est normal que ça te mette mal à l'aise. Je sais bien que tu étais toi-même là-bas il n'y a pas longtemps.

J'aurais voulu ajouter quelque chose, n'importe quoi, mais j'en fus incapable. Enfin, Aaron mit un terme à cette discussion :

– Nous n'aurons rien à craindre dans les « redoutables » rues de Phoenix, en tout cas.

Aaron avala un bonbon au cannabis avant d'embarquer et s'endormit peu après le décollage. Je n'en avais pas pris, peu désireuse de sombrer (un peu plus) dans la paranoïa en songeant au tube métallique qui nous transportait de façon improbable dans les airs. Deux voyageurs solitaires étaient installés près de nous, un baraqué coiffé d'une casquette des Packers[14] à côté de moi, et une femme d'affaires qui pianotait sur son ordinateur portable à côté d'Aaron.

Aucun message n'avait été laissé à la suite de l'appel émis depuis le Chili, mais celui-ci s'était reproduit alors que nous marchions sur le tarmac. Les doigts plaqués sur les lèvres, comme pour m'empêcher de hurler, je pensais à Sebastian, au Cambodge, à sa main calleuse sur ma bouche. Mes bras gorgés d'adrénaline, mes muscles en feu tandis que je luttais pour me libérer de son emprise. Le goût métallique du sang lorsque mes dents s'étaient refermées sur sa chair. En avais-je arraché ? Avais-je recraché un morceau sanguinolent pendant qu'il jurait et plaquait une main sur son cœur, ou ce détail n'était-il qu'une invention de mon subconscient ? Le cerveau est un artiste, après tout, qui à chaque instant modifie les souvenirs. Le mien avait facilement pu intervenir sur ma mémoire de façon à me convaincre que c'était Kristen, et pas moi, qui avait multiplié les coups de pied sur Sebastian jusqu'à ce qu'il s'effondre, la tête contre le pied du lit.

Une zone de turbulences incita le commandant de bord à allumer le signal imposant à chacun d'attacher sa ceinture de sécurité. Aaron changea de position et se rendormit. Sa voisine, qui agrippait ses accoudoirs, lâcha un petit cri lorsque l'avion perdit brutalement de l'altitude, ce qui souleva l'estomac de tous les passagers. Une nouvelle série de murmures d'inquiétude se fit entendre quand l'appareil fut de nouveau secoué, si fort que les tablettes claquèrent.

Les turbulences en avion ne m'avaient jamais troublée ; elles n'étaient que la conséquence de rafales malmenant l'appareil. Je préférais me focaliser sur des peurs plus réalistes.

Aaron ayant calé sa tête sur mon épaule, j'inclinai la mienne, la joue sur ses cheveux soyeux. Mon regard s'égara sur l'écran

14. Les Packers sont l'équipe de football américain de Green Bay, ville située deux cents kilomètres au nord de Milwaukee.

de mon voisin, M. Casquette, qui zappait agressivement de chaîne en chaîne, ce qui n'échappait certainement pas à la passagère installée devant lui. Il se décida pour CNN. Je lus un moment le bandeau déroulant, au bas de l'image, énumération sans fin d'incendies, d'invasions et de fusillades. Au-dessus de ces flashs, deux présentateurs – une femme aux allures de Barbie et un homme affublé d'une moustache en guidon de vélo – discutaient d'un tout autre sujet.

Alors apparut une nouvelle info, qui me donna la sensation d'être aspirée dans le vide de l'espace. Elle avait défilé si vite, de droite à gauche, que j'eus un instant l'espoir d'avoir mal lu, d'avoir imaginé les mots que je redoutais le plus. Soudain frigorifiée, je me raidis, si bien qu'Aaron se redressa puis se laissa tomber de l'autre côté.

Je sortis mon ordinateur portable et l'allumai d'un geste sec. Le disque dur me parut incroyablement lent et apathique, tandis que divers écrans apparaissaient et que des sabliers se vidaient mollement. Après ce délai, qui me parut durer des heures, je me connectai enfin au wifi de l'avion. Il me fallut encore patienter une éternité pour que la page d'accueil du site de CNN se charge.

Dévorant du regard mille gros titres et autant de photos bleutées d'hommes politiques et de sportifs ou illustrant des crises sanitaires et d'autres ravages, je dus longtemps faire défiler la page vers le bas pour trouver ce que je cherchais.

Six mots en caractères gras, sur la gauche de l'écran :

« ***ROUTARD ASSASSINÉ : UN TÉMOIN SE MANIFESTE*** »

– 35 –

La police de Los Angeles concentre son enquête sur une petite bourgade agricole chilienne où un jeune homme assassiné alors qu'il parcourait le pays a été vu pour la dernière fois.

Le 25 avril, le corps de Paolo García, vingt-quatre ans, originaire de Barcelone, en Espagne, a été retrouvé dans une fosse peu profonde, à environ vingt-cinq mètres de la route, non loin d'Arroyito, selon les sources. Il avait disparu quatre semaines auparavant. Si aucun suspect n'a été cité pour l'heure, un témoin affirme avoir vu Paolo García dans la soirée du 13 avril à Quiteria, une ville isolée dans les montagnes.

« Je n'arrive pas à y croire, raconte Tiffany Yagasaki, ressortissante britannique également lancée dans un périple sur les routes sud-américaines. Nous avions fait connaissance dans un bar bondé, et nous avions prévu de nous retrouver le lendemain soir pour une séance guidée d'observation des étoiles. J'ai été étonnée de ne pas le voir. Je n'ai plus vraiment pensé à lui jusqu'au jour où j'ai vu sa photo dans un article ; j'ai alors appris que son corps avait été découvert. Quel choc… Ce garçon m'avait paru très amical. Tout le monde bavardait et passait une très bonne soirée, dans ce bar. »

« C'est notre première piste sérieuse, commente le capitaine Miranda Sedivec, de la police de Los Angeles. Nous remercions vivement Mlle Yagasaki de s'être fait connaître et de nous avoir fourni ces éléments cruciaux. Nous encourageons toutes les personnes susceptibles d'apporter de nouveaux éléments à l'enquête à en faire autant. »

Le 1er mai, M. et Mme García ont promis un million de dollars de récompense pour toute information concernant la mort de leur fils. L'avocat de la famille n'a pas souhaité préciser si la coopération de Mlle Yagasaki était due à cette promesse de récompense.

Petit village peuplé de 800 habitants, Quiteria, quoique essentiellement tourné vers l'agriculture, accueille également des milliers de touristes tous les ans, principalement en été (de décembre à mars), grâce à sa situation pittoresque au cœur des Andes et à ses nombreuses distilleries où l'on produit du pisco, *un vin blanc local. Le corps de Paolo García a été découvert à environ 38 kilomètres de Quiteria.*

Ses amis barcelonais le décrivent comme un jeune homme qui aimait s'amuser, très attiré par l'aventure et les rencontres. Ayant par ailleurs survécu à un cancer de la thyroïde, il s'investissait dans des collectes de fonds au profit de la recherche et de l'éveil des consciences à propos du cancer.

« Il était capable de discuter avec n'importe qui, n'importe quand et n'importe où, a confié Valeria Ramos, amie d'université de Paolo García, à l'agence de presse espagnole EFE. Il avait le don de faire sourire tout le monde, même uniquement en présence d'inconnus. »

Toute personne disposant de plus d'informations est priée de contacter la police de Los Angeles.

Tiffany Yagasaki… C'était certainement une des deux routardes que nous avions aperçues au café-restaurant, puis au bar. Un gémissement interne s'éleva en moi : *mon Dieu, mon Dieu, mon Dieu…* J'avais bavardé avec Tiffany au bar, toutes deux passablement alcoolisées, nous avions ri comme deux copines, tandis que Kristen flirtait avec Paolo à quelques mètres de là. Se souvenait-elle de nous ? Avait-elle parlé de nous aux autorités ? Le détail le plus dévastateur de l'article était évidemment sa dernière phrase :

Les forces de l'ordre de plusieurs pays ne ménagent pas leurs efforts pour mettre la main sur l'assassin.

Il fallait que je prévienne Kristen. Sans dire quelque chose de stupide, évidemment. Sans que mes paroles soient le moins du monde douteuses ou compromettantes.

Je lui suggérerais simplement de jeter un coup d'œil aux informations, ce ne serait pas trop louche… Quoique. Si un enquêteur déterminait nos déplacements, cette fameuse nuit d'avril, et par la suite passait mes messages au peigne fin…

Je sentais la paranoïa qui se développait en moi comme un ver solitaire, menaçant d'étrangler mes viscères.

Il fallait que j'emploie un code. Un code simple, qu'elle saisirait facilement, mais que personne d'autre ne remarquerait. Après avoir vérifié une dernière fois qu'aucun passager ne regardait dans ma direction, je rédigeai mon message, puis revins en arrière et ajoutai d'autres mots, ce qui donna ceci :

Bonjour Kristen,
J'ai réfléchi à la dernière lettre que je t'ai envoyée. Je voulais simplement te préciser que Nick, à mon avis, a toutes les chances de
manquer de feeling. Sa peur rend ce mec canon bidon.
Emily

Écrire cet e-mail apaisa mes pensées agitées et ralentit mon rythme cardiaque. Le retour à la ligne injustifié au milieu de la deuxième phrase, et la dernière partie du message méticuleusement composée… J'avais autrefois plaisanté en disant que le cerveau de Kristen était pratiquement fusionné au mien, comme si nous étions deux sœurs siamoises reliées par le crâne ; elle comprendrait à coup sûr qu'il fallait relever la dernière lettre de chaque mot de la dernière partie de l'e-mail pour obtenir mon véritable message : « Regarde CNN. » Je rejetai mes cheveux en arrière et cliquai sur « Envoyer ».

Ensuite seulement, je pris conscience que je n'avais aucune idée de la réaction que j'attendais de sa part. J'étais à bord d'un avion, je l'avais abandonnée en larmes dans la demeure palatiale de ses grands-parents. Je remisai mon ordinateur dans mon sac. Même si le Chili constituait le motif d'inquiétude le plus immédiat, mes pensées me transportèrent au Cambodge.

Depuis plus d'un an, je fournissais de réels efforts pour chasser ces visions de ma mémoire. À l'image d'une application tournant en permanence dans un téléphone, une part de mon esprit se repassait en boucle le même mot d'ordre : *Laisse ça enfoui au fond de toi, laisse ça enfoui au fond de toi…* Enfoui comme le corps de Paolo sous la terre brune. Enfoui comme le corps de Sebastian dans les eaux du Tonle Kak.

Je m'étais sentie très engourdie, cette nuit-là ; je me rappelais au moins de ce détail de façon limpide, j'avais gardé un souvenir viscéral de mes sens quasiment endormis. Alors que du sang suintait encore de la blessure de Sebastian, Kristen m'avait traînée dans la salle de bains et avait fait couler de l'eau chaude dans la douche, jusqu'à noyer la pièce de vapeur d'eau, jusqu'à ce que le miroir, les murs et le léger rideau de douche soient couverts de gouttelettes ruisselantes. J'étais agitée de soubresauts, marteau piqueur vivant, claquant si violemment des dents qu'elles me semblaient racler mon crâne et embrouiller mon cerveau. Ne dit-on pas qu'il ne faut jamais secouer un bébé, de peur que son cerveau ne bouge dans son crâne ? Voilà ce qui m'était arrivé ce soir-là, tandis que mes cils étaient trempés par la vapeur d'eau formant des tourbillons translucides et que Kristen me tenait par les épaules, son front contre le mien.

Cette scène fut soudain effacée par une autre, dont l'ambiance était tout aussi humide et blafarde. Si j'avais encore les jambes en coton, je ne le devais cette fois plus seulement à mes nerfs : Kristen et moi avions traîné Sebastian sur le sentier court mais escarpé menant au point de vue situé au sommet d'une falaise, en surplomb des eaux écumeuses du Tonle Kak. Du fait de la pollution, le ciel nocturne avait pris une nuance jaunâtre qui n'était pas sans rappeler de la bile. Deux jours auparavant, quand nous avions découvert ce site, il était envahi de touristes, de jeunes gens comme nous se prenant en selfie au bord du précipice. Adoptant une voix de présentatrice de journal télévisé, j'avais lu le texte de notre guide, pleine d'enthousiasme et multipliant les grands gestes.

Cet endroit était surnommé la « crête des suicides » ; à tour de rôle, nous avions tenté de prononcer les nombreuses diphtongues et consonnes occlusives de la version khmère de cette expression. Selon la légende, c'était en ce lieu qu'autrefois des femmes mariées ou promises, mais très malheureuses de l'être, remplissaient leurs poches de galets ramassés sur le sentier avant de se jeter dans la rivière. Même si la chute de douze mètres ne leur laissait guère de chances de survie, les cailloux leur garantissaient la noyade recherchée.

Nous n'y avions plus pensé ce jour-là, mais le surlendemain, dans la salle de bains de notre chambre d'hôtel, alors que nous étions noyées dans la vapeur d'eau, les fronts scellés comme si cela pouvait nous aider à réfléchir ensemble par osmose, Kristen avait songé à ce point de vue. Ou était-ce moi qui avais eu cette idée ? Qui avait été le cerveau, le mauvais génie de l'opération ? Les délimitations entre Kristen et moi étaient soudain moins nettes.

Un tintement retentit dans l'avion, et le signal ordonnant le port de la ceinture de sécurité s'éteignit. Non, il n'y avait pas de doute… Il était essentiel que je reste concentrée. C'était Kristen qui était dangereuse, pas moi. Même en écartant Sebastian de l'équation, c'était Kristen qui traînait une ribambelle de cadavres dans son sillage, pas moi, et ce depuis l'enfance : ses parents, Jamie, et à présent Paolo. Un décès pouvait être une anomalie, deux une coïncidence malheureuse – peut-être –, mais quatre ? Quatre, c'était presque une habitude, et ça faisait flipper.

Aaron croisa les bras et s'affala un peu plus sur son siège. Quant à moi, je m'armai de courage et me transportai de nouveau dans le passé, dans la nuit cambodgienne surchargée d'insectes, d'humidité et de fumée crachée par des ordures que l'on brûlait dans le lointain. Cette atmosphère nous étouffait comme une haleine pestilentielle alors que nous gravissions tant bien que mal la colline, les pieds de Sebastian traînant au sol dans notre dos. Nous avions ensuite glissé des cailloux un peu partout sous ses vêtements : contre son ventre, sous sa chemise rentrée dans son short, ainsi que sous sa ceinture.

Toucher sa peau fraîche et moite, même par cette température ambiante aussi élevée que celle du corps humain, avait déclenché des vagues de dégoût en moi… cela dit, en toute franchise, j'avais également éprouvé une étrange satisfaction en songeant à ces poids violant l'homme qui avait tenté de me violer. J'étais entrée dans une telle rage, en me débattant pour me libérer de son emprise, que j'avais presque pris plaisir à plonger mes dents dans la chair de sa main, remettant ainsi les choses – et lui – à leur place. J'étais encore furieuse en le voyant inerte au sol, après que sa tête eut percuté le cadre du lit…

Écœurant. Ces pensées étaient écœurantes. À côté de moi, Aaron se gratta le nez, puis cala sa joue sur son coussin en forme de fer à cheval. *Je t'aime.* Si nous n'avions pas encore prononcé ces mots, y penser me faisait l'effet d'un prisme lumineux dans le brouillard sombre de ma psyché. Mon affection pour lui enfla soudain, rapidement suivie d'une terreur immense à l'idée de le perdre. Que ferait Kristen, aussi jalouse qu'un ex, si elle mettait la main sur lui ? Question tout aussi angoissante, comment réagirait Aaron s'il découvrait les squelettes dissimulés dans mon placard ? Des squelettes au sens propre du terme, que j'avais touchés de mes mains, l'un pour le fourrer dans le coffre d'une voiture de location, au Chili, et l'autre pour le traîner au sommet d'une colline, au Cambodge.

À ce propos… comment avons-nous procédé pour faire basculer Sebastian dans le vide, depuis le point de vue ? J'attendis qu'une image me vienne, et je nous revis, Kristen et moi, faisant rouler le corps vers le vide, puis sentant la gravité imposer son attraction, lentement dans un premier temps, puis de plus en plus fort, comme à bord d'un wagon de montagnes russes parvenu au sommet de la montée initiale. Nous avions ensuite reculé, dans l'attente de l'écho d'une gerbe d'eau – un temps infini s'était écoulé, quelque chose clochait. Enfin, nous avions entendu le bruit liquide espéré, la rivière ayant gracieusement accepté notre sacrifice. Nous nous étions alors penchées par-dessus le rebord, sans rien voir ; le corps de Sebastian avait déjà été avalé par le torrent agité.

Ces réflexions ne m'aident pas. Aucun de ces souvenirs, que je ne cessais de ressasser, ne me rapprochait de la réponse à la question cruciale : *Qui a tué Sebastian ? Kristen ou moi ?* Quelle étrange sensation, pareille à une inquiétude concernant l'avenir et ce qui risquait d'aller de travers, si ce n'est que j'étais focalisée sur le passé. *Suis-je moi-même une personne dangereuse, encore aujourd'hui ?*

Non. J'étais une fille aimable, bienveillante, qui vivait tranquillement sa vie ordinaire. J'adorais les animaux, la nature, le yoga et les pizzas. Je posai la main sur celle d'Aaron, qui glissa ses doigts entre les miens.

Sa voisine leva les yeux de son ordinateur et l'observa un instant, ainsi que nos doigts entremêlés. Elle voyait certainement en nous un jeune couple avenant en voyage, ne maudissant même pas le sort de se trouver sur les sièges centraux, tant nous étions amoureux. Cela faisait si longtemps que j'espérais cela. Aaron rendait chaque seconde plus chaleureuse, plus sûre, plus heureuse.

Voyager ensemble… La portée de cette entreprise me frappa soudain : nous resterions côte à côte vingt-quatre heures sur vingt-quatre durant quatre journées complètes. Nous serions ensemble quand je sortirais de la douche, le nez et les joues rouges, les cheveux emmêlés, pas maquillée. Ensemble quand ma glycémie chuterait, ce qui me rendait généralement grincheuse et peu loquace. Ensemble quand, après avoir avalé trop de pain, je me sentirais ballonnée. Nous avions déjà passé la nuit ensemble chez lui ou chez moi, bien sûr, mais là c'était différent. Nous franchissions une étape capitale.

J'avais l'esprit si accaparé par ma volonté de fuir Kristen que j'en avais presque oublié dans quoi je me lançais.

Je m'appuyai sur Aaron, le nez contre son épaule, et fermai les yeux.

Non, pas « dans quoi », mais plutôt « avec qui ».

– 36 –

Personne ne m'attendait pour m'arrêter à la sortie de l'avion. Personne ne prêta attention à nous au retrait des bagages ni à l'agence de location de voitures. *Ils ne sont pas au courant*, songeai-je avec stupéfaction en regardant autour de moi.

Phoenix était une ville tout en nuances orange et marron, baignée par le soleil et aussi sèche et friable qu'un morceau de cheddar oublié une journée entière sur le plateau à fromage. Il faisait chaud, trop chaud, et mes poumons étouffaient dans cet air qui n'aurait pas déparé dans un sauna. Aaron ne se plaignit pas une seule fois, tandis que nous déposions nos sacs à l'arrière de notre véhicule de location, mais son front dégoulinait autant qu'un verre de thé glacé.

Alors que je n'avais pas reçu de nouveau message, mon téléphone sonna ; l'indicatif du numéro entrant était celui de Los Angeles. Los Angeles, où des parents en deuil avaient promis un million de dollars pour tout renseignement concernant la disparition de leur fils. Los Angeles, où le père d'un jeune homme décédé avait certainement la police locale à ses ordres grâce à sa fortune. Los Angeles, où une famille pleurait un fils ayant survécu à un cancer, mais pas à la colère de ma meilleure amie. J'activai le mode « Ne pas déranger » de mon téléphone et le fourrai dans mon sac.

Après avoir tournoyé un moment sur les bretelles de l'aéroport, nous parvînmes sur l'autoroute. Nous roulions à bord d'un énorme SUV noir aux allures de char d'assaut, qui devait engloutir des litres d'essence à la seconde – nous n'avions pas eu le choix en la matière, ayant organisé notre séjour à la dernière minute.

– Au fait, je voulais te dire quelque chose, me dit Aaron.

Je tournai vivement la tête vers lui :

– Quoi donc ?

– Hmm… je ne sais pas trop comment dire ça…

Mon Dieu, mon Dieu, mon Dieu…

– Kristen m'a appelé hier.

Inspire lentement, expire lentement.

– Ah oui ? Et qu'est-ce qu'elle t'a dit ?

– Je… Je ne sais pas, c'est bizarre. Elle m'a dit qu'elle se faisait du souci à ton sujet.

– Ah… Elle t'a précisé pourquoi ?

– Elle a employé le mot « instable », me confia Aaron en rougissant. Apparemment, elle pense que tu es au bord de la dépression, quelque chose comme ça. Elle n'était pas certaine que ce soit une bonne idée pour toi de partir en week-end.

– Bon sang… Et c'est seulement maintenant que tu m'en parles ?

– Je ne voulais pas en faire une question prioritaire.

Je fermai les yeux.

– J'espère que tu as conscience qu'elle t'a sorti des conneries. Je vais très bien.

Il ne répondit pas. En arrière-plan, le décor lunaire couleur mandarine défilait.

– Aaron ?

– Ce n'est pas tout.

J'étais sur le point d'exploser. Quelque chose en moi s'apprêtait à éclater, à éclabousser le tableau de bord.

– Qu'est-ce qu'elle t'a raconté, encore ? m'enquis-je, levant les yeux au ciel de façon à prendre l'air le plus blasé possible.

– D'après elle…

Il se racla la gorge.

– Si tu es un peu… stressée depuis ton retour du Chili, c'est parce qu'il s'est passé quelque chose là-bas. Tu aurais blessé quelqu'un. De façon accidentelle. Elle n'est pas entrée dans les détails.

Mes traits s'affaissèrent. *Non, non, non, non, non…* Quand enfin je me rendis compte que je retenais ma respiration, il était trop tard pour faire mine d'être choquée, troublée, dédaigneuse ou pour afficher n'importe quel masque émotionnel qui aurait pu témoigner de mon innocence.

– *Tournez à droite dans cinq cents mètres*, intervint le GPS.

– Aaron…

Ma voix réduite à un filet étranglé dans ma gorge, je fis l'effort de la faire redescendre dans ma poitrine. *Respire, Emily.*

– Tu sais parfaitement que je vais bien, Aaron, et que Kristen et moi sommes vaguement brouillées ces temps-ci, repris-je. Elle cherche seulement à te manipuler, tu comprends ?

Il s'engagea à droite, puis lâcha un cri de surprise lorsqu'une voiture déboîta juste sous notre nez.

– Je suis à cent dix pour cent dans ton camp, Emily, mais je ne te trouve pas très en forme depuis quelques semaines. À moins que je ne me fasse des idées ?

Mon cerveau s'agitait, tel un rat piégé dans un seau ; devais-je rétablir la vérité en lui affirmant que c'était Kristen qui s'en était prise à quelqu'un ? Ou nier tout acte de violence ? Imaginer un autre prétexte expliquant mon comportement étrange ? En réalité, j'en avais assez de mentir, de me démener pour faire comme si tout allait bien alors qu'il était fort probable que tout s'écroule autour de moi dans un avenir proche.

Enfin, je me décidai à lui dire toute la vérité :

– Je suis désolée, Aaron, mais je ne me suis pas montrée tout à fait franche avec toi. Il nous est arrivé quelque chose, à Kristen et moi, et depuis ça me pèse.

Il resta muet, à l'écoute.

– Premièrement, je n'ai blessé personne, au Chili. C'est un mensonge, je te le jure. Crois-moi, je t'en prie.

Il hocha la tête, sans quitter la route des yeux.

– Je te crois.

– Il nous était déjà arrivé… quelque chose de semblable au Cambodge, un an auparavant. Quelque chose d'épouvantable.

J'avalai ma salive.

– J'ai été… agressée. Une tentative de… de viol.

Bien que gardant les yeux baissés, je sentis Aaron se crisper.

– C'était terrifiant, évidemment. Kristen est intervenue et… et tout s'est arrêté.

C'était la vérité, du moins une version censurée des faits.

– Mon Dieu, Emily, je suis navré de l'apprendre.

– Merci…

En larmes, je tournai la tête vers la vitre ; mes lunettes de soleil étaient énormes dans le rétroviseur.

– Tu as porté plainte ? Tu as été blessée ?

– Non, on a… fichu le camp. Nous avons quitté la ville et passé deux jours au Laos. Nous étions toutes les deux sous le choc.

Contrôler la diffusion des informations afin de limiter l'hystérie…

– Merde… lâcha Aaron, qui posa sa main sur la mienne. Je suis content que tu m'en aies parlé. Et je suis vraiment, vraiment désolé que tu aies subi ça. Ah… ça me rend malade rien que d'y penser.

Il secoua la tête.

– Quel genre de mec peut faire une chose pareille ?

Je soupirai. Le problème, avec les garçons pleins de bonté, était qu'ils étaient incapables de concevoir combien leurs congénères pouvaient parfois se montrer monstrueux.

– Merci. Oui, ça a été très dur. J'ai cru m'en remettre, et ensuite on a fait connaissance, toi et moi. Je me suis rendu compte que je n'avais pas encore vraiment digéré l'agression. Si tu te rappelles, il m'est arrivé de me fermer comme une huître avec toi.

– Oh, j'espère que je ne t'ai pas trop mis la pression, ou…

– Non, non, tu étais parfait. Tu es parfait.

Je serrai sa main.

– Tu m'as fait comprendre à quel point je désirais m'engager dans une véritable relation entre adultes. Puis j'ai retrouvé Kristen au Chili… Je t'ai raconté qu'elle avait tenté de me convaincre de quitter Milwaukee pour voyager avec elle autour du monde.

– Exact. Et l'autre jour, tu m'as dit qu'elle s'était toujours comportée bizarrement avec tes compagnons.

– C'est ça. Elle a tenté de m'empoisonner le cerveau avec mes relations passées. Je crois qu'elle veut me garder pour elle seule. À la fac, par exemple, je sortais avec Ben ; c'était un naze, c'est vrai, mais c'est Kristen qui m'a convaincue de rompre avec lui. Il y a quelques années, j'ai été en couple avec Colin. Tout se passait bien, jusqu'au jour où Kristen a réussi à me faire croire que ce n'était pas un mec bien, alors qu'avec le recul je me rends compte qu'il n'avait rien fait de mal.

– Ça craint…

Il déboîta et doubla un break dans lequel un chien au poil touffu regardait tristement vers l'arrière.

– Je crois que c'est pour ça qu'elle considère le Chili comme un point de bascule, poursuivis-je. Avant ce séjour, elle m'avait toujours eue de façon exclusive. Jusqu'à ces derniers temps. Jusqu'à ce que tu entres dans ma vie. Je savais qu'elle sèmerait des graines de doute.

Je rejetai la tête en arrière.

– Et elle continue. Elle essaie de créer un fossé entre toi et moi. Comme elle n'a pas su m'atteindre, cette fois, elle s'en prend à toi.

Le dernier soir, au Chili, quand je lui avais parlé d'Aaron, avait été le catalyseur ultime, le battement d'ailes de papillon qui avait déclenché l'ouragan dans lequel nous nous débattions à présent. C'était pour cela qu'elle avait choisi Paolo et manigancé cette nuit atroce. Elle avait foncé tête baissée pour nous lier pour toujours, pour provoquer une expérience commune qui ne pouvait que nous piéger dans notre propre boule à neige, isolées du reste du monde. Elle avait joué la comédie, simulant un stress post-traumatique et une impuissance totale tandis que je mettais au point un plan pour enterrer le corps. Elle avait jubilé en me voyant cogiter pour effacer le chaos qu'elle avait créé, comme on enfouit une capsule temporelle ou une bombe à retardement.

En y réfléchissant à présent, il était clair qu'ensuite, après que j'eus signé mon engagement dans sa folie et qu'il m'était désormais impossible de faire marche arrière, Kristen, constatant que son plan se déroulait à la perfection, avait voulu reprendre son rôle de leader habituel. Elle avait exigé que j'examine les environs pendant qu'elle roulait un peu plus loin, puis avait dirigé les opérations quand il nous avait fallu nous débarrasser du corps de Paolo. *Elle sait que c'est la seule chose qu'il m'est impossible d'avouer à Aaron, que ce détail est un obstacle entre lui et moi, et elle s'en réjouit.*

Puis j'avais contrarié ses plans en m'éloignant d'elle.

J'observai Aaron, dont le poignet était nonchalamment posé sur le volant, et une vive inquiétude s'empara de moi. Jusqu'où Kristen irait-elle pour redresser la barre ?

Aaron se gara sur le parking de l'hôtel, serra le frein à main et se tourna vers moi, l'air grave :

– Je suis vraiment désolé. Ça craint, tout ça.

– Merci. J'avais besoin de m'éloigner d'elle, d'avoir un peu d'espace. Et je suis servie, de ce côté, en Arizona.

– Tu peux le dire. Et moi, je suis ravi d'être loin de mon train-train quotidien ; j'ai l'impression d'être sur Mars, ici.

Il désigna les crêtes rougeâtres dignes d'un décor de science-fiction.

– Je suis content que tu te sois confiée à moi, je me doutais que quelque chose n'allait pas.

Il tapota le frein à main du bout des doigts.

– Tu peux toujours tout me dire. Nous avons tous fait des conneries dans notre passé, dont nous n'avons pas particulièrement envie de parler, et ce n'est pas un problème, mais… je suis déjà passé par là ; j'ai vécu des relations dans lesquelles ma copine et moi n'étions pas prêts à baisser la garde, à vraiment être nous-mêmes.

Je hochai lentement la tête, devinant que je vivais là un de ces moments bizarres où chaque détail est ultra précis, où la conversation est si réelle, si importante, qu'on se sent presque détaché de la scène, comme si on flottait quelques mètres au-dessus du sol.

Aaron retira la clé du contact :

– En tout cas, il y a une chose qui est cool ; tu veux de l'espace, tu veux t'éloigner ; je comprends, j'ai connu ça, je suis sorti avec des filles qui éprouvaient le même besoin. Mais généralement, c'est moi qu'elles voulaient fuir.

Il se frappa le sternum.

– Toi, à l'inverse, tu as insisté pour qu'on file plein ouest ensemble ! Ça me donne l'impression d'être quelqu'un d'exceptionnel !

– Je suis toujours plus heureuse quand je suis avec toi… avouai-je d'une petite voix timide.

Il bomba le torse, les yeux brillants, ce qui me confirma que j'avais trouvé les mots justes, mais à vrai dire, ma première pensée avait été tout autre : *C'est surtout parce que ce n'est pas toi que je fuyais.*

L'hôtel était situé en périphérie de la ville. Une fresque délavée composée de motifs westerns ornait le mur, derrière la réception, et les plaids bleu et brun clair recouvrant les fauteuils auraient pu avoir été chipés dans une salle de yoga.

Aaron fit vaillamment l'éloge de tout ce que nous découvrions, allant jusqu'à prendre quelques photos et désigner un détail ici et là, comme s'il percevait ma déception. Que de gentillesse chez ce garçon…

Dans l'ascenseur, je fus assaillie par une vague de fatigue.

– Tu as tes bonbons sur toi ? demandai-je à Aaron, un sourcil haussé.

La chambre se révéla un peu plus prometteuse que le hall, avec de grandes fenêtres et un balcon étroit donnant sur une montagne froissée que nous identifiâmes plus tard comme étant le Camelback. Des arbres vert foncé hérissés de piquants parsemaient la plaine nous séparant des reliefs. Une pensée me vint soudain, trop vite pour que je la réprime : *On se croirait dans la vallée de l'Elqui.*

J'étais à présent en pleine descente, après mon trip au cannabis, comme un chœur de moines grégoriens passant soudain une octave en dessous. Tout un tas de moines. C'était drôle, tout de même, d'imaginer ces moines silencieux ouvrant la bouche pour chanter, pour faire travailler leurs cordes vocales, pour laisser les ondes sonores se fracasser autour d'eux. « Moine » était d'ailleurs en soi un mot très amusant. À quoi pensais-je, au fait ?

Ah oui : Aaron était super gentil avec moi. Le superbe et bienveillant Aaron ne demandait qu'à me prendre dans ses bras, m'embrasser, faire en sorte que je me sente en sécurité. La sécurité, c'était… quoi, déjà ? L'inverse de la peur ? Réconfortée par cette pensée, je me dirigeai vers l'armoire où Aaron suspendait consciencieusement ses chemises à des cintres. Je ceinturai des deux bras sa taille fine et déposai un baiser sur sa nuque. Il se retourna, son sourire reflétant le mien, puis nos lèvres s'unirent pour se livrer à un tango lent et très intéressant. Nos doigts s'aventurèrent ensuite un peu partout sur nos peaux douces, les courbes de nos corps ondulant en harmonie.

C'était bon, si bon que ce moment me parut s'éterniser indéfiniment, jusqu'à ce que Kristen, Sebastian, Paolo et la police de Los Angeles s'imposent dans mon esprit, telles des particules chargées, tel l'éclat verdâtre d'une aurore boréale. Le cri étouffé que je lâchai dans notre étreinte fut le fait de ma panique, une panique comme jamais je n'en avais connu, la peur de ne jamais, mais vraiment jamais être libérée de mon cauchemar.

Après l'amour, emboîtés comme deux cuillères dans les draps, nous contemplions par la fenêtre l'horizon difforme, qui peu à peu se fonçait jusqu'à poliment se fondre dans la noirceur du décor.

– Je meurs de faim ! déclara Aaron en se redressant sur un coude.

– Je… Je crois que j'ai pris trop de bonbons au cannabis, je plane un peu trop. Je me sens un peu… angoissée.

– Oh non, j'en suis désolé. Qu'est-ce qui t'angoisse ?

La crainte que Kristen diffuse la photo sur laquelle on me voit en compagnie de Sebastian, peut-être même en saupoudrant cette trahison d'un tuyau anonyme reliant cette disparition à celle de Paolo. Ou qu'elle envoie à la police les restes fondus des effets de Paolo, avec son numéro de permis de conduire encore visible, en y ajoutant mon adresse. Je suis tout aussi terrifiée par ces appels que je ne cesse de recevoir en provenance du Chili et de Los Angeles. J'ai peur de voir les flics débarquer en enfonçant la porte et me plaquer au sol, et peut-être te faire du mal dans le chaos de l'intervention.

– J'ai l'impression… d'expirer sans être certaine de pouvoir inspirer ensuite, répondis-je, ce qui n'était pas faux. Ou de ne plus jamais avoir l'énergie de me relever.

Autre souci, moins capital, mais tout de même présent, il fallait que j'aille aux toilettes sans tarder. Or la salle de bains était distante d'au moins cinq mètres ; où trouverais-je la force de couvrir une telle distance ?

– Oh, mon pauvre bébé, ces bonbons étaient un peu forts pour une néophyte, j'en ai peur. De quoi as-tu besoin ?

Il m'apporta un verre d'eau et dénicha dans le quartier un restaurant proposant des pizzas à emporter. Il me réveilla pour me dire qu'il filait chercher la commande – c'est le seul détail de la soirée dont je me souvienne. Dans mes rêves, cette nuit-là, je vis une maman lapin, la tête tranchée si nette qu'elle ne tenait plus que par un morceau de pelage blanc rougi de sang. Elle tentait encore de sautiller, mais ne faisait que clopiner, zigzaguant en direction du bord d'une falaise chilienne.

À mon réveil, je vis Aaron sur le balcon, concentré sur son iPhone. Il était en pleine séance photo avec un minuscule gecko accroché au panneau de verre et manifestement ravi de faire l'objet de tant d'attention. Il rentra et me demanda comment je me sentais ; je ne sus rien exprimer d'autre que mon besoin de café. J'avais subitement le sentiment qu'être ici était absurde. Où trouverais-je enfin la sécurité ? Fallait-il que je quitte le pays, que je me planque au Canada, en espérant ne pas y subir d'extradition ?

– Je n'ai pas vu de machine à café dans la chambre, dit Aaron. Et si on descendait prendre le petit déjeuner au rez-de-chaussée ?

La normalité… Il était essentiel que je m'y tienne, que je la simule. Je fis donc l'effort de me brosser les dents et de m'habiller. J'avais oublié de brancher mon téléphone, qui s'était éteint de lui-même. Non sans une pointe d'anxiété, j'enfonçai le chargeur dans la prise murale et m'éloignai, tandis que le symbole Apple apparaissait à l'écran.

La vue de tant de nourriture me retourna l'estomac : pommes d'un vert brillant, un grille-pain à convoyeur, une marmite de flocons d'avoine, ainsi que du sucre roux et des raisins secs en boîte. Je me forçai à avaler une banane sur la terrasse, où nous nous étions installés. Plissant les yeux sous le soleil, nous parcourions un guide recensant les sentiers de randonnée de la région. Marcher semblait une bonne idée ; évoluer dans un vaste espace me ferait du bien, en ces moments où j'avais l'impression de voir des murs de carton se refermer sur moi de tous côtés. Avoir un programme me détendit ; nous avions opté pour l'option la plus tranquille, une boucle de cinq kilomètres dont le départ était situé à seulement quelques rues de l'hôtel. Cette balade suivait une route de campagne, qu'elle délaissait pour aborder une montée finale. Le guide promettait une « vue splendide en guise de récompense » depuis une crête pentue.

Aaron s'étant levé pour se resservir en café, son gobelet en polystyrène à la main, je m'autorisai une brève rêverie : et si notre vie se transportait dans un tel endroit ? Plus de beurre de cacahuètes raclé dans le fond d'une petite boîte en plastique, devant un immonde hall d'entrée, mais une nouvelle vie dans un lieu magnifique. Un nouveau départ, très loin de Kristen et du passé ; en ce lieu, sous le soleil qui agressait notre table et parmi les lézards qui filaient à nos pieds, j'étais à deux doigts de me convaincre que la folie des quelques mois écoulés depuis le Cambodge appartenait à un autre plan, à une dimension totalement distincte de celle-ci. Peut-être était-ce là un effet de la magie de l'Arizona, souvent décrite comme la terre des vortex, des ovnis et des connexions avec les étoiles. Ici, personne ne pouvait nous atteindre.

De retour dans la chambre, nous nous préparâmes pour la randonnée : casse-croûte dans le sac, crème solaire sur le visage, casquette ridicule sur le crâne. Nous avions traversé la moitié du hall quand une voix me pétrifia :

– Emily !

Aaron se retourna, mais je restai aussi immobile qu'une sculpture de glace, aussi fragile qu'un flocon de neige.

– Emily !

La voix était plus forte, à présent, plus proche. Un gouffre s'ouvrit en moi, et j'y chutai interminablement.

Non, ce n'est pas vrai…

Une main se posa sur mon épaule, pareille à une aiguille ; et moi, j'étais une bulle de savon irisée et maudite.

Je fis volte-face et clignai des yeux. La bulle éclata.

– Je suis venue aussi vite que j'ai pu, dit Kristen, qui me prit dans ses bras, étreinte que je ne lui rendis pas le moins du monde.

– 37 –

DIFFUSION D'UN PORTRAIT-ROBOT À LA SUITE DU MEURTRE D'UN ROUTARD AMÉRICANO-ESPAGNOL EN AVRIL

En collaboration avec les autorités chiliennes, les enquêteurs de Los Angeles ont publié le portrait-robot d'une femme soupçonnée d'être liée à la mort d'un routard américano-espagnol le mois dernier.

Paolo García, vingt-quatre ans, était lancé dans un périple d'un an sur les routes sud-américaines quand il a disparu. Il a été vu pour la dernière fois le 13 avril. Son corps (identifié grâce à son fichier dentaire) a été retrouvé dans une fosse peu profonde sur le territoire de la commune d'Arroyito, dans une région agricole du nord du Chili.

La police a diffusé le portrait-robot d'une personne sans doute impliquée dans cette affaire. Il s'agit d'une femme blanche âgée de vingt à trente ans mesurant 1 m 65, aux cheveux bruns et s'exprimant avec un accent américain.

Le décès de Paolo García, qui vivait à Barcelone, mais possédait la double nationalité américaine et espagnole, a fait la une des journaux sur plusieurs continents et a déclenché une traque internationale. Sa famille a promis un million de dollars pour tout renseignement menant à une arrestation.

Toute personne disposant d'informations au sujet du meurtre de Paolo García ou sur la personne recherchée est vivement priée de contacter la police de Los Angeles.

– 38 –

Mes lèvres se pincèrent pour prononcer l'inévitable question, à savoir « Qu'est-ce que tu fais là ? », mais je me contentai de rire. Évidemment qu'elle était là. Je lui avais posé cette question à de multiples reprises au cours des dernières semaines, chaque fois alors que j'avais tout juste baissé la garde, alors que je commençais à peine à me détendre. En chacune de ces occasions, elle m'avait sorti une explication logique, bien entendu, et s'était montrée troublée, voire vexée, quand elle se rendait compte que son apparition soudaine ne m'enchantait guère. J'avais la sensation d'être piégée dans une boucle temporelle sans fin.

Bien que dérouté, Aaron se chargea de poser l'inévitable question avec fermeté :

– Bon sang, Kristen ! Tu n'es pas à Milwaukee ?

Elle se tourna vers moi :

– J'ai pris un vol de nuit. Je viens tout juste d'atterrir. Emily… m'a dit qu'elle avait besoin de mon aide.

– Quoi ? m'écriai-je.

Nous étions à présent tous les trois sidérés, tel un triangle des Bermudes vivant.

– Ton e-mail… répondit-elle, avec un air entendu.

– Comment tu as fait pour nous retrouver ? intervint Aaron.

– Aaron a… posté des photos, avec des tags, m'expliqua Kristen.

– Je… Et qu'est-ce qui t'a fait croire, dans mon message, que je te demandais de nous rejoindre ?

– J'ai cru que c'était sa véritable signification, se justifia-t-elle, le nez plissé. Tu avais dit qu'on ne se contacterait pas, pendant ce week-end, et d'un coup je reçois cet e-mail…

Elle secoua la tête et lâcha un rire teinté d'amertume.

– En tout cas, c'est bizarre, ta façon de vouloir prendre le dessus entre nous. Franchement, Emily…

– Tu plaisantes ?

– Holà, on respire un grand coup et on se calme ! s'exclama Aaron, l'air paniqué, comme s'il redoutait d'assister à quelque mystérieux rituel féminin ancestral.

– C'est la vérité, Emily, insista Kristen. Tu m'ordonnes de me jeter par la fenêtre, et je te demande de quel étage.

– Jamais je ne t'ai demandé de me rejoindre !

– Tu dis n'importe quoi !

La voix de Kristen résonna dans le hall, si bien que les murmures des autres clients se turent. Plusieurs paires d'yeux écarquillés se posèrent sur nous : la réceptionniste, une mère de famille traînant un bambin, un couple brûlé par le soleil en route pour prendre son petit déjeuner.

Kristen jeta un regard à la ronde :

– Il vaudrait mieux poursuivre cette discussion dans un endroit plus discret.

– On remonte dans la chambre ? proposa Aaron, brandissant sa clé.

Il était hors de question que nous nous retrouvions enfermés dans une pièce avec cette fille. Aaron et Kristen me dévisageaient, le regard implorant, mais pour des raisons très différentes.

C'est alors que ma priorité m'apparut de façon limpide : protéger Aaron à tout prix. L'appel désespéré qu'il avait reçu de Kristen, la veille, n'avait pas eu l'effet escompté, n'avait pas suffi pour que je redevienne l'esclave de Kristen. Qu'était-elle prête à faire, à présent, pour l'écarter ? Qui pouvait dire de quoi elle était capable ?

Moi. J'étais même peut-être la seule personne au monde à pouvoir répondre à cette question.

– Tu devrais remonter seul dans la chambre, Aaron, dis-je. Kristen et moi, il faut qu'on discute un peu.

– Tu en es sûre ? hésita-t-il, ce que je confirmai d'un signe de la tête.

Il me caressa brièvement la hanche en passant à ma hauteur, puis s'éloigna. Une panique totale s'empara de moi lorsqu'il fut avalé par l'ascenseur.

– On ferait mieux de sortir, suggéra Kristen. Je n'ai pas vraiment envie de parler de ça ici.

– Non. Personne ne nous écoute. On peut discuter ici.

Je me dirigeai vers un canapé, et elle m'emboîta le pas. J'attendis qu'elle dise quelque chose, mais voyant qu'elle restait muette, je fus vaincue par ma curiosité :

– Où sont tes bagages ? Où comptes-tu dormir ?

– Ici. J'ai déposé mes valises, mais ma chambre ne sera pas prête avant quelques heures.

– Oh…

Un silence gênant se prolongea.

– Tu… n'aurais pas dû venir. Vraiment.

– C'est absurde. Tu m'envoies ce foutu message codé me demandant de consulter les infos ; je découvre un article qui parle d'un témoin, ce qui me flanque une crise cardiaque, évidemment, mais je vole à ton secours, vu que ça fait des semaines que tu répètes que tu as besoin de parler et que tu flippes.

Je fronçai les sourcils :

– Tu es venue parce que tu craignais que j'en parle à Aaron ?

– Non, je suis là parce que tu es ma meilleure amie.

Elle écarta les bras, exaspérée.

Un long moment s'éternisa, tandis que nos regards braqués l'un sur l'autre formaient un unique rayon laser. Puis elle secoua la tête, dégoûtée, et marmonna :

– Tu m'ordonnes de sauter…

Quelle ironie : nous avions chacune la conviction que l'autre nous manipulait allègrement.

Kristen se pencha en avant et murmura :

– Ne te retourne pas, mais la réceptionniste nous regarde de façon un peu trop insistante.

– Sans doute parce que tu te donnes en spectacle.

Elle se leva :

– Viens, j'ai besoin de me dégourdir les jambes.

Mon pouls assourdissant dans mes oreilles, je la regardai s'éloigner. Parvenue à la porte, elle se retourna vers moi, tel un chien plein d'espoir attendant qu'on le laisse sortir de la maison.

– Tu… Tu ne préfères pas rester seule ? lui lançai-je.

– Je n'ai pas parcouru trois mille kilomètres pour être seule, Emily.

Plongeant la main dans mon sac à dos, je constatai avec effroi que mon téléphone ne s'y trouvait pas – il était encore branché dans la chambre.

Comme si elle avait lu dans mes pensées, elle brandit son propre mobile :

– Tu tiens vraiment à ce que je l'allume et que j'envoie la photo ?

Personne ne se retourna, cette fois. Personne ne resta bouche bée devant cette évidente agression verbale. Car Kristen était douée pour parer la malveillance d'un caractère innocent et fortuit. Quiconque ayant surpris ses paroles aurait supposé qu'elle me taquinait en évoquant une photo de notre jeunesse sur laquelle j'étais ivre.

Ce qui n'était pas tout à fait faux, en un sens.

En proie à un désespoir sans fond, j'eus envie de gémir et de bourrer de coups de poing la moquette douillette de l'hôtel. Dans les faits, je rejoignis Kristen à l'entrée du hall. Les portes automatiques coulissèrent, et j'inspirai une bouffée de l'air brûlant du désert. Kristen fit quelques pas puis se retourna, braquant sur moi son regard noisette félin auquel il était impossible d'échapper. Elle me faisait l'effet d'un puma – le visage impassible, les oreilles dressées, me regardant par-dessus son épaule avec l'assurance tranquille que je n'avais d'autre choix que de la suivre.

L'hôtel donnait directement sur un boulevard à six voies encombré de véhicules. Kristen prit à droite, sur le trottoir craquelé. Au moins, nous étions à découvert. Un peu plus loin se dressait un centre commercial, avec notamment une onglerie, une école de danse et un restaurant chinois. De façon presque amusante, je tenais désormais à rester exposée, à ce que l'on nous voie.

– Le moment est venu de dire la vérité, ça ne peut plus durer comme ça, dit-elle.

– Je suis bien d'accord.

Le soleil cognait dur sur mon crâne ; une goutte de sueur coula le long de ma colonne vertébrale.

– Attends, une seconde ; de quoi tu parles, exactement ?

– De cette tension entre nous. J'ai l'impression de me battre contre toi. Tu interprètes de la pire manière qui soit chacun de mes mots, c'est étouffant.

Elle marchait d'un pas déterminé. Au bout d'un moment, je me rendis compte que nous approchions du point de départ de la randonnée qu'Aaron et moi avions choisie pendant le petit déjeuner.

– On serait peut-être plus détendues si tu ne passais pas ton temps à me menacer avec la photo du Cambodge, et maintenant avec les affaires fondues de Paolo. C'est lourd.

Elle se figea et se tourna vers moi :

– Je pourrais peut-être me débarrasser de tout ça et dormir la nuit, certaine de ne pas être trahie par ma meilleure amie, si tu ne donnais pas en permanence l'impression d'être à deux doigts de péter les plombs et de ruiner nos vies.

– Tu t'entends quand tu parles, Kristen ? C'est toi qui menaces de me trahir !

Elle ricana et reprit sa marche. Le point de départ de la randonnée apparut sur la route, sous la forme d'un panneau érodé par le temps sur lequel était fixée une carte couverte d'itinéraires sinueux et d'avertissements variés : « Emportez de l'eau, ne jetez pas vos détritus, attention aux pumas – si vous en voyez un, dressez-vous de toute votre taille et criez le plus fort possible. »

La première portion du sentier longeait une route en côte gravillonnée ; je me promis de ne pas aller plus loin que la longue courbe qui se présentait un peu plus loin ; je ne ferais pas un pas de plus. Nous grimpâmes un moment en silence.

– Tu sais que tu es quelqu'un d'impitoyable ? s'écria soudain Kristen. Tu es la personne la plus égoïste que j'aie jamais connue ! Je fais l'impossible pour toi, et on dirait que plus je fais l'effort d'être présente à tes côtés, de faire passer tes besoins en priorité, plus tu te détournes de moi. Comme si je te dégoûtais. Je ne sais plus ce que tu veux, en fait.

Elle se retourna vivement vers moi.

– Dis-moi ce que tu veux vraiment !

– Je voudrais que Paolo soit encore en vie ! braillai-je.

Flanquée de cactus, la route que nous suivions surplombait à présent un large gouffre, si bien que ma voix résonna dans le canyon.

– Je voudrais défaire tout ce qu'on a fait, poursuivis-je, gagnée par les larmes. Je voudrais… que Sebastian soit encore en vie.

– Il t'a agressée, je te rappelle, dit Kristen, haussant les sourcils.

– Je sais, mais…

C'est à cet instant précis que je revis nettement mon pied s'acharnant sur les côtes de Sebastian, sans vouloir s'arrêter. Ce souvenir soudain jailli ne souffrait pas de la moindre ambiguïté, du moindre doute. Je visualisais parfaitement ce que j'avais fait. *Arrête ! Arrête ! Arrête !*

– Je n'étais pas obligée de le tuer… conclus-je, baissant le menton tandis que mes larmes ruisselaient sur mes joues avant d'être bues par la terre desséchée.

Kristen posa la main sur mon épaule ; je pris alors conscience que nous nous trouvions trop près de l'à-pic. Cette voie montagneuse était de celles que l'on empruntait le cœur battant, les yeux grands ouverts pour assimiler au mieux le décor et les doigts blanchis tant on se cramponnait au volant.

– Tu as bien fait, m'affirma Kristen. C'était un sale type, tu n'as pas eu le choix.

Lentement, très lentement, elle leva son autre main et la posa sur mon autre épaule, tel un entraîneur encourageant son joueur vedette. Et d'ajouter :

– Mais c'est là qu'est le problème. Nous sommes unies à jamais par ce que nous avons fait. Tant que nous serons de ce monde et libres, nous resterons endettées l'une envers l'autre. Impossible d'échapper à cet état de fait.

J'étais coincée. En cet instant, ma mémoire ne fit pas ressortir le souvenir de Ben me poussant violemment, tant d'années auparavant, ses bras posés exactement au même endroit que ceux de Kristen, avec ensuite le bruit de mon crâne heurtant le mur, pas plus que des images de Sebastian, une main sur ma bouche et l'autre plaquant mes poignets contre le mur, ce qui m'avait fait paniquer comme un papillon de nuit pris dans un filet.

La vision qui m'apparut fut celle des énormes mains de mon père, m'agrippant si soudainement que j'avais encore fait quelques pas dans les airs, et qui, dans le même geste incompréhensible, s'étaient abattues sur mes fesses. Il m'avait donné cette fessée sans émotion aucune, de façon automatique, sans y réfléchir, comme s'il éteignait un bruit trop bruyant. Je n'avais même pas eu le temps de cesser de chanter la comptine apprise en regardant l'émission *Lamb Chop's Play-Along*.

La joie s'était muée en captivité, la liberté en impuissance. J'étais soudain maîtrisée, contrôlée, piégée sous les pouces et les autres doigts d'une force pour qui je n'étais qu'un mot placé derrière une préposition : la fille *de*, la conséquence *de*. La cause de bruit, de désordre, d'agacement, qui perturbait les molécules de l'air de la maison.

En moi se développait une colère débridée, un immense panache aveuglant.

– Impossible… répéta Kristen.

Elle ferma les yeux avec une lenteur délibérée, en une seconde qui s'étira comme au ralenti. Je perçus alors avec une clarté totale, comme si nous étions de nouveau psychiquement connectées, nos neurones synchronisés, qu'elle me livrait son monologue final, tel le méchant dans un film. Le moment était venu pour elle de m'expliquer – et de s'expliquer à elle-même, ainsi qu'aux spectateurs du film qu'était sa vie à ses yeux, dans son esprit tordu – pourquoi elle devait me tuer. Je lui avais fourni les conditions idéales pour cela, j'avais permis la mise en place du point d'orgue parfait. Nous étions perchées au sommet d'un relief qui n'était pas sans rappeler celui que nous avions gravi au Cambodge, au détail près qu'aucun torrent ne coulait au fond du gouffre tapissé de rochers acérés. Au-dessus de nos têtes, un grand ciel bleu s'étendait à l'infini, avec partout autour de nous des montagnes orangées. Bien que situé à des milliers de kilomètres de la vallée de l'Elqui, ce décor était quasi identique.

Les paupières de Kristen à présent à moitié abaissées, couvrant presque ses pupilles, je surpris dans son regard la tragique et inévitable issue : me tuer était pour elle la seule façon d'aller de l'avant. D'accepter le passé.

Mais elle avait négligé un détail. Elle avait commis une erreur de calcul.

Certes, c'était elle qui avait tué Paolo, que cela soit justifié ou non.

Peut-être avait-elle également tué ses parents, et, même si j'ignorais comment et pourquoi, elle n'était pas étrangère à la mort de Jamie, sa meilleure amie.

Et certes, c'était elle qui avait imaginé le plan consistant à jeter le corps de Sebastian depuis le haut d'une falaise, moins élevée que celle-ci, mais tout aussi mortelle.

Mais c'était moi qui l'avais tué.

Toute cette énergie, les agressions et efforts émotionnels subis par mon système nerveux, avait été concentrée dans ma peur : ma peur du monde, ma peur des hommes, ma peur de ma meilleure amie, instable, versatile et destructrice.

Je compris alors avec une lucidité écrasante que je m'étais trompée du tout au tout. Ils s'étaient tous trompés. Un rire résonna en moi, léger et clair.

C'était moi la tueuse. C'était aux autres d'avoir peur de moi.

Les yeux de Kristen à présent fermés, je levai les mains sur ses clavicules et, sous l'éclat du soleil matinal, je la poussai dans le vide.

– 39 –

Elle ouvrit d'un coup les yeux lorsque son corps bascula en arrière. Les bras toujours tendus et les mains encore refermées bien que n'agrippant plus mes épaules, elle avait l'air d'un zombie ou d'une figurine renversée.

Non, elle m'évoqua plutôt un dessin animé, à la réflexion, ses bras et ses jambes s'agitant sur fond céruléen. Un nuage de poussière se forma et des mottes de terre sablonneuse volèrent quand elle tituba. Son regard croisa le mien une fraction de seconde, puis elle chuta comme une pierre dans le vide.

Une fraction de seconde… Le verbe « fractionner » illustre à merveille le moment qui sépare la vie de la mort. Dans le silence pesant, le poids de mon geste s'abattit sur moi comme une masse.

On dit qu'on voit défiler sa vie juste avant de mourir, mais en cet instant, alors que nous prenions l'une et l'autre conscience de la mort imminente de Kristen, je revis en pensée les nombreux bonheurs partagés avec elle. Les baignades dans le lac Michigan, l'eau glacée sur notre peau nue ; les longues soirées de révision en vue des derniers examens en fac d'économie, au cours desquelles nous descendions d'énormes sachets de pop-corn et riions jusqu'à avoir les côtes douloureuses ; les préparatifs d'avant soirée à Milwaukee, nous prêtant mutuellement rouge à lèvres, boucles d'oreilles et petits haut pailletés ; nos inoubliables séjours en Ouganda, au Vietnam et même au Cambodge.

Et même à Quiteria. « C'est nous, avait dit Kristen, désignant deux points au-dessus de l'horizon. Tu vois ces deux petites étoiles, là-bas ? C'est évident. »

J'avais plissé les yeux, tout à fait d'accord avec elle : « Toi, tu es celle de gauche, qui est légèrement rose. »

Elle m'avait agrippé le bras, surexcitée, libre : « J'allais le dire ! »

Une voix, à peine un murmure, s'imposa dans mon esprit, plus sage que la mienne : *Ce n'est pas ton genre de faire ça.*

Le charme soudain rompu, je me précipitai au bord du vide. Il me fallut une seconde pour apercevoir Kristen, dont la tête ne se trouvait qu'un ou deux mètres en contrebas. Elle s'était rattrapée à un arbrisseau ratatiné. Elle leva les yeux – deux billes brillantes – vers moi :

– Emily ! Je t'en prie !

Je me jetai au sol et tendis le bras vers elle, en vain, malheureusement incapable de combler la distance qui nous séparait. Elle gémissait, s'accrochant de toutes ses forces à la plante rabougrie, tandis que ses orteils glissaient sur la paroi de terre, cherchant en vain un appui.

Je me redressai, le temps de me délester de mon sac à dos, puis me plaquai de nouveau sur le sol, tenant mon sac à bout de bras par une sangle. Kristen baissa la tête lorsqu'elle reçut une pluie de cailloux et de terre due à ma manœuvre, puis elle la releva, le regard empli de panique.

– Attrape une sangle ! criai-je, mon autre bras et mes genoux éraflés par la terre et les cailloux.

Elle poussa un gémissement et tenta de s'en saisir, sans succès.

– Je vais tomber ! hurla-t-elle, rabattant sa main libre sur l'arbrisseau.

Le visage plaqué sur la terre, elle respirait bruyamment.

Une joue contre le sol, je fis descendre au maximum mon sac à dos, gémissant sous l'effort.

– Plus bas ! brailla Kristen.

J'eus la sensation que mon bras s'allongeait de quelques centimètres, mon corps réduit en un unique muscle surhumain, comme une mère soulevant une voiture pour libérer son enfant.

La sangle de coton se tendit soudain ; je raffermis ma prise juste à temps pour ne pas la lâcher.

– Je te tiens ! lançai-je.

Puis je roulai sur le côté, m'écartant du vide et du danger, entraînant le poids de Kristen avec moi. En me retournant, je vis sa main apparaître et s'abattre avec un claquement spectaculaire sur la roche, le cri épuisé, mais triomphant d'un corps ressuscité émergeant de la tombe.

– Aide-moi ! me supplia-t-elle d'une voix étouffée.

Je revins d'un bond au bord du gouffre. Alors que je tentais de lui prendre la main, elle perdit l'équilibre ; ses ongles dessinèrent de longs traits sur mes poignets. Ma main se referma sur son avant-bras, et la sienne sur le mien, deux prises que seule la mort pouvait briser. Je me traînai ensuite jusque sur la route, faisant rouler des graviers avec pour fond sonore nos gémissements sous l'effort. Enfin, elle souleva son genou musclé par les séances de fitness, ce qui me permit de la tirer jusque sur la chaussée.

– Kristen…

Nous nous étions relevées, face à face. En un de ces instants fugaces où l'on prend une décision en une milliseconde, je jugeai qu'elle me faisait confiance, en restant ainsi dos au vide, certaine que je ne la pousserais pas une seconde fois. Un bruit se fit entendre dans mon dos, sur la droite, une sorte de ronronnement sourd parmi les gazouillis des oiseaux et le souffle de la brise, mais je ne me retournai pas ; nos regards ne se quittaient plus.

– Emily…

Du sang coulait sur sa joue, comme des larmes, et son front était couvert d'un film ocre, la terre rougeâtre rendue boueuse par la sueur.

– Je n'arrive pas à croire que tu aies fait une chose pareille, balbutia-t-elle, tandis que le ronronnement s'intensifiait.

– Je… C'était involontaire, me défendis-je, par réflexe, avant de me rendre compte qu'il y avait de l'admiration dans sa voix. Je ne sais pas ce qui m'a pris.

Le ronronnement devenu un rugissement plus aigu, je compris qu'il était dû à une voiture gravissant la même route que nous. Alors que je jetais un regard dans sa direction, Kristen me prit en douceur par le haut du bras afin de m'écarter de la trajectoire du véhicule, ce qui me rapprocha d'elle. Elle inclina le visage, toute en tendresse, puis sa bouche effleura mon cou et ma mâchoire avant de se stabiliser près de mon oreille.

La voiture apparut à la sortie de la courbe, j'entendis tout juste Kristen par-dessus le grondement du moteur :

– Moi, en revanche, je sais parfaitement ce que je fais.

Puis elle laissa s'écouler un silence, exactement le temps qu'il me fallut pour que ma confusion me fasse percuter : son timing était précis et délibéré. Elle me poussa violemment en arrière, sur la trajectoire du véhicule.

Je poussai un hurlement et plaquai d'instinct mes mains sur mon visage. Heureusement, le conducteur réagit aussitôt : le SUV fit une embardée dans un glapissement de freins et un crissement de pneus, m'aspergeant au passage de graviers et soufflant sur moi une rafale parfumée aux gaz d'échappement. Il dérapa vers Kristen et le vide de dix mètres, gouffre sans fond d'espace négatif.

Ouvrant les yeux entre mes avant-bras, j'eus une révélation soudaine, aussi choquante que le fracas d'un gong, quand les pièces du puzzle s'assemblèrent enfin dans mon esprit. Cet afflux d'adrénaline m'offrit la satisfaction d'avoir compris, d'avoir résolu un casse-tête cérébral ou l'une des énigmes de Kristen, ou encore le dernier défi d'un jeu d'évasion particulièrement tordu.

Eurêka : le SUV était celui que nous avions loué.

Aaron était au volant.

Pétrifiée d'horreur, je vis mon copain, ma meilleure amie et notre voiture de location basculer ensemble dans le vide.

– 40 –

L'AUTOPSIE RÉVÈLE QUE LE TOURISTE AMÉRICAIN EST MORT D'UNE BLESSURE AU CRÂNE

Paolo García, le routard américano-espagnol de vingt-quatre ans dont les restes ont été retrouvés dans une région isolée du Chili, est décédé des suites d'un choc brutal reçu sur le crâne, selon le rapport d'autopsie que The Gaze *s'est procuré en exclusivité.*

Pratiquée au Chili et supervisée par des agents américains, l'autopsie a mis en évidence des fractures sur le crâne et une hémorragie méningée – c'est-à-dire la rupture de vaisseaux sanguins dans l'espace rempli de fluides qui entoure le cerveau – fatale.

Selon le rapport d'autopsie, des analyses toxicologiques effectuées sur l'humeur vitrée – la substance gélatineuse dont est emplie la cavité oculaire – ont en outre révélé la présence de Rohypnol, un puissant somnifère, dans le corps au moment de la mort. Il n'a pas été constaté d'autre blessure superficielle ni anomalie interne, même s'il est à noter que l'état de décomposition de la dépouille a empêché les praticiens d'analyser certains autres éléments.

Si le porte-parole de la police de Los Angeles n'a pas souhaité répondre à nos sollicitations, Rodrigo García, le père de Paolo, affirme que cette autopsie soulève davantage de questions qu'elle n'apporte de réponses.

« Paolo a été drogué, frappé sur le crâne et enterré au milieu de nulle part ; tout cela n'a aucun sens, commente-t-il. C'était un garçon plein de bonté, il n'aurait pas fait de mal à une mouche. »

– 41 –

Je vécus la suite dans un réel engourdissement, mon cerveau recroquevillé dans mon crâne de façon que mon corps prenne le relais, en pilotage automatique. Je courus à toutes jambes sur la route, vers la vallée, fis signe à la première voiture qui se présenta, suppliai la conductrice de prévenir police secours. J'aurais voulu qu'elle me reconduise à mon point de départ, mais le standardiste lui intima de dégager la route, afin de ne pas entraver l'intervention des véhicules de secours. C'est donc en courant que je remontai la pente, les poumons martyrisés par mon asthme. Parvenue sur le lieu de l'accident, je m'armai de courage et jetai un regard dans le gouffre.

J'aperçus des traces de pneus dans la pente, légèrement plus foncées que la terre, ainsi que des buissons écrasés et des cactus broyés, leurs membres géométriques formant à présent des angles peu naturels. Quelques mètres en contrebas se trouvait le SUV renversé sur le côté passager, le capot fracassé et l'habitacle comprimé tel un tire-bouchon. La scène était si figée que l'on aurait cru contempler une fresque, le soleil de l'Arizona se reflétant sur le verre et l'acier. Si Aaron avait bouclé sa ceinture de sécurité, il n'était pas impossible qu'il ait survécu.

Puis j'aperçus les jambes de Kristen, qui dépassaient de sous la calandre du véhicule, aussi raides que celles de la méchante sorcière du *Magicien d'Oz*. Elles me rappelèrent celles de Paolo, poilues, tandis qu'il avait le haut du corps enfoui dans son sac à dos géant maculé de sang. Bronzées et bien galbées, brillant sous le soleil, elles avaient encore leurs baskets grises impeccablement lacées aux pieds.

Et elles étaient totalement inertes.

Mes hurlements se répercutaient dans le canyon et me revenaient, comme rejetés par la nature. « C'est ta faute, semblaient me reprocher les collines orangées. Au nom de quoi devrions-nous absorber ta souffrance, alors que tu en es l'unique responsable ? »

Des sirènes lointaines prirent peu à peu le dessus sur mes gémissements, puis des camions de pompiers apparurent ; cette vision m'évoqua instantanément, en un instant de folie, l'incendie survenu tant d'années auparavant, les flammes qui avaient tué la gentille mère et le méchant père de Kristen. Que de bruit, que de chaos, le tout formant une ritournelle refusant de s'achever. S'y ajouta peu après un battement de plus en plus assourdissant, le bruit d'un hélicoptère, qui noya mes pensées.

Un policier sortit d'une voiture de patrouille, un peu trop tranquillement à mon goût, et me demanda si c'était moi qui avais alerté police secours. J'ai oublié son visage, aujourd'hui, même si je l'ai regardé droit dans les yeux, mais j'ai répondu par l'affirmative après quelques secondes de silence. Il me fit savoir qu'il souhaitait me conduire au commissariat pour me poser quelques questions et enregistrer ma déposition ; c'était là la procédure standard, me précisa-t-il. Il se montrait aimable, et sa voix était posée, rassurante. J'acceptai de le suivre, car bien entendu j'étais désireuse d'apporter mon aide.

Le commissariat se révéla des plus classique, digne d'un décor de cinéma. Le policier m'installa dans une pièce et m'offrit un verre d'eau, un sachet de chips et du café tiède. Tout en me désaltérant, la main tremblant comme une paire de maracas, je m'efforçai de décrire les circonstances de l'accident. Je me contentai de relater les quinze secondes critiques, là-haut, tout près du vide, trop perturbée et trop préoccupée (*Oh mon Dieu… oh mon Dieu… Ils sont morts ? Il s'en sont sortis ?*) pour relater l'historique nous ayant menés à ce triste final.

Mon récit se fit en remontant dans le temps : Kristen avait basculé dans le vide parce que Aaron, au volant du SUV, avait fait une embardée vers elle ; il avait brusquement braqué pour m'éviter, car je me trouvais sur la chaussée ; j'étais sur la route, car je discutais avec Kristen, loin d'imaginer qu'un véhicule surgirait ; nous marchions sur cette route, car nous avions besoin de parler. Quant à Aaron… à vrai dire, j'ignorais quelle raison l'avait poussé à nous rejoindre. Sincèrement, je n'en avais pas la moindre idée. Le policier ne cessait de me répéter que mes réponses étaient très satisfaisantes, tandis que j'interrompais régulièrement mon récit pour réclamer des nouvelles d'Aaron et de Kristen. Il me demanda mon nom, mon numéro de téléphone et mon adresse ; j'étais si secouée que je dus me concentrer, plus tout à fait certaine de mon code postal.

Enfin, il me proposa de me reconduire à l'hôtel – il était si aimable, si sûr de lui :

– Vous nous avez bien aidés, vous avez certainement hâte de sortir d'ici.

Je le priai de me déposer à l'hôpital. Les heures suivantes ne sont restées dans ma mémoire que sous la forme d'un film flou ; assise dans une salle d'attente, je demandais à tous ceux qui passaient si mes amis étaient tirés d'affaire. Je ne cessais de chercher mon téléphone, sursautant chaque fois que je me rappelais que je ne l'avais pas sur moi. J'avais la sensation de ne plus être reliée à quoi que ce soit, tel un ballon gonflé à l'hélium susceptible de s'élever jusqu'à la stratosphère, où il éclaterait sans que quiconque s'en rende compte.

Alors que le crépuscule approchait, la porte des urgences coulissa, laissant entrer une bouffée d'air brûlant et un couple qui me rappela quelque peu mes parents. Malgré leurs cheveux clairsemés et leurs rides autour des yeux, ils avaient conservé la silhouette svelte et les lunettes de prix de ceux qui sont prêts à fournir des efforts pour rester cool. Après un regard à la ronde, ils se précipitèrent vers l'accueil.

La réceptionniste, dont la chevelure était un empilement de splendides anglaises, les gratifia du même regard blasé auquel j'avais eu droit à mon arrivée. J'inclinai la tête et tendis l'oreille. Quelque chose me titillait dans ce couple élégant, au-delà de leur vague ressemblance avec mes parents. Pourquoi donc avais-je l'impression qu'ils ne m'étaient pas inconnus ?

La femme prononça quelques mots, et alors le monde se figea autour de moi.

Statufiée, je l'écoutai, incrédule, avec cette même sensation de distorsion temporelle que l'on éprouve quand, réveillé en pleine nuit par quelque bruit, on attend en vain qu'il se reproduise.

Par chance pour moi, la réceptionniste leur demanda de répéter, si bien que j'eus la confirmation que je n'avais pas rêvé :

– Je m'appelle Jennifer Rusch, déclara la femme – la mère de Jamie, donc. Nous sommes venus voir Kristen Czarnecki. C'est notre filleule.

– 42 –

Je dus jouer des coudes pour m'approcher de l'accueil des urgences :

– Je suis l'amie de Kristen. Vous avez du nouveau ?

– Elle est au bloc opératoire, me répondit la réceptionniste, levant les yeux de son ordinateur. Nous n'aurons pas de nouvelles tant qu'elle n'en sera pas ressortie.

Jennifer Rusch réagit en chœur avec moi :

– Et ce sera quand ?

– Aucune idée, nous répondit l'employée, les doigts entremêlés.

Les Rusch se tournèrent vers moi, les yeux grands ouverts :

– Que s'est-il passé ? Vous êtes au courant ?

– Elle… Il y a eu un accident. Asseyons-nous, s'il vous plaît.

Le sol tanguait sous mes pieds, comme si j'étais tout juste sortie d'un manège de fête foraine.

Thomas – leurs prénoms, que j'avais lus sur le site Internet du fonds commémoratif, m'étaient revenus avec une clarté soudaine – désigna un coin de la salle d'attente.

– Excusez-moi, mais d'où connaissez-vous Kristen ? m'enquis-je, bien que connaissant la réponse à cette question.

En vérité, je voulais savoir ce qu'ils fichaient ici.

– Nous étions voisins, autrefois, répondit Thomas. Nous étions très amis avec les parents de Kristen. Nous vivons aujourd'hui à Las Vegas ; nous avons pris la route dès que le grand-père de Kristen nous a prévenus. Son épouse et lui nous rejoindront sous peu, ils doivent être dans l'avion en ce moment. Le médecin qui les a contactés leur a dit que Kristen était dans un état critique.

Ces mots furent pour moi un tel choc que je fus saisie de fourmillements dans tout le corps, comme si je brûlais de l'intérieur. Si j'avais assimilé la situation, intellectuellement parlant, car j'avais vu de mes yeux les jambes inertes de Kristen au fond du canyon, entendre cet état de fait énoncé enflamma ma souffrance aussi sûrement qu'une étincelle dans un gaz.

– Ils ne voulaient pas que Kristen reste seule, ajouta Jennifer. Nous n'avions pas eu de nouvelles de Bill depuis une dizaine d'années, mais nous sommes sans doute ses seules connaissances vivant assez près de Phoenix pour s'y rendre en voiture. Ils ignoraient… Personne ne savait qu'elle était venue ici.

– C'est épouvantable, se désola Thomas en se passant la main sur la nuque.

– Vous êtes son amie, donc ? dit Jennifer, les sourcils froncés. Vous êtes venues ici ensemble, toutes les deux ?

– Non… pas vraiment, répondis-je d'une voix fissurée, au bord des larmes. Je m'appelle Emily Donovan, et j'habite à Milwaukee. J'étais…

Ils m'interrompirent pour se présenter à leur tour – « Tom et Jenny » –, et aucun de nous n'alla jusqu'à ajouter une banalité du type « enchanté de faire votre connaissance ».

– Mon compagnon et moi sommes arrivés ici hier soir. Et ce matin, Kristen nous a… rejoints par surprise.

– Vraiment ? s'étonna Jenny.

– Oui, j'ignorais qu'elle allait débarquer. Elle vit chez Nana et Bill en ce moment.

Je secouai la tête, incapable de réfléchir.

– Vous êtes leurs anciens voisins, c'est ça ? Les parents de Jamie ?

Jenny pâlit, tandis que le visage de Tom prenait une teinte camion de pompiers, comme s'ils partageaient une unique réserve sanguine.

– Comment se fait-il que vous ayez entendu parler de Jamie ? voulut savoir Tom.

– Kristen m'a parlé d'elle, expliquai-je en me frottant l'arête du nez. Elle m'a dit que c'était sa meilleure amie.

Tom et Jenny échangèrent un regard.

– Rappelez-moi qui vous êtes, exactement ? me lança ensuite Jenny, me dévisageant comme si elle s'apercevait seulement de ma présence.

– Emily, une amie de Kristen, répétai-je, la voix brouillée par une remontée gastrique. Mon copain a également été impliqué dans l'accident ; il est lui aussi au bloc opératoire en ce moment.

Je fermai les yeux ; aussitôt, la scène se déroula pour la énième fois sur l'écran de mes paupières : l'avant de la voiture fonçant sur Kristen avant de plonger dans le vide tel un wagon de grand huit.

– Votre petit ami était dans la voiture avec Kristen ?

– Non, il… Il était au volant de la voiture qui a percuté Kristen.

Ils haussèrent les sourcils.

– Je pense qu'il était venu me chercher, et alors il y a eu un… accident. Nous étions sur une route de montagne, avec un à-pic d'un côté. Il a basculé dans le vide… et entraîné Kristen dans sa chute.

S'ensuivit un silence ; Tom et Jenny étaient sidérés.

– Que faisait Kristen sur le flanc d'une route de montagne, à Phoenix ? lâcha Tom, les coudes sur les genoux.

Le moment de vérité était arrivé ; je pris une profonde inspiration et m'armai de courage :

– En fait, elle m'a poussée vers le milieu de la chaussée alors que la voiture approchait ; elle ne savait pas que mon petit ami était au volant, et elle n'a certainement pas imaginé qu'il braquerait à temps pour m'éviter, mais elle… Elle m'a poussée.

Tom et Jenny se consultèrent de nouveau du regard. En scrutant leurs visages, je décelai logiquement de l'inquiétude, de l'horreur, du dégoût… mais, curieusement, aucune trace de surprise.

« Pourquoi aurait-elle voulu vous tuer ? » Telle était la question que j'attendais, à laquelle je me préparais, l'esprit bouillonnant, mais elle ne vint pas.

C'était maintenant ou jamais.

– Elle m'a suivie jusqu'ici, en réalité, expliquai-je. C'était complètement dingue. Je faisais tout pour m'éloigner d'elle. Malheureusement, Aaron, mon copain, a posté sur Internet une photo d'ici avec un tag précisant la localisation. Elle a aussitôt pris l'avion pour nous rejoindre, comme si c'était la réaction la plus logique au monde. Arrivée ici, elle a prétendu que j'avais réclamé sa présence. Elle… Je crois qu'elle a perdu la raison.

Je secouai la tête et essuyai mes larmes.

– Je suis désolée… Je vous ai entendu dire qu'elle est votre filleule ; je sais que c'est bizarre, mais c'est la vérité.

Tom et Jenny restaient murés dans le silence, le visage de marbre. Une femme médecin fit son apparition, un stéthoscope autour du cou, et appela la famille de M. Meuleman. Je me levai d'un bond.

– Vous êtes de sa famille ? me lança-t-elle, dubitative.

J'acquiesçai, incapable d'articuler un mot. J'avais appris à la réception que quelqu'un avait prévenu les parents d'Aaron, c'était déjà ça.

– Je ne vais pas y aller par quatre chemins ; l'opération s'est bien déroulée, dit-elle, ce qui me fit fondre de soulagement. Cela étant, il lui faudra du temps pour se remettre. Il a le nez cassé et plusieurs fractures au visage, deux côtes brisées, un hémothorax – un épanchement de sang entre la paroi thoracique et le poumon – et une rotule en miettes.

– Mais il va s'en sortir ? coassai-je.

– Il lui faudra être patient et suivre une rééducation, mais nous estimons qu'il se remettra totalement de ses blessures.

– Je peux le voir ?

– Pour l'instant, il faut qu'il se repose. Nous vous préviendrons dès qu'il sera en état de recevoir des visites – d'ici deux ou trois heures, au plus.

La chirurgienne inclina la tête en réponse à mon remerciement, puis s'éloigna de moi, se dirigeant vers l'urgence suivante, l'accident suivant, le corps meurtri suivant se raccrochant à la vie par un fil aussi ténu que de la soie de chenille susceptible d'être détruite par un simple coup de brindille. Je vins me rasseoir près des Rusch, soudain accablée d'épuisement.

Malgré ma fatigue, mille questions s'agitaient dans mon esprit, et j'avais conscience qu'une chance unique s'offrait à moi ; le destin m'avait mâché le travail en me mettant en contact avec les parents de Jamie, contact que j'avais été trop froussarde pour initier par le biais du site Internet du fonds commémoratif.

– Puis-je vous poser quelques questions à propos de Jamie ?

Tom ouvrit à peine les yeux, tandis que Jenny fermait les siens.

– Veuillez me pardonner, je me doute que c'est douloureux pour vous d'évoquer votre fille, mais certaines choses restent floues concernant Kristen. Je pense que vous êtes à même de m'aider à trouver des réponses à mes interrogations.

– Je ne crois pas que ce soit le bon moment pour parler de ça, répondit Tom d'une voix ferme qui fit sursauter son épouse. Mieux vaut rester silencieux en attendant des nouvelles de Kristen.

– Oui, bien sûr, excusez-moi, balbutiai-je en rougissant de la tête aux pieds.

Ils sortirent tous deux leur téléphone, m'excluant de leur monde en swipant et en tapotant sur leur écran. Peu après, Jenny fit un tour du côté de l'accueil, dont elle revint pour nous apprendre que nous n'aurions pas de nouvelles avant au moins plusieurs heures. Je remuai, à la recherche d'une position moins inconfortable sur mon siège au dossier raide. Ayant abandonné mon sac à dos sur la route, je n'avais pas un sou sur moi, ni même la moindre pièce d'identité.

– Vous avez besoin d'appeler quelqu'un ? me proposa Jenny. Vos parents, peut-être ?

– Non, je… Je ne connais même pas leurs numéros. J'ai perdu mon sac dans l'accident.

Rattrapée par la panique, je dus cligner des yeux pour contenir quelques larmes.

– Ne vous en faites pas, ça va aller, me promit Jenny, penchée vers moi. Où se trouve votre hôtel ? Je peux vous y déposer, si vous voulez. Vous devriez peut-être aller y chercher quelques affaires pour votre petit ami, quand il se réveillera.

J'acquiesçai, reconnaissante, et Jenny posa la main sur le bras de son mari :

– Donne-moi les clés.

– Tu t'en vas ? s'étonna Tom.

– Nous sommes descendus à l'hôtel Rosita, dis-je à Jenny, qui pianota sur son mobile.

– Ce n'est qu'à un quart d'heure d'ici, dit-elle. Nous faisons juste un aller-retour rapide, Tom.

Je la suivis à l'extérieur, non sans sentir le poids du regard de Tom dans notre dos.

– 43 –

Alors que nous roulions depuis quelques minutes, Jenny coupa net la radio, où l'on évoquait des brutalités policières en Inde :

– Je comprends que Tom ne souhaite pas vous parler de Jamie.

– Je ne sais vraiment pas ce qui a incité Kristen à nous rejoindre ici, dis-je, regardant devant moi. Comme je vous l'ai expliqué, j'essayais de m'éloigner d'elle. Parce qu'elle me fait peur.

Jenny soupira.

– J'ai l'impression de revoir Jamie quand je vous regarde. Vous avez même une petite ressemblance avec elle.

– Oui, il paraît.

Elle me considéra un instant, puis se concentra de nouveau sur la route. Un rectangle orangé était dessiné sur son visage, mais elle n'abaissa pas le pare-soleil.

– Tom ne comprend pas que je sois restée en contact avec Kristen. S'il m'a accompagnée ici, c'est uniquement parce qu'il ne m'estimait pas en état de conduire quatre heures et demie, vu le choc émotionnel subi. Je tiens à Kristen, malgré tout, c'est plus fort que moi, même si elle n'apporte que des ennuis.

– Oui, j'ai fini par m'en rendre compte, confirmai-je, regardant les boutiques défiler. J'ai cherché à comprendre ce qui se passait, ce qui n'allait pas chez elle, ce qui clochait dans notre amitié…

Je tournai la tête vers Jenny.

– Ça fait un moment que je m'interroge sur ce qui est arrivé à Jamie. Vous voulez bien m'éclairer ?

– Jamie s'est suicidée, répondit Jenny d'une voix fêlée, mais retrouvant aussitôt son calme. Mais avant cela, elle était totalement tombée sous l'emprise de Kristen.

Elle s'engagea sur une bretelle d'accès, puis sur une route bordée de commerces, qu'elle remonta à faible allure.

– Elles étaient meilleures amies depuis leur naissance ou presque. Quand nous nous sommes installés dans le quartier, Jamie n'avait que quelques mois et Anne était enceinte de Kristen ; nous sommes très rapidement devenues amies.

Elle baissa la climatisation, ce qui me permit de constater que ses doigts tremblaient.

– Dans un premier temps, j'ai été ravie que nos filles s'entendent si bien. J'ai commencé à m'inquiéter alors qu'elles étaient en CE2 ou CM1. Kristen poussait toujours Jamie à mal se conduire : « Allez, tu n'es plus un bébé, tu peux voler ce bonbon dans le placard, tu peux chiper ce rouge à lèvres dans le rayon et le fourrer dans ta poche… » Hé !

Elle pila et klaxonna à l'intention d'une BMW surgie sur notre trajectoire.

– Le plus bizarre, c'est que Kristen multipliait les bêtises et essayait ensuite de convaincre ma fille que c'était elle, Jamie, qui les avait faites. Un jour, en entendant des pleurs, je me suis précipitée dans la salle de jeux ; Jamie avait sa poupée préférée décapitée dans une main et sa tête dans l'autre. Kristen a prétendu que Jamie avait commis cette horreur ; quand j'ai demandé à ma fille pourquoi elle avait fait ça, elle m'a répondu qu'elle n'en avait aucune idée.

Jenny serrait de plus en plus le volant.

– J'ai renvoyé Kristen chez elle, mais Jamie n'a pas modifié sa version des faits. Peu après, en visionnant les séquences vidéo prises par la caméra de surveillance d'enfants, j'ai constaté que c'était Kristen, et non Jamie, qui avait décapité la poupée. Ce n'était qu'une bêtise enfantine, quoiqu'un peu étrange, mais je me suis étonnée que Kristen ait joué la comédie.

Stupéfaite par cette révélation, je compris que Kristen mystifiait son monde depuis l'enfance. Si Jenny ne voyait dans ce comportement qu'une excentricité de gamine de la part de Kristen, je savais quant à moi qu'elle se livrait encore à de tels méfaits, des décennies plus tard. Elle semait le trouble dans mes souvenirs, m'accusait d'actes qu'elle avait commis. « Ne joue pas les idiotes, j'étais là quand tu l'as tué. » Elle m'avait convaincue avec une facilité déconcertante.

J'avais au moins une certitude, désormais : Kristen avait tué Sebastian. C'était moi qui avais crié, en rythme comme un battement de tambour, la suppliant de se calmer tandis qu'elle le tuait à coups de pied. *Arrête ! Arrête ! Arrête !*

– C'est parce que Kristen la traitait ainsi que Jamie… ?

Je fus incapable de conclure ma phrase.

Jenny secoua la tête, puis se gara devant l'hôtel et coupa le contact. Le front sur le volant, elle se mit à sangloter.

– Vous voulez entrer un moment dans la chambre…? proposai-je, lui effleurant l'épaule en douceur.

– Non, il faut que j'achève mon récit sans attendre, sinon ça ne sortira jamais.

Dans l'habitacle, il faisait déjà aussi chaud que dans une casserole d'eau bouillante.

– Euh… On pourrait peut-être rallumer la climatisation ?

– Le système de communication de la voiture enregistre tout dès lors que le contact est mis.

Cette réaction pragmatique, mais quelque peu paranoïaque, sensée et absurde à la fois, me donna l'impression d'entendre Kristen. J'acquiesçai et défis ma ceinture de sécurité.

– Jamie a été agressée sexuellement, me révéla Jenny, fournissant un sérieux effort pour maîtriser sa voix. Par l'entraîneur de l'équipe de basket dont elle faisait partie, c'est-à-dire le père de Kristen. Elle n'en a parlé à personne, mais je l'ai découvert plus tard, en lisant son journal intime.

– Oh mon Dieu, je suis désolée de l'apprendre, compatis-je, l'estomac retourné.

Le père de Kristen n'était donc pas seulement un connard, c'était aussi un prédateur qui s'en prenait à des enfants. Avait-il également abusé de sa fille ? Kristen m'avait avoué qu'elle avait horreur de se trouver seule avec lui. Je m'étais souvent interrogée sur les origines des sombres compulsions de mon amie, je m'étais souvent demandé si elle était une sociopathe classique ou une enfant vulnérable brisée par la mort de ses parents et la tyrannie ordinaire de son grand-père ; si son père avait initié un cycle qu'elle n'avait pu que reproduire – brimades, manipulation, violence –, cela ne justifiait rien, mais expliquait peut-être certaines choses.

– Je suis navrée, Jenny, je ne sais pas quoi dire d'autre.

J'avais le cœur déformé comme une assiette en carton trempée. Pauvre Kristen, pauvre Jamie, pauvres autres fillettes tombées dans les griffes de cet abominable individu. Il n'était pas étonnant que Kristen n'ait pas eu la moindre relation amoureuse sérieuse depuis que je la connaissais.

– Merci, dit Jenny, qui lutta quelques secondes contre ses larmes avant de poursuivre. Ma fille disait autre chose, dans son journal intime ; elle... elle estimait que tuer cet homme était la seule façon de faire cesser les abus dont elle était victime. Elle était si jeune, elle voulait que ces horreurs cessent. Elle... Elle n'y a pas vraiment vu de problème, car, comme il était chrétien, il irait forcément au paradis.

Je pleurais moi aussi, à présent, et le pare-brise se couvrait de la buée formée par notre souffle et nos larmes.

– Elle est passée à l'action un soir, alors qu'elle croyait Jerry seul chez lui. Elle est entrée chez lui le plus tranquillement du monde et a mis son projet à exécution. Malheureusement, Anne était là, ainsi que Kristen.

Elle passa une main tremblante sous son nez.

– Kristen a surpris Jamie. Elle l'a poursuivie jusque chez nous en hurlant, ce qui m'a vaguement réveillée, mais j'ai cru que j'avais rêvé.

Les sanglots de Jenny secouaient la voiture, tandis que la buée voilait maintenant totalement le monde brûlant à l'extérieur de l'habitacle.

– Je ne sais pas trop comment m'y prendre, mais il faut que je vous pose une question, osai-je. Êtes-vous certaine que c'est

Jamie, et non Kristen, qui a déclenché l'incendie ? Si Kristen avait pour habitude d'accuser Jamie de bêtises qu'elle avait elle-même commises…

– Oui, j'en suis sûre. Jamie l'a avoué dans son journal intime.

– Mais Kristen a pu la convaincre que…

– Kristen savait que sa mère était à la maison, m'interrompit Jenny, recroquevillée comme une adolescente. Contrairement à Jamie, elle savait que sa mère avait décidé à la dernière minute de ne pas partir pour le week-end. Jamais elle n'aurait fait de mal à sa mère, qu'elle aimait plus que tout au monde. Cette nuit-là, après avoir renoncé à rattraper Jamie, elle s'est précipitée chez Tabitha et Bill, hurlant – si fort que cela m'a cette fois tout à fait réveillée – un seul mot en boucle : « Maman ! »

– Mon Dieu…

Ce récit était cohérent, néanmoins je n'étais pas certaine d'y adhérer ; était-il possible que Kristen, véritable agent du mal et du chaos, n'ait eu qu'un rôle secondaire dans cette tragédie ? Qu'elle ne l'ait pas initiée elle-même ? À moins que la mort de ses parents n'ait été l'étincelle ayant donné naissance à sa cruauté. Peut-être avait-elle par la suite fait culpabiliser Jamie au point de la pousser à se suicider, peut-être l'avait-elle fait chanter en lui disant qu'elle l'avait vue allumer le feu, ou alors…

Je tournai la tête vers Jenny ; sa silhouette pliée en deux se détachant sur la vitre, elle me fit penser à un point d'interrogation ; j'eus alors la vision fugitive de la séduisante femme que serait devenue Jamie, avec ce petit nez. J'étais dévastée ; était-il possible qu'une autre jeune fille de douze ans, poussée au désespoir, se soit comportée de façon aussi destructrice que Kristen ?

Vois jusqu'où elle t'a poussée, toi !

Jenny renifla et reprit son récit :

– Kristen s'est donc rendue en hurlant jusque chez Tabitha et Bill, qui ont appelé police secours et l'ont gardée chez eux.

Elle leur a tout dit, notamment qu'elle avait vu Jamie ; et même si je ne lui ai jamais posé la question, je suis sûre qu'elle avait deviné pour quelle raison Jamie avait voulu la mort de son père. Seigneur… Dire que Jamie les accompagnait parfois le temps d'un week-end dans leur chalet… Je ne me le pardonnerai jamais.

Jenny poussa un gémissement, si long et si lugubre que je crus entendre le cri d'un huard résonnant, comme s'il concentrait toute la souffrance d'une Terre mourante. Quant à moi, je laissais mes larmes couler dans mon cou et tremper le haut de mon débardeur.

– Mon mari et moi étions loin d'imaginer la vérité ! sanglota Jenny. Bill n'ayant pas porté plainte, nous avons comme tout le monde cru que l'incendie était accidentel, un coup de pas de chance tragique. Mais un jour, Kristen a sonné à ma porte, je m'en souviens comme si c'était hier. Je lui ai ouvert et je l'ai trouvée en larmes. Entre deux sanglots, elle m'a raconté avoir vu Jamie sortir de chez elle la nuit de l'incendie et être convaincue que c'était ma fille qui avait mis le feu à sa maison. Je ne l'ai pas crue, évidemment, et je lui ai demandé de s'en aller.

Jenny inspira profondément et souffla bruyamment, évoquant le son d'un d'accordéon.

– Puis j'ai lu le journal intime de Jamie. J'ai été incapable d'en parler à Tom. Tom n'est au courant de rien, ni des abus sexuels, ni de l'incendie, il ne sait rien du tout. La vérité l'anéantirait. Tom est à mille lieues d'imaginer ce que ce salopard a fait à notre fille. Parfois, je souhaite que Jerry soit encore vivant, pour pouvoir le brûler vif une seconde fois.

Exhalant sa rage comme de la chaleur, elle avait le visage ruisselant de larmes et les veines de son cou palpitaient. Je lui effleurai la main, ce qui la fit sursauter, puis elle s'affaissa légèrement.

– J'ai essayé de parler à Bill, discrètement, mais il n'a rien voulu entendre, poursuivit-elle d'une voix furieuse, aussi tendue que du carbone comprimé en diamant. Il a fait la sourde oreille, refusant de ternir les souvenirs qu'il gardait de son fils. J'ai eu envie de le tuer sur place. Il ne cessait de dire qu'il était trop tard, que nous avions tous deux perdu un enfant, qu'accuser son fils de pédophilie et ma fille d'incendie criminel ne provoquerait que davantage de souffrances. Sans compter qu'il faudrait que j'en parle à Tom, puis, si nous portions plainte, que notre histoire ferait la une de la presse à scandale. Le monde entier scruterait ma splendide fille, la prendrait en pitié ou l'inonderait de reproches, la considérerait comme une victime ou une meurtrière, chercherait des photos d'elle en tenue « indécente », démolirait sa mémoire. Tom et moi étions alors déjà au trente-sixième dessous ; jamais nous n'aurions eu la force de supporter de telles souffrances supplémentaires. Et qu'est-ce que cela nous aurait apporté ? Aucune réaction de notre part ne nous aurait rendu ma Jamie, il était impossible de modifier le passé. Nous avons donc déménagé à l'autre bout du pays et… et tenté de repartir de zéro.

Mon cœur me faisait l'effet d'un violoncelle libérant une longue note mélancolique. Pauvre Jamie, pauvre Kristen, pauvres Jenny et Tom.

– Kristen a ensuite été internée dans une institution psychiatrique pour mineurs, dis-je. Je croyais que c'était simplement une sorte de prison pour enfants ayant commis quelque chose de grave.

– Je l'ignorais, dit Jenny, secouant la tête. Mais ça ne m'étonne pas qu'elle ait eu des soucis mentaux après ce traumatisme. Pauvre petite… Je vous ai dit que je n'appréciais pas son comportement vis-à-vis de Jamie, mais… personne ne mérite de vivre une telle horreur. J'ose à peine imaginer à quel point un tel séjour peut être ravageur sur le long terme.

– Vous n'avez plus jamais entendu parler de Kristen, après cet épisode ?

– Elle m'a ajoutée parmi ses amis sur Facebook il y a quelques années, après l'obtention de son diplôme universitaire. Je m'étais souvent demandé ce qu'elle devenait, je pensais souvent à elle dans mes prières… Jamie l'adorait, vous savez. Elles étaient vraiment meilleures amies. C'est bizarre à dire, mais Kristen est pour moi le dernier lien qui me relie à ma Jamie.

Son regard se fit soudain plus dur.

– Mon cœur a cessé de battre, ce matin, quand Tom m'a appris que Bill l'avait appelé. Le simple fait que Bill connaisse le numéro de mon mari me fait horreur.

Je serrai la main de Jenny, qui baissa les yeux, pensive. S'ensuivit un long silence.

– Je suis certaine que vous avez conscience qu'il est hors de question que vous répétiez à quiconque ce que je vous ai raconté, reprit-elle. Pas un mot.

– Oui, je sais bien, la rassurai-je, le front et le dos trempés de sueur, comme si mon corps pleurait.

– Emily…

– Oui ?

– Pourquoi cherchiez-vous à fuir Kristen ?

La chaleur était à présent presque insupportable, dans la voiture, que le soleil frappait par l'arrière.

– Je ne suis pas certaine de pouvoir vous le dire, répondis-je.

Les pièces du puzzle volaient partout autour de moi, tourbillonnant comme des feuilles mortes.

Jenny déglutit péniblement et hocha la tête :

– Comme vous voulez, mais je doute que la police de Phoenix se contente de cette réponse.

Un éclair de lucidité illumina soudain mon esprit. *Bon sang*… Je tournai la tête vers Jenny, les yeux écarquillés :

– Vous croyez que je serai accusée de meurtre, si Kristen ne s'en sort pas ?

Jenny ouvrit sa portière. Le vent aussi brûlant que l'atmosphère d'un sauna se mêla à celle de l'habitacle embué :

– Non, c'est votre petit ami qui sera inculpé.

– 44 –

Le mari de Jenny l'appela alors que nous étions installées dans le bazar qu'était ma chambre d'hôtel. J'avais pris une douche rapide, me débarrassant de la terre accumulée sur ma peau, pendant que Jenny patientait dans un fauteuil peu confortable. Je fourrais dans un sac des vêtements à l'intention d'Aaron lorsque Jenny se saisit de son téléphone et s'isola dans la moiteur de la salle de bains. Elle en ressortit peu après, l'air sombre :

– C'est fini. Kristen n'a pas survécu.

Mon cœur chuta comme un plongeur sous un lac gelé, vers le froid glacial dont on ne s'échappe jamais. Adossée à l'armoire, je songeai à ce matin, au Chili, le lendemain, quand Kristen et moi, en quittant la ville, avions fait une pause au sommet d'une falaise, où nous avions crié à pleins poumons dans le canyon. J'éprouvais en cet instant la même sensation que ce jour-là, comme si quelque chose d'immense jaillissait de moi pour se disperser dans l'atmosphère, tel un champignon atomique de puissance et de tristesse, si vaste qu'il était visible depuis l'espace.

– Je suis désolée, chuchota Jenny, une main sur mon bras, ce qui me fit sursauter.

– Moi aussi, je suis désolée, dis-je, réellement sincère, avant d'hésiter. Et maintenant, que fait-on ?

– Il vaudrait mieux retourner à l'hôpital. Tom m'a dit que la police vous attend pour vous interroger.

Le corps gorgé d'une adrénaline glacée, je débranchai d'une main tremblante mon téléphone à présent chargé et sortis de la chambre, puis l'allumai tandis que l'ascenseur nous menait lentement au rez-de-chaussée. Je découvris des textos et des messages vocaux de Kristen. « Ça va ? », « Sois forte, mon amie », « J'arrive ». Chacun de ces mots était comme un coup de poignard. *Kristen*… Le matin même, je tergiversais encore, incapable de décider si elle se comportait de façon inappropriée ou si c'était moi qui me montrais trop sensible, trop soupçonneuse.

C'était avant qu'elle ne me projette sur la trajectoire d'une voiture lancée à toute allure.

En réaction au fait que je l'avais moi-même poussée dans le vide, certes. Parce qu'elle m'avait convaincue, à tort, que j'avais la même tendance qu'elle dans le sang. Que j'étais capable de résoudre mes problèmes en ôtant une vie.

L'estomac noué, j'avais la vision qui se troublait. Les portes gris métallisé enfin ouvertes, je traversai le hall en courant et sortis juste à temps pour vomir. Tout en crachant mes tripes, je vis Jenny apparaître à l'entrée de l'établissement puis retourner à l'intérieur. Peu après, elle revint, un verre d'eau à la main, et me frotta le dos pendant que je buvais.

– Allez-y par petites gorgées, n'avalez pas tout d'un coup, me conseilla-t-elle.

– Merci… Vous êtes si gentille avec moi.

– Comme je vous l'ai déjà dit, vous ressemblez beaucoup à ma fille.

Le menton tremblant, elle détourna le regard.

Après avoir vidé le gobelet, je la suivis jusqu'à la voiture, la gorge et la langue encore brûlantes de bile acide.

Aaron était méconnaissable. Meurtri et couvert d'hématomes, il avait le visage si enflé et violacé qu'on aurait dit une prune trop mûre. Un visage de combattant, de boxeur. Ou d'un jeune homme américano-espagnol frappé à mort par une séduisante touriste américaine…

Angoissée comme jamais en entrant dans l'hôpital, je n'avais pas aperçu le moindre policier. Saisissant ma chance, j'avais couru jusqu'au service de chirurgie, où j'avais demandé à une infirmière dans quelle salle de réveil se trouvait Aaron.

J'avais le sentiment de voler un peu de temps au destin, les grains du sablier s'écoulant inéluctablement avant que tout ne nous éclate à la figure.

Une fois de plus.

Malgré son œil couvert de gaze et entouré de chair bleutée, Aaron ouvrit son autre œil et me gratifia d'un grand sourire.

– Emily ! Ça va, bébé ?

– Je suis si heureuse que tu t'en sois sorti ! m'exclamai-je en lui prenant la main. Comment tu te sens ?

– On m'a donné des antidouleurs, alors… ça baigne.

Il leva le pouce.

– En fait, je me sens aussi bien que tu es…

Il joignit le pouce et l'index, pour signifier « OK ».

– Même sous codéine, tu restes un grand séducteur, dis donc ! plaisantai-je en lui ébouriffant les cheveux. L'infirmière m'a dit que tes parents seront là ce soir.

J'espérais vivement qu'ils arrivent avant Bill et Nana, ou que ces derniers se rendent directement à la morgue – je n'étais pas en état de les voir pour le moment. Seraient-ils totalement défaits, en larmes ? Ou calmes et maîtres de leurs émotions ? Ou encore stoïques et, pour qui saurait lire leurs moindres expressions, soulagés que leur petite-fille ne soit plus de ce monde ?

Non, Kristen était issue de leur chair, de leur sang. Ce n'étaient pas des monstres… Contrairement à moi.

– Tu vas faire la connaissance de mes paaaaaarents ! chantonna Aaron.

– C'est exactement comme ça que j'imaginais ce moment, souris-je.

– Tu ne m'as toujours pas embrassé, je te signale, se plaignit-il, les lèvres en cul-de-poule.

Je me penchai et lui donnai un léger baiser qui le fit soupirer de plaisir.

Une infirmière m'avait prévenue qu'Aaron n'avait aucun souvenir de l'accident, ni même de quoi que ce soit après le moment où il était sorti du parking de l'hôtel au volant du SUV, et l'interroger alors qu'il était bourré de drogues euphorisantes n'était sans doute pas correct. Malgré cela, des questions me brûlaient la gorge.

– Je peux te demander un truc ?

– Bien sûr !

– Pourquoi as-tu quitté l'hôtel pour nous rejoindre, Kristen et moi ?

Il prit le temps de réfléchir, la bouche tordue. J'étais en tout cas certaine qu'il me dirait la vérité ; il ne semblait pas en état de faire l'effort de mentir.

– Comme nous étions venus à Phoenix pour nous éloigner de Kristen, je savais que tu n'étais pas ravie de la voir débarquer. Ensuite, quand tu m'as demandé de remonter dans notre chambre, j'ai consulté les infos sur mon téléphone. J'ai lu un article dans lequel figurait le visage d'une suspecte dans l'affaire du routard assassiné ; c'était en une de tous les sites.

Il écarta les mains.

Je fus si choquée que j'eus la sensation de me noyer dans de la mousse, la surface substance gluante s'élevant de ma mâchoire à mes joues, puis recouvrant mon crâne. La police avait donc publié un avis de recherche avec mon visage ? Un portrait-robot ? Une capture d'écran d'une séquence de vidéosurveillance ?

– J'ai été stupéfait de reconnaître Kristen ! Et alors, je me suis rappelé que ce type avait été retrouvé au Chili ! Et que tu m'avais dit qu'elle était un peu cinglée ces derniers temps.

Il se tapota la tempe.

– J'en ai conclu que tu courais peut-être un grand danger. J'ai voulu t'appeler, mais tu avais laissé ton téléphone dans la chambre. J'étais bien embêté…

Il resta songeur un moment.

– Je peux avoir un peu d'eau ?

Je me saisis de la carafe posée sur sa table de chevet et remplis son verre, puis je l'aidai à boire avec la paille.

– Ahhh ! lâcha-t-il avec satisfaction, quand il eut bruyamment vidé le gobelet.

– Donc, tu as remarqué que je n'avais pas pris mon portable.

– C'est ça. Je suis redescendu en courant, mais tu étais partie. J'ai demandé autour de moi si on t'avait vue ; une femme m'a répondu que tu étais sortie. J'en ai fait autant, mais tu avais disparu. Mais bon, tu ne devais pas être bien loin. J'ai cru voir ton sac à dos rouge disparaître à un angle. J'avais toujours les clés de la voiture dans la main, j'ai sauté au volant et j'ai foncé. Et… c'est tout. Ensuite, je ne me souviens de rien.

– Waouh… Merci de t'être lancé à mon secours.

– Je t'ai vraiment sauvée, alors ? dit-il les sourcils froncés.

– Oh oui, Aaron, et je t'en suis infiniment reconnaissante.

– Super. Parce que tu es une fille géniale, mille fois trop bien pour moi.

Il lâcha un rire lourd et gras, à la Mitch Hedberg[15], puis pinça de nouveau les lèvres pour réclamer un baiser. Je me penchai et en déposai un sur son front, visant une zone vierge parmi son patchwork d'hématomes.

– Où est Kristen, à propos ? s'enquit-il, les yeux plissés. Elle n'est pas blessée ?

Un infirmier fit son apparition sur le seuil de la chambre ; Aaron le salua et oublia sa question. Ni l'un ni l'autre ne se rendirent compte que ma main tremblait lorsque je leur adressai un signe d'au revoir avant de m'éclipser.

Ses parents lui ressemblaient énormément. Aaron avait hérité de son père sa tignasse fournie et sa mâchoire carrée, et de sa mère son nez pointu et ses jolis yeux. Ils avaient tous deux le visage crispé d'effroi, ce qui n'empêcha pas Aaron de faire les présentations avec un plaisir évident et de plaisanter à propos de ses blessures. J'aurais aimé passer la soirée auprès de lui, mais ils insistèrent poliment, en parents protecteurs typiques, pour me déposer à mon hôtel. Ils me promirent en

15. Acteur et humoriste américain (1968-2005).

outre de passer me prendre le lendemain à 11 heures précises, ce qui me permettrait d'être de retour à l'hôpital dès le début des heures de visite.

Or je fus contactée dès 10 heures par la police. Une femme, que cela barbait profondément, à en croire sa voix apathique, me demanda de revenir au commissariat – de mon plein gré, précisa-t-elle – pour apporter mon aide à l'enquête. Une voiture passerait me prendre d'ici un quart d'heure. Je raccrochai, saisie de vertiges comme après une cuite monumentale.

Je fus cette fois interrogée par un autre agent, un inspecteur, qui commença par me présenter ses condoléances pour la mort de mon amie. Quoique parfaitement amical en apparence, il semblait cacher une volonté carnassière sous ce vernis. Le cœur battant la chamade, je clignai vivement des yeux dans l'espoir de chasser les brumes qui envahissaient mon cerveau.

– Nous avons été contactés par la police de Los Angeles, m'annonça-t-il. Sans tirer de conclusions trop hâtives, il semblerait que Mlle Czarnecki corresponde à la description d'une femme suspectée d'un meurtre commis en avril en Amérique du Sud.

Il pianota sur son téléphone, puis me le tendit : je découvris le portrait-robot soigneusement esquissé au crayon papier, pareil à ceux qu'on voyait parfois à la télévision. Le dessinateur avait tapé dans le mille, reproduisant à la perfection les traits de Kristen, en particulier son regard félin.

– Son passeport nous indique qu'elle a séjourné au Chili avec vous en avril. Vous confirmez ?

La vache ! Ce type ne perdait pas de temps.

– Oui, c'est exact.

– Nous savons par ailleurs que Mlle Czarnecki n'a pas pris le même avion que vous pour venir à Phoenix, poursuivit-il, après avoir posé son mobile. Elle a acheté un billet à la dernière minute. Plusieurs témoins affirment vous avoir vues vous disputer dans le hall de l'hôtel, peu de temps avant sa mort. Revoyons ensemble les faits en détail, puisque les circonstances de cet accident ne sont pas aussi limpides que nous l'avons cru de prime abord.

L'évidence m'apparut soudain avec une clarté aveuglante, aussi saisissante que de la menthe forte, aussi froide et nette qu'un diamant sculpté au laser : la police nous soupçonnait, Aaron et moi, d'avoir tué Kristen pour l'empêcher de parler. En y réfléchissant, tous les détails du drame pointaient dans cette direction – les preuves me reliant aux crimes commis au Chili et au Cambodge, qu'elle avait dissimulées ; ses textos vaguement menaçants à mon encontre ; son plongeon mortel dans le vide, moins d'une heure après la publication du portrait-robot…

Personne n'avait assisté à la scène. Personne ne savait que Kristen m'avait poussée sous les roues du SUV, qu'Aaron avait braqué pour m'éviter, et non pour la percuter. Le ventre noué comme jamais, je sentis un renvoi monter dans ma gorge.

– Nous avons envoyé des enquêteurs sur les lieux de l'accident, poursuivit l'inspecteur. Ils vont chercher des traces de pneus, examiner l'endroit où le véhicule a chuté, ce genre de choses. Les médecins légistes procéderont quant à eux à un examen approfondi du corps de Mlle Czarnecki, ils vérifieront si elle a de la terre sous les ongles, etc.

Pendant qu'il s'octroyait une gorgée de café, je tendis la main vers le gobelet d'eau mis à ma disposition, soudain prise de frissons. L'inspecteur avait évidemment remarqué les quelques hématomes sur mon avant-bras, massés comme une grappe de raisin, ainsi que les éraflures rouge vif, étirées telles des vergetures. J'avais récolté ces stigmates en aidant Kristen à se rétablir.

L'ultime pièce du puzzle trouva sa place au moment précis où ma main se posa sur le fragile gobelet ; j'avais également porté les lèvres sur un gobelet la veille, en ce même endroit. J'avais donc laissé des traces de mon ADN.

De la terre sous les ongles… Ou peut-être des lambeaux de peau, preuve irréfutable qu'il y avait eu lutte avant que Kristen ne trouve la mort.

– Je suis en état d'arrestation ? bredouillai-je d'une voix étouffée.

L'inspecteur se cala contre le dossier de sa chaise et haussa les sourcils :

– Non, ceci n'est qu'une discussion amicale.

– Dans ce cas, j'aimerais m'en aller, dis-je, renonçant à me saisir du gobelet. S'il vous plaît.

Nos regards restèrent un moment verrouillés l'un sur l'autre, puis il haussa les épaules :

– Pas de souci. Je vais demander à quelqu'un de vous raccompagner à votre hôtel.

– Je préférerais être déposée à l'hôpital, si c'est possible.

Voyant qu'il restait muet, je crus bon de préciser ma pensée.

– Les parents d'Aaron m'y attendent.

– Oui, c'est normal. Je vous y retrouverai peut-être, d'ailleurs.

Il plaqua sa main musculeuse sur la table et repoussa sa chaise en arrière.

– Nous avons également quelques questions à poser à M. Meuleman.

– 45 –

Aaron avait le regard vif et plus alerte que la veille. Mon cœur chavira lorsque je posai les yeux sur lui, tant je redoutais que ce ne soit la dernière fois qu'il me gratifie de cette expression chaleureuse débordant d'amour. Ses parents m'étreignirent (ils faisaient partie des adeptes du *hug* !), puis je fis de mon mieux pour paraître on ne peut plus tranquille lorsque je les priai de me laisser quelques minutes seule avec leur fils.

Dès qu'ils eurent refermé la porte de la chambre derrière eux, je jetai un regard autour de moi… Pas de caméra, du moins je n'en voyais pas. Espérant que tout se déroule au mieux, je me lançai à mi-voix :

– Aaron, il faut que je te dise la vérité. Ce ne sera pas facile, mais il vaut mieux que ce soit moi qui te l'annonce.

– Que se passe-t-il ? dit-il avec inquiétude, comme s'il redoutait que je me désintègre comme une étoile filante (qui, après tout, n'est rien d'autre qu'une météorite égarée se consumant dans l'atmosphère).

La gorge nouée, je m'armai de courage et, enfin, avouai la vérité à l'homme dont j'étais éprise.

Ce ne fut pas si difficile, une fois lancée. Je commençai par lui raconter l'épisode cambodgien : Kristen avait assommé Sebastian au moyen d'un lampadaire, puis lui avait fracassé le crâne à coups de pied tandis que je lui hurlais d'arrêter. Après coup, j'avais voulu prévenir la police, mais elle m'avait menacée et forcée à nettoyer la chambre, puis à l'aider à jeter le cadavre depuis le sommet d'une falaise, comme une pièce dans un puits.

Je décrivis ensuite la façon dont Kristen m'avait manipulée au cours des semaines suivantes, me berçant à distance, jusqu'à me persuader que nous avions fait le bon choix. Elle m'avait par la suite convaincue de tenter de nouvelles vacances ensemble en l'accompagnant une semaine au Chili. Là-bas, tout était redevenu normal entre nous, jusqu'au dernier soir, lorsque je l'avais retrouvée auprès du cadavre de Paolo. Comme précédemment, elle m'avait obligée à me rendre complice de son épouvantable dissimulation. Depuis ce jour, je faisais tout pour la chasser de ma vie, mais elle ne cessait d'accentuer la pression sur moi. Jusqu'à tenter de me tuer. Et elle avait failli tuer Aaron, dans la foulée.

– Nous sommes dans de sales draps, dis-je en guise de conclusion. La police croit que nous avons volontairement tué Kristen pour la faire taire – et encore, les enquêteurs n'ont toujours pas compris à quel point l'affaire est grave ; tout me lie à ces deux routards assassinés.

Je pris un air dépité.

– Je suis vraiment navrée de t'avoir entraîné dans cette histoire, Aaron. Je n'ai pas de mot pour te dire combien je suis désolée. La police est convaincue que nous avons voulu l'empêcher de témoigner. Aucun témoin n'a assisté à la scène, hier ; personne ne sait que tu n'as braqué que pour ne pas me percuter.

Aaron était sous le choc, son unique œil visible grand ouvert.

– Ne t'en fais pas, Aaron, le rassurai-je avec une caresse sur sa joue. Je ne te laisserai pas tomber. Tu as été présent pour moi, bien plus que Kristen ne l'a jamais été. Mon Dieu, j'ai l'impression d'être une aveugle qui a soudain recouvré la vue. Pendant si longtemps, je me suis montrée hésitante, sur la retenue, obéissant au doigt et à l'œil à Kristen, mais cette époque est révolue. J'en ai assez.

– Qu'est-ce que tu comptes faire ?

– Je vais tout leur avouer, dis-je, les yeux fermés. Je savais pertinemment que dissimuler ces cadavres était mal, pourtant j'ai laissé Kristen me convaincre de le faire. J'en ai marre de mentir, et je refuse que ta vie soit ruinée à cause de moi. Quand les flics t'interrogeront, dis-leur toute la vérité. Parce que c'est ce que je vais faire, moi ; je leur raconterai tout depuis le début, sans oublier le moindre des nombreux rebondissements de folie qui nous ont menés jusqu'ici. Il est grand temps que j'assume mes responsabilités. Je... Je t'aime, Aaron.

Son visage s'illumina :

– Moi aussi, je t'aime, Emily.

Il tendit une main, dont je me saisis.

– Tu ne peux pas... Je refuse de te perdre. Concernant ces routards... je te crois ; je sais bien que c'est Kristen la coupable. Mais imagine que la police ne te croie pas ? Imagine que...

Il pleurait, à présent, ses larmes coulant sur ses bosses et ses hématomes.

– Chut... ça va aller.

Je me penchai et l'embrassai.

– Ça va aller, je t'assure. Je ne les laisserai pas t'accuser de quoi que ce soit. Il est temps pour moi de tout avouer.

– Il faut que tu fasses appel à un avocat, Emily, dit-il en reniflant. Fais-le pour moi, je t'en prie. Mon oncle est avocat, justement, c'est un mec bien. Il t'aidera à trouver quelqu'un pour te défendre. Je t'en supplie...

J'eus un instant d'hésitation. Mon unique souhait était que cette folie cesse. J'étais plus que lasse de fuir.

– Promets-le-moi, insista Aaron, m'agrippant la main avec une force surprenante. Je ne dirai pas un mot tant que tu ne l'auras pas fait. Je ne plaisante pas. Je t'aime. Si tu m'aimes au moins un peu, fais-le pour moi.

Une infirmière fit son apparition sur le pas de la porte et signifia à Aaron que des policiers voulaient lui parler. Sans me quitter du regard, il lui demanda de les renvoyer.

– 46 –

Quelques jours plus tard, la police de Phoenix me permit de rentrer chez moi, à condition de ne pas quitter le pays. Les enquêteurs poursuivaient leur travail sans déclarer quoi que ce soit à la presse.

Malheureusement, les parents de Paolo refusaient de me laisser en paix.

Rodrigo et Fernanda García faisaient tout pour que l'affaire reste en une des médias. Une jeune femme originaire du Wisconsin correspondant au portrait-robot avait été tuée par le petit copain de sa meilleure amie sur une route de montagne isolée, tandis que cette dernière, sa compagne de voyage – moi –, s'en tirait sans être inquiétée par la justice... Il était compréhensible qu'ils ne lâchent pas le morceau. Grâce à leur fortune, les García multipliaient conférences de presse et veilles, maintenaient la pression sur Washington et exigeaient notre extradition. Ils avaient même propagé dans le monde entier le hashtag #JusticepourPaolo.

Foutue Tiffany Yagasaki, qui nous avait vues dans ce bar, à Quiteria, qui nous avait identifiées, Kristen et moi, permettant aux vautours des temps modernes de s'en donner à cœur joie. Des trolls, ayant déterminé où je travaillais et s'étant procuré mon adresse mail et mon numéro de téléphone personnels, employaient tous les moyens et uniquement le langage le plus coloré qui soit pour m'expliquer que je méritais d'être violée ou tuée. Quant à mon employeur, Kibble, il entreprit de se séparer de moi en douceur. Chez moi, je gardais les stores baissés et restais cachée tandis que des journalistes faisaient le pied de grue devant la porte d'entrée de mon immeuble.

J'avais entre-temps fait la connaissance de Deirdre, l'avocate avec laquelle l'oncle d'Aaron m'avait mise en relation. Cette femme intelligente et prévenante était un don du ciel, toujours lucide. Par ailleurs splendide, elle était l'image du succès, dans son tailleur strict et avec sa coupe au carré lisse. Après avoir revu avec moi l'ensemble de l'affaire, point par point, elle se focalisait sur les détails les plus à même de favoriser ma relaxe. Durant cette période, j'en appris beaucoup sur des notions telles que contrainte, légitime défense, incitation à commettre un crime, possibilité d'échapper à la justice, crainte raisonnable pour sa vie, tout cela tendant à légalement indiquer qu'aucun des événements survenus à Phnom Penh et à Quiteria n'était ma faute.

L'incessante campagne de harcèlement des García faisait de ma vie un tel enfer que Deirdre finit par se résoudre à rédiger un courrier à l'intention de l'ambassade américaine au Chili, décrivant les actes commis là-bas par Kristen. Elle raconta dans les grandes lignes comment Kristen m'avait ensuite rejointe à Milwaukee, avec dans ses bagages un morceau d'effets brûlés de Paolo afin de me faire chanter, de me contrôler, de s'assurer mon silence. Je lus et relus cette lettre jusqu'à ce que ses lignes se brouillent et que les mots n'aient plus de sens. Les phrases me sautaient aux yeux : « Ma cliente refuse d'être davantage impliquée dans cette affaire », « Nous considérons l'affaire close », ou encore « Ma cliente confirme qu'elle ne se rendra plus au Chili ». Ces derniers mots m'arrachèrent un rire amer. Comme si une telle idée pouvait me passer par la tête.

Une fuite se produisit, et cette lettre se retrouva dans les médias, dont l'obsession enfiévrée sur ma personne monta d'un cran, se muant en un rugissement terrifiant. Déjà émoustillés par l'implication d'Aaron et l'accident de voiture dans le désert de Sonora, en Arizona, les journalistes tombèrent en pâmoison en découvrant ces nouveaux éléments. La presse à scandale nous décrivit comme un jeune couple meurtrier ayant comploté pour éliminer la seule personne au fait de mon sombre passé. Sur des blogs, certains se demandèrent si Kristen et moi avions été amantes. Un de ces crétins du Web nous compara même à Bonnie & Clyde, Aaron et moi, ce qui n'avait pas de sens, étant donné que ceux-ci étaient des gangsters.

Malgré tout, tandis que cette nouvelle campagne de dénigrement s'intensifiait, les formulations soigneusement pesées de Deirdre se révélèrent efficaces ; la police américaine cessa de soutenir les García sur cette affaire qui ne l'avait jamais réellement concernée. En réalité, Deirdre s'inquiétait essentiellement du procureur général de l'Arizona, craignant de voir surgir des accusations d'homicide avec véhicule, de contrainte, de conspiration. Quant à moi, mon unique objectif était qu'Aaron soit innocenté. Nous patientions en suivant l'évolution de la situation. Deirdre avait décidé que je ne m'exprimerais que le jour où Aaron ou moi serions officiellement inculpés – et alors nous serions prêts pour cela. J'admirais ses calculs précis dans son domaine de compétence.

Alors que Kristen et moi avions tant redouté le déchaînement des médias, d'être crucifiées au tribunal de l'opinion publique, j'étais livrée aux fauves, mais je survivais. Ma meilleure amie avait déclenché ce cirque, ce matin-là, en Arizona, comme une assemblée de fidèles priant pour l'intervention du Saint-Esprit. Je me terrais vingt-quatre heures sur vingt-quatre, les stores baissés, déambulant dans mon appartement plongé dans la pénombre tandis que les curieux musardaient sous mes fenêtres occultées.

Alors qu'un mois s'était écoulé et que je vivais de plus en plus mal la situation, Aaron me proposa de m'installer chez lui, pendant qu'il poursuivait sa convalescence dans un hôpital voisin, mais j'avais également besoin d'être seule, pas trop dans son univers, afin de dormir, réfléchir et faire le point sur mes sentiments dans l'obscurité. D'autre part, il n'était pas question que je subisse la gêne de devoir partager sa salle de bains avec son colocataire ou de sentir son parfum un peu partout, comme si son fantôme me hantait.

En fin de compte, je pris place à bord d'un train à destination du Minnesota pour m'installer pour une période indéterminée chez ma mère et son mari à la voix douce et d'une timidité maladive. Ils avaient cru à ma version des faits, heureusement, et avaient pris l'habitude de guetter d'éventuelles caméras dans l'allée de la maison et de bloquer les appels téléphoniques des journalistes. Ils semblaient surpris de me voir chaque fois que nous nous croisions dans le couloir ou dans la cuisine, comme si j'étais un objet rarement sorti du grenier.

Le réseau mobile passant très mal, j'avais donné le numéro de téléphone fixe de la maison à Priya. Un soir, elle m'appela peu après 23 heures pour prendre de mes nouvelles. Le lendemain matin, ma mère piqua sa crise, furieuse d'avoir été réveillée par la sonnerie du téléphone. Tandis que le sentiment de culpabilité qui m'était si familier prenait de l'ampleur en moi, j'entendis pour la première fois la voix posée d'Adrienne s'imposer dans mes pensées : *Vous n'êtes pas responsable des actes des autres.* Je promis à ma mère que cela ne se reproduirait pas, non sans lui préciser que c'était la faute de Priya, pas la mienne. Elle lâcha une sorte de caquètement et s'en alla. Je pris note de relater cet épisode à Adrienne lors de ma prochaine séance en visio via Zoom.

Le week-end suivant, ma mère prépara du pain perdu pour le petit déjeuner et me demanda d'une voix rauque ce que devenaient mes amis de Milwaukee – c'était sa façon de s'excuser. Je pris l'habitude de l'accompagner faire des courses et, un jour, elle me proposa timidement une pédicure entre mère et fille. Ce jour-là, je me fis la réflexion que, désormais débarrassée de l'influence de Kristen, qui m'isolait, sa voix omniprésente à mes oreilles, tel un bourdonnement de moustique, je pouvais espérer que ma relation avec ma mère évolue favorablement.

En mon absence, Priya s'occupait de mon appartement. Tous les deux ou trois jours, elle s'y rendait pour récupérer les énormes bouquets qui s'accumulaient devant la porte d'entrée. On y déposait également des paniers garnis bourrés de vin, de friandises et de chocolat. Priya avait un mal fou à admettre que je n'aie pas envie de les dévorer, ni même de les voir en photo ou d'en entendre une description. Ces présents n'étaient rien d'autre que des ruses de la part de chaînes de télévision désireuses de m'appâter pour m'arracher une confession exclusive de trente minutes, un déballage dans lequel je livrerais toute mon âme. Priya emportait tout cela au bureau, où mes anciens collègues dégustaient ces gâteries envoyées par des producteurs de tout le pays.

J'étais également harcelée par courrier, et un jour, Priya, en se rendant chez moi, trouva un énorme « MEURTRIÈRE » écrit à la bombe sur ma porte d'entrée. Elle alerta la police. Mon propriétaire, béni soit-il, n'en profita pas pour rompre mon bail. Je sentais une certaine immunité se former en moi, qui me protégeait de la méchanceté et des jugements d'autrui. Ces gens ignoraient ce qui s'était réellement passé, tout ce que Kristen et moi avions commis. Je n'avais jamais évoqué le Cambodge et j'avais effacé la photo enregistrée sur Dropbox, mais Deirdre n'était pas inquiète à ce sujet. Pas de cadavre, pas de victime, pas de crime, disait-elle. Et même si la fameuse photo était retrouvée sur le disque dur de l'ordinateur de Kristen, une éventuelle enquête ne pouvait être lancée que par les autorités cambodgiennes, qui n'avaient aucune raison de monopoliser des ressources pour une Américaine et un Sud-Africain. Cette prise de conscience était aussi troublante qu'absurde : maintenant que Kristen n'était plus de ce monde, je n'avais plus rien à redouter concernant les événements survenus à Phnom Penh.

Exception faite d'Aaron, à qui j'avais révélé toute la vérité, je conservais en moi ce secret, qui n'appartenait qu'à Kristen et moi, à l'image de ces levers de soleil à la fac, quand nous savourions l'aurore alors que le reste du monde dormait encore. Nous ne fûmes pas inquiétés par la justice, en définitive. Bizarrement, j'étais soulagée de ne plus coller au stéréotype de la gentille fille du Minnesota.

Aaron reprit rapidement des forces, démentant les prévisions pessimistes des médecins. Nous communiquions presque tous les jours par texto, parfois en visio par FaceTime. Je lui parlais de mes vagues projets à Saint Paul, et lui me racontait des ragots concernant les infirmières, les aides-soignantes et les autres patients – qui draguait qui. Il était demandeur de davantage d'échanges entre nous. Je lui avais expliqué que je serais toujours présente pour lui en tant qu'amie, mais que j'avais besoin de mettre notre relation amoureuse sur pause. Il était pour moi essentiel d'avoir la certitude de ne pas m'offrir à une nouvelle idole toute-puissante, après m'être tout juste débarrassée de la précédente, comme je l'avais fait en remplaçant Ben par Kristen. Pour l'heure, je tenais à prendre mes décisions seule.

L'avocat de Nana et Bill m'avait fait savoir que je n'étais pas la bienvenue aux obsèques de Kristen, ce qui n'avait rien de surprenant. J'imaginai des inconnus de son lycée se présentant au cimetière en uniforme gris et noir, titillés par les fourgons de chaînes de télévision garés près de l'église et vaguement excités de vivre ce drame par procuration. Je visualisai également Bill jetant un regard méfiant sur tous ces « amis » dont Kristen n'avait jamais été proche durant sa courte vie. Quant à Nana, les yeux mi-clos, elle connaissait la vérité. Comme si toutes ces années passées avec son incontrôlable petite-fille n'avaient été qu'un sursis, une période étrange avant que la réalité ne rectifie le tir.

Aaron avait lui aussi été indésirable à l'enterrement, ce qui n'avait aucune importance. Maintenant qu'il était au fait de la vérité, il déplorait avec moi la disparition de Kristen, ainsi que celles de Jamie, Sebastian et Paolo, sans oublier les parents de Kristen, partis trop jeunes. Le psy de l'hôpital l'orienta vers un thérapeute qui l'aiderait à surmonter son stress post-traumatique – l'esprit d'Aaron faisait une fixette sur le moment où il avait vu sa petite amie surgir devant sa voiture –, et il faisait des progrès, il gérait tout au mieux.

L'été s'installa dans le Midwest, avec ses marchés fermiers et ses matchs de base-ball, ses feux d'artifice du 4 Juillet et les relents lointains de saucisses grillées aux oignons. Aaron sortit de l'hôpital en ne s'aidant que d'une canne, ce qui nous donna l'occasion de plaisanter en imaginant lui acheter un chapeau pour qu'il mette au point un numéro de claquettes. Ce jour-là, je ris aux éclats, comme jamais depuis des mois.

Kristen me manquait, malgré tout, et je la pleurais physiquement, douloureusement. Chaque fois que je pensais à elle, j'avais la sensation que l'on m'ouvrait la cage thoracique pour frapper mon cœur. Elle avait été ma meilleure amie dix années durant, ma sœur, la plus importante personne pour moi. Cette tristesse avait toutefois un caractère inéluctable, comme si les choses étaient redevenues normales, comme si Kristen était simplement repartie en Australie. Il m'arrivait de l'évoquer au présent, et je la sentais toujours là, en moi, dans mes relations amicales, dans mon lien avec Aaron et dans la nouvelle intimité que je partageais avec ma mère. La vie, l'amour et, oui, la mort de Kristen avaient fait de moi une personne plus présente dans ces relations. Par moments, j'oubliais brièvement le drame de Phoenix, et Kristen, dans mon esprit, redevenait un instant vivante, amusante, pleine d'énergie et superbe, charmant des inconnus à l'autre bout du monde.

Les médias s'étant désintéressés de l'affaire, je rentrai chez moi. Les autorités de l'Arizona tentaient encore de nous inculper, mais Deirdre restait convaincue qu'aucun élément ne permettait d'établir qu'Aaron et moi avions tué Kristen. Personne n'ayant assisté à la scène, sur cette route de montagne, c'était notre parole contre celle d'une morte. Des gens, dans le hall de l'hôtel Rosita, avaient vu Kristen me crier dessus et pratiquement m'entraîner de force à l'extérieur, et il n'était pas compliqué de trouver des témoins de moralité capables de semer le trouble dans les théories décrivant Kristen comme un ange. Coup de théâtre particulièrement flippant, l'ancien employeur de Kristen révéla que la filiale australienne de l'entreprise l'avait renvoyée deux semaines avant notre séjour au Chili. Pourquoi ? Parce qu'elle avait agressé son patron, Lucas, lors d'une sortie entre collègues. Apparemment, à la suite d'une altercation entre eux, elle avait projeté ce frêle individu sur une étagère remplie de bouteilles d'alcool.

Autre détail troublant, la police découvrit dans la trousse de toilette de Kristen, dans sa valise laissée derrière la réception de l'hôtel Rosita, plusieurs fioles de Rohypnol – la substance sédative trouvée dans le corps de Paolo. Ce genre de produit n'était sans doute pas difficile à obtenir pour la petite-fille du propriétaire d'une chaîne de pharmacies.

Je n'avais aucune idée de l'usage qu'elle comptait faire de cette drogue, cette fois, mais cela laissait penser que Paolo n'avait plus tous ses esprits lorsque Kristen avait abattu la bouteille de vin sur son crâne. Par conséquent, tout ce qu'elle m'avait raconté pour expliquer les mares de sang dans la chambre d'hôtel n'était qu'un tissu de mensonges. Sans doute avait-elle estimé que personne ne découvrirait cette substance incapacitante dans le cadavre puisque celui-ci se décomposerait sous une couche de terre rougeâtre. Or les yeux résistent mieux que le sang à la putréfaction. Kristen n'avait certainement pas songé à cela en mettant au point son plan macabre.

Les mois défilèrent. L'automne apporta ses brises fraîches et bruissantes, puis l'hiver offrit dans un premier temps une neige excitante, avant d'imposer un froid incessant. Aaron s'installa chez moi, et nous passâmes Noël dans sa famille, puis le Nouvel An avec un groupe mêlant ses amis et les miens. Ses factures médicales atteignaient des sommets insensés, presque hilarants, et les quelques boulots à durée déterminée que je dégotais de temps à autre n'avaient pas suffi à compenser une sévère fonte de mes économies. Une discussion à deux nous permit de trouver une solution, comme toujours. Nous acceptâmes l'offre la plus généreuse, à savoir l'équivalent de près de cinq ans de salaire en échange de trente minutes dans une émission télévisée. J'avais tant de fois répété mon histoire avec Deirdre que j'étais à peu près certaine de pouvoir la réciter en dormant, de l'instant où j'avais serré Kristen dans mes bras, à l'aéroport de Santiago, jusqu'à maintenant. Nos mains ne se quittèrent pas une seconde durant l'interview, Aaron me relayant de temps en temps pour raconter notre tragédie. Il me comprenait à la perfection, comme si nous avions partagé le même réseau nerveux, le même cerveau.

En janvier, neuf mois après mes retrouvailles avec Kristen au Chili, Deirdre m'annonça une bonne nouvelle : les autorités de l'Arizona avaient abandonné les poursuites à notre encontre. Il fallait fêter cet événement, que nous espérions depuis si longtemps.

Deux semaines plus tard, dans un club souterrain situé dans une rue bordée de bars, mon regard croisa celui d'Aaron. Tbilissi, en Géorgie, ne ressemblait pas du tout à l'idée que je m'en faisais. Cette ville était en réalité un splendide patchwork de mosquées couvertes de tuiles, de hammams au toit en dôme, de passages pavés dans lesquels le vent s'engouffrait, de vignes s'accrochant aux berges raides du large fleuve qui la traversait et de forteresses et châteaux à peine visibles sur les montagnes lointaines aux tons sépia. Sans oublier le vin, omniprésent.

Je sortis mon portefeuille de mon sac à main – qui ne quittait plus mes genoux, j'avais assez donné, question pickpockets – et commandai une nouvelle tournée de tchatcha, une eau-de-vie de raisin qui vous déchirait la gorge, mais que les locaux buvaient comme du lait. Ce bar aux parois de brique voûtées et mouchetées de taches orangées avait des allures de cachot ; un barman m'avait précisé que des interrogatoires secrets menés par le gouvernement s'étaient autrefois déroulés en ces lieux.

La soirée avait tout juste basculé dans le n'importe quoi ; des gens fumaient dans des recoins sombres, un touriste turc s'était glissé dans la réserve en compagnie d'une serveuse ; quelqu'un laissa échapper son verre, qui, en se fracassant au sol, produisit un son suraigu qui troubla un instant la ligne de basse crachée par la sono. Je pris Aaron par le coude, soudain désireuse d'un peu de calme, d'eau, de me livrer au pas de deux ponctué de gloussements consistant à commenter la soirée tout en nous brossant les dents avant de nous glisser dans notre grand lit bosselé. Peut-être même trouverions-nous du *khachapuri* en regagnant l'hôtel ; ce pain farci au fromage, délice doré et gluant, était en vente à chaque coin de rue ou presque.

C'est alors qu'une cliente s'installa à côté de moi et, nous ayant entendus parler anglais, nous demanda d'où nous venions. Bulgare menue et tout en angles, cette jeune femme était dotée d'une épaisse cascade de cheveux bruns. Elle vivait à Londres et s'était offert une année sabbatique pour voyager, rognant peu à peu sur ses économies en remontant vers le nord depuis l'Azerbaïdjan.

Je fis pivoter mon tabouret de façon à former un triangle avec Aaron et elle. Sociable et charmeuse, elle voyageait seule, nous raconta-t-elle. Elle se déplaçait en car, prenant son temps sans établir d'itinéraire ni réserver quoi que ce soit à l'avance. C'était courageux de sa part, et cela dénotait un caractère bien trempé.

– Vous vous appelez comment, déjà ? nous demanda-t-elle, son accent m'évoquant un gong à peine effleuré.

– Lui, c'est Dan, répondis-je en prenant la main d'Aaron.

Quand il serra mes doigts, je perçus sa pression jusque dans mon cœur, jusque dans mon intimité, jusque dans mon âme.

– Et moi, c'est Joan. Nous adorons faire de nouvelles connaissances.

Remerciements

Merci, chère lectrice, cher lecteur, d'avoir choisi ce roman. Quel honneur pour moi, quelle joie, quel miracle de l'imaginer entre vos mains. Merci, merci mille fois d'avoir décidé de consacrer une partie de votre temps et de votre énergie limités à cette sombre et étrange aventure concoctée dans une chambre d'hôtel, au Chili. Sans vous, ce récit ne serait qu'une suite de mots dépourvue de sens ; vous êtes un ingrédient crucial de l'alchimie, celui qui donne vie à l'histoire, ce pour quoi vous avez droit à ma reconnaissance infinie. J'espère que ces pages vous ont touchés. Merci encore, sincèrement.

Cet ouvrage n'aurait pas vu le jour sans Jennifer Weber, mon âme sœur et ma compagne de voyage adorée, qui, si elle vit désormais en Australie, n'a aucun autre point commun avec Kristen, que ce soit bien clair. Qui aurait imaginé que notre plaisanterie récurrente nourrie par le vin, à Pisco Elqui, mènerait à cela, Jen ? Merci également à Stephen Clarke, routard si gentil, si respectueux et si merveilleux que nous avons blagué à propos de meurtre avec lui quelques heures seulement après avoir fait sa connaissance. Ha ha.

Du côté familial, j'ai touché le gros lot avec ma sœur Jules, aussi créative qu'attentionnée. Je suis si reconnaissante de t'avoir à mes côtés. Merci à Leah Konen, excellente amie, brillante auteure de thrillers et bêta-lectrice de classe mondiale. Je suis incapable de m'imaginer auteure de romans sans toi. Merci à Megan Brown, compagne lors de plus de voyages dans le monde que je ne saurais en compter, et en outre amie fidèle et d'un grand soutien, lectrice lucide des premières versions de cette histoire. Megan, j'ai hâte d'explorer avec toi et le plus tôt possible de nouveaux centres-villes et de découvrir de nouveaux charmants inconnus. Merci à Danielle Rollins pour ses lectures bêta qui, en plus d'avoir amélioré le récit, ont fait de moi une meilleure auteure. Merci à Jennifer Keishin Armstrong pour ses lectures du manuscrit, pour les rendez-vous pris, les conversations téléphoniques et les textos très utiles ; tout écrivain a besoin de quelqu'un comme Jennifer pour l'aider à garder le cap dans cette industrie folle.

Erin DeYoung m'a, en bien des façons, aidée à donner naissance à cet ouvrage : merci, Sedi, pour tes notes minutieuses, pour les appels téléphoniques de dépannage et pour être une merveilleuse amie. Tu es incroyablement talentueuse, je suis très reconnaissante de t'avoir auprès de moi. Je t'admire tant ! À propos des DeYoung, merci à Ben de m'avoir préparé des cocktails et de m'avoir patiemment expliqué des concepts tels que l'extradition et la contrainte en matière criminelle. (Cela étant, les éventuelles erreurs et imprécisions dans ce roman sont évidemment de mon fait.) Merci, Owain, pour les *hugs*, les commentaires hilarants et les épiques combats à l'épée. Merci à tous les trois de m'avoir permis de m'évader dans votre splendide demeure quand j'avais besoin d'espace, au sens propre comme au sens figuré. En cette période Covid, vous m'avez offert le meilleur endroit possible où passer un confinement.

Nous avons tous besoin de soutiens sains et variés (demandez donc à Adrienne Oderdonk ce qu'elle en pense !), et je suis sans cesse éblouie et reconnaissante envers mon équipe, qui comprend Lianna Bishop, Megan Collins, Alanna Greco, Leigh Kunkel, Abbi Libers, Anna Maltby, Erin Pastrana, Julia Phillips, Melissa Rivero, Peter Rugg, Katie Scott et de nombreuses autres personnes. Un énorme merci à Julia Dills, qui m'a fait mourir de rire, m'a écoutée me plaindre et m'a acclamée quand ce livre a enfin pris forme. Tu es la meilleure (et si intelligente que, même moi, cela m'effraie).

Un immense merci à Alexandra Machinist, mon agente rock star, qui se bat férocement et avec dextérité pour défendre mon travail et ma carrière. Trois romans en trois ans ! J'ai envie de me pincer pour m'assurer que je ne rêve pas ! Merci beaucoup à Lindsey Sanderson, pour ses efforts et son aide en coulisses. J'ai une sacrée chance d'avoir Josie Freedman pour aider mes histoires à faire le saut de la page à l'écran. Mon Dieu, j'adore travailler avec vous tous.

Je n'ai pas de mots pour exprimer ma gratitude envers Hilary Rubin Teeman, mon éditrice, authentique génie qui a perfectionné mon idée de départ pour qu'elle déploie tout son potentiel. Si tu es une collaboratrice des plus avisée et encourageante, je suis avant tout émerveillée par ta capacité à tirer le maximum d'une idée. Caroline Weishuhn, merci infiniment pour tes notes pertinentes et ton travail pour transformer un document Word en ouvrage de papier. Je ne saurais dire combien j'aime travailler avec Sarah Breivogel et Justine Magowan, la *dream team* de la publicité, ainsi qu'avec Colleen Nuccio, la pro du marketing. Imaginez des arcs-en-ciel, des étincelles et des cœurs dansants, et vous aurez une idée de ce que j'éprouve pour toute l'équipe de Random House.

À l'époque où j'ai commencé à travailler sur cette histoire, j'étais loin d'imaginer que les voyages dans le monde seraient un jour si restreints. Merci du fond du cœur à l'ensemble du personnel de santé, qui donne inlassablement toute son énergie pour nous en cette période terrifiante et étouffante. Merci à tous ceux qui restent chez eux, qui contribuent à freiner la propagation du virus et qui font confiance à la science. Je prie pour qu'au moment où vous lirez ces lignes, les voyages dans le monde ne soient plus un rêve lointain.

Enfin, merci infiniment à ma famille si aimante, en particulier Nagypapa et Nagymama, oncle Tom, Cathy, et bien entendu ma mère et mon père. Je vous aime.

À propos de l'auteure

Journaliste installée à Brooklyn, à New York, Andrea Bartz est l'auteure de *The Lost Night* et de *The Herd*. Elle a signé des articles dans *The Wall Street Journal*, *Marie Claire*, *Vogue*, *Cosmopolitan*, *Women's Health*, *Martha Stewart Living*, *Redbook*, *Elle* et de nombreux autres magazines. Elle a fait partie du comité éditorial de *Glamour*, de *Psychology Today* et de *Self*, entre autres publications.

www.andreabartz.com
www.facebook.com/andreabartzauthor
Twitter : @andibartz
Instagram : @andibartz

Composition
PRESS·PROD

Imprimé en France par
CPI Brodard & Taupin
en mai 2022

Dépôt légal : juin 2022
N° d'impression : 3048322
ISBN : 978-2-7499-4980-2
LAF : 3228